AU PLUS PROFOND DE LA FORÊT

Cet ouvrage a été imprimé sur un papier issu de forêts
gérées durablement, de sources contrôlées.

L'édition originale de cet ouvrage a paru en 2015 en langue anglaise
chez Little, Brown and Company (New York, États-Unis)
sous le titre THE DARKEST PART OF THE FOREST

La présente édition est publiée avec l'aimable autorisation de l'autrice,
c/o BAROR INTERNATIONAL, INC. Armonk, New York, U.S.A.

ISBN : 978-2-7002-8157-6
Loi n° 49-956 du 16-07-1949 sur les publications destinées à la jeunesse

HOLLY BLACK

AU PLUS PROFOND DE LA FORÊT

Traduit de l'anglais (États-Unis)
par Leslie Damant-Jeandel

RAGEOT

Pour Sarah Rees Brennan,
amie très chère et source d'inspiration

Allons, mon enfant, si nous avions
l'intention de te faire du mal,
Crois-tu que nous resterions ici
dans le noir, tapis près du sentier,
Au plus profond de la forêt ?

– Kenneth Patchen

Chapitre 1

Le long d'un sentier souvent emprunté s'enfonçant au cœur des bois, après un ruisseau et un tronc d'arbre creux plein de cloportes et de termites, se trouvait un cercueil de verre qui reposait à même le sol. À l'intérieur dormait un garçon à la tête cornue et aux oreilles aussi effilées que la pointe d'un couteau.

Selon Hazel Evans – elle le tenait de ses parents, qui eux-mêmes le tenaient de leurs parents –, il avait toujours été là. Et, quelle que soit la méthode employée, personne n'avait jamais réussi à le réveiller.

Il ne s'était pas réveillé les longs mois d'été, quand Hazel et son frère Ben, vautrés sur le cercueil, rêvaient de projets glorieux en l'observant à travers la paroi transparente, voilée par leur respiration. Il ne s'était pas réveillé face aux touristes qui l'admiraient, bouche bée, ni quand les *fact checkers* étaient venus certifier qu'il n'était pas réel. Il ne s'était pas réveillé les week-ends d'automne, quand les filles dansaient juste au-dessus de lui, tournoyant sur une musique à peine audible diffusée par une enceinte portative. Il n'avait pas remarqué Leonie Wallace qui, un soir, avait brandi sa bière comme pour saluer les créatures de la forêt. Il n'avait même pas bronché quand Jack Gordon, le meilleur ami de Ben, avait écrit au feutre sur un côté du cercueil : EN CAS D'URGENCE, BRISER LA GLACE, ni quand Lloyd Lindblad, armé d'une masse, l'avait pris au mot. Peu importait le nombre de fêtes qui s'étaient tenues autour du garçon cornu – et il y en avait eu tant, depuis des décennies, que l'herbe étincelait de tessons de bouteilles vert et ambre, et que les buissons chatoyaient, ornés de canettes d'aluminium froissées couleur argent, or et rouille. Quoi qu'il s'y passe, rien ne pouvait le réveiller.

Enfants, Ben et Hazel lui avaient tressé des couronnes de fleurs et raconté des histoires dans lesquelles ils volaient à son secours. À l'époque, ils comptaient sauver tous les gens de Solclair qui avaient besoin de l'être. En grandissant, Hazel préféra aller voir le cercueil la nuit, et avec une foule de personnes. Elle sentait malgré tout un pincement dans sa poitrine quand son regard se posait sur le visage à la fois étrange et sublime du garçon.

Car, finalement, elle ne les avait pas sauvés – ni lui ni Solclair.

– Hé, Hazel ! l'appela Leonie ce soir-là.

Elle s'écarta en dansant pour permettre à Hazel de la rejoindre sur le cercueil. Doris Alvaro y était déjà, sa queue-de-cheval fouettant l'air, dans sa tenue de pom-pom girl qu'elle portait encore après le match que leur lycée avait perdu un peu plus tôt dans la soirée. L'une et l'autre avaient les joues empourprées par l'alcool et la bonne humeur.

Hazel salua Leonie d'un signe de la main sans toutefois monter sur le cercueil. L'envie ne lui manquait pas, cependant elle préféra se frayer un chemin parmi les nombreux fêtards.

Même s'il existait des bandes au lycée de Solclair (certaines d'une seule personne, comme celle de Megan Rojas, membre unique de la communauté gothique), il était assez petit pour que les élèves soient contraints de faire la fête tous ensemble s'ils voulaient être assez nombreux pour organiser une fête tout court. Mais ce n'était pas parce que tout le monde se retrouvait ainsi que tout le monde s'entendait bien. Il y avait encore un mois à peine, Hazel arpentait les couloirs du lycée en compagnie d'un groupe de filles qui avaient la main lourde sur l'eye-liner et accrochaient à leurs oreilles des pendants brillants aussi acérés que leurs sourires. Elles avaient scellé leur amitié en suçant le sang poisseux et luisant qui avait coulé de leur pouce. Mais Hazel avait pris ses distances après que Molly Lipscomb lui avait demandé d'embrasser son ex et de le jeter tout de suite après. Hazel avait suivi ces consignes à la lettre. Pourtant, depuis, Molly était fâchée contre elle.

Hazel s'était rendu compte que les autres filles de la bande étaient surtout les amies de Molly. Elles avaient beau avoir collaboré au plan, elles agissaient comme si ce n'était pas le cas ; comme si Hazel avait vraiment quelque chose à se reprocher. Elles voulaient qu'elle reconnaisse que, si elle avait embrassé ce garçon, c'était pour faire du mal à Molly.

Hazel embrassait les garçons pour toutes sortes de raisons : parce qu'ils étaient mignons, parce qu'elle était un peu soûle, parce qu'elle s'ennuyait, parce qu'ils la laissaient faire, parce que c'était marrant, parce qu'ils avaient l'air seuls, parce qu'ils lui permettaient d'oublier ses peurs pour un moment, parce qu'elle ne savait pas combien de baisers il lui restait à échanger. Une seule fois elle avait embrassé un garçon qui était le petit ami de quelqu'un d'autre, et elle s'était juré de ne plus jamais recommencer, en aucun cas.

Heureusement, il lui restait son frère avec qui traîner – même si, ce soir-là, il était en ville pour retrouver un type qu'il avait rencontré sur Internet. Elle avait aussi Jack, le meilleur ami de Ben, bien qu'elle ne soit pas toujours à l'aise avec lui. Et elle avait Leonie.

C'était bien assez. C'était même trop, étant donné qu'elle allait probablement disparaître un de ces jours et les abandonner tous.

Ce raisonnement l'avait poussée, ce soir-là, à se rendre seule à la fête, à pied, et même si cela l'avait obligée à longer l'orée de la forêt, à dépasser des fermes et de vieux séchoirs à tabac, puis à s'enfoncer dans les bois.

C'était l'une de ces premières soirées d'automne où l'odeur des feux de camp régnait dans l'air, mêlée à celle, puissante et agréable, des feuilles mortes en décomposition, et où l'on avait le sentiment que tout était possible.

Hazel portait un nouveau pull vert, ses bottes marron préférées et des créoles de pacotille émaillées de vert. Après l'été, ses cheveux roux et bouclés brillaient encore d'un éclat doré. Lorsqu'elle s'était regardée dans le miroir avant de sortir pour appliquer sur ses lèvres un peu de baume teinté, elle s'était trouvée plutôt jolie.

Chargée de gérer la musique, Liz avait branché son téléphone sur les enceintes de sa Fiat vintage. Elle avait choisi de la dance. Le volume était si fort que les arbres en tremblaient. Martin Silver bavardait avec Lourdes et sa meilleure amie Namiya, espérant faire d'une pierre deux coups, ce qui ne risquait pas d'arriver – même pas en rêve. Molly riait au centre d'un demi-cercle de filles. Vêtu de son tee-shirt taché de peinture, Franklin était assis sur son pick-up, dont les phares étaient allumés. Il buvait le contenu d'une flasque, trop occupé à noyer un évident chagrin pour se soucier du risque de devenir aveugle avec la gnôle que fabriquait le père de Stephen. Jack était assis sur un tronc abattu, près du cercueil de verre et du quaterback de l'équipe de foot : son frère Carter (enfin, son pseudo-frère). Ils riaient, ce qui donna envie à Hazel de se joindre à eux. D'un autre côté, elle avait aussi envie de danser… et de rentrer chez elle en courant.

– Hazel ! l'appela quelqu'un.

Elle se retourna et vit Robbie Delmonico. Son sourire se figea.

– Ça fait un bail que je ne t'ai pas croisée, dit-il. Tu es toute belle…

Vu sa tête, ça n'avait pas l'air de lui faire plaisir.

– Merci.

Robbie savait forcément qu'elle l'évitait, ce qui lui donna l'impression d'être odieuse. Mais, depuis qu'ils s'étaient galochés à une fête, il la suivait partout, comme s'il avait le cœur brisé – ce qui était pire encore. Ce n'était pas comme si elle l'avait largué : il ne lui avait jamais officiellement demandé d'être son petit ami. Il se contentait de la regarder avec des yeux de chien battu et de poser des questions pleines de sous-entendus du style : « Tu fais quoi, après les cours ? » Mais quand elle répondait : « Rien de spécial », ça n'allait pas plus loin. Par exemple, il ne lui avait jamais proposé de lui rendre visite.

C'était parce qu'Hazel embrassait des garçons comme Robbie Delmonico qu'on pensait qu'elle était prête à embrasser n'importe qui.

Pourtant, ce soir-là, l'idée lui avait vraiment paru bonne.

– Merci, répéta-t-elle d'une voix un peu plus forte, en hochant la tête.

Elle commença à se détourner.

– Tu as un nouveau pull, non ?

Là-dessus, Robbie lui adressa un sourire triste qui semblait vouloir dire : « Tu as vu, je suis sympa de l'avoir remarqué, mais je sais que les types sympas passent toujours en dernier. »

Curieusement, il ne lui avait jamais manifesté le moindre intérêt avant qu'elle se jette sur lui. C'était comme si, lorsqu'elle avait plaqué ses lèvres sur les siennes (bon, d'accord, elle l'avait aussi autorisé à la peloter un peu), elle était devenue une sorte de déesse cruelle de l'amour.

– Oui, c'est nouveau, confirma-t-elle en hochant la tête une fois de plus.

Il devait sans doute penser qu'elle avait un cœur de pierre. Face à lui, elle en venait à se demander s'il n'avait pas raison.

– Bon, à plus.

– Ouais… répliqua-t-il en étirant ce mot.

Puis, au moment critique, alors qu'Hazel avait simplement l'intention de s'éloigner, la culpabilité la submergea et elle dit la chose à ne surtout pas dire. La chose que, tout au long de la soirée, elle ne cesserait de regretter d'avoir dite.

– On se recroisera peut-être tout à l'heure.

L'espoir illumina le regard de Robbie. Elle réalisa – trop tard – la manière dont il avait interprété ses propos : comme une promesse. À ce stade, tout ce qu'elle pouvait faire, c'était se hâter de rejoindre Jack et Carter.

Jack – le crush de ses jeunes années, à l'époque où elle était d'une naïveté confondante – eut l'air surpris de la voir. C'était étrange, car il ne se laissait jamais prendre au dépourvu. Un jour, sa mère avait dit de lui qu'il avait la faculté d'entendre le grondement du tonnerre avant même que l'éclair daigne s'abattre.

– Hazel, Hazel aux yeux bleus. Chaque garçon embrassé, elle le fait pleurer, déclara Carter, qui pouvait parfois être un vrai crétin.

Carter et Jack étaient pratiquement semblables, comme des jumeaux. Ils avaient les mêmes cheveux noirs et crépus. Les mêmes iris couleur d'ambre, la même peau marron foncé. La même bouche sexy et les mêmes pommettes larges qui suscitaient l'envie chez toutes les filles de la bourgade. Pourtant, ils n'étaient pas jumeaux. Jack était un changelin, celui de Carter – quand ce dernier, bébé, avait été enlevé par les Fæs, ils l'avaient remplacé par Jack.

Solclair était un lieu étrange, situé au cœur de la forêt de Carling – la forêt hantée –, où vivaient ceux que le grand-père d'Hazel appelait « les lutins » et que sa mère surnommait les « Eux-mêmes » ou le Peuple de l'Air. Dans ces bois, il n'était pas rare de tomber sur un lièvre noir nageant dans le ruisseau – bien qu'en général ces animaux n'aiment pas l'eau – ou de voir une biche se transformer d'un coup en jeune fille qui détalait en bondissant. Chaque automne, on laissait une partie de la récolte de pommes pour le cruel et capricieux roi des Aulnes. Chaque printemps, on lui tressait des guirlandes de fleurs. Les gens du coin savaient aussi qu'il fallait craindre le monstre tapi au cœur de la forêt ; celui qui appâtait les touristes en imitant les pleurs d'une femme. Cette créature avait des brindilles à la place des doigts et de la mousse en guise de cheveux. Elle se nourrissait des chagrins et semait la désolation. On pouvait l'attirer hors de sa cachette en récitant une comptine comme celles que les filles se mettent au défi de chanter lors des soirées pyjama. Une aubépine se dressait également au milieu d'un cercle de pierres. On pouvait faire un vœu en attachant à ses branches, par une nuit de pleine lune, un morceau de tissu prélevé sur un vêtement à soi. Ensuite, on attendait l'apparition d'un être du Peuple. L'année précédente, Jenny Eichmann s'y était rendue et avait fait le souhait d'être admise à l'université de Princeton, promettant de donner aux Fæs tout ce qu'ils désiraient en échange. Elle y avait été acceptée mais, le jour où elle avait reçu la lettre d'admission, sa mère avait eu une attaque qui lui avait été fatale.

Cela expliquait pourquoi, entre les souhaits, le garçon cornu et les apparitions étranges, et bien que Solclair soit une toute petite ville (l'école maternelle jouxtait le lycée, et l'achat d'un lave-linge ou une virée au centre commercial nécessitait de traverser trois autres trous paumés), les touristes y venaient nombreux. Certaines bourgades se targuaient de détenir la plus grosse pelote de ficelle au monde, une énorme meule de fromage ou encore une chaise si imposante qu'elle aurait convenu à un géant. D'autres se vantaient d'avoir des chutes d'eau pittoresques, des grottes chatoyantes pleines de stalactites ou des chauves-souris sous un pont. À Solclair, il y avait le garçon dans le cercueil de verre. À Solclair, il y avait les Fæs, qu'on appelait aussi le Peuple.

Et, pour les Fæs, les touristes constituaient des proies idéales.

Peut-être était-ce ainsi qu'à l'époque ils avaient considéré les parents de Carter. Le père n'était pas originaire de la ville, pourtant la mère n'avait rien d'une touriste.

Il lui avait suffi d'une nuit pour qu'elle se rende compte que son bébé avait été échangé. Et elle avait su exactement quoi faire. Après s'être arrangée pour que son mari s'absente toute la journée, elle avait invité chez elle un groupe de voisines pour faire du pain, couper du bois et mettre du sel dans un vieux bol en terre cuite. Puis, lorsque tout fut prêt, elle avait chauffé la pointe d'un tisonnier dans le feu qui brûlait dans l'âtre.

Le métal avait rougi, mais elle avait continué à le tenir dans les flammes jusqu'à ce qu'il soit chauffé à blanc. Alors, elle en avait pressé l'extrémité contre l'épaule du changelin.

Celui-ci avait poussé un cri de douleur si aigu que les vitres des deux fenêtres de la cuisine avaient volé en éclats.

L'odeur avait été la même que si on avait jeté au feu une brassée d'herbe fraîche. La peau du bébé avait rougeoyé, incandescente. La brûlure avait laissé une cicatrice qui s'était étirée à mesure que Jack avait grandi. Hazel l'avait vue l'été précédent en allant à la piscine avec lui, Ben et Carter.

Brûler un changelin permet de faire venir sa mère. Celle de Jack s'était présentée sur le seuil un instant plus tard, un paquet emmailloté dans les bras. À ce que l'on racontait, elle était grande et mince. Ses cheveux étaient du même marron que les feuilles d'automne et sa peau avait la couleur de l'écorce. Celle de ses iris changeait, allant de l'argent en fusion à l'éclat doré des yeux du hibou, en passant par le gris terne de la pierre. Personne n'aurait pu la prendre pour une humaine.

– Vous n'avez pas le droit d'enlever nos enfants, lui avait rappelé la mère de Carter – c'est du moins ce que Hazel avait ouï dire, et elle avait souvent entendu cette histoire. Vous n'avez pas le droit de nous faire disparaître ni de nous rendre malades. C'est ainsi que ça se passe ici depuis des générations, et c'est ainsi que ça continuera à se passer.

La Fæ avait paru se tasser légèrement. En guise de réponse, elle avait tendu en silence l'enfant qu'elle avait ramené, enveloppé de couvertures, et qui dormait aussi paisiblement que s'il avait été dans son lit.

– Reprenez-le, avait-elle dit.

La mère de Carter avait serré fort son fils contre elle, s'enivrant de son odeur de lait caillé qui était bien celle de son petit. D'après elle, c'était la seule chose que le Peuple de l'Air ne savait pas imiter. Le bébé qui l'avait remplacé n'avait tout simplement pas la même odeur que Carter.

La Fæ avait alors tendu les bras, attendant qu'on lui rende son enfant en pleurs, mais la voisine, qui le tenait, avait reculé. Et la mère de Carter s'était interposée.

– Nous ne pouvons pas vous le laisser, avait-elle décrété.

Elle avait passé son bébé à sa sœur avant de prendre de la limaille de fer, des baies rouges et du sel – autant de protections contre les pouvoirs magiques de la Fæ.

– Si vous étiez prête à l'échanger, ne serait-ce que pour une heure, alors vous ne le méritez pas. Je les élèverai l'un et l'autre comme mes fils. Tel est notre verdict, puisque vous avez rompu votre engagement envers nous.

Sur ces mots, la Fæ avait parlé d'une voix qui rappelait le vent, la pluie et les feuilles sèches qui crissent sous les pas.

– Tu n'as pas à me faire la leçon. Tu n'as aucun pouvoir, aucun droit. Rends-moi mon enfant et je bénirai ta maison. Mais, si tu le gardes, tu finiras par le regretter.

– Au diable les conséquences, et vous aussi, allez au diable, avait rétorqué la mère de Carter. Fichez le camp !

Même si quelques voisines s'étaient plaintes qu'elle risquait de leur attirer des ennuis, ce fut ainsi que Jack fut adopté par la famille Gordon, devenant le frère de Carter et, par la suite, le meilleur ami de Ben. Voilà pourquoi tout le monde était habitué à Jack, au point que plus personne ne s'étonnait, ni de voir le bout de ses oreilles pointues et de ses yeux qui brillaient parfois d'un reflet argenté, ni de ses prédictions météorologiques, plus précises que celles de n'importe quel présentateur télé.

– Alors, tu crois que Ben passe une meilleure soirée que nous ? demanda Jack à Hazel, l'obligeant à ne plus penser au passé du jeune homme, à sa cicatrice et à son beau visage.

Si Hazel prenait ses flirts trop à la légère, Ben, lui, en faisait une affaire trop sérieuse. Trop prompt à offrir son cœur, il voulait être amoureux. Il avait toujours été comme ça, même si Hazel estimait qu'il le payait parfois au prix fort.

Mais même Ben n'avait pas de chance avec ses rencontres en ligne.

– À mon avis, il va s'ennuyer, répondit-elle en prenant la canette de bière que Jack avait à la main.

Elle en but une gorgée. Le goût était amer.

– La plupart des garçons qu'il rencontre sont chiants, même les menteurs, ajouta-t-elle. Surtout les menteurs. Je ne sais pas pourquoi il se donne cette peine.

Carter haussa les épaules.

– Pour le cul ?

– Il aime les histoires, intervint Jack en adressant à Hazel un sourire de conspirateur.

Elle passa la langue sur la mousse qui bordait sa lèvre supérieure et retrouva un peu de sa bonne humeur.

– Oui, sûrement.

Carter se leva pour admirer Megan Rojas, qui venait d'arriver avec une bouteille de schnaps à la cannelle, les cheveux fraîchement teints en violet. Les talons pointus de ses bottes de cowboy brodées de toiles d'araignées s'enfonçaient dans la terre meuble.

– Je vais chercher une autre bière, dit-il. Vous voulez quelque chose ?

– Hazel m'a piqué la mienne, déclara Jack en la désignant d'un signe de tête.

Les anneaux épais qui ornaient ses oreilles brillèrent dans le clair de lune.

– Tu veux bien en rapporter une à chacun de nous ? demanda-t-il.

– Tâche de ne pas briser de cœur en mon absence, lança Carter à Hazel.

C'était dit sur le ton de la plaisanterie, mais elle y avait décelé une pointe d'hostilité.

Elle s'assit sur le tronc, à la place que Carter venait de libérer, et regarda les filles danser et ses camarades se soûler. Elle se sentait en dehors de tout cela, à la dérive, sans but. Il fut un temps où elle avait une quête à accomplir ; une quête pour laquelle elle aurait renoncé à tout. Mais elle avait fini par comprendre que toutes les quêtes ne se gagnaient pas de cette manière.

– Ne l'écoute pas, la rassura Jack dès que son frère fut de l'autre côté du cercueil, hors de portée de voix. Tu n'as rien fait de mal avec Rob. Tous ceux qui offrent leur cœur sur un plateau d'argent ne méritent que ce qui leur arrive.

Hazel pensa à Ben et se demanda si c'était vrai.

– Je reproduis sans cesse la même erreur, soupira-t-elle. Je vais à une fête et j'embrasse des mecs que je n'aurais jamais imaginé embrasser au lycée. Des mecs qui ne me plaisent pas tant que ça, en plus... Comme si j'espérais que, dans les bois, ils me dévoilent une part secrète d'eux-mêmes. Alors qu'en fait ça ne change rien.

– Ce ne sont que des baisers...

Jack lui adressa un sourire en coin. En réaction, quelque chose en elle se noua. Le sourire de Jack ne ressemblait pas du tout à celui de Carter.

– C'est pour s'amuser, poursuivit-il. Tu ne fais de mal à personne. Ce n'est pas comme si tu les poignardais pour mettre un peu d'animation.

Cette comparaison étonnante la fit rire.

– Tu devrais peut-être le dire à Carter, rétorqua-t-elle.

Elle ne lui expliqua pas que, si elle agissait ainsi, ce n'était pas tant pour qu'il se passe quelque chose, mais parce qu'elle refusait d'imaginer être la seule à avoir une part secrète.

Jack passa un bras autour de ses épaules comme s'il flirtait. Un geste drôle, amical.

– Vu que c'est mon frère, je peux te dire que ce n'est qu'un idiot. Mon conseil : amuse-toi comme tu peux parmi les habitants insipides de Solclair.

Elle secoua la tête en souriant puis se tourna vers lui. Il cessa de parler, et elle se rendit compte que leurs visages étaient très proches.

Assez pour qu'elle sente la chaleur de son souffle sur sa joue. Assez pour qu'elle voie l'éclat doré de ses cils noirs reflétant la lumière, les courbes douces de ses lèvres.

Son cœur se mit à battre plus fort. Le crush de ses dix ans faisait un retour en force. Elle avait l'impression d'être aussi naïve et vulnérable qu'à cette époque – un sentiment qu'elle détestait. C'était elle qui brisait les cœurs, désormais. Pas l'inverse.

Tous ceux qui offrent leur cœur sur un plateau d'argent ne méritent que ce qui leur arrive.

Il n'y avait qu'une seule façon d'oublier un garçon. Une seule façon qui fonctionnait à tous les coups.

Jack avait le regard rêveur et les lèvres légèrement entrouvertes. La juste chose à faire, selon Hazel, était de réduire la distance qui la séparait de lui, fermer les yeux et déposer un baiser sur sa bouche. Ce qu'elle fit. Jack le lui rendit, chaud et tendre, le temps d'une respiration.

Puis il s'écarta en battant des paupières.

– Hazel, je ne disais pas ça pour que tu...

– Non, l'interrompit-elle en se levant d'un bond, les joues brûlantes.

Jack était son ami, et le meilleur ami de son frère. Il comptait. L'embrasser avait été une grossière erreur, même s'il l'avait voulu – ce qui n'était pas le cas, clairement, et aggravait davantage la situation.

– Finalement non. Désolée. Désolée ! Je viens de te dire que je ne devrais pas embrasser les gens comme je le fais, et voilà que je remets ça...

Elle recula.

– Attends, commença Jack en voulant lui attraper le bras.

Mais elle ne tenait pas à rester là, alors qu'il essaierait de trouver les mots justes pour lui annoncer gentiment qu'il n'était pas intéressé.

Elle prit la fuite et baissa la tête en croisant Carter, pour ne pas avoir à supporter son air moralisateur. Elle se sentait bête. Pire : son rejet lui semblait mérité. Comme si c'était bien fait pour elle. Le genre de justice karmique qui, normalement, ne se produit pas dans la vraie vie – ou, du moins, pas aussi vite.

Elle alla voir Franklin directement.

– Je peux t'en prendre un peu ? demanda-t-elle en désignant sa flasque métallique.

Il posa sur elle un œil trouble, injecté de sang, mais lui tendit le récipient.

– Ça ne va pas te plaire.

Il avait raison. L'alcool lui brûla le gosier. Malgré tout, elle avala deux gorgées supplémentaires dans l'espoir de parvenir à oublier tout ce qui s'était passé depuis son arrivée à la fête. Dans l'espoir que Jack ne raconterait jamais à Ben ce qu'elle avait fait. Dans l'espoir qu'il fasse comme s'il ne s'était jamais rien passé. Elle regrettait de ne pas pouvoir tout effacer, détricoter le temps comme on déferait un pull en laine en tirant sur un fil.

À l'autre bout de la clairière, dans les phares du pick-up de Franklin, Tom Mullins, le secondeur de l'équipe de foot, au tempérament violent et colérique, sauta brusquement sur le cercueil de verre, si bien que les filles en descendirent. Il avait l'air complètement ivre avec son visage rouge et ses cheveux en bataille trempés de sueur.

– Hé ! brailla-t-il en bondissant sur le cercueil comme s'il voulait le casser. Hé, on se réveille, là-dedans ! Allez, vieux trou du cul, lève-toi, bordel !

– Arrête, dit Martin en lui faisant signe de descendre. Tu as oublié ce qui est arrivé à Lloyd ?

Lloyd était un mauvais garçon, pyromane à ses heures et du genre à venir au lycée avec un couteau. Pendant l'appel, les professeurs ne savait plus s'il était absent parce qu'il séchait les cours ou parce qu'il était temporairement exclu. Une nuit, au printemps dernier, Lloyd avait frappé le cercueil à coups de masse. Le verre avait tenu bon mais, plus tard, alors que Lloyd voulait encore mettre le feu, il avait été grièvement brûlé. Il était toujours hospitalisé à Philadelphie, où on avait dû greffer sur son visage la peau de ses fesses.

Certains affirmaient que c'était le garçon cornu qui l'avait puni, parce qu'il n'aimait pas qu'on s'en prenne à son cercueil. D'autres prétendaient que celui ou celle qui avait jeté la malédiction sur le garçon cornu avait également maudit le verre. Par conséquent, si on essayait de le briser, on risquait d'attirer la malédiction sur soi. Tom Mullins savait tout cela, mais visiblement il s'en fichait.

Quelque part, Hazel le comprenait.

– Debout ! s'époumona-t-il en tapant le cercueil du pied puis en sautant dessus. Hé, grosse feignasse, réveille-toi, c'est l'heeeeeeuuuure !

Carter lui prit le bras.

– Tom, allez. On va se faire des shots. Tu ne voudrais pas rater ça !

Tom eut l'air d'hésiter.

– Allez, quoi, répéta Carter. À moins que tu sois déjà trop bourré ?

– Ouais, renchérit Martin, s'efforçant d'être convaincant. Tu ne tiens peut-être pas l'alcool, Tom…

Il n'en fallut pas davantage. Tom descendit avec difficulté du cercueil et s'en éloigna d'un pas lourd, clamant qu'il était capable de boire deux fois plus que Carter et Martin réunis.

– Bon, dit Franklin à Hazel, encore une soirée chiante à Solclair, où tout le monde est soit taré, soit un elfe.

Elle but une dernière gorgée à la flasque. Elle commençait à s'habituer à la sensation d'avoir du feu dans l'œsophage.

– C'est bien résumé, approuva-t-elle.

Il lui sourit, les yeux toujours dans le vague.

– Ça te dirait qu'on s'embrasse ?

À le voir, Franklin était aussi malheureux qu'elle. Franklin, qui avait à peine ouvert la bouche au collège et dont tout le monde était persuadé qu'il lui arrivait de manger des animaux écrasés sur la route au dîner. Franklin, qui ne la remercierait pas si elle lui demandait ce qui le tracassait, puisqu'il y avait tout à parier qu'il avait autant de choses qu'elle à oublier.

La tête lui tournait légèrement. Elle sentait qu'elle commençait à se désinhiber.

– OK, dit-elle.

Tandis qu'ils s'éloignaient tous les deux du pick-up pour s'enfoncer dans les bois, elle jeta un coup d'œil en arrière, en direction de la fête. Jack l'observait, une expression insondable sur le visage. Elle se détourna. En passant sous un chêne, la main de Franklin dans la sienne, elle crut voir des branches remuer au-dessus d'elle, comme des doigts. Mais, lorsqu'elle regarda plus attentivement, elle ne vit que des ombres.

Chapitre 2

L'été où Ben n'était qu'un bébé et où Hazel se trouvait encore dans le ventre de sa mère, celle-ci s'était rendue dans une clairière, dans les bois, pour peindre en plein air. Après avoir étalé une couverture dans l'herbe, elle y avait installé Ben, qu'elle avait tartiné d'écran total. Il avait mâchouillé une biscotte pendant qu'elle barbouillait sa toile d'orange cadmium et d'alizarine cramoisie. Elle peignait ainsi depuis près d'une heure lorsqu'elle avait vu qu'une femme l'observait à l'ombre des arbres, non loin.

D'après maman, la femme, qui portait un panier de pommes vertes, avait posé un foulard sur ses cheveux bruns tirés en arrière, puis s'était accroupie.

– Vous êtes une véritable artiste, l'avait complimentée l'inconnue avec un sourire ravi.

À ce moment-là, maman avait remarqué que sa très jolie robe ample avait été tissée à la main. Un instant, elle avait cru que c'était l'une de ces femmes adeptes du retour à la terre, qui faisaient leurs propres conserves avec les légumes de leur potager, élevaient des poules et cousaient elles-mêmes leurs vêtements. Mais, après avoir repéré ses oreilles délicatement pointues, elle avait compris qu'elle avait affaire à un être du Peuple de l'Air, rusé et dangereux.

Comme beaucoup d'artistes, hélas, maman avait été plus fascinée qu'effrayée.

Ayant grandi à Solclair, elle avait entendu de nombreuses histoires sur le Peuple. Elle savait qu'une communauté de bonnets-rouges, dont on disait qu'ils trempaient leurs capuches dans le sang frais humain, était censée vivre près d'une ancienne grotte, à l'autre bout de la ville. Elle avait entendu parler d'une femme-serpent qu'on apercevait parfois dans la fraîcheur du soir, à l'orée des bois. Et elle connaissait la créature monstrueuse faite de branches sèches, d'écorce, de terre et de mousse, qui transformait en sève le sang de ceux qu'elle touchait.

Elle se souvenait de la comptine que les autres filles et elles chantaient quand elles étaient petites, en sautant à la corde :

Y a un monstre dans nos bois
Et c'est pour toi qu'il viendra
Te punir si t'es pas sage
T'attirer sous les branchages
Réduit à un os rongé, à un pauvre petit tas,
C'est pas la peine d'espérer retourner un jour chez...

Elles scandaient ces paroles à tue-tête avec un plaisir fou, prenant garde de ne jamais prononcer le dernier mot – sinon, elles risquaient de faire apparaître le monstre. Après tout, c'était le but de la comptine. Mais, tant qu'on ne la finissait pas, la magie n'était pas censée opérer.

Heureusement, les histoires qu'on racontait sur les créatures du Peuple n'étaient pas toutes aussi horribles. Leur générosité était à la mesure de leur cruauté. Un jour, une fillette de la garderie où Ben allait s'était fait voler sa poupée par une nixe. Une semaine plus tard, cette même fillette s'était réveillée dans son lit à barreaux le cou entouré de somptueux colliers de perles d'eau douce. Voilà pourquoi Solclair était un endroit si particulier : parce que la magie était toute proche. Dangereuse, certes, mais c'était de la magie tout de même.

À Solclair, la nourriture avait meilleur goût, disait-on, car elle était imprégnée d'enchantements. Les rêves étaient plus nets, les artistes plus inspirés et leurs œuvres plus belles. Le sentiment amoureux était plus profond, la musique plus agréable à l'oreille, et l'on y trouvait l'inspiration plus facilement qu'ailleurs.

– Permettez-moi de faire votre portrait, avait proposé maman à l'elfe en sortant de son sac son carnet de croquis et des bâtons de fusain.

Elle aussi trouvait qu'elle dessinait mieux à Solclair.

– Dessine plutôt mes pommes, avait objecté la Fæ. Elles sont destinées à pourrir, tandis que moi, je conserverai la même apparence durant toute ma longue existence.

Ces propos avaient fait frissonner maman.

En voyant son expression, la Fæ avait ri.

– Eh oui, j'ai vu le gland avant le chêne, l'œuf avant la poule. Et je ne manquerai pas de les revoir.

Après avoir inspiré profondément, maman avait fait une nouvelle tentative :

– Si vous acceptez, je vous donnerai le dessin quand il sera terminé.

L'elfe avait réfléchi un moment à cette proposition.

– Tu me le donneras ?

Maman avait acquiescé, la Fæ avait cédé, et maman s'était mise au travail. Pendant qu'elle la croquait, elles s'étaient raconté leur vie. La Fæ lui avait confié qu'elle faisait autrefois partie d'une cour, à l'est, mais qu'elle avait suivi un membre de la noblesse en exil. Elle lui avait parlé de son tout nouvel amour pour la forêt profonde, mais aussi de son ancienne vie, qui lui manquait. À son tour, maman avait évoqué ses craintes pour l'avenir de son premier enfant, qui avait commencé à râler sur sa couverture parce qu'il s'ennuyait et avait besoin d'être changé. En grandissant, Ben aurait-il une personnalité totalement différente de la sienne ? Serait-il insensible aux arts ? Deviendrait-il quelqu'un de terne, de conventionnel ? Elle-même n'avait cessé de décevoir ses parents, car elle n'était pas comme eux. Et si Ben la décevait, elle aussi ?

Quand elle avait eu fini son dessin, l'elfe l'avait trouvé si charmant qu'elle en avait retenu son souffle. Puis elle s'était agenouillée sur la couverture et avait posé son pouce sur le front de Ben. Aussitôt, il s'était mis à hurler.

Maman avait attrapé la Fæ par le bras.

– Qu'avez-vous fait ? s'était-elle écriée.

Le front de Ben était désormais marqué d'une empreinte de doigt rouge.

– Je te devais une faveur en échange du dessin.

La Fæ s'était levée, bien plus grande que maman, plus grande qu'on l'aurait cru possible, tandis que maman avait pris dans ses bras le petit Ben qui pleurait toujours.

– Je ne peux pas changer sa nature, mais je peux lui faire don de notre musique. Celle qu'il jouera sera si douce qu'en l'entendant personne ne pourra penser à autre chose. Elle sera empreinte de la magie des Fæs. Ce don pèsera sur lui, le changera et fera de lui un artiste, quels que soient ses désirs. Tout enfant a besoin d'une tragédie pour devenir vraiment intéressant. C'est le cadeau que je t'offre : ton fils sera irrémédiablement attiré par l'art, que cela lui plaise ou non.

Sur ces mots, l'elfe avait récupéré son dessin et laissé maman recroquevillée sur la couverture, en larmes, les bras autour de Ben. Elle ne savait pas s'il venait d'être béni ou maudit.

En fait, c'étaient les deux.

Quant à Hazel, qui flottait dans son liquide amniotique comme dans une mer sans marée, elle n'avait été ni bénie ni maudite. Sa tragédie, si elle en avait une, fut de venir au monde aussi normale et ordinaire qu'un enfant puisse l'être.

Chapitre 3

Ce soir-là, Hazel rentra tard de la fête et trouva Ben attablé dans la cuisine devant un bol de céréales, sondant le lait avec sa cuillère pour y repêcher les derniers morceaux de granola. Il était minuit passé, mais leurs parents n'étaient toujours pas couchés et travaillaient encore. La lumière brillait aux fenêtres de l'atelier qu'ils partageaient, derrière la maison. Quand ils étaient particulièrement inspirés, ou en cas d'échéance à respecter, il leur arrivait même d'y dormir.

Cela ne dérangeait pas Hazel. Elle était fière d'avoir des parents différents des autres. Ils l'avaient élevée pour qu'elle le soit.

« Les gens ordinaires se croient heureux, mais c'est parce qu'ils sont trop bêtes pour penser différemment. Mieux vaut être triste et intéressant, pas vrai, ma puce ? »

Là-dessus, ils se mettaient à rire. Cela dit, quand Hazel faisait le tour de leur atelier, inhalant les odeurs familières de térébenthine, de vernis et de peinture fraîche, elle se demandait parfois ce que ça ferait d'avoir des parents ordinaires, heureux et bêtes. Puis elle se sentait coupable de s'être posé la question.

Ben leva vers elle ses yeux couleur bleuet sous ses sourcils noirs, comme les siens. Ses cheveux roux aux boucles souples étaient encore plus ébouriffés que d'habitude, et une feuille était prise dedans.

Hazel s'avança en souriant pour la retirer. Elle était suffisamment soûle pour que ses sensations soient émoussées, et sa bouche était légèrement irritée après que Franklin eut écrasé ses lèvres sur les siennes. Des détails qu'elle aurait préféré oublier – comme elle aurait préféré tout oublier de cette soirée, que ce soit Jack ou le comportement idiot qu'elle avait eu. Elle visualisa un arbre gigantesque s'abattant sur ces souvenirs, un cadenas s'enroulant autour du tronc, puis ce même tronc coulant au fond de la mer.

– Alors, ton rendez-vous, c'était comment ? demanda-t-elle.

Ben soupira longuement avant de repousser son bol sur la nappe élimée.

– En un mot : horrible.

La tête posée sur la table, Hazel regarda son frère. Sous cet angle, il paraissait évanescent, comme si elle n'avait qu'à loucher pour voir au travers.

– Est-ce qu'il kiffait des trucs bizarres comme les costumes de clown en latex ?

– Non.

Ben ne rit pas. Son sourire s'était un peu crispé.

Hazel fronça les sourcils.

– Ça va ? Il est arrivé quelque ch…

– Non, s'empressa-t-il de la rassurer. C'est juste qu'on est allés à son appart et que son ex était là. Genre il habitait là.

Elle étouffa un cri de stupeur, parce qu'en effet ça paraissait horrible.

– Tu es sérieux ? Et il ne t'en avait pas parlé ?

– Il m'a dit qu'il avait un ex, point. Tout le monde a un ex ! Même moi ! Et toi, tu en as quoi… un million ?

Il lui sourit pour qu'elle sache qu'il plaisantait, mais Hazel n'avait pas la tête à apprécier ce genre d'humour.

– On ne peut pas dire que j'ai des ex si je n'ai jamais de relation suivie avec personne, objecta-t-elle.

– Bref, on entre chez lui, je trouve ce type assis devant la télé, l'air carrément dévasté. C'était flagrant que je n'étais pas le bienvenu et qu'il n'avait pas été prévenu. Pendant ce temps, le mec sur qui j'avais des vues m'assure que son ex est cool et qu'il pourra même dormir sur le canapé pour que lui et moi allions dans la chambre. Et là, je me rends compte qu'il n'y en a qu'une ! Du coup, je me dis qu'il faut que je me barre… Mais je suis censé faire quoi ? Sur le moment, j'ai l'impression que tout ce que je dirai me fera passer pour un connard mal élevé. Je m'en sens littéralement incapable – rapport aux convenances, au savoir-vivre, tu vois.

Hazel ricana, mais son frère l'ignora.

– Alors je fais mine de devoir aller aux toilettes et je reste caché là, à essayer de rassembler mon courage.

Je respire un bon coup, je sors et je ne m'arrête pas. Je passe la porte de l'appart et je me retrouve en bas de l'escalier. Une fois sur le trottoir, je me taille.

Elle rit en l'imaginant mettre à exécution ce plan plus-subtil-tu-meurs.

– Parce que s'enfuir, ce n'est pas du tout impoli, commenta-t-elle.

Ben secoua la tête avec gravité.

– C'est moins gênant.

Cette réplique la fit encore plus rire.

– Tu as regardé tes mails ? Il va te demander où tu es passé, c'est sûr ! Et ça, ce n'est pas gênant ?

– Tu rigoles ? Plus jamais je ne regarderai mes mails ! rétorqua Ben avec emphase.

– Tant mieux, approuva Hazel. Les garçons mentent sur Internet.

– Tous les garçons mentent, renchérit Ben. Et toutes les filles. Moi, je mens. Toi aussi. Pas la peine de le nier.

Elle ne répondit pas, car il avait raison. Elle avait menti. Très souvent. À son frère, surtout.

– Et toi ? s'enquit-il. Comment allait notre prince, ce soir ?

Au fil des années, Hazel et Ben avaient inventé des tas d'histoires sur le garçon cornu. Depuis tout petits, ils avaient maintes fois dessiné son joli visage et ses cornes enroulées, que ce soit avec les feutres de papa, les fusains de maman ou leurs propres crayons de couleur. En fermant les yeux, Hazel le visualisait parfaitement : son pourpoint bleu nuit brodé de phœnix, de griffons et de dragons en fil d'or foncé ; ses mains pâles posées l'une sur l'autre, ses bagues étincelantes à ses doigts ; ses ongles étrangement longs et délicatement pointus ; ses grandes bottes de cuir ivoire ; son visage magnifique, aux traits si parfaitement dessinés… Le simple fait de le regarder donnait l'impression que, en comparaison, tout le reste était d'une laideur insupportable.

Ce devait être un prince – Ben l'avait décidé dès la première fois qu'il l'avait vu. Un prince de conte de fées, dont la malédiction ne pouvait être levée que grâce au véritable amour. À l'époque, Hazel était persuadée que c'était elle qui le réveillerait.

– Notre prince était comme d'habitude, répondit-elle.

Elle n'avait pas envie de s'étendre sur sa soirée, mais elle ne voulait pas non plus que Ben s'en rende compte.

– Tout le monde était comme d'habitude. *Tout* était comme d'habitude.

Elle savait que son frère n'y était pour rien si sa vie était frustrante. Elle avait passé un marché. Il était inutile de le regretter, et plus encore d'en vouloir à Ben.

Au bout d'un moment, leur père, fatigué, sortit de l'atelier pour se préparer un thé et les envoyer au lit. Ayant une échéance à respecter, il s'efforçait de terminer les illustrations qu'il était censé présenter en ville lundi. Il y passerait probablement la nuit ; autrement dit, si Hazel et Ben n'allaient pas se coucher, il le saurait.

Maman lui tenait sans doute compagnie. Papa et elle avaient commencé à sortir ensemble aux Beaux-Arts, à Philadelphie, unis par leur amour des livres pour enfants. C'est pourquoi Hazel et Ben avaient chacun reçu le prénom d'un célèbre lapin[1], ce qu'ils trouvaient assez humiliant. Peu de temps après avoir obtenu leur diplôme, papa et maman étaient retournés à Solclair, fauchés, prêts à accueillir leur premier enfant et désireux de se marier, si c'était la condition pour que la famille de papa leur permette d'occuper la ferme de sa grand-tante sans payer de loyer. Papa avait transformé la grange du fond en atelier d'artiste et occupait la moitié de l'espace pour peindre les images qui illustreraient des albums. Dans l'autre moitié, maman peignait des vues de la forêt de Carling, qu'elle vendait le plus souvent aux touristes.

Au printemps et en été, Solclair était envahie par les touristes. On les voyait manger des pancakes au vrai sirop d'érable au *Diner de la Gare*, choisir des tee-shirts ou des presse-papiers en résine contenant un trèfle en suspension chez *Curieuses Curiosités*, se faire dire la bonne aventure au *Tarot de la Lune mystique*, prendre des selfies assis sur le cercueil de verre du prince, acheter des sandwichs triangles au *Snack d'Annie* pour un pique-nique improvisé près du lac Wight, ou flâner dans les rues en se tenant par la main, comme si Solclair était l'endroit le plus pittoresque et le plus excentrique qu'ils aient jamais visité.

Chaque année, quelques-uns de ces touristes disparaissaient.

1. Hazel (prénom mixte dans les pays anglophones) est le protagoniste de *Watership Down*, de Richard Adams. Benjamin Bunny, le cousin de Pierre Lapin, est un personnage des contes de Beatrix Potter. *NdT*.

Certains étaient entraînés dans le lac Wight par les sorcières d'eau, leur corps fendant le tapis dense des lentilles d'eau. Certains étaient piétinés au crépuscule par des chevaux dont la crinière était ornée de clochettes tintinnabulantes, montés par des membres du Peuple chatoyant. Certains étaient retrouvés pendus aux arbres la tête en bas, saignés à blanc et à moitié dévorés. Certains étaient découverts assis sur un banc dans un parc, le visage figé en une grimace si affreuse qu'ils semblaient être morts de peur. Et d'autres ne reparaissaient jamais, tout simplement.

Ceux-là étaient peu nombreux. Un ou deux par saison. Mais ce chiffre était suffisant pour que les nouvelles se répandent en dehors de Solclair. Il était suffisant pour qu'il y ait des mises en garde, des alertes. Cela aurait dû être suffisant pour que les touristes renoncent à venir. Or il n'en était rien.

Environ vingt-cinq ans plus tôt, le Peuple se montrait plus prudent, plus farceur. Une bourrasque soudaine pouvait emporter une touriste qui se promenait tranquillement et la déposer à des kilomètres de là. Un groupe de visiteurs pouvait rentrer à leur hôtel d'un pas chancelant, après une longue soirée, et se rendre compte que six mois s'étaient écoulés. De temps à autre, il arrivait que l'un d'eux se réveille avec des nœuds dans les cheveux. Des objets qu'ils étaient certains d'avoir dans leurs poches disparaissaient. On faisait d'étranges découvertes. Le beurre était mangé directement dans le beurrier, léché par des langues invisibles. L'argent se transformait en feuilles d'arbres. Les lacets refusaient d'être noués, et les ombres n'étaient pas aussi nettes, comme si elles s'étaient absentées pour aller s'amuser.

À l'époque, il était rarissime que quelqu'un meure par la faute du Peuple.

Les touristes, soupiraient les gens du coin avec une pointe de mépris, comme ils le faisaient encore aujourd'hui. Car tout le monde pensait – comment aurait-il pu en être autrement ? – que, si les touristes mouraient, c'était à cause de leur comportement irresponsable. Et s'il arrivait, très ponctuellement, que quelqu'un originaire de Solclair disparaisse, eh bien, c'est qu'il avait dû se comporter comme un touriste. Il aurait dû être plus avisé. Les habitants de Solclair en vinrent à considérer le Peuple comme un phénomène naturel dangereux, inévitable. Un peu comme les tempêtes de grêle ou les courants qui vous emportent au large.

C'était une sorte d'étrange contradiction. Il fallait se montrer respectueux envers les créatures du Peuple tout en ne les craignant pas.

Les touristes, eux, en avaient peur.

Ils devaient s'en tenir à l'écart et porter des protections. Mais les touristes n'avaient pas *assez* peur.

Durant la courte période où Hazel et Ben avaient vécu à Philadelphie, personne n'avait cru à leurs histoires. Ces deux années avaient été bizarres. Ils avaient dû apprendre à cacher ce que les autres prenaient pour de l'excentricité. Leur retour à Solclair s'était révélé difficile aussi, parce qu'à ce moment-là ils avaient conscience que, comparée aux autres villes, cette bourgade était un endroit vraiment à part. Et aussi parce qu'entre-temps Ben avait décidé de renoncer totalement à ses pouvoirs magiques – et à la musique.

Autrement dit, Ben ne devait jamais apprendre le prix qu'Hazel avait payé pour qu'il puisse aller à Philadelphie. Elle n'était pas une touriste : elle aurait dû se montrer plus avisée. Mais, certains soirs comme celui-là, elle regrettait de ne pas pouvoir en parler à quelqu'un. Elle regrettait d'avoir à supporter une telle solitude.

Cette nuit-là, une fois que Ben et elle furent couchés, après qu'elle se fut déshabillée et eut enfilé son pyjama, après s'être brossé les dents et assurée que les flocons d'avoine salés éparpillés sous son oreiller y étaient toujours, la protégeant des ruses des Fæs, Hazel n'eut plus aucune occupation pour éviter de penser à cet instant vertigineux où sa bouche avait rencontré celle de Jack. Cependant, alors qu'elle glissait dans les rêves, ce n'était plus Jack qu'elle embrassait, mais le garçon cornu. Il avait les yeux ouverts. Et, lorsqu'elle l'attira contre elle, il ne la repoussa pas.

Hazel se réveilla patraque, fébrile et mélancolique. Elle mit cela sur le compte de sa consommation d'alcool de la veille et avala un cachet d'aspirine avec le fond de jus d'orange qu'il restait dans la brique. Sa mère avait laissé un mot pour qu'ils aillent acheter du pain et du lait. Elle avait accroché au papier un billet de dix dollars avec une pince à linge, mettant l'ensemble dans l'immense saladier fourre-tout en terre cuite posé au milieu de la table de la cuisine.

Avec un grognement, Hazel remonta enfiler un large tee-shirt noir sur un legging. Elle remit ses créoles vertes.

Il y avait de la musique dans la chambre de Ben. Même s'il ne jouait plus lui-même, il en mettait constamment en fond sonore, y compris lorsqu'il dormait. Mais, s'il était levé, elle espérait le convaincre d'aller faire la petite course demandée par maman pour qu'elle puisse retourner au lit.

Elle frappa à sa porte.

– Entrez à vos risques et périls ! lança-t-il.

En ouvrant le battant, elle trouva son frère en train de sauter dans un jean skinny couleur moutarde, un téléphone portable à l'oreille.

– Salut, marmonna-t-elle, tu veux bien…

Il lui fit signe d'approcher avant de dire dans le téléphone :

– Oui, elle est réveillée. Elle est juste devant moi. OK, on te retrouve dans un quart d'heure.

Hazel grogna.

– Tu as dit oui à quoi ?

Il la gratifia d'un grand sourire et mit fin à son appel. C'était sûrement Jack.

L'amitié de Ben et Jack remontait à plusieurs années. Jack avait soutenu Ben quand celui-ci avait fait son coming out, puis lorsqu'il avait noué une relation obsessionnelle avec le seul autre garçon ouvertement gay du lycée – relation qui s'était terminée par une bagarre mémorable, en public, lors du feu de joie de la fête de rentrée. Ben avait été présent pour Jack pendant sa grosse déprime, quand Amanda Watkins l'avait plaqué. Elle lui avait avoué qu'elle était sortie avec lui à défaut de pouvoir sortir avec Carter, et que sortir avec Jack, c'était comme sortir avec l'ombre de Carter. Jack et Ben étaient amis même s'ils n'écoutaient pas la même musique, ne lisaient pas les mêmes livres et ne déjeunaient pas avec les mêmes personnes.

Qu'Hazel ait embrassé Jack était anecdotique et n'aurait sans doute aucune conséquence. Malgré tout, elle n'avait pas hâte que Ben soit au courant. De même qu'elle n'avait pas hâte que Jack la regarde avec méfiance tout l'après-midi, comme si elle allait lui sauter dessus.

Pourtant, malgré elle, elle était impatiente de le revoir. Elle n'en revenait toujours pas de l'avoir embrassé, même si ça n'avait duré que quelques secondes. À ce souvenir, elle éprouva une décharge de joie assez gênante. Pour la première fois depuis longtemps, elle avait l'impression d'avoir osé quelque chose, vraiment osé. Bien entendu, c'était une terrible erreur. Elle aurait pu tout gâcher. Elle espérait n'avoir pas tout gâché. En tout cas, il était hors de question que cela se reproduise. Et, de toute façon, elle ne voyait pas comment cela pourrait arriver.

Elle ne savait pas trop à quel moment elle avait commencé à craquer pour Jack. C'était venu d'une manière insidieuse. Elle s'était mise à avoir une conscience de lui exagérée, à frissonner d'excitation quand son attention était centrée sur elle, à être atteinte de logorrhée en sa présence. Elle se souvenait toutefois du moment où son crush était devenu une évidence. En allant chez Jack pour rappeler à Ben qu'il devait rentrer pour un cours de musique avec un des amis bons à rien de papa, elle était tombée sur une bande de garçons qui préparaient des sandwichs en s'amusant, dans la cuisine des Gordon. Jack lui en avait fait un avec de la salade de poulet et des rondelles de tomate tranchées avec soin. Lorsqu'il s'était détourné pour aller lui chercher des bretzels, elle avait piqué son chewing-gum à moitié mâché, qu'il avait collé sur une assiette, et l'avait fourré dans sa bouche. Ce chewing-gum à la fraise imprégné de la salive de Jack lui avait procuré une joie aussi folle et stupéfiante que si elle l'avait embrassé.

Ce chewing-gum était toujours collé à son cadre de lit ; une sorte de talisman dont elle ne pouvait se séparer.

– On va au *Lucky's*, annonça Ben, comme s'il se rendait compte qu'il valait mieux la renseigner sur l'endroit où ils allaient bien qu'on ne lui ait pas demandé son avis. On prendra un café. On écoutera des disques. On regardera les nouveautés. Allez, tu dois sûrement manquer à Mr Schröder ! En plus, comme tu le dis toi-même, tu vois autre chose à faire dans ce trou, un dimanche ?

Hazel soupira. Elle aurait dû refuser. Au lieu de quoi, elle semblait foncer droit vers les ennuis, ne laissant passer aucun détail, aucun garçon à embrasser, aucun crush à oublier et aucune mauvaise idée.

– Je suppose qu'un café me fera du bien, répondit-elle.

Son frère enfila un blazer rouge. Apparemment, il avait l'intention d'assortir sa tenue à un lever de soleil.

Le *Lucky's* était un entrepôt vaste et ancien qui avait été rénové. Il était situé du côté le moins intéressant de la rue principale, à proximité de la banque, du cabinet dentaire et d'un horloger. L'endroit sentait le vieux livre poussiéreux, la naphtaline et le café torréfié. Des étagères dépareillées, en chêne ou en palettes, occupaient les murs et dessinaient des allées au milieu. Toutes avaient été achetées pour une bouchée de pain dans des vide-garages par Mr et Mrs Schröder, les gérants âgés du lieu. Deux fauteuils trop rembourrés et un tourne-disque avaient été installés près des grandes fenêtres donnant sur un ruisseau assez large. Les clients avaient le droit d'écouter les vinyles choisis dans le stock proposé. Un distributeur isotherme contenait du café biologique et labellisé commerce équitable. Des mugs étaient posés sur une table peinte, à côté d'un bocal ébréché sur lequel il était écrit : 50 CENTS LA TASSE. ON VOUS FAIT CONFIANCE.

À l'autre bout du local, il y avait de nombreux portants sur lesquels étaient rangés vêtements, chaussures, sacs à main et accessoires d'occasion. Hazel avait travaillé là l'été précédent. Une grande partie de sa mission avait consisté à passer en revue le contenu de centaines de sacs poubelles pour séparer ce qui pouvait être mis en rayon de ce qui était déchiré, taché ou malodorant. Ce travail de tri avait abouti à des découvertes aussi nombreuses qu'intéressantes. Au *Lucky's*, les articles étaient certes un peu plus chers que dans une boutique d'occasion comme *Goodwill*, où ses parents aimaient qu'elle fasse son shopping – ils proclamaient qu'acheter neuf, c'était pour les bourgeois –, mais l'endroit était aussi plus agréable, et elle bénéficiait d'un tarif préférentiel.

Jack, qui achetait ses vêtements au centre commercial et dont la famille était définitivement étiquetée « bourgeoise » aux yeux des parents d'Hazel, venait au *Lucky's* pour les biographies d'obscures célébrités qu'il y dénichait et qu'il dévorait à la fréquence où d'autres fument des cigarettes.

Ben, lui, venait pour les vieux disques qu'il adorait, même s'ils sautaient, craquaient et se dégradaient avec le temps. Selon lui, les sillons reflétaient la forme des ondes originales du son, qu'il disait plus riche, plus authentique. Mais Hazel pensait que, ce qui lui plaisait avant tout, c'était le rituel : sortir le disque de sa pochette, le poser sur le tourne-disque, placer le diamant exactement là où il le fallait. Après quoi, Ben serrait les poings pour se retenir de marquer le rythme en se tapotant les cuisses.

Et il avait beau ne pas aimer cette dernière étape, c'était ce qu'il faisait. Invariablement.

C'était une journée fraîche et ensoleillée. Sur le trajet qu'ils firent à pied, le vent leur fouetta les joues jusqu'à ce qu'elles rosissent. Lorsque Hazel et Ben entrèrent dans le local, une dizaine de corbeaux s'envolèrent d'un sapin en croassant.

Mr Schröder, en pleine sieste, leva les yeux quand la clochette tinta au-dessus de la porte. Il fit un clin d'œil à Hazel, qui lui répondit de la même façon. Puis il sourit avant de se carrer de nouveau dans son fauteuil.

À l'autre bout du magasin, Jack posait un album de Nick Drake sur le tourne-disque. La voix douce du chanteur emplit les lieux ; la chanson parlait d'une couronne dorée et de silence. Hazel tenta d'observer Jack à la dérobée pour savoir dans quelles dispositions il se trouvait. Comme d'habitude, il avait un petit côté débraillé. Il portait un jean, des oxford bicolores et un tee-shirt froissé dont le vert faisait ressortir l'éclat argenté de ses iris. Il sourit en les voyant, mais Hazel se faisait-elle des idées en trouvant son sourire forcé et absent de ses yeux ? De toute façon, peu importait : le regard de Jack glissa sur elle et se posa sur Ben, à qui il demanda :

– Bon alors c'est quoi, cette histoire de planter son rencard comme Bruce Wayne dès qu'il voit le Bat-signal ?

Ben rit et s'installa dans un fauteuil, bientôt rejoint par Jack et Hazel.

– Ce n'est pas comme ça que ça s'est passé ! se défendit-il.

Où Hazel avait-elle la tête, lorsqu'elle avait embrassé Jack ? Juste parce qu'elle avait un crush sur lui quand ils étaient petits ? Juste parce qu'elle en avait eu envie ?

– C'est clair, s'obligea-t-elle à dire. Batman n'aurait jamais fait ça, lui.

Ben se fit une joie de raconter sa soirée désastreuse. Ils cherchèrent de la monnaie pour le café tandis que, dans cette nouvelle version plus exagérée, plus dramatique, le colocataire était encore plus amoureux du rencard de Ben et encore plus fâché contre l'intrus. Ben avait pris la fuite de manière encore plus comique et plus maladroite. À la fin, Hazel ne savait plus ce qui était vrai, et cela lui était égal. Entendre son frère faire le récit de cette soirée lui rappela ses talents de conteur et le fait que les histoires qu'elle préférait sur le garçon cornu étaient celles inventées par Ben.

– Et toi ? demanda-t-il enfin à son ami. Hazel m'a dit qu'il ne s'était rien passé d'intéressant, hier soir.

Le rire de Jack s'éteignit.

– Ah, finit-il par dire après un silence qui dura deux secondes de trop.

Une étrange lueur brillait dans ses yeux ambrés.

– Alors elle ne t'a rien dit ? s'enquit-il ensuite.

Hazel se pétrifia.

Son frère les regardait d'un air curieux, les sourcils froncés.

– À propos de quoi ?

– Tom Mullins était complètement bourré. Il est monté sur le cercueil et a essayé de l'exploser. C'est sûr qu'il est maudit, maintenant, ce couillon.

Le sourire de Jack était empreint de mélancolie. Il passa les doigts dans ses boucles brunes et serrées.

Prise d'un léger vertige, Hazel put enfin respirer.

Ben secoua la tête.

– Pourquoi les gens font ça, franchement ? Il se passe des trucs graves chaque fois que quelqu'un fait n'importe quoi avec le cercueil... Tommy s'en fiche complètement, du prince, alors pourquoi avoir tenté le diable ?

Son indignation paraissait sincère. Ben et Tom Mullins avaient été amis, avant que Ben déménage et que Tom devienne un pochtron.

– Peut-être qu'il en avait marre d'être toujours aux mêmes fêtes et de voir toujours les mêmes têtes, suggéra Jack en s'asseyant sur une table où étaient disposés des piles de livres, des ceintures et des foulards.

Il regarda Hazel.

– Peut-être qu'il voulait qu'il se passe quelque chose, ajouta-t-il.

Elle grimaça.

– Bon, arrête avec tes sous-entendus bizarres, déclara Ben en se penchant en avant dans son fauteuil, son mug entre les mains.

Ses boucles rousses ressemblaient à de l'or dans la lumière qui filtrait à travers les vitres sales.

– Vous vous regardez fixement en mode chelou depuis tout à l'heure, tous les deux... C'est quoi, le problème ?

– Hein ? Non, le détrompa doucement Jack. Il n'y a pas de problème.

Hazel alla se resservir en café.

– Ça alors ! s'exclama-t-elle, pressée de changer de sujet. Ça ne serait pas un bustier en sequins, que je vois là-bas ?

C'en était un et, à côté, il y avait une robe de bal de promo turquoise vif, vaporeuse et encombrante, dans laquelle Hazel dansa autour de la salle. Elle remarqua aussi un costume trois pièces qui aurait pu être porté dans l'une des premières saisons de *Mad Men*. Jack mit un disque des Bad Brains, Ben essaya le costume, des touristes vinrent acheter des cartes postales, et ce dimanche après-midi commença à ressembler à un dimanche normal.

Puis Ben glissa ses mains dans les poches de la veste dans laquelle il paradait, mettant Hazel et Jack au défi de lui dire qu'elle était un peu juste pour lui. Hazel récupéra son blazer rouge qu'elle posa sur son bras. Quelque chose tomba et rebondit au sol, avant de rouler jusqu'à l'un des pieds de Jack. C'était une noix entourée d'un brin d'herbe.

– Regarde ça, dit Jack à Hazel en fronçant les sourcils. Qu'est-ce que c'est, à ton avis ?

– C'était dans mon blazer ? s'enquit Ben.

– Je ne suis pas sûre, répondit Hazel.

– Eh bien, ouvrons-la, proposa Jack en descendant de la table, un chapeau melon posé de travers sur sa tête.

Ses gestes gracieux et fluides firent renaître dans l'esprit d'Hazel des pensées de la même nature que celles à l'origine de ses ennuis.

Il ôta le brin d'herbe sans difficulté et la coquille de noix s'ouvrit en deux. Elle contenait un petit morceau de papier roulé.

– Montre-moi ça, dit Hazel en le prenant.

Déroulant le fin et minuscule parchemin, elle se surprit à frissonner en déchiffrant l'écriture en pattes de mouche. *Sept années pour t'acquitter de tes dettes. Bien trop tard pour que tu le regrettes.*

Tous restèrent silencieux un certain temps. Hazel se fit violence pour ne pas lâcher le mot.

– Ça ne veut rien dire, décréta Jack.

– Ça doit être un vieux truc qu'un touriste a laissé ici, supposa Ben d'un ton qui manquait d'assurance. Une noix qui fait des prédictions magiques à la con.

Au bout de la rue principale, il y avait une boutique appelée *La Chafouine*, qui vendait des souvenirs aux amateurs de Fæs. De l'encens, des sachets de sel mélangé avec des baies rouges en guise de protection, des plans de la ville indiquant les sites fæs « sacrés », des cristaux, des cartes de tarot peintes à la main ou encore des autocollants brillants irisés à coller sur les fenêtres. Les noix renfermant un mystérieux message fæ étaient bien le genre de choses que les touristes pouvaient avoir sur eux.

– On se demande ce que c'est, comme prédiction, dit Jack.

– Ouais, approuva Hazel en essayant de faire comme si son cœur ne battait pas la chamade ; comme si elle ignorait à qui était destiné ce message ; comme si tout était normal.

– Ouais, répéta Ben en mettant la coquille de noix et le message dans sa poche avec un petit rire. C'est bizarre, quand même.

Après quoi, Hazel ne put que faire semblant de s'amuser. Elle regarda Ben et Jack pour les graver dans son esprit. Elle mémorisa les clients et le lieu, l'odeur de vieux livre et les bruits familiers de la normalité.

Ben s'offrit un nœud papillon à pois, puis ils marchèrent jusqu'à la supérette, où Hazel acheta du pain et du lait. Ensuite, Jack rentra chez lui, car ses parents l'attendaient pour dîner. Le dimanche, c'était jeux de société en famille. Peu importait que Jack et Carter trouvent ça ringard, ils ne devaient pas déroger à la tradition. Hazel et Ben rentrèrent aussi. Devant chez eux, Hazel s'accroupit pour verser un peu de lait dans le bol en céramique que maman laissait près de l'allée pavée. Tout le monde à Solclair laissait de la nourriture dehors pour les Fæs, en signe de respect et pour obtenir leurs faveurs.

Mais ce furent d'épais grumeaux qui se déversèrent dans le bol. Le lait avait déjà tourné.

Chapitre 4

Cette nuit-là, Hazel se tourna et se retourna dans son lit, envoyant promener ses draps, s'efforçant de ne pas s'inquiéter à propos de promesses formulées et de dettes à rembourser. Elle imagina s'en débarrasser en les fourrant dans cent coffres-forts incrustés de bernacles, mille malles enfouies sous terre, chacun et chacune enserrés de chaînes.

Le lendemain matin, elle se réveilla avec les membres lourds. Lorsqu'elle roula sur le côté pour appuyer sur le bouton « snooze » de l'alarme de son téléphone, elle eut mal au bout des doigts. Ses paumes étaient rouges et irritées. Un éclat de verre long comme une épingle était fiché dans le gras de son pouce et quelques autres, plus petits, brillaient, disséminés sur ses doigts. Son cœur se mit à battre plus vite.

Perplexe, elle rejeta ses couvertures et découvrit que ses pieds étaient couverts de boue. Lorsqu'elle se leva, des paquets de terre tombèrent d'entre ses orteils. En fait, elle en avait jusqu'aux genoux. Le bas de sa chemise de nuit était raide et sale. Quand elle retira ses draps, elle vit que son lit ressemblait à un nid, plein d'herbe et de brindilles. Elle essaya de se rappeler la soirée de la veille, mais seuls de vagues rêves lui revinrent. Et, plus elle se concentrait, plus ils lui échappaient.

Qu'était-il arrivé ? Qu'avait-elle fait la nuit précédente, et pourquoi n'en gardait-elle aucun souvenir ?

Elle s'obligea à se doucher en réglant la température la plus chaude qu'elle puisse supporter. Sous l'eau, elle parvint à ôter les éclats de verre plantés dans sa main. De minuscules perles de sang tourbillonnèrent vers la bonde. La boue nettoyée, Hazel cessa enfin de trembler. Mais elle n'avait toujours pas de réponse à sa question.

Qu'avait-elle fait ?

Ses muscles étaient courbatus, comme si elle les avait sollicités récemment. Elle eut beau associer ces douleurs, la terre et les éclats de verre, elle ne comprenait pas pour autant ce qui s'était passé. Elle respirait trop vite malgré ses efforts pour rester calme ; malgré le fait qu'elle savait que cela devait arriver, que le plus dur l'attendait, et qu'elle devrait se réjouir de pouvoir enfin en finir.

Cinq ans auparavant, quand Hazel allait avoir onze ans, elle avait conclu un marché avec le Peuple.

Elle avait rejoint l'aubépine par une nuit de pleine lune, juste avant l'aube. Le ciel presque entièrement noir était encore parsemé d'étoiles. Des rubans de tissu, fantômes de souhaits, voletaient dans les branches au-dessus d'elle. Elle avait laissé son épée à la maison, par respect, et espérait que, même si elle avait traqué quelques êtres du Peuple – uniquement les méchants –, les Fæs accepteraient de passer un marché équitable avec elle. Elle était très naïve.

Gardant son souhait à l'esprit, elle avait franchi le cercle de pierres blanches et attendu sous l'arbre, assise dans l'herbe humide de rosée, le pouls aussi rapide que celui d'une souris. Elle n'avait pas eu à patienter longtemps. Au bout de quelques minutes, une créature avait émergé des bois ; une créature qu'Hazel n'aurait pas su nommer. Le corps pâle, elle se déplaçait à quatre pattes et était munie de griffes aussi longues que ses doigts. Le contour de ses yeux et de sa bouche trop grande était rose, et elle avait comme des dents de requin, pointues et irrégulières.

– Attache ton ruban à l'arbre, avait-elle indiqué d'une voix chuintante, sa longue langue rose apparaissant lorsqu'elle parlait. Dis-moi quel est ton souhait. Je passe des marchés au nom du roi des Aulnes, qui t'accordera tout ce que tu désires.

Hazel avait pris la bande de tissu découpée à l'intérieur de sa robe préférée. Celle-ci avait voleté dans sa main lorsqu'elle l'avait sortie de sa poche.

– Je veux que mon frère entre à l'école de musique à Philadelphie. Que tous les frais soient payés pour qu'il puisse y aller. En échange, je ne chasserai plus tant qu'il y restera.

La créature avait ri.

– Tu es bien audacieuse, ça me plaît ! Hélas, je crains que ton prix ne soit pas suffisant pour ce que tu souhaites. Promets-moi dix années de ta vie.

– Dix années ? avait répété Hazel, stupéfaite.

Elle s'était crue prête à négocier, mais elle n'avait pas pensé à ce que les Fæs pourraient exiger d'elle. Il fallait que Ben progresse en musique. Il fallait qu'elle et lui forment de nouveau un duo. Quand elle chassait sans lui, elle se sentait perdue. Elle devait conclure ce marché.

– Tu es si jeune... Il te reste encore de nombreuses années à vivre. Ne voudrais-tu pas nous en donner quelques-unes ? avait demandé la créature.

Elle s'était rapprochée, et Hazel avait vu que ses yeux étaient aussi noirs que deux taches d'encre.

– Elles te manqueront à peine...

– Mais vous n'êtes pas immortels ? s'était étonnée Hazel. À quoi vous serviraient les années de quelqu'un ?

– Pas « de quelqu'un », avait rectifié la créature en s'asseyant. Les tiennes.

Elle s'était mise à malaxer la terre, feignant de s'ennuyer mortellement, mais cela lui donnait surtout un air menaçant.

– Sept, avait proposé Hazel, se rappelant que les Fæs adoraient certains chiffres. Je te donne sept années.

Le sourire de la créature s'était épanoui davantage.

– Marché conclu. Attache ton bout de tissu à l'arbre, et rentre chez toi avec notre cadeau.

Hazel avait levé les mains, le ruban s'agitant dans la brise, puis avait hésité. Tout était allé si vite... La créature avait accepté sa proposition sans vraiment chercher à discuter. Prise d'une terreur froide, insidieuse, Hazel avait été de plus en plus sûre qu'elle avait commis une erreur.

Mais laquelle ? Elle avait compris qu'elle mourrait sept ans plus tôt qu'elle aurait dû. Cependant, quand on n'a que dix ans, l'échéance paraît très éloignée, plus proche de *jamais* que de *maintenant*.

Ce fut en retournant chez elle dans le noir qu'elle s'était rendu compte qu'à aucun moment elle n'avait précisé que ces années devaient être prélevées à la fin de sa vie. Elle l'avait *sous-entendu*. Autrement dit, les Fæs pouvaient réclamer leur dû à tout moment et, étant donné leur différence de perception du temps, sept années chez eux correspondaient peut-être au reste de sa vie dans le monde des mortels.

Elle n'était pas plus maligne que tous ceux qui s'étaient rendus à l'aubépine pour y faire un vœu. Le Peuple l'avait dupée.

Depuis cette nuit-là, elle s'efforçait d'oublier qu'elle vivait en sursis. Elle participait à toutes les fêtes et embrassait autant de garçons que possible, faisant le plein d'amusement pour contrer le désespoir, la terreur suffocante qui planait au-dessus d'elle.

Mais rien ne pouvait l'amuser ou la distraire suffisamment.

Sous la douche, elle repensa à la coquille de noix et au message qu'elle contenait : *Sept années pour t'acquitter de tes dettes. Bien trop tard pour que tu le regrettes.*

La mise en garde était claire, même si elle ne comprenait pas pourquoi le Peuple prenait la peine de se montrer aussi prévenant, ni pourquoi elle se trouvait encore dans sa chambre, s'il était temps pour elle de payer son dû. Avait-elle été enlevée la nuit précédente puis ramenée chez elle ? Était-ce la raison pour laquelle elle s'était réveillée dans cet état ? Dans quel but ? Allait-on revenir la chercher ? Sept années étaient-elles passées le temps d'une seule nuit chez les mortels ? Personne, et surtout pas elle, n'aurait pu être aussi chanceux.

Sa serviette enroulée autour d'elle, elle se dirigea vers son placard, réfléchissant à ce qu'elle pouvait faire.

Hélas, le message disait vrai. Il était bien trop tard pour les regrets.

Elle choisit une robe bleu marine parsemée de minuscules motifs de ptérodactyles rose et vert, des bottes en caoutchouc vert assorties et un parapluie transparent, espérant que cette tenue joyeuse l'aiderait à garder le moral. Mais, alors qu'elle enfilait ses bottes, assise sur son lit, elle remarqua un certain désordre près de la fenêtre. Il y avait des traces de boue sur l'appui, ainsi que sur la vitre. Et quelque chose était écrit sur le mur à côté : SÉMOAH.

Hazel s'approcha pour observer ce mot qu'elle ne connaissait pas. C'était peut-être plutôt le nom de quelqu'un. Quelqu'un qui l'aidait… ou quelqu'un qu'il fallait craindre – surtout si l'on se basait sur la façon dont les lettres étaient tracées, dignes d'un film d'horreur sur le mur bleu clair de sa chambre.

L'idée qu'une créature ait pu la suivre en douce jusqu'à sa chambre l'emplissait d'effroi. Elle imagina l'un des êtres du Peuple accroupi au sol, formant les lettres d'un long doigt terminé par une griffe pointue.

Un instant, elle envisagea de descendre et de tout raconter à son frère : le marché, le message, ses pieds sales à son réveil, sa peur d'être enlevée sans pouvoir faire ses adieux. Il fut un temps où Ben était la personne en qui elle avait le plus confiance. Il était sa moitié, son complice. Un temps où elle et lui avaient espéré redresser toutes les injustices commises à l'encontre de leur ville. Peut-être pourraient-ils être aussi proches qu'avant, s'il n'y avait pas autant de secrets entre eux.

Cependant, si elle lui disait tout, il risquait de penser que tout était sa faute à lui.

Elle était censée se débrouiller seule, cela faisait partie de la promesse qu'elle lui avait faite. Elle ne voulait pas qu'il sache qu'elle avait échoué. Après Philadelphie, elle ne voulait plus contribuer à empirer les choses.

Après avoir pris une grande inspiration, décidée à ne rien révéler, elle descendit dans la cuisine. Ben y était déjà : il rangeait son déjeuner dans son sac à dos. Maman avait laissé sur la table des barres de granola aux raisins secs et au chou kale, faites maison. Hazel en prit deux pendant que Ben versait du café dans de grands bocaux en verre munis d'une anse.

Sur le chemin du lycée, ils échangèrent à peine quelques mots. Ils avalèrent leur petit déjeuner, laissant les enceintes de la Coccinelle de Ben emplir l'habitacle avec la musique punk diffusée par la radio universitaire la plus proche. Ben bâilla, visiblement trop endormi pour parler. Hazel le regarda et se félicita de réussir à se comporter normalement.

Le temps qu'ils arrivent au lycée de Solclair, elle s'était presque convaincue qu'elle n'était pas sur le point d'être kidnappée à tout moment par les Fæs. Et, s'ils la tourmentaient, comme un chat particulièrement cruel s'amuserait avec une souris, afficher son désarroi ne lui serait d'aucune utilité. Cette résolution prise, elle franchit l'entrée du bâtiment. Jack et Carter marchaient dans le couloir – une image double à cette distance, sauf que Carter avait un bras passé autour des épaules d'Amanda Watkins, qui affichait un air suffisant. Amanda était enfin parvenue à prendre Carter dans ses filets. Elle ne devait plus se contenter d'une ombre et avait réussi, d'une manière ou d'une autre, à séduire celui qu'elle visait.

Hazel pensa d'abord que Carter n'était qu'un hypocrite pour lui avoir reproché de briser les cœurs alors qu'il aidait Amanda à briser celui de son frère.

Dans un second temps, elle se dit que Carter ignorait peut-être qu'Amanda avait dit de Jack qu'il était son ombre. Elle jeta un coup d'œil à Jack, dont le visage exprimait une impassibilité feinte tandis qu'il marchait à côté d'eux. Oui, elle aurait parié qu'il n'en avait pas dit un mot à Carter.

Qu'il dépérisse à cause d'Amanda alors que celle-ci était juste là, à battre des cils devant Carter, la rendait furieuse. Cela lui donna envie de canaliser le sentiment d'impuissance que lui inspirait sa situation personnelle en flanquant un bon coup de poing dans le ventre d'Amanda. Cela lui donna envie d'embrasser Jack, encore ; de l'embrasser si ardemment que la force de ce baiser aurait pour effet de lui sortir immédiatement Amanda de la tête ; si sauvagement que tous les autres garçons, même Carter, seraient impressionnés par le pouvoir d'attraction de Jack.

Mais, lorsqu'elle s'imagina traverser le couloir et l'embrasser pour de bon, le souvenir de l'expression étrange et douloureuse qu'il avait affichée en s'écartant d'elle, après leur baiser à la fête, lui revint aussitôt. Elle ne voulait plus jamais qu'il la regarde ainsi.

– Qu'est-ce qui se passe, là-bas ? demanda Ben.

Il attirait son attention sur un groupe de jeunes chrétiens rassemblés devant les portes de l'auditorium. Une foule se formait autour d'eux.

– Il n'était tout simplement *plus là*, disait Charlize Potts, les bras croisés sur le sweatshirt ample qu'elle portait sur un legging rose, ses cheveux blonds presque blancs cascadant dans son dos. On est allés dans les bois ce matin avant les cours pour nettoyer un peu, vous voyez, histoire que les touristes ne se blessent pas avec les bouteilles que les losers que vous êtes avez laissées là-bas. Le pasteur Kevin ne veut pas que ce soit la honte pour la ville. Le cercueil était vide ! Fracassé. Quelque chose a fini par en venir à bout, il faut croire.

Hazel se pétrifia. Toutes les pensées qui l'accaparaient s'envolèrent d'un coup.

– Quoi ? Il n'a pas pu disparaître comme ça ! s'exclama un élève.

– Quelqu'un a dû voler le corps…

– C'est forcément une blague !

– Qu'est-ce qui s'est passé samedi soir ?

– Tom est à l'hôpital avec les deux jambes cassées. Il est tombé dans l'escalier. Du coup, il n'a pas pu y retourner.

Le cœur d'Hazel s'affola. Elle n'était pas sûre d'avoir bien entendu. Ils ne pouvaient pas être en train de dire ce qu'ils disaient. Impossible. Lentement, elle se rapprocha du groupe avec l'impression de se mouvoir dans quelque chose de plus solide que l'air. Ben, avec ses longues jambes, la dépassa et se mêla à la foule.

Un instant plus tard, il jeta un coup d'œil à sa sœur, les yeux brillants. Elle n'avait pas besoin de l'entendre, mais il le dit quand même. Il l'attrapa par l'épaule et lui chuchota à l'oreille, comme s'il lui confiait un secret, et même si le sujet était sur toutes les lèvres.

– Il est réveillé, déclara-t-il tout bas, avec intensité. Le garçon cornu – le prince. Il est libre. Lâché dans la nature. Il pourrait être n'importe où. On doit le retrouver avant les autres.

– Je ne sais pas trop… Ça fait un moment qu'on a raccroché.

– Ce sera comme au bon vieux temps, insista Ben avec un sourire.

Hazel n'avait pas vu son regard briller ainsi depuis des années.

– L'as de la gâchette solitaire va enfin sortir de sa retraite pour une ultime bataille, son fidèle acolyte à ses côtés, poursuivit-il. Et tu sais pourquoi ?

– Parce qu'il est notre prince, répondit-elle.

Cette vérité s'imposa à elle. Ben et Hazel étaient censés voler à son secours. *Elle* était censée le sauver. Et peut-être que cela leur permettrait de vivre une dernière aventure.

– Parce qu'il est notre prince, confirma son frère, de la même manière que quelqu'un d'autre aurait pu répondre « Amen » à une prière familière.

Chapitre 5

Il était une fois une fillette qui trouva un cadavre dans les bois.

Ses parents les avaient élevés, son frère et elle, avec la même négligence bienveillante que celle avec laquelle ils s'étaient occupés des trois chats et de Whiskey, le teckel, qui traînaient déjà dans leur modeste maison. Ils invitaient régulièrement leurs amis chevelus, férus de rock alternatif, à boire du vin, jouer de la guitare et parler d'art jusque tard dans la nuit, pendant que le petit garçon et la petite fille étaient libres de divaguer les fesses à l'air. Les parents peignaient des heures durant, ne s'arrêtant que pour préparer des biberons et faire une lessive de temps à autre. Même propre, le linge sentait vaguement la térébenthine. Les enfants mangeaient en piochant dans les assiettes de tout le monde, jouaient à des jeux complexes dans la terre, à proximité du jardin, et ne se lavaient que lorsqu'on venait les chercher pour les plonger dans une bassine.

Avec le recul, la fillette voyait son enfance comme une période floue, bienheureuse, durant laquelle elle pourchassait son frère et son chien à travers bois, vêtue de vieilles fripes, la tête couronnée de marguerites tressées. Une période durant laquelle elle courait jusqu'à l'endroit où dormait le garçon cornu pour chanter des chansons tout l'après-midi et inventer des histoires sur lui, ne rentrant chez elle que le soir, épuisée, comme un animal sauvage retourne dans sa tanière.

Ils se voyaient comme des enfants de la forêt, tapis autour des mares et se cachant dans le creux des arbres morts. Parfois, ils apercevaient un être du Peuple. Un mouvement du coin de l'œil ou un rire qui semblait venir de partout et nulle part. Ils savaient qu'ils devaient avoir sur eux des protections, conserver un peu de la terre d'une tombe dans leurs poches, se montrer à la fois prudents et polis envers les inconnus qui pouvaient être autre chose que des humains. Mais avoir conscience de la dangerosité du Peuple était une chose. Tomber sur la dépouille d'Adam Hicks en était une autre.

Ce jour-là, Hazel portait sa tenue de chevaleresse constituée d'un torchon bleu attaché à son cou en guise de cape et d'une écharpe nouée à sa taille en guise de ceinture. Elle courait en cette fin d'après-midi, sa chevelure rousse volant derrière elle, teintée d'or par un soleil paresseux.

Ben et elle avaient croisé le fer toute la journée. Il avait avec lui une épée en plastique de Musclor, que leur mère avait dénichée au magasin d'occasion, et un livre sur les chevaliers de la Table ronde. En plus des récits sur sire Pellinore, censé avoir fait partie du Peuple avant de rejoindre la cour du roi Arthur, l'ouvrage racontait l'histoire de sire Gauvain levant la malédiction qui pesait sur une dame hideuse, et listait les vertus indispensables chez les chevaliers : force, bravoure, loyauté, courtoisie, compassion et dévotion.

De son côté, Hazel avait reçu un poupon que l'on pouvait remplir d'eau et qui faisait pipi lorsqu'on lui appuyait sur le ventre. Elle aurait préféré une épée, comme son frère. Ravi d'avoir reçu le meilleur cadeau, Ben lui courait après, lui faisant lâcher, à coups de lame en plastique, les bâtons avec lesquels elle se défendait. Finalement, poussée par la frustration, Hazel se rendit dans la cabane à outils de leur père et y trouva, au fond, une vieille machette rouillée. Avec ça, elle frappa l'épée en plastique de Ben si fort que celle-ci se fendit. Furieux, Ben rentra à la maison pour aller chercher de la colle pendant qu'Hazel, du haut de ses neuf ans, dansait, triomphante.

Elle passa un certain temps à abattre sa machette sur les fougères desséchées, imaginant s'attaquer à un terrible monstre légendaire – celui qui rôdait, caché, au cœur de la forêt. Se sentant pleine de hardiesse, elle entonna tout bas les premiers vers de la comptine.

Au bout d'un moment, gagnée par l'ennui, elle partit chercher des mûres. Elle glissa sa machette dans sa ceinture et traversa les hautes herbes d'un pas bondissant.

Au début, Whiskey la suivit, puis il s'éloigna. Un instant plus tard, il se mit à aboyer.

Adam Hicks gisait sur la rive boueuse du lac Wight, les lèvres bleuâtres. Les trous qu'il avait à la place des yeux, tournés vers le ciel, grouillaient d'asticots pâles et nacrés comme de minuscules perles. La moitié inférieure de son corps semblait plongée dans l'eau. C'était la partie qui avait été dévorée. Des os blancs dépassaient légèrement des chairs déchiquetées, dont des lambeaux ondulaient dans l'eau, comme des rubans. Il y avait une odeur particulière dans l'air, qui lui rappela la fois où elle avait oublié un steak haché cru toute une nuit sur le plan de travail.

Whiskey faisait des allers-retours en courant, flairant le cadavre et hurlant à la mort, comme s'il pensait pouvoir réveiller Adam.

– Éloigne-toi de là ! voulut lui ordonner Hazel, mais sa voix fut réduite à un chuchotement.

Elle savait qu'il était encore trop tôt pour que son frère la rejoigne bientôt. Elle savait qu'elle et le chien étaient seuls dans les parages.

Tout son corps se mit à trembler.

Les parents d'Adam s'étaient installés à Solclair l'année précédente. Le garçon n'était donc ni un touriste ni un natif du coin – un flou dangereux, tentant pour le Peuple. Celui-ci était composé de créatures de l'aube et du crépuscule, de frontières et d'ombres, à cheval sur une chose et l'autre, *pas tout à fait* et *presque*.

La tête tournée vers les eaux vertes pour ne pas regarder les trous rouges qu'Adam avait à la place des yeux, Hazel pensa à tous les chevaliers du livre qu'elle avait lu ce matin-là. Se rappelant qu'elle était censée être l'un d'eux, elle se retint de vomir.

Les aboiements de Whiskey, plus frénétiques, s'intensifièrent.

Hazel essayait d'inciter son chien à reculer quand des griffes humides se refermèrent sur sa propre cheville. Elle hurla, récupéra maladroitement sa machette et écrasa de son pied libre la main pâle à la peau verruqueuse qui l'avait attrapée. La sorcière émergea de l'eau boueuse, le visage décharné comme un crâne, les yeux laiteux, ses longs cheveux verts déployés en éventail à la surface du lac. Le contact des mains de la créature sur sa peau brûla Hazel comme un feu glacé.

La fillette parvint à donner un coup de machette à la sorcière au moment où elle tirait sur sa jambe. L'assaillante tomba sur le dos lourdement. Des mouches quittèrent le corps d'Adam en formant une nuée noire. Tandis qu'Hazel était entraînée vers l'eau, elle remarqua avec une satisfaction à la fois sombre et terrible que la créature saignait d'une entaille à la joue. Elle avait réussi à l'atteindre.

– Petite fille, dit la sorcière. À peine une bouchée. Fibreuse à force de courir. Détends-toi, petite bouchée.

Hazel ferma les yeux et lui assena un grand coup de machette. La sorcière feula comme un chat et voulut attraper l'arme. Quand elle referma les doigts dessus, la lame lui entailla les doigts, mais elle ne la lâcha pas pour autant et la jeta au milieu du lac. La machette atterrit dans un bruit d'éclaboussures qui donna la nausée à Hazel.

Whiskey grogna et mordit la sorcière au bras.

– Non ! s'écria Hazel. Non ! Va-t'en, Whiskey !

Le chien tint bon, secouant la tête. La sorcière leva en l'air son long bras vert. Whiskey s'éleva à son tour, ses pattes postérieures décollant du sol, les crocs toujours profondément enfoncés dans la chair, peut-être jusqu'à l'os. Puis la sorcière abattit son bras sur le sol, assommant le chien comme s'il ne pesait rien, comme s'il n'était rien. L'animal s'immobilisa, inerte, gisant sur la rive comme un jouet cassé.

– Nooooonnnnn, gémit Hazel.

Elle tendit la main vers Whiskey, mais il était trop loin sur sa droite pour qu'elle puisse l'atteindre. Ses doigts se refermèrent sur la boue, où ils creusèrent des sillons.

Soudain, une musique résonna au loin. La flûte de pan de Ben. Il l'avait accrochée à son cou avec un cordon sale une semaine auparavant, décrétant qu'il était barde, et ne l'avait pas ôtée depuis. *Trop tard. Trop tard.*

Hazel tenta de rejoindre en rampant le corps de Whiskey, donnant des coups de pied à la sorcière pour lui échapper. En dépit de tous ses efforts, ses orteils atteignirent l'eau. Elle se débattit tant qu'elle projeta de grandes gerbes d'éclaboussures dans les airs.

– Ben ! hurla-t-elle, la voix cassée par la panique. *Ben !*

La mélodie se poursuivit, plus proche désormais, si belle que les arbres se penchèrent pour mieux l'entendre, mais complètement inutile. Les larmes brouillèrent la vue d'Hazel, la terreur et la frustration se mêlant à la panique. Pourquoi Ben ne lâchait-il pas sa flûte pour l'aider ? N'entendait-il pas ses cris ? Ses jambes s'enfoncèrent dans l'eau ; sa peau se couvrit peu à peu d'une matière visqueuse. Elle cessa de respirer, prête à retenir son souffle le plus longtemps possible. Elle se demanda si la noyade était quelque chose de très douloureux. Elle se demanda si elle avait encore la volonté de se battre.

Tout à coup, les doigts de la sorcière s'ouvrirent complètement. Hazel grimpa sur la berge sans essayer de comprendre pourquoi, jusqu'à ce qu'elle ait enjambé un tronc d'arbre et se soit réfugiée, hors d'haleine, derrière un orme. Sur la rive, le visage blême, Ben jouait de la flûte de pan comme si sa vie en dépendait.

Non, rectifia Hazel en pensée. Il jouait comme si sa vie *à elle* en dépendait. La sorcière d'eau le contemplait, captivée. Ses yeux de poisson restaient fixes. Ses lèvres remuaient imperceptiblement, comme si elle fredonnait sur la mélodie. Hazel savait que le Peuple adorait la musique, surtout lorsqu'elle était aussi belle que celle que produisait Ben, mais elle ignorait qu'elle pouvait avoir un tel effet.

Elle vit Ben remarquer le corps de Whiskey, faire un demi-pas chancelant avant de fermer les yeux. Mais il continua à jouer.

Le regard d'Hazel se posa sur la rive où elle était tombée, sur les traces qu'elle avait laissées dans la boue. Sur le corps putréfié d'Adam et celui, inerte, de son chien juste à côté. Sur les mouches bourdonnant dans l'air au-dessus d'eux, et sur quelque chose d'autre ; quelque chose qui brillait dans la lumière, comme la poignée d'une arme blanche. Le manche d'un couteau ? Adam était-il armé ?

Lentement, Hazel retourna près de la berge, vers la sorcière d'eau.

Ben la regarda, les yeux écarquillés, et secoua la tête en guise d'avertissement.

Comme si elle n'avait rien vu, engourdie et pleine de colère, elle se dirigea vers le couteau dans la boue, en saisit la poignée et tira dessus. La lame se libéra dans un bruit de succion. Elle était faite d'un métal doré mais noirci, comme si elle avait été brûlée. Elle était bien plus longue qu'Hazel le croyait ; plus longue encore que le plus long couteau de cuisine de leur mère, avec une rainure centrale. C'était une *épée*. Une véritable épée, comme celle d'un chevalier adulte.

L'esprit d'Hazel entra en ébullition, mais elle ne s'arrêta pas, focalisée sur cette idée qu'elle se répétait en boucle : *Je suis une chevaleresse. Je suis une chevaleresse. Je suis une chevaleresse*. Une chevaleresse plus aguerrie aurait pu sauver Whiskey, mais au moins Hazel pouvait venger sa mort. Pataugeant dans l'eau limoneuse, elle brandit la lourde épée comme elle l'aurait fait d'une batte de baseball et l'abattit, le tranchant de la lame frappant la créature monstrueuse à la tête. Son crâne se fendit comme un melon pourri.

La sorcière s'effondra dans l'eau, morte.

– Waouh, dit Ben en se rapprochant.

Il lâcha sa flûte, la laissant de nouveau pendre à son cou, inclina la tête sur le côté et se pencha pour examiner la bouillie rouge d'os et de dents mêlée au lichen, les paquets de cheveux flottant dans l'eau. Il poussa la masse informe du bout du pied.

– Je crois que tu lui as bel et bien réglé son compte.

Hazel ne sut quoi répondre. Pensait-il qu'elle avait mal agi, ou était-il simplement surpris que ça ait fonctionné ?

– D'où tu sors ça ? demanda-t-il en désignant l'épée.

– Je l'ai trouvée, répondit-elle avec des reniflements saccadés.

Elle eut beau cligner les yeux pour ravaler ses larmes, celles-ci affluèrent quand même.

Ben tendit la main comme pour saisir l'arme. Il s'était peut-être rappelé son épée Musclor fendue, et celle d'Hazel la remplacerait à merveille. Hazel recula d'un pas.

Il grimaça, faisant comme si la lui prendre n'avait jamais été dans ses intentions.

– Toi avec ton épée et moi avec mon instrument, on pourrait s'associer. Empêcher des malheurs. Comme dans les histoires.

Malgré la mort de Whiskey, malgré les larmes d'Hazel, malgré tout ce qui s'était passé, elle sourit et essuya avec sa manche la projection de sang qu'elle avait sur le nez.

– Tu crois ?

Les enfants ont parfois un sens cruel, absolu, de la justice. Ils sont capables de tuer des monstres et d'en tirer une grande fierté. Il en allait ainsi de cette fille qui prenait la peine de mettre les araignées dehors au lieu de les écraser ; une fille qui un jour avait nourri un minuscule renardeau au compte-gouttes, toutes les deux heures, jusqu'à ce que l'employé d'un refuge vienne le chercher – cette même fille pouvait tuer et être prête à recommencer. Elle pouvait ramener le cadavre de son chien chez elle pour l'enterrer, pleurer sur son corps rigide et froid, et lui chuchoter des promesses en creusant un trou dans le jardin de derrière. Elle pouvait regarder son frère et croire qu'ensemble, le barde et la chevaleresse, ils combattraient le mal et, pourquoi pas, affronteraient un jour le monstre tapi au cœur de la forêt. Une petite fille pouvait découvrir le corps d'un garçon, perdre son chien et se croire capable de veiller à ce que personne d'autre ne meure.

Hazel pensait que ce n'était pas un hasard si elle avait trouvé cette épée.

Entre ce jour-là et ses dix ans, Ben et elle avaient débusqué deux autres monstres : deux autres Fæs qui avaient eux aussi du sang de touristes sur les mains ; deux autres créatures désireuses de les prendre au piège. Ben les avait hypnotisées grâce à sa musique pendant qu'Hazel était arrivée discrètement par-derrière et les avait frappées de son épée. Celle-ci était désormais affûtée et polie, luisante d'huile minérale, mais la peinture noire qui en cachait l'or étincelant n'avait pas disparu.

Il arrivait qu'ils entendent un Fæ solitaire les suivre jusqu'à chez eux depuis l'école, les feuilles bruissant sur son passage, à l'orée des bois. Hazel attendait, mais jamais on ne venait les importuner. La morale des Fæs n'était pas celle des humains. Ils punissaient les rustres et les imprudents, les vantards et les tricheurs, pas les courageux, les rusés et les héros. Ceux-là, ils voulaient les garder pour eux. Par conséquent, si le roi des Aulnes avait remarqué les enfants, il choisit d'attendre le bon moment, de voir ce qu'ils allaient devenir.

Ainsi, Hazel et son frère chassèrent les monstres et rêvèrent de sauver un prince endormi jusqu'au jour où les talents de musicien de Ben faiblirent. Ils marchaient dans les bois quand un barghest à la fourrure noire et aux yeux incandescents fonça sur eux depuis les ombres. Hazel resta là où elle était et, les yeux grands ouverts, les dents serrées, sortit son épée du fourreau qu'elle s'était fabriqué. Ben se mit à jouer de la flûte mais, pour la première fois, les notes qu'il produisit n'étaient pas aussi fluides et sûres que d'habitude. Étonnée, Hazel se tourna vers lui. Cela n'avait duré qu'une seconde ; un infime mouvement, un coup d'œil vers son frère. Mais cela avait suffi pour que le barghest soit sur elle. L'un de ses longs crocs se planta dans son bras et elle n'infligea à la créature qu'une blessure superficielle au flanc avant que celle-ci s'écarte d'elle. Essoufflée, saignant de sa plaie, Hazel essaya de conserver son équilibre, souleva son épée et se tint prête à frapper une deuxième fois.

Lorsque la créature fit demi-tour pour l'attaquer à nouveau, Hazel s'attendit à ce que Ben commence à chanter, mais il semblait pétrifié. Il y avait un sérieux problème. L'haleine brûlante du barghest formait un nuage de vapeur et puait le vieux sang. Sa longue queue martelait le sol.

– Ben... ! appela-t-elle d'une voix tremblante.

– Je ne peux pas... répondit-il, presque étouffé par la panique. Va-t'en ! Va-t'en ! Je n'arrive pas à...

Ils prirent la fuite, le barghest à leurs trousses, zigzaguant entre les arbres comme un léopard. Ils coururent à toutes jambes jusqu'à se blottir dans le creux d'un chêne, où ils se cachèrent, le cœur affolé, retenant leur souffle, l'oreille tendue pour guetter le bruit d'une queue fouettant l'air ou celui, feutré, du pas de la bête massive. Ils restèrent là jusqu'à ce que le soleil de fin d'après-midi touche l'horizon. Alors seulement ils osèrent retourner discrètement chez eux, estimant qu'à tout prendre il valait mieux risquer que la créature les guette plutôt qu'elle les surprenne dans les bois, une fois la nuit tombée.

– Il faut qu'on arrête... le temps qu'on ait grandi, au moins, lui dit Ben plus tard ce soir-là, assis sur les marches derrière leur maison.

Ils regardaient maman qui faisait griller des steaks hachés, vêtue d'un short découpé dans un jean et d'un tee-shirt troué.

– C'est plus dur que je croyais, poursuivit-il. Et si on avait encore un problème ? Et si tu étais blessée ? Ce serait ma faute.

C'est toi qui as commencé, aurait-elle voulu rétorquer. *C'est toi qui m'as fait croire qu'on pouvait y arriver. Tu ne peux pas revenir là-dessus.*

Au lieu de quoi, elle répondit :

– Ce n'est pas moi qui ai fait n'importe quoi.

Il secoua la tête.

– Oui, eh bien, c'est encore pire. Parce que, si je recommençais à faire n'importe quoi, on serait fichus tous les deux. Et ça arrivera sûrement. Peut-être que, si je parvenais à entrer dans cette école, si j'apprenais à maîtriser la musique, alors...

– Ne t'inquiète pas pour moi, l'interrompit-elle, enfonçant ses orteils nus dans la terre, mâchonnant une mèche de ses cheveux roux. C'est moi, la chevaleresse. C'est mon boulot de m'occuper de moi. Mais je ne veux pas qu'on arrête.

Il soupira et se tapota la cuisse nerveusement.

– On va faire une pause, dans ce cas. Pas trop longue. Jusqu'à ce que j'aie progressé en musique. Il faut que je m'améliore.

Hazel acquiesça. Si c'était ce dont il avait besoin pour qu'elle reste chevaleresse, pour qu'ils poursuivent leur quête, pour sauver tous les gens d'ici, pour être les personnages d'une histoire, alors elle faisait le serment de trouver un moyen de lui donner satisfaction.

Et elle le trouva.

Chapitre 6

Au cours de ces après-midi grisants et interminables durant lesquels Hazel et Ben avaient gambadé dans la campagne, lancés dans de fausses quêtes ou sur la piste de dangers bien réels, Ben inventait des histoires sur les manières dont ils allaient réveiller le prince. Il disait à Hazel qu'elle pourrait peut-être le tirer du sommeil en embrassant la vitre du cercueil. Ce n'était pas une idée très originale. En le dépoussiérant, on y trouverait probablement des milliers d'empreintes de baisers, laissées par des générations de lèvres plaquées avec douceur à l'endroit où dormait le garçon cornu. Mais, à l'époque, Ben et Hazel l'ignoraient. Dans leurs histoires, le prince se réveillait grâce au baiser d'Hazel, mais il leur indiquait qu'il ne pouvait être libéré que si son véritable amour accomplissait trois quêtes – par exemple repérer un spécimen d'une certaine espèce d'oiseau, manger toutes les mûres d'un roncier et sauter sur l'autre rive du ruisseau sept fois sans se mouiller.

Hazel n'avait jamais terminé aucune des quêtes que Ben inventait. Elle avait toujours laissé une dernière mûre sur la branche ou trempé un pied dans l'eau exprès, même si pour rien au monde elle ne l'aurait avoué à son frère. Elle savait que les quêtes n'avaient rien de magique... Pourtant, chaque fois qu'elle allait toucher au but, elle se dégonflait.

Parfois, Ben racontait des histoires dans lesquelles c'était lui qui réveillait le prince en prononçant trois mots magiques – des mots qu'il se gardait de répéter à Hazel. Dans ces récits, le prince était toujours maléfique. Ben devait l'empêcher de détruire Solclair, et il y parvenait, grâce au pouvoir de l'amour. Car, quand le prince voyait combien Ben l'aimait, et malgré son cœur cruel, il épargnait la ville et tous ses habitants.

À l'époque, Hazel n'avait pas trouvé bizarre que son frère et elle aient le même amoureux imaginaire.

Ils aimaient le garçon cornu parce qu'il était un prince fæ doté de pouvoirs magiques, et qu'on était censé aimer les princes fæs dotés de pouvoirs magiques. Ils l'aimaient comme ils avaient aimé la Bête la première fois qu'elle avait entraîné Belle, vêtue de sa robe jaune, dans la salle de bal. Ils l'aimaient comme ils aimaient le Onzième Docteur de *Doctor Who* avec son nœud papillon et sa longue frange, et le Dixième avec son rire de fou. Ils l'aimaient comme ils aimaient les chanteurs des groupes de musique et les acteurs de cinéma. Ils l'aimaient de sorte que leur amour commun les rapprochait.

Ce n'était pas comme si le garçon cornu était réel, ni comme s'il pouvait les aimer en retour. Ce n'était pas comme si, un jour, il allait devoir choisir entre Ben et Hazel.

Sauf qu'à présent il était réveillé. Ça changeait tout.

Ces réflexions planaient entre le frère et la sœur lorsqu'ils rebroussèrent chemin pour retourner à la voiture.

Une minuscule voix tourmentait Hazel ; une voix qui lui chuchotait que ça ne pouvait pas être une coïncidence qu'elle se soit retrouvée avec les pieds sales ce matin-là, le jour où le prince s'était réveillé. Elle garda pour elle cet espoir secret, veillant à n'y penser que très occasionnellement, à la manière de quelqu'un qui admirerait une chose si précieuse que c'en était bouleversant.

– Attendez-moi ! lança une voix derrière eux.

Hazel se retourna. Jack descendait les marches du perron en courant. La pluie parsemait son tee-shirt de taches foncées. Il avait laissé son blouson à l'intérieur.

Ils contournèrent ensemble l'angle du bâtiment et s'abritèrent sous un auvent, pour ne pas être vus de leurs professeurs et se protéger de la pluie. C'était ici que les agents d'entretien venaient fumer et, si vous ne les dénonciez pas, ils acceptaient de fermer les yeux sur la bêtise à laquelle vous étiez en train de collaborer. Hazel n'aurait pas cru qu'un garçon sage comme Jack connaisse aussi cet endroit, mais à l'évidence elle se trompait.

– On va partir à sa recherche déclara Ben en souriant.

À l'entendre, c'était comme s'ils s'apprêtaient à entamer un jeu – un jeu absolument génial.

– Ne faites pas ça, soupira Jack avant de regarder en direction du terrain de football.

Il sembla peser ses mots avant d'ajouter :

– Quelle que soit l'image que vous vous faites de lui... il n'y correspondra pas. Vous ne pouvez pas lui faire confiance. Il n'est pas humain.

Ces derniers mots avaient paru lui coûter.

Le silence s'étira entre eux un long moment. Ben haussa les sourcils.

– Oui, bon, je sais, reprit Jack en grimaçant. C'est un peu gonflé de ma part de vous dire un truc pareil.

– Tu n'as qu'à venir avec nous, suggéra Hazel en tendant son parapluie vers lui. Fais-nous profiter de ton expertise en qualité de non-humain.

Jack nia de la tête, un petit sourire aux lèvres.

– Ma mère m'écorcherait vif si je loupais l'interro de sciences. Vous savez comment elle est. Ça ne peut pas attendre la fin des cours ?

En plus de rendre obligatoires les sessions dominicales de jeux de société en famille, sa mère était du genre à préparer à ses fils des pique-niques pour le midi dans des boîtes à lunch compartimentées, et à chronométrer leur temps de télévision pour s'assurer que les devoirs soient faits. Harvard, Princeton, Yale : elle s'était fixé pour objectif qu'ils intègrent l'une des universités de l'Ivy League, dans l'idéal pas trop loin de Solclair pour que, le week-end, elle puisse s'y rendre en voiture et laver leur linge. Rien n'était censé faire obstacle à cet avenir tout tracé.

Si Jack séchait les cours, il serait puni. Longtemps.

– C'est la seule chose géniale qui se soit jamais produite dans ce bled ! rétorqua Ben en levant les yeux au ciel. On s'en fout, de l'interro ! Tu en auras mille autres, dans ta vie.

Jack tendit le cou vers eux, accentuant le dessin de ses pommettes et l'éclat argenté de ses yeux. Il parla d'un ton étrange, envoûtant.

– Il y a beaucoup de choses que je n'ai pas le droit de vous dire, car je suis lié à la fois par des serments et des restrictions. Je peux vous avertir trois fois, pas davantage – je n'y suis pas autorisé –, alors soyez attentifs. Quelque chose d'encore plus dangereux que votre prince marche dans son ombre. Ne vous lancez pas à sa recherche.

– Jack ? dit Hazel en s'écartant de lui, troublée.

Même si elle avait failli se faire tuer par la sorcière d'eau et le barghest, l'espèce d'aura qui émanait des Fæs élégants et mystérieux la terrifiait encore plus. À cet instant, on aurait dit que Jack était de ceux-là, et plus du tout lui-même.

– Comment ça, tu n'y es pas autorisé ? reprit Hazel. Qu'est-ce qui te prend, de parler comme ça ?

– Le roi des Aulnes ne pourchasse pas que le garçon cornu, mais aussi quiconque a levé la malédiction. Et il n'est pas seul. Si vous aidez le garçon, vous risquez de vous attirer ses foudres. Aucun prince n'en vaut la peine.

– Attends, tu dis que le Peuple qui vit dans les bois est à ses trousses pour le tuer ? s'étonna Ben. Alors depuis le début, tu savais des choses sur lui et tu n'as jamais pris la peine de nous en informer ?

– Je vous donne les informations que je peux vous donner, se justifia Jack. Votre prince est peut-être en danger, mais il est aussi dangereux. Restez en dehors de tout ça.

– Mais pourquoi ? insista Hazel. Qu'est-ce qu'il a fait ?

Jack secoua la tête.

– C'était votre troisième avertissement. Je ne peux rien dire de plus.

Hazel se tourna vers son frère.

– Peut-être que...

Ben semblait frustré, mais pas étonné. Cette étrange facette de Jack ne paraissait pas nouvelle pour lui.

– J'apprécie tes mises en garde, Jack, dit-il. On sera aussi prudents qu'on le peut. Mais je veux quand même essayer de le retrouver. Je veux l'aider.

– Ça ne me surprend pas de ta part.

Jack sourit, de nouveau lui-même – du moins en surface. Toutefois, ce sourire familier fit frissonner Hazel. Elle l'avait toujours vu comme un gentil garçon, poli, élevé par une famille intègre. Un garçon qui, même s'il était féru de biographies obscures et tenait parfois des propos désobligeants, finirait certainement avocat comme sa mère ou enseignant comme son père. Bien sûr, elle pensait que sa nature de changelin lui donnait un côté intrinsèquement bizarre, mais dans une petite ville pleine de bizarreries, cela ne détonnait pas tant que ça. Toutefois, alors qu'elle levait les yeux vers lui pendant que la pluie tombait autour d'eux, son côté étrange l'était encore plus.

– Très bien, poursuivit Jack. Tâchez de ne pas mourir de la main d'un bel elfe parano qui se croit coincé dans une ballade. De mon côté, je vais essayer de ne pas me faire recaler en sciences.

– Comment tu peux... Pourquoi tu nous as dit tout ça ? balbutia Hazel. Comment tu peux savoir tout ça ?

– Qu'est-ce que tu crois ? rétorqua-t-il à voix basse.

Sur ces mots, il se retourna et se dirigea vers l'entrée du lycée, sous la pluie. La sonnerie retentit au loin. Hazel vit ses muscles se contracter sous son tee-shirt mouillé.

Ce qui l'incita à s'interroger sur ses propos et à se demander comment il savait...

Oh. Comment il savait des choses que seuls ceux de son espèce auraient pu lui avoir dites. Elle se demanda comment elle pouvait l'avoir connu depuis tout ce temps sans y avoir jamais pensé. Elle croyait qu'il était heureux dans sa vie d'humain – et qu'il se limitait à sa vie d'humain.

– Viens, avant qu'on nous surprenne en train de sécher les cours, lui dit Ben en repartant vers la voiture.

Elle se glissa sur le siège passager avant, replia son parapluie et le posa sur la banquette arrière. Jack l'avait troublée mais, plus que le danger dont il les avait avertis, elle craignait que Ben et elle ne trouvent aucune trace du garçon cornu. Qu'il devienne un de ces mystères jamais résolus ; le genre de mystère qui se transformait en histoire à Solclair, une histoire qu'on se racontait et à laquelle personne ne croyait vraiment. *Vous vous rappelez le garçon magnifique qui n'était pas humain, endormi dans un cercueil de verre ?* dirait-on, et on acquiescerait, car on se souviendrait de lui. *Est-ce qu'on sait ce qu'il est devenu ?* Ce genre d'histoires étaient comme les lucioles qui clignotaient au plus profond de la forêt, éloignant toujours plus les promeneurs des endroits sûrs, vers un repère sans cesse en mouvement.

Hazel avait été témoin de ce que les Fæs pouvaient faire de vraiment horrible, mais elle était encore leurrée par les histoires pleines de beauté et de merveilleux liées au Peuple. Elle les recherchait tout en les redoutant et, comme les autres habitants de Solclair, elle les aimait, aussi.

– Est-ce que Jack t'avait déjà parlé de cette manière ? demanda-t-elle à son frère lorsqu'il quitta la place de parking, les essuie-glaces chassant l'eau du pare-brise.

Le ciel était d'un gris lumineux superbe, si uniforme qu'on ne voyait même pas où commençaient les nuages ni où ils finissaient.

Ben lui jeta un coup d'œil.

– Pas exactement.

– Ça m'a fait flipper.

Elle ne sut quoi ajouter. Ce qui s'était passé la laissait encore perplexe. Jack avait baissé le masque, volontairement, et elle se sentait bête de réaliser seulement maintenant qu'il en portait un depuis toujours.

– Et donc il a des contacts avec eux ? s'enquit-elle.

Ben haussa les épaules.

– Si tu veux parler de son autre famille, la réponse est oui.

Hazel ne voulut pas s'avouer à quel point elle était déstabilisée. Si Jack ne l'avait pas mise dans la confidence, ça le regardait, et c'était sans doute la mission de Ben de veiller sur les secrets de son ami.

– Bon, si on veut chercher le prince même si Jack nous le déconseille, par où on commence ?

Ben secoua la tête avant de sourire.

– Je n'en ai pas la moindre idée. Où chercher quelqu'un qui n'avait même pas l'air d'être réel ?

Hazel y réfléchit en se mordant la lèvre.

– En ville, ce serait bizarre, avec les voitures, l'éclairage public…

– Oui, mais apparemment, s'il retourne auprès des siens, il signe son arrêt de mort.

Ben soupira et se pencha sur le volant. Peut-être qu'il pensait à la même chose qu'Hazel il y a un instant ; il craignait lui aussi que tout cela ne rime à rien, que ce soit rejouer à un jeu d'enfant pour lequel ils avaient passé l'âge. Ou peut-être pensait-il à la magie qui l'avait déjà trahi, au risque que cela se reproduise.

Une fois de plus, elle fut tentée d'avouer qu'elle s'était réveillée les pieds boueux et les mains hérissées d'éclats de verre, mais à présent cette révélation passerait pour de la vantardise. Et, pour justifier le fait que ce n'en était pas, elle serait contrainte de trop en dire.

Dans la famille, ils n'étaient pas très doués pour parler des choses importantes. Et, des quatre Evans, Hazel était la moins douée. Quand elle s'y essayait, elle avait l'impression que toutes les chaînes qui entouraient ses coffres-forts et ses malles imaginaires se mettaient à s'agiter dans un bruit de ferraille. Si elle commençait à parler, elle n'était pas certaine de pouvoir s'arrêter.

– Ce sont les gens de son espèce qui l'ont maudit. Il ne sait pas comment retourner à Terrafæ, dit Hazel, les yeux rivés sur l'oscillation des essuie-glaces.

Elle sentit monter en elle une excitation familière : la chasse, les préparatifs, la découverte du repaire d'un Fæ, la traque d'un monstre. Elle pensait avoir renoncé depuis des années à ses rêveries de chevaleresse. Mais peut-être que ce renoncement n'était pas aussi définitif qu'elle l'avait cru.

Ben haussa les épaules.

– OK. Alors on va où ?

Elle ferma les yeux et s'imagina à la place du garçon cornu venant de sortir d'un long rêve. Au premier abord, il ne se rappellerait pas l'endroit où il se trouvait. Paniqué, il frapperait l'intérieur de sa gangue de verre. Puis le soulagement l'envahirait quand il se rendrait compte que la vitre était fracassée. Clignant des yeux dans le noir feuillu, ses souvenirs datant d'avant sa malédiction lui martèleraient la tête. Mais ensuite…

– Si j'étais lui, je chercherais d'abord à manger, dit Hazel. J'aurais super faim, vu que je n'aurais rien avalé depuis des lustres. Même si je n'avais pas besoin de nourriture, c'est ce que je voudrais en premier.

– Il n'est pas comme nous.

– Jack l'est, pourtant, rétorqua Hazel en espérant que ce soit vrai. Et le garçon est comme Jack.

Son frère laissa échapper un long soupir.

– Bon, admettons. Mais tu n'irais pas au drive du McDo sans argent liquide. Alors qu'est-ce que tu mangerais ?

– Je ramasserais des châtaignes.

Il y a des années, quand la bibliothèque avait organisé l'opération tout-ce-qui-est-vieux-abîmé-ou-bizarrement-collant-doit-disparaître, Hazel avait acheté pour vingt-cinq cents un livre sur les plantes sauvages comestibles. Grâce à cet ouvrage, Ben et elle avaient réussi à ne pas s'empoisonner en cueillant quantité de feuilles de pissenlit, d'oignon sauvage et autres plantes comestibles.

– Par contre, il doit les faire griller, ajouta-t-elle. Des œufs d'oiseau, c'est bon aussi, mais ça ne doit pas être facile à trouver en cette saison.

Plongé dans ses pensées, Ben acquiesça. Il tourna vers la zone du bois où le garçon cornu avait dormi.

– Ou bien il pourrait chercher un noisetier. Ton arbre. Enfin… celui de ton nom.

Hazel : la noisette. Hazel ricana. Pourtant, il y avait bien un endroit où elle avait ramassé des noisettes avant que les vers se chargent de les manger. Elle se souvenait de les avoir laissées sécher sur une pierre au soleil.

– Je pense à un truc, annonça-t-elle.

Après s'être garés près du lac Wight, ils continuèrent à pied. Un noisetier poussait non loin des ruines d'un vieux bâtiment de pierre, désormais envahies par la végétation. Situé à environ quatre cents mètres à l'intérieur des bois, et à un peu plus de trois kilomètres du cercueil, c'était l'endroit rêvé pour se cacher, si bien qu'Hazel sentit un frisson la parcourir à l'idée qu'elle puisse avoir raison.

Il pleuvait toujours dru, même si la canopée les protégeait du plus gros de l'averse. Alors qu'Hazel avançait dans la boue et la mousse glissante, elle se félicita d'avoir chaussé ses bottes en caoutchouc. Ben et elle enjambèrent des troncs d'arbre desséchés, des ronces et des branches qui agrippaient leurs vêtements. Ils dépassèrent des nerpruns et des troènes, des dents-de-chien aux corolles fermées, des buissons de ménisperme dont les larges feuilles recueillaient l'eau de pluie, des fleurs cadavres dont les hampes en forme de fusée Spoutnik s'inclinaient dans le vent ; de la glycine et de la monarde, de l'impatiente du cap, des asclépiades, des touffes de renouée, de la julienne des dames, de l'herbe aux écus et des fougères adiantum à profusion. Hazel utilisa son parapluie aussi bien pour écarter les plantes de son chemin que pour rester au sec.

Enfin, les ruines recouvertes de lierre furent en vue. Le toit du bâtiment s'était effondré des années auparavant et, même s'il restait des gonds rouillés fixés sur un encadrement de bois battu par les intempéries, la porte avait disparu. Ben détala d'un coup. Hazel, au contraire, ralentit le pas.

Par réflexe, elle porta la main à son côté.

Les sourcils froncés, Ben tourna la tête pour la regarder.

– Qu'est-ce que tu fabriques ?

Elle haussa les épaules. Elle avait voulu prendre quelque chose – à sa ceinture ? dans sa poche ? –, mais il n'y avait rien.

– Tu cherchais ton arme ? plaisanta son frère avant de poursuivre son chemin.

Hazel ne savait pas plus ce qui l'avait incitée à ralentir que ce qu'elle avait voulu récupérer. Toutefois, elle repensa aux conseils de prudence de Jack, au lait tourné et grumeleux versé dans le bol, au message dans la coquille de noix, à ses souvenirs de chasse aux Fæs. Gardant tout cela à l'esprit, elle referma son parapluie d'un geste prudent.

Ben baissa la tête pour passer sous le linteau et réapparut une minute plus tard, un sourire émerveillé sur les lèvres.

– Je crois que tu avais raison !

Hazel le suivit à l'intérieur. Ils étaient déjà venus ici plusieurs années auparavant, lorsque Ben jouait à être un magicien et elle une sorcière tout frais sortis de Poudlard, et qu'ils avaient fait semblant de mettre à chauffer un chaudron d'herbes avec de l'eau dans un seau. Il pleuvotait à travers les trous de la toiture. Une table usée par le temps, dont le bois grisé avait été rongé par les termites, était calée contre l'un des murs de pierre.

Sur la table, ils découvrirent les épluchures de trois kakis qu'on avait éventrés et dont on avait raclé la chair, leur odeur sucrée et entêtante emplissant l'air. Une poignée d'herbes flétries reposait non loin, parmi lesquelles Hazel n'identifia que la menthe. Des chanterelles et de minuscules baies de sureau étaient éparpillées comme les perles d'un collier.

Enfin, à côté de tout cela, il y avait une dague avec un manche en os et une lame torsadée, forgée dans un métal doré. Elle rappela à Hazel l'épée qu'elle avait trouvée, enfant.

– Merde alors, jura-t-elle en tendant la main vers l'arme, interrompant son geste avant de la toucher.

Elle regarda Ben, qui souriait d'un air à la fois effaré et impressionné.

– Il est vraiment venu ici, ajouta-t-elle.

– Il sera bien obligé de revenir chercher son arme, pas vrai ? demanda Ben. On n'a qu'à attendre pour le surprendre.

Prise de vertige, Hazel acquiesça avant d'aller se percher dans un coin, près de l'âtre en ruine, pendant que Ben s'appuyait contre un mur. Quelques minutes plus tard, les fesses glacées sur la pierre froide, elle tenta de se calmer en regardant la pluie former peu à peu une flaque près d'une embrasure où se trouvait jadis une fenêtre.

– Tu sais, quand on dit qu'une fois que tu as goûté à la nourriture fæ, plus rien ne te satisfait ? demanda soudain Ben.

– Oui, répondit Hazel en pensant aux baies sur la table.

– Je me demande si ça s'applique aussi à Solclair. Je me demande si je pourrais être heureux ailleurs. Ou, si tu préfères, je me demande si c'est fichu, pour nous, d'aller vivre ailleurs.

Elle eut un petit coup au cœur. Ben n'avait jamais parlé de l'université et n'avait reçu aucune documentation au courrier. Hazel ne savait pas du tout où il comptait aller l'an prochain, après le lycée.

– Si tu pars et que ça ne te plaît pas, dit-elle, tu pourras toujours revenir. C'est ce qu'ont fait les parents.

Il grimaça.

– Je préférerais vraiment éviter de devenir comme eux. Je garde espoir de rencontrer quelqu'un qui ait une vie géniale, dans laquelle je n'aurais qu'à m'incruster.

Hazel se souvint du jeu de lumière qui lui avait donné l'impression de voir à travers lui, le soir où il était revenu de son rendez-vous amoureux. Était-elle plus proche de la réalité qu'elle ne l'avait imaginé ?

– La ville ressemble beaucoup à la forêt de Solclair : sombre et profonde, digne d'un conte de fées, poursuivit Ben. Dans les films, c'est en ville que tout se passe. C'est là que les gens vont pour évoluer. C'est là qu'ils prennent un nouveau départ. Je me dis que, là-bas, je pourrais être comme tout le monde. Peut-être même que je pourrais être quelqu'un de normal.

Hazel songea à ce que leurs parents disaient de la normalité. Elle pensa aussi que son frère lui faisait ces confidences alors qu'ils étaient au beau milieu des bois, à la recherche d'un prince elfe égaré. S'il cherchait à être normal, il allait devoir faire de sérieux efforts.

Dehors, le vent fouettait les arbres. Hazel perçut quelques notes de musique lointaines.

– Tu entends ? demanda-t-elle.

Ben se tourna dans la direction où elle regardait.

– C'est la pleine lune, demain soir.

Tous ceux qui avaient grandi à Solclair savaient qu'il fallait éviter la forêt les nuits de pleine lune – et, par sécurité, la nuit précédente ainsi que la suivante. C'était à cette période que le roi des Aulnes organisait ses fêtes auxquelles nixes, pixies, sprites, lutins, sorcières d'eau, pucks et esprits des arbres, venus de loin ou non, dansaient en rondes et festoyaient jusqu'à l'aube.

À moins que le roi des Aulnes soit trop occupé à pister le garçon cornu pour faire la fête. Peut-être n'était-ce pas les fêtards qu'Hazel entendait, mais ceux qui pourchassaient le prince.

Son frère et elle restèrent assis à attendre sous la bruine froide pendant deux heures. Finalement, la musique s'arrêta.

Ben bâilla avant de passer la main dans ses cheveux roux toujours mouillés de pluie. Ses taches de rousseur ressortaient sur sa peau blanche et glacée.

– À mon avis, il ne reviendra pas tout de suite. Bon, qu'est-ce qu'on fait, maintenant ?

– On pourrait lui laisser quelque chose, proposa Hazel après un moment de réflexion. De la nourriture et… je ne sais pas… des fringues ? Pour lui montrer qu'on est dignes de confiance.

Ben ricana.

– Je suppose que oui, mais, à sa place, je ne sais pas si un sweat me plairait plus qu'un pourpoint brodé, peu importe depuis combien de temps je le porte. Cela dit, tout ce qui contribuera à le rassurer est bon à prendre. Montrons-lui que, dans le genre tordu, on est sympas, pas dangereux.

– Tu crois que ça va le faire flipper ? demanda Hazel en se levant.

Elle se dirigea vers l'encadrement de la porte puis jeta un coup d'œil à son frère, toujours adossé contre le mur de pierre irrégulier. Par endroits, la mousse le recouvrait comme une ombre.

– Moi, à sa place, je flipperais, répondit Ben.

Elle le regarda en haussant les sourcils.

– Je croyais qu'il n'était pas comme nous.

Son frère secoua la tête et lui sourit.

– Allons chercher ce qu'il faut.

Hazel déchira un morceau de papier ligné pris dans son sac et écrivit au stylo-bille :

Salut, c'est Hazel et Ben.

On revient bientôt avec de quoi manger et d'autres trucs pour toi, si ça te dit. On ne demande rien en échange.

On est juste contents que tu sois enfin réveillé.

Sur le chemin du retour, ils restèrent silencieux. Hazel dressait mentalement la liste de ce qu'ils pouvaient lui apporter : trois sandwichs cheddar-moutarde avec de la relish emballés dans du papier aluminium, une canette de coca, un gros bocal de café avec une bonne dose de lait et de sucre, deux barres de granola au chou kale et aux raisins secs. Il y avait peut-être un vieux sac de couchage au fond du grenier. S'il n'était pas trop mangé aux mites, ça pourrait lui être utile. Ben pouvait se séparer de quelques vêtements, et papa avait une paire de rangers qui ne lui manquerait pas.

Ces offrandes paraissaient bien maigres pour un prince fæ, mais que pouvaient-ils faire de plus ?

Ben engagea la Volkswagen dans leur allée. Il était à peine plus de quinze heures trente, et Jack était assis sur le perron. Il les salua d'un geste de la main. Bien qu'il ait cessé de pleuvoir, la pelouse était encore parsemée de perles d'eau scintillantes.

Ben tourna la manivelle pour baisser sa vitre.

– Qu'est-ce que tu fais là ? lança-t-il. Je croyais que tu n'avais pas le droit de nous aider !

– Je n'ai pas dit ça. Je devais vous mettre en garde, rectifia Jack, ses yeux à l'éclat argenté contrastant avec sa peau noire et ses cheveux plus noirs encore. Je serais venu vous rendre visite, si ç'avait été un jour normal, et j'ai décidé de faire comme si c'était un jour normal. Alors, vous avez trouvé quelque chose ?

Il s'attendait à une réponse négative.

Hazel sortit de la voiture. Ben haussa les épaules.

– Ça se pourrait, répondit celui-ci.

– Je tenais juste à ce que ce soit bien clair, déclara Jack en jetant un coup d'œil à Hazel pour indiquer qu'il s'adressait aussi à elle. Qu'il se soit réveillé n'est pas un hasard. Et ce qui arrivera par la suite ne le sera pas non plus.

– Si tu le dis, rétorqua Ben en marchant vers la maison. On a compris, OK? Ça va être la misère.

La moustiquaire de la porte d'entrée claqua derrière lui.

– Qu'est-ce qui lui prend? s'étonna Jack.

– Il est amoureux, répondit Hazel avec un sourire forcé, surprise elle aussi par l'indifférence de Ben vis-à-vis de ces mises en garde.

– Vous l'êtes tous, fit remarquer Jack à voix basse, comme s'il se parlait à lui-même. Tous les habitants de cette ville sont amoureux.

Hazel soupira.

– Allez, viens. Aide-moi à préparer des sandwichs. Je t'en ferai un aussi.

Il l'aida. Il coupa des tranches de cheddar pendant qu'elle étalait la moutarde et que Ben fouillait dans ses affaires, à la recherche de vêtements qui pourraient aller au garçon cornu. Il descendit un sweat à capuche gris, un jean et deux caleçons noirs qu'il tint devant lui pour les examiner. Hazel dénicha dans le grenier le sac de couchage et les rangers qu'elle secoua sur la pelouse pour déloger d'éventuelles araignées. Ils firent du café, auquel ils ajoutèrent de la crème et du sucre avant de le verser dans un grand bocal à anse pour le garçon cornu et dans des bocaux plus petits pour eux. Ben trouva un panier pour ranger tout ça, avec les barres de granola, le soda, une boîte d'allumettes que Jack eut la bonne idée d'emballer dans du plastique, et un sachet de bretzels apéritifs.

Lorsqu'ils se retrouvèrent tous les trois à la ruine de pierre, la dague dorée avait disparu. Le garçon cornu était venu et reparti.

Et il avait emporté leur message.

Chapitre 7

Il a un don, avait-on dit de Ben après que l'elfe lui avait touché le front, qu'une tache lie-de-vin y était apparue et qu'il était rentré à la maison non seulement capable d'entendre la musique des Fæs, mais aussi d'en jouer. *Il a un don*, avait-on dit de lui quand il avait composé des chansons sur un ukulélé taille enfant, qu'aucun adulte n'avait été capable de reproduire. *Il a un don*, avait-on dit quand la mélodie qu'il avait interprétée sur un xylophone avait fait pleurer sa baby-sitter. *Il a un don*, avait dit de lui sa sœur quand il charmait les Fæs dans les bois et lui sauvait la vie. (Tout en la condamnant, peut-être.)

Mais ce don l'effrayait. Car il ne le maîtrisait pas.

Leurs parents étaient du genre paresseux et négligent lorsqu'il s'agissait de payer à temps les factures, de faire les courses ou de renouveler leur permis de conduire après expiration, mais jamais en ce qui concernait la pratique des arts. Les repas qu'ils préparaient pouvaient se limiter à des cornflakes accompagnés d'œufs durs ; il leur arrivait d'oublier de signer les autorisations de sorties scolaires ; ils ne se préoccupaient pas toujours de l'heure du coucher, mais ils savaient quoi faire en présence d'un prodige musical. Ils avaient passé des coups de fil et, lorsque Ben eut douze ans et Hazel onze, ils disposaient d'une lettre de recommandation pour une école prestigieuse dans laquelle Ben pourrait « explorer tout son potentiel ». Quand il s'était mis au piano lors de l'audition, son public, ensorcelé, était resté totalement absorbé pendant une demi-heure. C'était terrifiant, avait-il confié plus tard à Hazel, comme jouer devant un public composé de gens morts. Sa prestation achevée, l'auditoire s'était remis à bouger et l'avait félicité. Au fond de lui, cela l'avait rendu malade.

Il s'était senti encore plus mal quand leurs parents lui avaient annoncé qu'ils n'avaient pas les moyens de l'envoyer là-bas. Il voulait y aller, c'était son souhait le plus cher, car, même si son audition avait été une expérience des plus étranges, il savait que comprendre la musique était sa seule chance de maîtriser son pouvoir.

Lorsque la bourse d'études était arrivée de longs mois plus tard, alors qu'il était certain qu'on l'avait oublié, il avait eu l'impression d'avoir gagné le gros lot. Ils avaient tous fêté ça en allant manger une glace. En plus de la sienne, Ben avait englouti la moitié de celle d'Hazel.

Il n'était pas seulement ravi d'aller dans une merveilleuse école pour apprendre la musique. Il jubilait aussi à la perspective de déménager. Il avait peur qu'en restant à Solclair Hazel finisse par se retrouver avec une blessure grave – du genre dont on ne se remet pas – et que ce soit sa faute à lui. Il n'avait pas oublié son sentiment d'invincibilité quand il s'était rendu compte que c'était sa musique qui avait pétrifié la sorcière d'eau, ni son émerveillement lorsqu'il avait vu sa sœur tenant l'épée. Il avait eu l'impression qu'ils étaient nés pour être des héros. Mais, en réalité, la chasse aux Fæs s'était révélée une activité terrifiante. Et, même s'il pouvait trouver des prétextes pour faire une pause, ce n'était qu'une question de temps avant qu'Hazel se lasse de l'attendre et s'y remette toute seule.

Papa avait mis la maison de Solclair en location et ils avaient trouvé un appartement pas cher à Philadelphie, où ils n'avaient pu emporter qu'une infime partie de leurs affaires. Ce nouveau logement ne plaisait pas du tout à Hazel. Elle n'y trouvait aucun avantage. Elle n'aimait pas les murs si fins qu'on entendait les voisins. Elle n'aimait pas le fait de se sentir tout le temps fatiguée, là-bas, malgré les propos rassurants de sa mère qui lui disait que c'était juste l'adolescence, que tout le monde en passait par là. Elle n'aimait pas les bruits de la ville ni l'odeur des pots d'échappement, pas plus que celle des détritus qui pourrissaient dans les poubelles sous leurs fenêtres. Elle n'aimait pas son collège, où ses nouveaux camarades se moquaient d'elle lorsqu'elle parlait des Fæs. Elle n'aimait pas qu'on l'empêche de se promener seule. Et surtout, elle n'aimait pas avoir dû renoncer à être chevaleresse.

Quand elle avait passé son marché, elle avait cru que Ben serait le seul à partir. Elle n'avait pas pensé qu'elle serait obligée de l'accompagner. Que la famille entière déménagerait.

– Pense à tous les plats à emporter qu'on va pouvoir acheter ! s'était enthousiasmée leur mère, à l'évidence plongée dans le souvenir de ses restaurants préférés, à l'époque où elle était étudiante en arts. On pourra commander des bols de *phô* un soir, des tacos le lendemain, de l'*injera* avec du *doro wat* le surlendemain !

Hazel avait grimacé.

– Je n'ai pas envie de manger tous ces trucs. Je ne sais même pas ce que c'est !

– Alors pense à ton frère, lui avait dit leur père sans reproche particulier.

Il lui avait ébouriffé les cheveux avec tendresse, comme s'il trouvait sa réaction puérile simplement trop mignonne.

– Tu ne voudrais pas qu'il te soutienne, si c'était toi qui réalisais ton rêve ? lui avait-il demandé.

– Mon rêve, c'est de retourner à la maison, avait-elle rétorqué en croisant les bras sur sa poitrine.

– Tu n'as pas encore trouvé le domaine dans lequel tu as du talent, voilà tout, avait conclu sa mère en souriant.

Et ça s'était arrêté là.

Hazel savait dans quel domaine elle était douée ; ce qu'elle ignorait, c'était comment l'expliquer.

Ce n'est pas vrai, aurait-elle voulu riposter. *Je sais que j'ai du talent pour tuer les monstres.*

Mais sa mère n'avait pas besoin de le savoir : cela aurait été une erreur de le lui dire. Elle aurait été horrifiée ou terrorisée. Elle aurait commencé à faire attention à ce que faisait sa fille, à surveiller ses allées et venues. De plus, c'était un secret délicieux. Hazel aimait y penser presque autant qu'elle aimait sentir le poids de l'épée dans sa main.

Et si, quelque part au fond d'elle, elle avait souhaité que son père et sa mère la protègent en l'empêchant d'aller tuer des monstres toute seule, à onze ans, elle savait déjà que c'était irréaliste. Elle ne doutait pas de l'amour que lui portaient ses parents. Seulement, ils étaient très têtes en l'air, et parfois ils oubliaient des choses importantes.

Par conséquent, pendant ces deux ans à Philadelphie, Ben apprit à jouer de divers instruments – y compris les verres à vin et le tuba – tandis qu'Hazel se familiarisait avec une nouvelle discipline : le flirt impénitent.

En classe, elle n'était ni la meilleure ni la pire. Elle aurait pu être bonne en sport, mais n'essaya jamais aucune des activités proposées par le collège. Au lieu de quoi, après les cours, elle apprenait le self-défense au YMCA et s'exerçait à des techniques qu'elle avait vues sur Internet dans des vidéos sur le combat à l'épée. Puis, à douze ans, elle se découvrit une aptitude pour laquelle elle était bien plus douée que les autres : aguicher les garçons.

Elle les observait et, s'ils la surprenaient en train de les regarder, elle leur souriait.

Elle enroulait une boucle de sa chevelure rousse autour de son index et se mordillait la lèvre.

Elle faisait ressortir ses seins avec son bras, son pupitre ou un de ces nouveaux soutien-gorge pigeonnants qu'elle avait convaincu maman de lui acheter, tous satinés et de couleur vive.

Elle se mit à dire à tout le monde qu'elle avait de mauvaises notes dans toutes les matières – une ou deux fois parce que c'était vrai, puis de manière systématique et même quand ça ne l'était pas.

Flirter était tout à fait anodin pour elle. Il n'y avait ni planification ni objectif. Ce n'était qu'une distraction ; une façon de se faire remarquer dans un lieu où il était facile d'être noyée dans la masse, de devenir transparente. Elle n'avait jamais eu l'intention de faire souffrir qui que ce soit. Elle ne pensait même pas que ce soit possible. Elle avait douze ans, elle s'ennuyait et ne savait pas vraiment ce qu'elle faisait.

Pendant qu'elle était occupée à flirter, Ben tomba amoureux pour la première fois d'un garçon qui s'appelait Kerem Aslan. Ils se retrouvaient chaque jour après les cours pour discuter à voix basse en faisant leurs devoirs et échanger des baisers furtifs lorsqu'ils pensaient que personne ne les regardait. Parfois, Ben jouait un extrait d'une chanson sur laquelle il travaillait, ce qu'il n'avait jamais fait avec personne en dehors d'Hazel. Elle le revoyait tracer discrètement le nom du garçon sur son bras. Aslan, comme le lion de Narnia. Kerem ressemblait un peu à un lion, aussi, avec ses yeux marron doré et ses cheveux noirs, comme une crinière hirsute.

Peu à peu, Hazel et Ben, qui avaient tout partagé jusque-là, n'eurent presque plus rien en commun. Ils ne fréquentaient pas le même collège, n'avaient pas les mêmes amis, vivaient des histoires différentes. Tout les séparait. Hazel se morfondait alors que Ben n'avait jamais été aussi heureux.

Et puis, un jour, la famille de Kerem découvrit sa relation avec Ben. Ses parents téléphonèrent pour avoir une conversation affreusement gênante avec papa, qui finit par leur raccrocher au nez. Ben pleura à la table de la cuisine, la tête enfouie entre ses bras croisés, indifférent au nombre de fois où papa le serra dans ses bras en lui disant que tout irait bien.

– Non, je ne te crois pas, chuchota Ben.

Il affirma qu'il ne se remettrait jamais du chagrin qu'il éprouvait à ce moment-là, qu'il avait le cœur brisé pour toujours.

Au déjeuner le lendemain, Ben envoya un texto à Hazel pour lui dire que Kerem l'évitait et le dénigrait auprès de leurs amis communs. Après les cours, au lieu de rentrer directement chez eux, elle décida de marcher jusqu'à l'école de Ben. Elle savait qu'en dernière heure il avait un cours particulier de flûte. Ensuite, ils pourraient aller manger une glace à l'italienne dans cet endroit où ils versaient un trait d'expresso dessus, et peut-être que Ben retrouverait un peu le moral.

Personne ne l'empêcha d'entrer dans le bâtiment ; l'agent de sécurité ne la remarqua pas, et elle traversa le hall pour aller vers le banc qui se trouvait près de la salle de musique. Une fois assise, elle fut surprise de voir Kerem Aslan, avec ses yeux et son nom de lion, se diriger droit vers elle.

– Salut, frangine, dit-il. Tu es jolie, aujourd'hui.

Elle sourit spontanément, à la fois en réaction à un compliment et par habitude. Elle lui avait souri des dizaines de fois auparavant.

– Tu sais, tu m'as toujours bien plu. Dès que je venais chez vous, à l'appart, je demandais si tu voulais te joindre à nous, mais Ben disait que tu étais occupée. Que tu avais un copain.

À l'entendre, on aurait dit que Kerem flirtait, mais son visage exprimait quelque chose qui était trop proche de la peur pour que son discours soit convaincant.

– Eh bien, c'est faux, le détrompa Hazel.

Elle les avait vus, Ben et lui, la tête penchée l'un vers l'autre, pendant que, dans leur bulle, ils riaient et chuchotaient.

– Ah, donc tu n'as pas de copain ? s'enquit Kerem.

À son ton, elle sut qu'il faisait exprès de ne pas comprendre, mais cela la troubla quand même.

– Non, enfin… commença-t-elle.

Puis, après avoir jeté un coup d'œil en biais dans le hall, Kerem se pencha et l'embrassa.

C'était son premier baiser – si on ne comptait pas sa grand-mère et ses tantes âgées, ses parents, son frère, et malgré son expertise en flirt. Kerem avait les lèvres douces et chaudes et, bien qu'elle ne lui rendit pas son baiser, elle ne se déroba pas exactement non plus.

Son hésitation n'eut toutefois rien d'agréable. Elle ne dura qu'un instant mais suffit à tout gâcher.

– Arrête, dit-elle en le repoussant.

D'autres petits prodiges les regardèrent. Une professeure sortit de sa salle et demanda si tout allait bien. Hazel avait dû parler plus fort qu'elle le pensait.

Mais non, tout n'allait pas bien, car Ben les observait fixement. Après quoi, elle ne vit que le sac à dos de son frère, les talons de ses Converse noires, et la porte de la salle de musique qui se refermait en claquant derrière lui.

– Tu l'as fait exprès, déclara-t-elle d'un ton accusateur à l'intention de Kerem. Tu voulais qu'il nous voie.

– Je t'ai dit que tu me plaisais, se justifia-t-il en haussant les sourcils.

Sa voix n'avait pourtant exprimé aucun triomphe.

Ses mains tremblèrent continuellement pendant qu'elle attendait Ben près de la salle, écoutant les rares notes de musique qui franchissaient les murs insonorisés. Elle voulait raconter à son frère ce qui s'était réellement passé, lui expliquer qu'elle n'était pas à l'initiative de ce baiser. Mais elle n'en eut pas l'occasion : quelques minutes plus tard, la professeure de Ben s'effondra, victime d'un infarctus du myocarde qui faillit lui être fatal. Les ambulanciers arrivèrent, suivis de peu par les parents de Ben et Hazel. Ben refusa de parler à qui que ce soit, à ce moment-là et sur le chemin du retour.

Il avait joué de la musique alors qu'il était contrarié, sûrement en colère, puis le cœur de sa professeure avait lâché. Hazel savait que son frère s'en voulait. Elle savait qu'il en voulait à la magie, et qu'il devait lui en vouloir, à elle aussi.

Lorsqu'elle alla dans sa chambre pour essayer de s'excuser, elle trouva sa porte ouverte et Ben assis par terre, tenant sa main gauche avec sa main droite.

– Ben ?

Il leva vers elle des yeux rougis, hagards.

– Je ne veux plus jouer, répondit-il d'une voix ténue.

Elle comprit alors ce qu'il avait dû faire pour avoir la main dans cet état. Il l'avait cognée contre la porte – et sans doute pas qu'une fois. La peau n'était pas seulement rouge, elle était violette, et il avait les doigts pliés dans le mauvais angle.

– Maman ! hurla-t-elle. *Maman !*

– Il faut que ça s'arrête, gémit Ben. Je dois arrêter. Il faut que quelqu'un m'arrête.

Ils partirent en taxi aux urgences, où les médecins confirmèrent les fractures, nombreuses. De leur côté, ses professeurs confirmèrent qu'il ne pourrait plus jouer, du moins pas avant longtemps. Il allait devoir attendre que les os se ressoudent et faire de la rééducation pour retrouver toute sa mobilité. Il allait devoir être très prudent et très assidu.

Même si Ben n'avait jamais rien dit à leurs parents sur ce qu'il avait fait ni pourquoi, même si Hazel ne leur avait jamais rien confié à ce sujet, ils comprirent le message et, peu de temps après, la famille revint à Solclair, où elle retrouva sa maison au désordre tentaculaire et reprit le cours de son ancienne vie.

Ben ne fut ni prudent ni assidu avec sa main.

Après leur retour, il écouta de la musique – énormément. Il s'en goinfra. Mais, il ne toucha plus à aucun instrument. Il se refusait même à fredonner. Aussi Hazel se mit-elle seule en chasse lorsqu'une autre touriste disparut.

Ce n'était pas la même chose sans son frère et, après cette longue absence, il ne lui fut pas facile de retourner dans la forêt. La bride destinée à recevoir son épée – celle qui lui permettait de l'avoir dans le dos – ne lui allait plus. Elle dut l'ajuster sur sa hanche alors qu'elle n'était pas habituée à la porter à cet endroit, et les battements du fourreau contre sa cuisse la distrayaient sans cesse. Elle se sentit bête de reprendre ses jeux d'enfant alors qu'elle entrait dans l'adolescence. Même les bois ne lui étaient plus familiers. Les sentiers semblaient s'être déplacés, et elle se trompa de direction lorsqu'elle les emprunta en courant, comme elle le faisait naguère.

Toutefois, maintenant qu'elle était plus grande, plus forte, elle comptait bien se débrouiller seule et prouver à son frère qu'elle n'avait pas besoin de lui ; qu'elle pouvait encore être une chevaleresse. Elle savait que l'important, quand on chassait les créatures du Peuple, était de rester vigilant et de ne pas oublier qu'elles étaient rusées ; que l'herbe sous vos pieds pouvait détaler ; que l'on pouvait se laisser entraîner dans une ronde. Avant de sortir, Hazel avait mis ses chaussettes sur l'envers et rempli ses poches de flocons d'avoine, comme sa grand-mère le leur avait montré, à Ben et elle, quand ils étaient petits. Elle était prête. Elle devait y retourner. Elle devait débusquer les monstres et se battre contre eux, jusqu'au dernier ; jusqu'à ce qu'elle atteigne celui qui vivait au cœur de la forêt, pour que cesse définitivement la désolation, pour que tout le monde soit de nouveau en sécurité.

Si elle y pensait trop, son cœur s'affolait et la panique la gagnait. Elle était lancée dans une quête impossible, et elle ignorait combien de temps il lui restait.

La panique – c'était contre elle qu'Hazel devait lutter, car celle-ci l'envahissait facilement dès qu'elle se rappelait sa promesse de donner sept années de sa vie aux Fæs. Après la panique venait le désespoir. Et, une fois le désespoir installé, il lui était de plus en plus difficile de s'en débarrasser. L'astuce consistait à ne pas s'appesantir dessus. Tout ce qui pouvait l'en distraire était bon à prendre – tout ce qui pouvait l'empêcher de poser une main sur son cœur pour en sentir les battements, en ayant la conscience que chacun d'eux en était un de perdu.

Il lui fallut trois longues journées pour retrouver la touriste disparue : une adolescente grande et filiforme appelée Natalie. Quand Hazel la découvrit, elle était toujours en vie mais inconsciente, suspendue aux branches d'un arbre épineux. Un filet de sang coulait de son bras et gouttait dans un bol en bois. Deux petits Fæs aux yeux pâles et affublés d'un long nez rougi, affairés à ajuster des liens, faisaient tournoyer la fille pour faire couler son sang plus vite.

C'était la première fois qu'Hazel retrouvait un touriste disparu encore en vie.

Grâce à ses connaissances, elle identifia les créatures qui avaient enlevé la fille, même si elle n'en avait encore jamais vu. C'étaient des bonnets-rouges ; des monstres terrifiants qui se délectaient de leurs tueries et trempaient leurs vêtements dans le sang.

Hazel les observa un instant, se demandant ce qu'elle fichait là. Elle s'était habituée à la vie citadine, à un monde sans monstres. Elle s'était ramollie et elle avait peur. Sa main était moite sur la poignée de son épée.

Je suis une chevaleresse. Je suis une chevaleresse. Je suis une chevaleresse. Elle se le répéta en boucle, remuant les lèvres en silence, mais elle n'était plus sûre d'en saisir le sens. Ce qu'elle savait, en revanche, c'était que, si elle ne se reprenait pas, la fille mourrait.

Hazel jaillit des broussailles et abattit son épée. Le premier bonnet-rouge poussa un cri avant de s'effondrer sans un bruit. Malgré un haut-le-cœur, elle se tourna brusquement vers le deuxième, prête à parer son attaque et à trancher en deux son adversaire. Elle aurait pu gagner. Elle était forte et rapide, armée d'une magnifique épée d'or, et elle avait réussi à prendre deux bonnets-rouges par surprise. Hélas, il y en avait un troisième qu'elle n'avait pas vu et, d'un coup unique, il l'envoya au tapis, l'assommant à moitié.

Ils tranchèrent la gorge de Natalie. De toute façon, elle avait trop peu de sang dans les veines, dirent-ils, et leur nouvelle proie était bien plus fraîche. Hazel sentit qu'on lui passait une corde autour des chevilles. Ses assaillants s'apprêtaient à la hisser aux branches comme la jeune touriste. Elle avait le tournis, envie de vomir et n'avait jamais été aussi terrifiée de sa vie. Elle aurait voulu appeler Ben, mais il n'y avait pas de Ben à appeler. Elle ne pouvait compter que sur elle-même, et elle avait échoué. Elle n'avait sauvé personne.

Elle resta des heures ainsi accrochée à l'arbre, à l'envers, le sang affluant dans sa tête, avant que les bonnets-rouges partent chercher du bois. Prenant sur elle, elle se tourna vers l'endroit où Natalie pendait. La sensation de sa chair morte sous ses doigts lui répugna ; malgré tout, Hazel s'agrippa au cadavre de la malheureuse jusqu'à ce qu'elle puisse attraper une branche et défaire la corde qui lui entravait les chevilles. Ses joues étaient trempées de larmes, bien qu'elle ne se souvienne pas d'avoir pleuré.

Après avoir retrouvé son épée, entreposée avec un assortiment d'objets volés, elle reprit le chemin de la maison, tremblant si violemment qu'elle craignit de se désagréger.

Cette nuit-là, elle comprit qu'une gamine de treize ans, aussi féroce soit-elle, n'était pas de taille à lutter contre des monstres expérimentés – en tout cas, pas toute seule. Elle dut admettre qu'elle avait perdu son statut de chevaleresse quand Ben avait perdu sa musique. Lorsqu'elle arriva enfin chez elle, elle resta un long moment devant la porte de la chambre de son frère, la paume plaquée contre le bois peint. Sans frapper.

Elle lui avait dit qu'elle était désolée, qu'elle n'avait rien fait pour que Kerem l'embrasse, qu'elle n'avait jamais voulu ça. Elle le lui avait répété mille fois. Mais, au fond d'elle, elle savait que ce n'était pas tout à fait vrai. Elle avait flirté avec Kerem à l'appartement, parce qu'il était mignon et que Ben avait tout ce qu'il voulait. Elle n'avait pas désiré ce baiser lorsque c'était arrivé, mais elle y avait déjà pensé. Et elle l'avait laissé venir, alors que, si elle s'y était opposée, Ben n'aurait peut-être pas perdu sa musique ni abandonné leur quête. Et Natalie serait peut-être toujours en vie.

Elle avait dit à Ben que ce baiser ne voulait rien dire. C'était ce qu'elle voulait, qu'il soit totalement insignifiant.

Et elle voulait le *prouver*.

Mais peu importait combien de garçons elle embrassait, elle ne parvenait pas à ramener Ben à la musique.

Chapitre 8

Le soir du jour où le prince disparut de son cercueil, maman fit des spaghettis nappés de sauce tomate industrielle et saupoudrés de parmesan en sachet, qu'elle accompagna de petits pois surgelés – le menu typique quand la date de rendu d'un projet approchait. Hazel y était si habituée que, lorsqu'elle était malade, c'était ce plat qui la réconfortait, quand les autres enfants réclamaient du bouillon de poule. Papa était déjà parti à New York, où il avait des rendez-vous toute la semaine. Maman tenta d'inciter Ben et Hazel à raconter leur journée mais, trop distraits par les événements récents, les yeux rivés sur leur assiette, ils lui firent des réponses laconiques. Une conversation aurait exigé d'eux trop d'efforts. Maman les informa que le maire avait déjà contacté une sculptrice du coin – une amie à elle – pour qu'elle crée un faux prince, espérant ainsi limiter l'impact négatif de la disparition du garçon cornu sur le tourisme. D'après la version officielle, il avait été enlevé par des vandales.

– Quand j'étais ado, on était toutes folles de lui, se souvint maman. Il y en avait une en particulier... Oh, vous la connaissez, c'est la mère de Leonie ! Bref, avec un rouleau d'essuie-tout et un nettoyant pour vitres, elle allait briquer le cercueil tous les samedis. C'est dire à quel point le garçon l'obsédait !

Ben leva les yeux au ciel. Cette plongée dans le passé semblait faire plaisir à maman.

– Et Diana Collins – Diana Rojas, maintenant – avait essayé de le réveiller en faisant comme dans ce clip des Whitesnakes : elle s'était vautrée sur le cercueil comme si c'était le capot d'une Pontiac, vêtue seulement d'un bikini qui lui rentrait dans les fesses et couverte d'huile pour bébé ! Ah, les années 1980...

D'un air absent, elle se leva et traversa la pièce pour aller chercher, dans leur meuble de bibliothèque, un vieux carnet de croquis fatigué.

– Vous voulez voir un truc ? demanda-t-elle.

– Volontiers, répondit Hazel, gênée.

Elle n'arrivait pas à se débarrasser de l'image de la mère de Megan se trémoussant en string, le corps luisant d'huile.

Maman fit défiler les pages de son carnet, à peine jaunies par le temps. Là, dessiné au crayon HB, au stylobille ou avec des feutres de couleur, il y avait le prince endormi. Les croquis étant corrects, sans plus, il fallut un instant à Hazel pour réaliser ce qu'elle avait sous les yeux.

– C'est toi qui as fait ça, dit-elle d'un ton légèrement accusateur.

Maman rit.

– Oui ! Je me promenais dans les bois après les cours. Je faisais comme si j'allais dessiner des arbres, ce genre de choses, mais je finissais toujours par le dessiner, lui. Je l'ai aussi peint à l'huile, une grande toile. L'une des pièces qui m'ont permis d'intégrer les Beaux-Arts.

– Qu'est-ce qu'elle est devenue ? demanda Hazel.

Maman haussa les épaules.

– Je l'ai vendue pour une poignée de dollars quand j'étais à Philadelphie. Elle est restée exposée dans un café un certain temps, mais je ne sais pas où elle est, aujourd'hui. Peut-être que j'en peindrai une autre, maintenant que le garçon a disparu. Ça serait dommage que je l'oublie.

Hazel pensa à la dague posée sur la vieille table en bois et se demanda dans quelle mesure il avait vraiment « disparu ».

Après le repas, maman s'installa devant la télévision avec son ordinateur portable et regarda une émission culinaire pendant qu'Hazel et Ben, restés dans la cuisine, étalaient de la marmelade de pamplemousse sur des toasts en guise de dessert.

– Bon, et maintenant, on fait quoi ? demanda Hazel à son frère.

– Je suggère qu'on retrouve le prince avant que les mises en garde de Jack se précisent.

Puis, avec un froncement de sourcils, il désigna les paumes d'Hazel d'un geste de la tête.

– Tu es tombée ?

Elle baissa les yeux sur ses mains. Elles n'étaient plus rouges, et de fines croûtes s'y étaient formées. *Il est arrivé quelque chose la nuit dernière.* Ces mots, bien que prêts à sortir, restèrent bloqués.

Après avoir manqué de se faire tuer par les bonnets-rouges plusieurs années auparavant, après que Ben avait vu ses bleus et l'avait écoutée raconter sa terrible expérience, il l'avait suppliée de ne jamais retourner chasser seule. *On trouvera une autre solution*, lui avait-il promis – même si cela ne s'était jamais concrétisé.

S'il apprenait qu'elle avait conclu un marché avec les Fæs, il en serait très contrarié. Il culpabiliserait. D'autant qu'il ne pourrait rien y faire.

– J'ai dû m'égratigner dans les bois. Ça valait carrément le coup.

– Ouais, répliqua-t-il tout bas avant de se lever pour poser son assiette dans l'évier. Donc tu crois qu'il est quelque part là-bas, glissé dans notre vieux sac de couchage ? En train de manger nos bretzels rassis ?

– Et de boire notre café filtre des temps modernes ? J'aime bien l'idée. Je l'espère, en tout cas… même si c'est le méchant prince de tes histoires.

Ben ricana.

– Tu t'en souviens ?

Elle tourna la tête et essaya de lui sourire.

– Bien sûr. Je me souviens de tout.

Il rit.

– La vache, ça fait un bail que je n'ai plus pensé à ces histoires qu'on se racontait. C'est tellement dingue de se dire que c'est sur notre génération que c'est tombé ! Qu'il s'est réveillé à notre époque...

– Il y a forcément une raison, décréta Hazel. Il se passe forcément un truc dans la forêt. Jack n'a pas tort à ce sujet.

– C'était peut-être le moment, tout simplement. Peut-être que la malédiction a été levée et qu'il a brisé son cercueil de verre lui-même.

Il afficha un sourire en coin.

– Si notre prince était si malin et s'il voulait se protéger du roi des Aulnes, il viendrait directement en centre-ville. Il ferait du porte-à-porte. Il serait invité à dîner plus souvent qu'un pasteur le dimanche.

– Il serait invité à *coucher* plus souvent qu'un pasteur le dimanche, rectifia Hazel pour le faire rire.

Le pasteur Kevin suscitait beaucoup de fantasmes parmi les jeunes paroissiens de la ville, entre autres parce qu'il faisait partie d'un groupe de rock chrétien un peu connu. Cela dit, le garçon cornu était une célébrité locale bien plus importante. S'il débarquait au milieu de la rue principale, le comité des femmes au foyer de Solclair organiserait en son honneur la vente de pâtisseries la plus sexy qui soit. Ben avait raison : si ça ne gênait pas le prince de se cacher du roi des Aulnes dans l'intimité des chambres de Solclair, il serait tranquille.

– Cette envie de te précipiter au-devant du danger ne te ressemble pas, finit par ajouter Hazel, parce qu'elle devait dire quelque chose.

Ben acquiesça et la regarda d'un air étrange.

– Pour retrouver notre prince, c'est différent.

Elle se leva de table.

– Bon, tu n'auras qu'à me réveiller si tu as une idée lumineuse. Je monte me coucher.

– Bonne nuit, dit Ben d'un ton enjoué – un peu trop, peut-être –, avant de se diriger vers le salon. Je vais regarder les infos locales, pour voir s'ils s'en tiennent à la version des vandales.

En grimpant l'escalier, Hazel prit la décision de veiller aussi longtemps qu'elle le pourrait, espérant ainsi comprendre ce qui l'avait incitée à quitter son lit la nuit précédente. Elle avait entendu dire qu'il arrivait que des gens ensorcelés sortent discrètement de chez eux pour aller danser avec les Fæs les nuits de pleine lune, et que certains se réveillaient à l'aube, dans un cercle de champignons, les pieds tout abîmés, ressentant une profonde nostalgie pour quelque chose dont ils ne parvenaient pas à se souvenir. Si le Peuple se servait d'elle, elle voulait en être consciente.

Bien sûr, il y avait la possibilité qu'après avoir été utilisée à des fins bien précises elle ne soit plus appelée avant un bout de temps, mais mieux valait prévenir que guérir.

Une fois dans sa chambre, elle s'agenouilla et récupéra sous son lit un vieux coffre en bois, fendu et faussé par endroits. Quand elle était petite, Ben s'y cachait et faisait semblant d'être Dracula dans son cercueil, puis le prince dans le sien. Quand elle était encore plus petite, maman y rangeait ses jouets et ses couvertures de bébé. À présent, la malle contenait sa vieille épée peinte en noir ainsi que quelques souvenirs d'enfance. Des cailloux incrustés de mica brillant qu'elle avait adoré empocher au cours de ses promenades dans les bois. L'emballage de chewing-gum argenté que Jack avait plié en forme de grenouille. Son vieux chapeau vert censé faire partie d'un costume de Robin des Bois. Une guirlande de pâquerettes toute sèche, si fragile qu'Hazel n'osait pas la toucher, de crainte qu'elle s'effrite.

Voilà ce qu'elle s'attendait à trouver en ouvrant la malle. Elle pensait sortir l'épée et la glisser entre son matelas et son sommier.

Sauf qu'elle n'y était pas.

La malle était vide, à l'exception d'un livre, mais aussi d'un pantalon et d'une tunique pliés, qu'elle n'avait jamais vus, taillés dans une matière légère d'un gris argenté. À côté, elle trouva un chiffre écrit de la même main que celle du message dans la noix : 241.

Elle prit le livre. *Folklore d'Angleterre*, disait le titre sur le dos. Elle l'ouvrit à la page 241.

C'était l'histoire d'un fermier qui avait acheté un lopin de terre où vivait un gros boggart poilu et pénible. Celui-ci proclamait que l'endroit lui appartenait. Après une âpre dispute, le fermier et lui décidèrent de partager le terrain en deux. Le boggart exigea que lui revienne tout ce qui pousserait au-dessus du sol et dit au fermier qu'il aurait tout ce qui pousserait sous la terre. Cependant, le fermier fut plus malin, car il planta des pommes de terre et des carottes. Au moment de la récolte, le boggart, furieux, se retrouva avec des fanes et des feuilles dont il n'eut que faire. Il hurla sa colère et tapa du pied. Mais il avait passé un marché et, comme tous les Fæs, il devait tenir sa promesse. L'année suivante, le boggart exigea que lui revienne tout ce qui pousserait sous la terre mais, là encore, le fermier se montra plus rusé que lui. Il cultiva du maïs, si bien que le boggart ne récupéra que des racines fibreuses. Il piqua une vraie crise de rage, pire que la fois précédente, mais, de nouveau, il fut contraint de tenir sa promesse. Enfin, la troisième année, le boggart exigea que le fermier sème du blé, puis que chacun fasse la récolte de son côté et garde le fruit de son labeur. Comme le fermier savait que le boggart était bien plus fort que lui, il eut l'idée de planter des tiges de fer dans le sol sur la partie de son adversaire. La charrue de ce dernier se bloqua donc sans cesse, pendant que le fermier labourait joyeusement son côté. Après plusieurs heures harassantes, le boggart bien à la peine abandonna et dit au fermier que le champ était à lui. Bon débarras !

Les mots *carottes* et *tiges de fer* avaient été entourés par un doigt boueux.

Hazel regarda le livre en fronçant les sourcils. Ce conte ne lui évoquait rien.

Perplexe et frustrée, elle s'occupa l'esprit en retirant ses draps souillés, qu'elle fourra dans le panier à linge sale. Puis elle prit dans le placard du couloir un drap-housse propre, quoique froissé, et de vieilles couvertures. Enfin, elle enfila son pyjama à motifs de fusées, se jeta sur son lit, prit un livre de poche au hasard sur sa table de chevet et l'ouvrit. Elle espérait se changer les idées, se convaincre qu'une épée ancienne ne lui servirait pas davantage qu'un vieux costume de Robin des Bois.

Finalement, elle se rendit compte qu'elle avait déjà lu ce livre dans lequel des zombies pourchassaient un frère et une sœur journalistes. Au bout de quelques pages, consciente que les mots glissaient sur elle, elle reposa le livre. Elle n'arrivait pas à se concentrer. Rien de tout cela ne lui semblait aussi réel que le souvenir d'une ruine de pierre couverte de lierre, dans laquelle une dague forgée par un elfe était posée sur une vieille table en bois. Rien de tout cela ne lui semblait aussi réel que ses mains abîmées, ses pieds boueux et la nuit dont elle ne conservait aucun souvenir.

Rien de tout cela ne lui semblait aussi réel que Jack et sa double vie. Elle savait qu'il fallait se méfier des Fæs justement parce qu'ils étaient très séduisants, charmants et intelligents. Elle faisait une exception pour Jack. Pourtant, elle n'arrivait pas à se défaire de la vision de ses yeux argentés, de son étrange diction. Ce souvenir se mêla à celui de leur baiser, et elle se sentit bête.

Elle se reposa donc, les yeux fermés, comme si elle dormait, jusqu'à ce qu'elle entende le parquet grincer. Quelqu'un montait l'escalier puis marchait dans le couloir. Était-ce Ben qui allait se coucher ? Mais… et si son frère dormait déjà ? Dans ce cas, était-ce quelque chose d'autre qui se déplaçait furtivement ? Elle s'assit dans son lit et prit son téléphone : 2 heures du matin.

Alors qu'elle se glissait hors des couvertures, elle entendit nettement quelqu'un redescendre l'escalier.

Son portable à la main, elle enfila ses bottes en caoutchouc et descendit aussi discrètement que possible. Si les Fæs avaient réussi à lui faire quitter son lit, ils pouvaient le faire avec Ben également. Peut-être qu'il ne leur devait rien et qu'il n'avait passé aucun marché avec eux ; cela ne voulait pas dire qu'ils n'avaient aucun pouvoir sur lui. Ils s'octroyaient beaucoup de choses sur lesquelles ils n'avaient aucun droit.

Le temps qu'Hazel attrape son manteau, Ben était déjà dehors : il marchait vers sa voiture d'un pas décidé. Indécise, en proie à la panique, Hazel s'arrêta dans l'ombre d'un chêne. Jamais elle ne pourrait le suivre à pied. Elle songea à tapoter la vitre côté passager pour signaler sa présence. S'il était ensorcelé, ce geste pourrait le faire revenir à lui.

Et s'il était dans son état normal ? Et s'il partait chercher le garçon cornu tout seul ? Ce n'était pas comme s'il était tenu d'emmener sa petite sœur pot de colle partout où il allait.

Il sortit lentement sa Coccinelle de l'allée, sans allumer ses phares.

Brusquement décidée, Hazel récupéra son vieux vélo parmi les outils empêtrés dans les toiles d'araignées de la remise. Les mains tremblantes, elle arracha les disques réfléchissants fixés aux rayons et les jeta dans l'obscurité. Puis elle grimpa sur la selle et se mit à pédaler à toute vitesse. Le temps qu'elle atteigne la rue, Ben avait mis ses feux et s'engageait dans le premier virage.

Elle freina doucement pour qu'il ne la repère pas, sans toutefois perdre de vue la Volkswagen. Sur les petites routes, la vitesse maximale autorisée était réduite, ce qui lui facilita la tâche mais, si son frère ne respectait pas la limite, il finirait forcément par la distancer.

Ses cheveux volaient derrière elle dans le vent. La lune haute brillait dans le ciel, projetant une lumière argentée sur le paysage. Hazel avait l'impression de pédaler dans un rêve ; un monde feutré dans lequel tout le monde dormait excepté Ben et elle. La fatigue la quitta complètement tandis qu'elle sollicitait ses muscles, si efficace dans ses mouvements de jambes qu'elle faillit ne pas remarquer que Ben se garait. Elle s'arrêta net, les semelles de ses bottes raclant la chaussée. Après quoi, elle poussa son vélo vers les arbres et l'abandonna parmi les plantes grimpantes et les branches tombées au sol.

Une sueur glacée perla dans son dos. Elle avait deviné où Ben se rendait : dans le bosquet du cercueil de verre brisé.

Elle le suivit aussi lentement que possible, espérant que le craquement des brindilles ne trahirait pas sa présence. Que son talent pour se déplacer sans bruit dans une forêt soit resté intact, ou que Ben soit simplement distrait, il ne jeta même pas un coup d'œil dans sa direction.

Cela ressemblait beaucoup à une partie de chasse, sauf que, cette fois, c'était son frère qu'elle traquait.

La nuit était assez froide et humide pour que son souffle forme un nuage de vapeur dans l'air. La végétation bruissait sur le passage de petits animaux qui s'interpellaient entre les membres difformes des arbres. Du haut de sa branche, une chouette l'observa, avec sa face toute ronde. Hazel resserra les pans de son manteau sur son pyjama et regretta de ne pas s'être changée avant de partir.

Ben s'arrêta près du tronc d'un chêne abattu. Il se mit à faire les cent pas, donnant des coups de pied dans une fougère, comme s'il réfléchissait à ce qui l'avait poussé à venir ici. Une fois de plus, Hazel hésita à intervenir, à se signaler, à lui dire qu'il n'était pas seul.

Je t'ai suivi parce que je te croyais ensorcelé, imagina-t-elle se justifier auprès de lui. *Mais je vois à présent que tu ne l'es sans doute pas, car les gens ensorcelés ne se demandent pas tout à coup ce qu'ils fabriquent au milieu des bois en pleine nuit. Désolée. Finalement, j'aurais dû te laisser tranquille.*

Cela se passerait forcément mal.

Ben se remit alors à marcher dans la forêt, et Hazel recommença à le suivre. Ils arrivèrent au bosquet où le prince avait dormi, un bosquet dans lequel ils s'étaient rendus cent fois. Du verre brisé et des tessons de bouteilles de bière étincelaient dans le clair de lune. Mais toute la végétation, des arbres aux buissons, en passant par les plantes épineuses, était noircie, morte. Pourrie, comme si le gel était arrivé précocement. Même les arbres à feuillage persistant s'étaient flétris.

Quant au cercueil, il avait été saccagé. Tout le monde le savait, mais c'était autre chose de le voir. Un sacrilège, comme si le cercueil n'était finalement pas plus magique que la vitre explosée d'une voiture dont on aurait volé l'autoradio. La destruction l'avait rendu ordinaire.

Ben s'avança jusqu'au cercueil, en toucha le bord métallique puis repoussa ce qui restait du couvercle. Des bris de verre qui y étaient encore fixés tintèrent en s'en détachant. Il glissa la main à l'intérieur – pour caresser le capiton, peut-être ? – puis marqua une pause et regarda vers Hazel, comme s'il l'avait repérée.

Que cherchait-il ? Qu'espérait-il trouver ici ?

En silence, elle se promit que, si son frère tentait de grimper dans le cercueil, elle émergerait de l'ombre. Peu importait la colère qu'elle provoquerait chez lui.

Mais il ne le fit pas. Il contourna le cercueil, comme s'il était aussi émerveillé qu'Hazel par ses vestiges. Soudain, il se pencha, les sourcils froncés. Lorsqu'il se releva, il avait quelque chose au creux de la paume ; quelque chose qu'il avait récupéré dans le cercueil et qui brillait dans le clair de lune. Quelque chose qu'il regardait d'un air stupéfait. Une boucle d'oreille. Une créole bon marché, émaillée de vert. Hazel ne s'était même pas rendu compte qu'elle ne l'avait plus.

Aussitôt, elle se trouva des justifications. Peut-être l'avait-elle perdue le soir de la fête – même si cela n'expliquait pas que l'objet se soit retrouvé dans le cercueil, sous des morceaux de verre. De plus, elle était quasiment sûre d'avoir de nouveau porté ces créoles le lendemain. Meilleure hypothèse encore : peut-être qu'une autre jeune fille avait les mêmes et que c'était *elle* qui en avait perdu une.

Hazel se soupçonnait d'avoir peut-être un lien avec la libération du garçon cornu, mais une part d'elle refusait d'y croire. Désormais, elle ne pouvait plus le nier. Aucune raison plausible ne permettait d'écarter ces preuves accablantes.

Prise de panique, elle se mit à trembler. Ne s'était-elle pas reproché de foncer droit vers les ennuis à la première occasion ? De ne laisser passer aucun détail, aucune mauvaise idée, aucun garçon à embrasser ? Ni aucun marché idiot ? Car c'était bien ce qu'elle avait fait, de toute évidence – même si elle n'en gardait aucun souvenir.

Un instant plus tard, Ben retourna à sa voiture, jurant tout bas. Hazel s'accroupit, l'épaule contre un arbre, le temps que son frère s'éloigne. Le temps de retrouver une respiration régulière. Elle ne savait toujours pas si elle allait se confier à Ben, mais au moins elle aurait jusqu'au lendemain matin pour y réfléchir.

Elle retourna à son vélo. Il était toujours là où elle l'avait laissé, à moitié dissimulé dans un buisson de pachysandra qui semblait en avoir avalé le cadre. L'ayant redressé, elle le poussa vers la route, l'enfourcha et se remit à pédaler en suivant à distance les feux arrière de la Coccinelle.

Comme Ben semblait retourner chez eux, elle ne chercha pas à rester derrière lui et se concentra plutôt sur ce qu'elle allait faire.

C'était au roi des Aulnes qu'elle avait promis ses sept années. Si elle allait attendre près de l'aubépine à la pleine lune, elle pourrait peut-être passer un autre marché afin d'obtenir des réponses. Ou elle pourrait se rendre à la fête organisée par le roi des Aulnes, à qui elle demanderait directement ce qu'il comptait faire d'elle.

Elle pédala plus vite, imaginant ce qu'elle lui dirait, quand elle repéra un corps dans le fossé. Un corps de jeune fille, ses jambes blanches écartées, sa chevelure brune étalée dans une flaque. Quelqu'un était penché sur elle, quelqu'un qui avait devant les yeux des cheveux bruns, dont quelques mèches repoussées en arrière laissaient voir de longues cornes incurvées.

Elle sursauta et se pétrifia.

Elle perdit l'équilibre. Le vélo bascula sous elle. Cela arriva si vite qu'elle n'eut pas le temps de réagir. Un instant, elle pédalait rapidement, et le suivant elle tombait lourdement sur le bitume.

Le garçon cornu la regarda chuter, son visage affichant une expression indéchiffrable dans le clair de lune.

Chapitre 9

Elle tomba sur le bas-côté ; ses mains, qu'elle avait tendues devant elle pour se protéger la figure, heurtèrent le goudron en premier. Le souffle coupé, elle roula sur le flanc, s'égratigna les coudes et l'arrière du crâne. Elle eut l'affreuse sensation d'avoir tout le corps à vif. Elle resta ainsi un moment, avec de la terre dans la bouche, attendant que la douleur reflue.

Elle entendit le cliquetis des roues de son vélo tournant dans le vide, ainsi que quelque chose d'autre : le garçon cornu qui s'approchait d'elle. Ses pas résonnant sur l'asphalte lui parurent aussi bruyants que des craquements d'os qui se brisent.

Il s'agenouilla et se pencha au-dessus d'elle.

Sa peau était si pâle qu'on l'aurait dite blanchie par le froid. Il portait toujours son pourpoint bleu brodé qu'il avait depuis des générations. La pluie en avait assombri le tissu, et ses bottes ivoire étaient éclaboussées de boue. Ses cornes remontaient le long de ses tempes et s'incurvaient près de sa tête, derrière ses oreilles fuselées. Elles se terminaient en pointe au niveau de sa mâchoire de sorte que, à cette distance, on aurait pu les prendre pour des tresses épaisses. Même la structure de son visage – les méplats de ses pommettes, la taille de son front – semblait légèrement différente de celle d'un humain. Comme si, dans leur ensemble, ses traits étaient plus finement ouvragés, à la manière d'un verre de cristal que l'on présenterait à côté d'un mug. Ses yeux vert mousse évoquaient l'eau fraîche des mares profondes. Il posa sur Hazel un regard étrange, comme s'il essayait de résoudre un problème.

Il était d'une beauté toujours aussi monstrueuse. Une beauté dans laquelle on pouvait se noyer.

– Qu'est-ce que tu lui as fait ? demanda Hazel en essayant de se relever.

Son pyjama collait à ses genoux et le long de ses bras à cause de ses éraflures qui saignaient un peu. Elle ne pensait pas être capable de s'enfuir. Ses muscles ankylosés étaient trop douloureux.

Lorsqu'il tendit la main vers elle, elle se rendit compte qu'elle allait devoir s'enfuir de toute façon. Après s'être levée, elle fit trois pas en vacillant et vit que la jeune fille qui gisait dans le fossé était Amanda Watkins.

Sa peau était blafarde – pas d'une blancheur maladive, plutôt celle d'une feuille de papier. Seuls le bord de ses paupières et les extrémités de ses doigts étaient rosés. Sa bouche entrouverte était pleine de terre. De la commissure de ses lèvres sortaient des pousses de plantes grimpantes. Un de ses pieds était chaussé d'un escarpin, l'autre était nu et couvert de boue.

– Amanda ! appela Hazel en chancelant vers elle. Amanda !

– Je te connais. Je connais ta voix, dit le garçon d'une voix rauque, comme s'il avait crié pendant une semaine.

Lorsqu'elle se retourna vers lui, il l'attrapa par le bras et la fixa de ses yeux brillants, avides.

– Tu es exactement la fille que je cherche.

Elle eut l'impression d'avoir attendu toute sa vie qu'il se réveille et lui dise ces mots. Mais, maintenant qu'il l'avait fait, elle était complètement terrifiée. Elle voulut se libérer. Il ne la lâcha pas, enfonçant dans sa chair des doigts aussi froids que s'il les avait plongés dans l'eau glacée. Elle ouvrit la bouche pour hurler. Il n'en sortit qu'un bruit étranglé.

– Silence, ordonna-t-il sèchement. Je sais qui tu es, Hazel Evans, sœur de Benjamin Evans, fille de Greer O'Neill et de Spencer Evans. Je reconnais ta voix. Je connais tous tes désirs ridicules. Je te connais, toi, je sais ce que tu as fait, et j'ai besoin de toi.

– Tu… tu quoi ?

Elle se revit à neuf ans, lui chuchotant des choses à travers la vitre du cercueil. Le rouge d'une honte brûlante lui descendit jusqu'à la gorge. Avait-il réellement entendu tout ce qu'on lui avait susurré, toutes les bêtises que les gens avaient dites en sa présence, dès l'instant où il s'était retrouvé dans ce cercueil ?

– Avance, poursuivit-il en l'entraînant vers la route. Ne restons pas là, à découvert.

Elle s'agita pour qu'il la relâche, mais il la traîna en marchant, serrant son poignet assez fort pour qu'elle en garde un hématome.

– Et Amanda ? On ne va pas la laisser là, quand même ! protesta-t-elle.

– Elle dort. C'est peut-être ma faute, mais je ne peux rien y faire. De toute façon, ça n'a pas grande importance. La situation va empirer pour elle et pour tout le monde si tu ne me dis pas où elle est.

– De quoi tu parles ?

– De l'épée, répondit-il, exaspéré. Celle dont tu t'es servie pour me libérer. Ne joue pas les ignorantes.

L'effroi lui retourna l'estomac. Elle pensa à la malle vide, sous son lit.

– L'épée ?

– Rends-moi Cœurlié. Ça vaudra mieux pour toi si tu te contentes de faire ce que je te demande. Si tu te moques de moi, je serai obligé de te prouver en quoi c'est imprudent.

– Que je fasse ce que tu me demandes ? rétorqua Hazel par réflexe. Tu appelles ça « demander » ?

Sitôt ces mots prononcés, elle les regretta. Il lui fallait réfléchir, et vite. Après le choc de la chute, c'était perturbant de se dire que le prince l'emmenait peut-être quelque part pour la tuer, alors qu'elle était en pyjama et bottes de caoutchouc, ce qui était curieusement gênant.

Si elle avait su qu'elle allait mourir de sa main, elle aurait fait un effort sur sa tenue.

Il esquissa ce qui ressemblait à un sourire avant de la tirer par le bras d'un geste sec.

– Je te le demande de la manière la plus gentille que je connaisse.

– Tu veux que je t'aide ? Alors dis-moi ce que tu as fait à Amanda.

Tout en parlant, elle fouilla dans la poche de son manteau pour récupérer son téléphone. Le garçon était peut-être un vrai chevalier, doté de pouvoirs magiques, mais il avait dormi pendant cent ans. Elle aurait parié qu'il était parfaitement ignorant en matière de nouvelles technologies.

– Moi ? Tu te trompes si tu crois que je suis coupable. Parmi tous ceux qui rôdent dans les bois, je suis loin d'être le pire.

– C'est-à-dire ?

– Tu as peut-être entendu parler de la créature qui jadis faisait partie du Peuple et qui est devenue autre chose. Une créature faite de boue et de branches, de mousse et de plantes grimpantes. Elle est à mes trousses. C'est elle qui s'en est prise à ton Amanda. Cœurlié est la seule lame qui pourrait ne serait-ce que l'égratigner. Par conséquent, comme tu peux le voir, il est tout à fait dans ton intérêt de *me donner cette épée.*

Oh, songea Hazel, un peu abasourdie. *Ça va. C'est juste le monstre qui vit au cœur de la forêt, la créature de légende.* Elle essaya de maîtriser ses doigts tremblants pour écrire un message à Ben à l'aveugle, grâce à la longue expérience qu'elle avait acquise en envoyant des textos en cours : S.O.S. AMANDA BLESSÉE SUR GROUSE ROAD !!! MONSTRE !

– Tu m'as libéré, ajouta-t-il.

Il tourna la tête vers elle. Fugacement, elle crut déceler une autre émotion sous sa colère froide.

– Et il est probable que ta gentillesse soit punie de la pire des manières. Pourquoi as-tu fait ça ?

– Je ne sais pas ! Avant ce soir, je n'étais même pas sûre d'avoir eu un rôle là-dedans. Tu as dit que tu connaissais ma voix. Y avait-il quelqu'un d'autre là-bas ? Quelqu'un qui m'aurait donné des ordres ?

– Non, tu étais seule. Mais, lorsque je me suis réveillé – pour de bon –, le jour était levé et tu avais disparu.

– Je n'en garde aucun souvenir. Je ne me rappelle rien de ce qui s'est passé la nuit dernière...

Il soupira.

– Fais un effort. Pense à ce qui est arrivé à Amanda Watkins – que tu n'aimais pas trop, je le sais. Malgré tout, il se peut que la prochaine victime soit quelqu'un que tu apprécies.

Cela la fit sursauter. Ce garçon était un inconnu, pourtant sa diction et la pression de ses doigts sur son bras lui étaient étrangement familières. Elle avait si souvent imaginé une scène semblable que marcher à côté de lui dans l'obscurité des bois était une expérience complètement irréelle, à mi-chemin entre le cauchemar et le fantasme. Elle avait le tournis, comme si elle allait s'évanouir. Elle aurait préféré perdre connaissance, ce qui lui aurait évité de gérer tout ça.

– Ce n'est pas parce que je ne l'aime pas que je voudrais qu'elle meure.

– Eh bien, c'est parfait, dit-il comme si cela arrangeait tout. Elle n'est pas encore morte.

Sans même lui jeter un coup d'œil, il continua à marcher.

Ils quittèrent la route et s'enfoncèrent dans la végétation, le cœur d'Hazel battant si fort qu'elle eut l'impression qu'il allait jaillir de sa poitrine.

Dans sa poche, son téléphone vibra, mais elle ne pouvait pas prendre le risque de le consulter. Elle se sentit mieux à l'idée que Ben ait reçu son message, qu'on allait venir chercher Amanda.

– On t'a laissé à manger et d'autres trucs dans la ruine, dit-elle pour combler les blancs effrayants et couvrir les sons de son téléphone, qui se remit à vibrer.

Sûrement Ben qui l'appelait.

– Mon frère et moi, on est de ton côté.

Inutile qu'il sache qu'elle mettait en doute sa version des faits.

Une expression affligée se peignit sur le visage du garçon.

– Je ne suis pas un de ces farfadets de maison à qui on laisse des offrandes pour qu'il se sente redevable.

– On ne veut pas que tu te sentes « redevable » de quoi que ce soit, le détrompa-t-elle. On voulait juste être polis.

Étant donné l'obsession du Peuple pour les bonnes manières, elle se demanda si au moins il avait des scrupules à l'entraîner ainsi dans la forêt contre son gré. Elle espérait qu'il se sentait très coupable.

Il pencha légèrement la tête avec un sourire discret, ce qu'elle prit pour un signe possible de dégoût pour lui-même.

– Tu peux m'appeler Severin, déclara-t-il. Tu vois, moi aussi, je suis poli.

C'était ce qui ressemblait le plus à une excuse de la part d'un être du Peuple, qui accordait une grande valeur aux noms. Même s'il culpabilisait peut-être vraiment, Hazel pressentait que ça n'avait pas d'importance. Quelles que soient les raisons qui le poussaient à agir ainsi, elles prenaient le pas sur la courtoisie.

Le temps passa rapidement tandis qu'ils cheminaient côte à côte, Hazel d'une démarche mal assurée, le garçon la retenant par le bras si elle allait plus vite que lui. L'esprit en ébullition, elle avait encore mal après sa chute à vélo. Ils avancèrent ainsi jusqu'à ce qu'ils soient revenus au bosquet.

Une fois sur place, Severin la libéra et se dirigea vers ce qui restait du cercueil.

– Ce n'était pas du verre, tu sais ? dit-il en glissant une main à l'intérieur, laissant courir ses doigts sur le rebord. Ni du cristal ni de la pierre. Ce cercueil était fait de larmes. Presque impossible à briser. Fabriqué par Grimsen, l'un des meilleurs forgerons de Terrafæ, pour pouvoir garder un monstre captif.

Abasourdie, Hazel secoua la tête.

– Tu parles de toi ?

Il ricana.

– Les vieilles histoires sont tombées dans l'oubli, je me trompe ?

Il prit une profonde inspiration.

– Tu *dois* te rappeler qui a récupéré Cœurlié. Réfléchis : qui t'a donné l'épée et a guidé ta main ? Qui t'a dit comment briser le cercueil et mettre fin à la malédiction ?

– Je ne sais pas…

– Si, tu le sais, insista-t-il doucement.

Il posa une main sur la joue d'Hazel. Lorsqu'il repoussa ses cheveux de son visage, ses doigts étaient froids sur sa peau brûlante. Elle frissonna.

– Pour notre bien à tous, tu dois te souvenir.

Elle secoua la tête, songeant à l'épée qu'elle avait trouvée près du lac Wight il y a toutes ces années ; celle qui avait disparu de sous son lit.

– Même si je savais où est l'épée, pourquoi tu crois que je te le dirais ?

– Je sais ce que tu veux de moi, murmura-t-il en se rapprochant.

Tout le reste sembla fondre et disparaître. Il leva le menton d'Hazel et pencha son visage vers le sien.

– Je connais tous tes secrets, poursuivit-il. Tous tes rêves. Laisse-moi t'en convaincre.

Là-dessus, après l'avoir repoussée contre le tronc noirci d'un arbre, il l'embrassa. Ses lèvres étaient chaudes et douces. Elle sentit un voile noir et confortable paralyser ses pensées. Sa peau se couvrit de chair de poule.

Puis Severin s'écarta d'elle, et elle se retrouva à lisser le devant de son pyjama.

– Benjamin Evans ! lança-t-il en direction de l'obscurité. Montre-toi donc. N'aie pas peur de nous déranger.

– Je t'ordonne de la laisser tranquille !

La voix de Ben, chevrotante mais déterminée, résonna à l'autre bout du bosquet.

C'était la pire des choses quand on était roux, se dit Hazel : la façon dont les rougeurs sur les joues se propageaient au cou et remontaient vers le crâne, donnant la sensation que le cuir chevelu était en feu.

Ben émergea de l'obscurité, sûrement aussi rouge qu'elle. Il avait dans la main la hache que leur mère utilisait pour fendre le petit bois dans l'atelier.

– Hazel, ça va ?

Son frère était venu la sauver, comme au bon vieux temps. Elle avait du mal à y croire.

L'elfe sourit. Une étrange lueur brilla dans ses yeux. Il s'avança vers Ben d'une démarche décontractée, les bras écartés en signe de bienvenue.

– Tu veux m'ouvrir le ventre, comme si tu étais un bûcheron dans un conte ?

– J'essaierai s'il le faut, rétorqua Ben dans un trémolo.

Grand et dégingandé, tout en souplesse, la peau tachée de son, il n'avait rien d'impressionnant. Il ne semblait même pas capable de soulever la hache sans effort.

Hazel éprouva une vague brûlante de honte à l'idée que Ben avait vu le garçon cornu l'embrasser alors que, pendant si longtemps, ils se l'étaient partagé.

– Ben, l'appela-t-elle d'un ton prudent. Ben, ça va. Si quelqu'un doit se battre, c'est moi.

Il lui jeta un coup d'œil.

– Parce que tu n'as pas besoin qu'on t'aide, c'est ça ?

– Non, ce n'est pas...

Elle s'approcha de lui avant que Severin dégaine sa dague dorée.

– Il vaudrait mieux que ni elle ni toi n'ayez à m'affronter, conseilla-t-il. Tu as de l'amplitude et ton arme pourrait me blesser gravement, mais je parie que je suis plus rapide. Alors que vas-tu faire ? Te ruer sur moi ? M'assener des coups et croiser les doigts dans l'espoir de t'en sortir ?

– Laisse-la rentrer chez nous, répliqua Ben.

Malgré son appréhension, il n'avait pas reculé d'un pouce.

– Elle a peur, ajouta-t-il. On est au beau milieu de la nuit et elle n'est même pas habillée. Tu crois quoi ? Que tu peux juste la tripoter comme ça ?

Severin se rapprocha encore un peu, ses mouvements aussi légers que ceux d'un danseur.

– Oh, tu veux dire au lieu de *te* tripoter, *toi* ?

Ben tressaillit, comme s'il venait d'être giflé.

– Je ne sais pas ce que tu t'imagines...

– Benjamin, le coupa Severin à voix basse.

Son visage était d'une beauté inhumaine. Ses yeux étaient aussi froids que le ciel au-dessus des nuages, où l'oxygène est trop rare pour que l'on puisse respirer.

– J'ai entendu tout ce que tu m'as dit. Tous les mots doux que tu m'as susurrés.

Mortifié, Ben rougit encore plus violemment. Hazel aurait voulu lui dire que Severin avait agi de la même façon avec elle, avec les mêmes effets, mais elle ne voulait pas le déconcentrer. Ben et Severin, méfiants, avaient commencé à tourner l'un autour de l'autre.

– Je n'irai nulle part sans Hazel, trancha son frère en levant le menton. Rien de ce que tu diras ne me fera assez honte pour que j'abandonne ma sœur.

Il allait se faire tuer. Il n'avait plus les doigts aussi agiles, n'avait plus sa flûte de pan attachée à un cordon sale autour de son cou. Il ne savait plus jouer, et il n'avait jamais ferraillé. Elle devait réagir. Elle devait le sauver.

Elle s'empara du plus gros bâton qu'elle trouva. Son poids dans sa main la réconforta étrangement. Elle adopta aussitôt une posture d'attaque, aussi naturelle que sa respiration. Dès qu'ils commenceraient à se battre, elle se précipiterait sur Severin, comptant sur l'effet de surprise – ce qui n'était peut-être pas glorieux, mais cela faisait longtemps qu'elle ne jouait plus à la chevaleresse.

– Ne sois pas idiot, dit Severin à Ben. Je pratique le combat à l'épée depuis que je suis enfant. Ma mère s'est fait massacrer sous mes yeux. J'ai infligé des blessures, ôté la vie et versé mon sang. Tu ne pourras jamais me vaincre.

Il jeta un coup d'œil à Hazel avant de reprendre :

– Ta sœur, au moins, a l'air de savoir ce qu'elle fait. Sa posture est bonne. La tienne est effroyable.

Pour l'effet de surprise, c'était raté. Hazel n'avait plus qu'à espérer que le hasard jouerait en sa faveur.

– Si tu comptes me tuer, alors vas-y, le provoqua Ben. Parce que, si tu veux l'enlever, c'est ce que tu devras faire.

Pendant un instant terrifiant, Severin garda sa dague levée. Les deux garçons s'accrochèrent du regard, comme une étoffe de soie se prendrait dans les épines.

Hazel retint son souffle.

Avec un petit rire, le Fæ rengaina son arme. Il secoua la tête puis observa Ben d'un drôle d'air. Après quoi, il le salua d'une révérence élaborée, s'inclinant si profondément que sa main balaya presque le sol.

– Dans cas, Hazel et Benjamin Evans, partez, déclara-t-il. Pour cette nuit, je renonce à mes exigences. Cela dit, je n'en ai pas fini avec vous. Nos affaires sont loin d'être terminées. Je reviendrai vous voir et, à ce moment-là, vous aurez hâte de faire ce que je vous demande.

Sur ces mots, il leur tourna le dos et s'enfonça profondément dans les bois.

Hazel observa son frère. Il respirait vite, comme s'il s'était vraiment battu. La hache lui échappa des doigts et tomba sur le tapis d'humus. Il regarda Hazel avec de grands yeux affolés.

– C'était quoi, ça ? Sérieusement, Hazel. C'était dingue !

Elle secoua la tête, aussi déboussolée que lui.

– Je crois que ta bêtise crasse a suffi à l'impressionner. Comment tu as su que j'étais ici ?

Il esquissa un sourire en coin.

– Quand j'ai vu que tu n'étais pas sur Grouse Road, je t'ai localisée grâce au GPS de ton téléphone. Tu étais assez près de la forêt pour que j'en déduise que je te retrouverais ici.

– Que dit la citation, déjà ? s'enquit Hazel en le rejoignant, trop heureuse qu'il soit intervenu pour le sermonner sur les risques qu'il avait pris. « Le Seigneur veille sur les imbéciles, les ivrognes et les crétins armés de haches », un truc comme ça ?

Il lui toucha doucement l'épaule, laissant ses doigts reposer sur le tissu de son pyjama et retenant son souffle, l'air de se demander si ses égratignures ne la faisaient pas trop souffrir. Elle se rendit compte qu'elle était couverte de terre après sa chute à vélo – de terre et de sang.

– Tu es sûre que ça va ? s'inquiéta Ben.

Elle acquiesça.

– Je suis tombée de vélo quand je les ai vus, Amanda et lui. Moi, ça va, mais pas sûr qu'on puisse en dire autant d'elle.

– J'ai appelé le bureau du shérif. Ils ont dû envoyer quelqu'un, à l'heure qu'il est. Tu comptes me dire ce que tu fabriquais sur Grouse Road ?

Je te suivais, aurait-elle voulu répondre, mais les mots refusèrent de sortir. Si elle lui disait la vérité, il l'interrogerait sur la boucle d'oreille et la presserait de questions, inévitablement.

Elle préféra monter dans la voiture, où elle appuya son front contre le tableau de bord.

– Je suis crevée. On rentre ?

Ben acquiesça puis vint s'accroupir entre elle et la portière ouverte. Visiblement, il ravalait ses questions. Ses iris bleus étaient noirs dans le clair de lune.

– Tu es sûre que ça va ?

– Oui. Grâce à toi.

Il sourit avant de se relever. D'une main, il lui caressa les cheveux.

– C'est quelque chose, notre prince, hein ?

Elle approuva d'un hochement de tête, se rappelant la bouche de l'elfe sur la sienne.

– Severin, dit-elle. Notre prince s'appelle Severin.

Un jour, Ben lui avait raconté l'histoire d'un puissant magicien qui avait caché son cœur dans le creux d'un arbre afin de ne pas mourir lorsque ses ennemis lui enfonceraient une dague dans la poitrine. Depuis qu'Hazel était petite, elle avait caché son cœur dans les histoires sur le garçon cornu. Dès qu'elle se sentait blessée, elle se consolait en imaginant un prince fascinant, un peu affreux et fou amoureux d'elle.

Ces histoires avaient protégé son cœur. Mais, à présent, quand elle pensait à Severin, quand elle se remémorait ses yeux vert mousse et l'intensité de ses propos, elle n'avait plus du tout le sentiment d'être protégée. Elle le détestait pour s'être réveillé, incarné dans la vie réelle et pour lui avoir volé ses rêves.

Ce n'était plus leur prince.

Chapitre 10

Dans la voiture sur le chemin du retour, animé d'une énergie qu'il avait du mal à contenir, Ben se retrouva à tapoter le volant d'une main ou à tripoter l'autoradio. En arrivant sur Grouse Road, Hazel et lui virent briller dans la nuit les lumières rassurantes de la voiture du shérif et d'une ambulance. Quelqu'un avait pris l'affaire en main et on allait secourir Amanda qui, d'après Severin, était toujours en vie.

– Il faut qu'on s'arrête, dit Hazel. Et si jamais elle… ?

– Tu tiens vraiment à leur raconter ce qui s'est passé ? demanda Ben en haussant les sourcils.

Il s'apprêtait à prendre un autre itinéraire pour rentrer chez eux.

En pensée, Hazel vit Severin tourner autour de son frère, une expression avide sur le visage, sa dague luisante dans sa main. Un frisson la parcourut quand elle songea à l'horrible spectacle d'Amanda toute pâle gisant dans l'herbe clairsemée. De son point de vue, elle n'avait pas l'air vivante. Non, Hazel ne voyait pas quelle explication donner aux policiers – même si on était à Solclair.

– Arrête-toi et laisse-moi descendre, insista-t-elle. Je ne sais pas ce que je vais leur dire, mais je dois trouver quelque chose. Et puis mon vélo est resté là-bas.

Allait-on la croire ? Elle n'en savait rien. Mais, quand Ben était apparu avec sa hache, toutes les raisons pour lesquelles il avait cessé de chasser, plusieurs années auparavant, lui étaient revenues. Contrairement à elle, son frère avait réalisé à quel point cette activité était dangereuse et combien ils étaient vulnérables, à l'époque.

Elle ne souhaitait même pas que Ben soit mêlé à cette situation. Ce n'était pas parce qu'il s'était lancé à la recherche du prince qu'il voulait être de nouveau confronté au danger.

Il la regarda comme si elle était folle, mais se gara malgré tout à proximité de l'ambulance. Hazel descendit de la Coccinelle. Une équipe de secours était penchée au-dessus du corps d'Amanda.

Un policier, jeune, la regarda s'approcher. Elle se demanda s'il avait grandi à Solclair. Sinon, il risquait vraiment de la prendre pour une cinglée.

– Désolé, miss, dit-il, mais vous feriez mieux de remonter dans votre voiture.

– J'ai vu Amanda un peu plus tôt dans la nuit. Avec le garçon cornu. Il faut que vous vous lanciez à sa recherche…

Le policier se rapprocha, lui dissimulant le brancard et les secours.

– Miss, remontez dans votre véhicule.

Elle retourna à la Volkswagen et claqua la portière derrière elle. Son frère la regardait en secouant la tête quand le policier éclaira l'habitacle avec sa lampe torche.

– Baissez votre vitre, s'il vous plaît. Qui est la personne qui vous accompagne ?

Elle actionna la manivelle côté passager.

– Je suis son frère, répondit Ben. Benjamin Evans. Et elle, c'est Hazel.

Le jeune policier les regarda comme s'il ne savait pas trop quoi faire.

– Avez-vous une pièce d'identité ?

Ben lui tendit son permis de conduire. Le policier l'observa un long moment avant de le lui rendre.

– Vous disiez avoir vu quelqu'un ?

– Le garçon cornu, répondit Hazel. Avec Amanda. Elle était déjà inconsciente, mais il était là. Maintenant qu'il est dans la nature, et si c'est bien lui le responsable, on est tous en danger.

Le policier les observa longuement.

– Vous feriez mieux de rentrer chez vous.

– Vous avez entendu ce que j'ai dit ? insista Hazel. On est *tous* en danger. Solclair est en danger !

L'homme recula.

– Et moi, je vous dis que vous feriez mieux de rentrer chez vous.

– Vous, ça se voit que vous n'êtes pas du coin…

Il l'observa de nouveau. Pour la première fois, il eut l'air d'hésiter. Puis son regard se durcit et il leur fit signe de circuler.

– Dites-moi au moins si Amanda va s'en sortir ! lança Hazel.

Mais il ne répondit pas.

Ben reprit le chemin de la maison. Le soleil levant à l'est caressait la cime des arbres.

En arrivant dans leur rue, Ben se tourna vers Hazel.

– Je ne m'attendais pas à ce que tu fasses ça.

– Ça n'a servi à rien.

– Cette nuit, dit-il en s'efforçant de garder le ton léger de la conversation, on s'est laissé déborder. Tout ce qui s'est passé était complètement inattendu, pas vrai ?

– Ouais, confirma-t-elle en appuyant sa joue contre la vitre froide, la main sur la poignée de la portière.

Il se gara dans l'allée, faisant crisser le gravier sous les roues de la voiture.

– Je suis ton grand frère, je te rappelle. Ce n'est pas à toi de me protéger. Tu peux me parler. Me faire confiance.

– Toi aussi, tu peux me parler, répliqua-t-elle en ouvrant la portière pour descendre.

Elle s'attendit à le voir sortir la boucle d'oreille de sa poche ; à ce qu'il lui demande des comptes, exige une explication. Or il ne le fit pas.

Ils avaient beau s'assurer qu'ils pouvaient se confier l'un à l'autre, aucun ne le faisait.

Hazel entra dans la maison plongée dans le noir. Même les lumières de l'atelier étaient éteintes. Elle monta l'escalier.

– Hé, Hazel, l'appela discrètement Ben dans le couloir de l'étage.

Elle se retourna.

– Il embrasse comment ?

Son visage exprimait un mélange d'émotions confuses : le désir, peut-être un soupçon de jalousie, et une bonne dose de curiosité.

Déstabilisée, elle se mit à rire, sa mauvaise humeur dissipée.

– Comme s'il était un requin et moi du sang dans l'eau.

– Aussi bien que ça ? s'enthousiasma Ben en souriant.

Elle savait qu'il comprendrait. Les fratries ont leur langage, leurs codes. Elle était contente de pouvoir partager cette expérience à la fois étrange, impossible et ridicule avec celui qui, par les histoires qu'il racontait, qu'il avait créées, avait les mêmes références qu'elle.

– Tu peux me croire.

Ben s'approcha d'elle et posa un bras sur ses épaules.

– Allons soigner tout ça.

Elle se laissa guider vers la salle de bains du haut, où il la fit asseoir sur le rebord de la baignoire avant de verser de l'eau oxygénée sur ses éraflures. Ensemble, ils regardèrent mousser le liquide effervescent.

Puis, agenouillé inconfortablement sur le carrelage beige fissuré, Ben lui enveloppa les jambes et les bras de bandes de gaze qu'ils appelaient les « bandages de maman » quand ils étaient petits. Cette vieille expression resta sur le bout de la langue d'Hazel, lui rappelant les fois où ils étaient venus ici après une partie de chasse pour nettoyer leurs genoux écorchés, panser les blessures de leurs poignets ou de leurs chevilles.

À l'époque, la maison était souvent pleine de monde. Il était donc facile d'y entrer et d'en sortir discrètement. Il y avait toujours des gens de passage, venus poser pour une œuvre, emprunter des toiles vierges ou fêter un contrat avec une bouteille de bourbon. Parfois, il n'y avait presque rien à manger, juste des boissons alcoolisées bizarres laissées sur le plan de travail, une boîte de raviolis froids ou du fromage qui sentait les pieds.

Au fil des années, leurs parents avaient mûri et étaient devenus plus *normaux*, même s'ils refusaient de l'admettre. Hazel ne savait pas vraiment si, comme pour elle, leurs souvenirs de cette période de leur vie se résumaient à des images floues où se mêlaient confusément gens, peinture et musique. Elle ne savait pas vraiment si cette époque leur manquait.

Ce qu'elle savait, en revanche, c'était que la normalité était bien plus tentante lorsqu'on ne la vivait pas.

Il était un temps où elle se l'était figurée comme une couverture lourde, étouffante, sous laquelle elle avait craint d'être piégée. À présent, cela lui semblait quelque chose de fragile, qu'elle risquait de détricoter comme en tirant sur un fil.

Quand elle s'affala enfin sur son lit, elle était si fourbue qu'elle n'eut même pas la force de rabattre sa couette sur elle. Elle s'endormit d'un coup, comme une flamme qu'on éteint.

Hazel rêva qu'elle portait une tunique de laine couleur crème sous une cotte de mailles. C'était la nuit, dans les bois. Elle chevauchait une monture lancée au galop, si bien que les arbres se réduisaient à des taches floues. Seuls les sabots de l'autre cheval qui martelait le sol devant elle lui apparaissaient nettement.

Puis le feuillage sembla s'ouvrir en deux. Dans la lueur de la pleine lune, elle se retrouva devant trois humains – un homme, une femme et un enfant – agenouillés par terre, cernés par des chevaux fæs à la robe d'un blanc laiteux. Ils portaient des vêtements modernes, en polaire, comme s'ils campaient. Une tente lacérée était à moitié effondrée à côté d'un feu presque éteint.

– Doivent-ils vivre ou mourir ? demanda un être du Peuple à ses compagnons.

Il avait posé la question avec indifférence, comme si la réponse lui importait peu. Son cheval renâcla et frappa le sol de son antérieur.

– Je parie qu'ils sont venus ici avec l'espoir de voir d'adorables Fæs en train de récolter des gouttes de rosée. Ils auront beau nous supplier et se faire tout petits, ils mériteraient qu'on leur ôte la vie rien que pour ça.

– Voyons s'ils ont un talent quelconque, proposa un de ses compagnons en descendant d'un bond de son étalon, sa chevelure argentée volant derrière lui. On pourrait laisser partir le plus amusant des trois.

– Et si on donnait au plus gros des oreilles de renard ? lança une femme dont les boucles d'oreilles tintaient comme les clochettes accrochées à la bride de sa monture. Affublons aussi sa compagne de moustaches… ou de serres de chouette !

– Laissons le petit pour le monstre, suggéra un quatrième en faisant une grimace à l'enfant. Peut-être qu'il jouera un peu avec, avant de le gober tout cru !

– Non. Ils se sont aventurés dans les bois du roi des Aulnes par une nuit de pleine lune. Ils doivent prendre la mesure de son sens de l'hospitalité, s'entendit dire Hazel en mettant pied à terre à son tour.

Cette voix si autoritaire était-elle la sienne ? De fait, les humains la regardaient avec autant d'effroi que les Fæs, comme si elle en était une aussi. Peut-être que, dans son rêve, elle en était une.

– Transformons-les en rochers jusqu'à ce qu'un mortel se rende compte de leur vraie nature, poursuivit-elle.

– Ça pourrait prendre mille ans, objecta le premier – celui qui s'en fichait – en haussant un sourcil.

– Ça pourrait prendre bien plus longtemps, s'entendit-elle renchérir. Mais pense à tout ce qu'ils auront à raconter s'ils recouvrent un jour la liberté !

L'homme se mit à pleurer et ramena son enfant contre lui. Il avait l'air terrifié mais aussi dépité. Il avait dû adorer les contes de fées, pour se lancer à la recherche du Peuple dans la vie réelle. Il aurait dû les lire plus attentivement.

Le cavalier à la chevelure argentée éclata de rire.

– J'aimerais beaucoup voir d'autres mortels pique-niquer sur eux dans l'ignorance la plus complète. Oui, faisons cela ! Changeons-les en rochers.

L'un des humains les supplia, mais Hazel leva les yeux vers les étoiles au-dessus d'elle et, au lieu de l'écouter, commença à les compter.

Hazel se réveilla, couverte d'un film de sueur.

Une musique ténue résonnait à côté de son oreille. L'alarme de son téléphone. Elle se retourna, l'éteignit et quitta son lit. Son rêve aurait dû la perturber ; au lieu de quoi, il raviva en elle le désir enfoui depuis longtemps de tenir une lame et la certitude d'avoir une mission à accomplir. Ayant très peu dormi, elle aurait dû se sentir bien plus fatiguée que ça. L'adrénaline fonctionnait peut-être mieux que la caféine.

Après avoir pris une douche, elle enfila un large tee-shirt gris sur un legging noir. Ses membres étaient raides et douloureux. Même les jointures de ses doigts étaient éraflées. Tandis qu'elle rassemblait ses cheveux en une queue-de-cheval couleur rouille, des souvenirs vinrent bousculer ses pensées. Des flashs du garçon cornu – Severin – lui revenaient sans cesse. Les expressions de son visage, la sensation de ses mains sur sa peau, la chaleur de sa bouche… À la lumière crue du jour, tout cela lui paraissait impossible. Pourtant, elle en avait perçu la réalité, et ce jusque dans ses tripes traîtresses. Et puis son frère qui avait brandi sa hache, les mains tremblantes, le visage écarlate, ses cheveux roux ramenés par le vent devant ses yeux... Cela faisait des années qu'elle ne l'avait pas vu ainsi : courageux, furieux et stressé. Elle avait eu très peur pour lui, plus que pour elle lors de sa marche pénible dans la forêt, où le garçon cornu l'avait entraînée de force.

Elle se demanda si c'était ce que Ben avait éprouvé, plusieurs années auparavant, quand Hazel, en première ligne, tenait sa lame d'une poigne ferme, prête à affronter des Fæs.

Quand elle descendit au rez-de-chaussée, maman préparait des smoothies dans la cuisine. Du chou kale, du gingembre, du kéfir et du miel étaient alignés sur le plan de travail. Elle avait passé un des peignoirs de bain miteux de papa. Ses cheveux courts tirant sur le brun partaient dans tous les sens et elle avait encore de la peinture sous les ongles. La radio diffusait une vieille chanson qui parlait de bottes de cuir luisantes.

Ben était assis sur le comptoir, vêtu d'un pull ample et d'un pantalon de velours côtelé vert, froissé. Il se frottait les yeux en bâillant et buvait son smoothie directement dans un bocal. Un minuscule bout de chou kale était collé à sa lèvre supérieure.

– Salut, dit-il d'une voix encore pâteuse, levant son bocal en guise de bienvenue.

Hazel sourit. Sa mère lui tendit un mug de café.

– Ben et moi discutions de la petite Watkins. Elle a été blessée la nuit dernière, à quelques centaines de mètres d'ici. Ils en parlaient à la radio à l'instant. Ils conseillaient aussi de ne pas sortir une fois la nuit tombée.

Hazel imagina la scène découverte par les secours : le corps d'Amanda, les bras repliés sur sa poitrine, les yeux fermés, la bouche pleine de terre, les cheveux étalés comme une cape.

– Ils ont dit quoi sur elle ? s'enquit-elle mollement.

– Elle est dans le coma. Il y a un problème avec son sang. Avec la pleine lune ce soir, vous avez intérêt à ne pas traîner trop tard dehors. Appelez-moi si vous devez aller quelque part, OK ? Je vais prévenir votre père aussi, au cas où il déciderait de rentrer à la maison plus tôt que prévu.

Ben se laissa glisser du plan de travail. Avec ses longues jambes, la chute ne fut pas bien haute.

– On fera attention, promit-il en réponse à la question que maman n'avait pas posée.

Celle-ci versa un peu du liquide verdâtre mixé par ses soins dans un verre qu'elle donna à Hazel.

– N'oubliez pas de retourner vos chaussettes, au cas où. Et mettez du fer dans vos poches. Il y a un seau avec de vieux clous dans la cabane à outils. Vous n'avez qu'à piocher dedans.

Hazel engloutit son petit déjeuner. La boisson était un peu râpeuse, comme si le chou kale n'avait pas été assez mixé.

– C'est bon, maman, on sait, dit Ben en levant les yeux au ciel.

Hazel n'avait suivi aucune de ces recommandations, mais elle appréciait que son frère réagisse comme si c'était le cas. Ils rejoignirent la voiture ensemble. Sur le trajet du lycée, il la regarda d'un air endormi.

– Plus tard, dans la journée, tu me raconteras tout ce que tu ne m'as pas dit à propos de la nuit dernière, d'accord ?

Elle soupira. Elle aurait dû lui être reconnaissante qu'il lui laisse au moins un peu de temps pour trouver comment répondre, mais elle n'éprouvait que de l'appréhension.

– D'accord, finit-elle par céder.

Il fourra la main dans sa poche et en extirpa une chaîne au bout de laquelle pendait un éclat de bois de sorbier percé.

– Tu veux bien mettre ça pour moi ? Maman n'a pas tort.

Le sorbier était une protection contre les Fæs. En maternelle, tous les élèves avaient fabriqué ce genre de pendentif, ainsi que des broches avec des trèfles à quatre feuilles. La plupart les avaient conservés – ou en avaient fabriqué d'autres – et les portaient le soir de la veille du premier mai[1]. Hazel caressa le bois du pouce, touchée que Ben lui donne ce collier qu'il avait de toute évidence fabriqué il y a plus de dix ans. Elle souleva sa queue-de-cheval et le passa autour de son cou.

---

1. Dans le folklore anglo-saxon, May Eve est une date importante pour les fées, contre lesquelles les gens doivent se protéger plus qu'à n'importe quel autre moment de l'année. (*NdT*)

– Merci, dit-elle.

Tout en restant silencieux, Ben lui jeta quelques coups d'œil, comme s'il tentait de lire dans ses pensées, comme s'il espérait découvrir quelque chose qu'il n'avait encore jamais songé à chercher.

Les cours se déroulèrent dans une atmosphère étrange et une ambiance assez calme. Les absents étaient nombreux – à croire que pas mal de parents avaient préféré que leurs enfants restent chez eux. Les élèves chuchotaient dans les couloirs au lieu de crier et se rassemblaient en petits groupes. Hazel remarqua que la plupart d'entre eux avaient autour du cou ou du poignet des amulettes constituées de baies rouges, séchées et passées sur une cordelette argentée. Certains portaient une pièce d'or. Leur peau dégageait des parfums d'huiles végétales. L'odeur qui régnait dans l'air lui rappela celle, pas désagréable, des boutiques spécialisées dans la vente de tabac et de cannabis. Quand elle transféra le contenu de son sac dans son casier, une noix roula, tomba et rebondit deux fois sur le sol recouvert de linoléum.

Elle se pencha pour la ramasser et vit qu'elle était entourée d'un bout de ficelle rêche.

Les doigts tremblants, elle l'ouvrit. Un morceau de papier se trouvait à l'intérieur. Elle le déroula pour lire le nouveau message, rédigé de la même écriture en pattes de mouche que le premier : *Pleine lune cette nuit : mieux vaut aller au lit.*

Hors de question ! Elle n'avait pas d'ordres à recevoir d'un ou d'une mystérieuse Fæ. Plus maintenant. Pas si elle pouvait faire autrement. Elle froissa le papier et le fourra dans son sac.

Leonie la rejoignit d'un pas tranquille devant son casier. Elle sentait la cigarette et portait une longue chemise à carreaux élimée sur un tee-shirt blanc. Une chaîne en or pendait à son cou. Elle y avait passé un anneau pour porte-clés auquel elle avait accroché, en plus de la clé de chez elle, une dizaine de charmes protecteurs. Ses cheveux noirs et bouclés étaient séparés et ramenés au sommet de son crâne en deux buns. Ils étaient mouillés, comme si elle s'était coiffée juste après sa douche.

– Bon, dit-elle sans préambule, je suppose que tu es au courant ?

– Pour Amanda ? Oui, confirma Hazel.

– Carter est le dernier à l'avoir vue. Tout le monde dit qu'un des frères Gordon doit être mêlé à ce qui s'est passé.

Leonie haussa les épaules pour montrer qu'elle n'approuvait pas forcément cette hypothèse mais, puisqu'elle propageait la rumeur, elle ne devait pas croire à cent pour cent en l'innocence de Jack et Carter.

– Je pensais que ce qui lui était arrivé avait un rapport avec la magie.

Hazel frissonna en revoyant la terre dans la bouche d'Amanda et les plantes qui en sortaient.

– Dans ce cas, répliqua Leonie, ça ne concernerait qu'un seul des frères Gordon. Et c'est celui que la plupart des gens accusent.

– Jack n'a rien à voir là-dedans !

Songer à la nuit précédente lui rappela le choc qu'elle avait éprouvé en sentant la bouche de Severin sur la sienne – à peine deux jours après avoir embrassé Jack, comme si l'univers avait fait en sorte de lui donner tout ce dont elle avait toujours rêvé et l'avait punie en même temps.

Quand ses pensées revinrent à Amanda gisant dans le fossé, ces considérations frivoles la firent culpabiliser encore plus.

– Tout ça, ce ne sont que des rumeurs, tempéra Leonie d'un ton léger. Ce n'est pas comme si j'y croyais.

– Oui, eh bien, elles sont *dingues*. Et tu ne devrais pas contribuer à les répandre.

– C'est toute cette merde qui est dingue. Là, on n'est pas dans les trucs habituels bizarres typiques de Solclair. Ni dans les trucs bizarres des touristes. Là, c'est un truc bizarre, tordu et pas cool du tout. La famille d'Amanda a toujours vécu ici. Elle est censée être protégée. Les gens flippent. Et, si je répète ce qui se dit, c'est parce que je pensais que tu aimerais être au courant. Je ne suis pas en train de le crier sur les toits.

Hazel tâcha de retrouver son sang-froid avec quelques inspirations. S'en prendre à Leonie ne résoudrait pas le problème.

– Excuse-moi. C'est juste que rien de ce qui se passe dans les bois – que ce soit avec les touristes ou non – n'est cool. Et je ne vois pas du tout le rapport entre Jack et le fait qu'Amanda ait été retrouvée inconsciente.

– Selon moi, il y a deux raisons qui font qu'on le soupçonne. La première, c'est qu'il est l'un d'eux. La deuxième, c'est qu'Amanda lui a brisé le cœur – ce qui est tragique, car ça implique que les beaux mecs surnaturels ont les mêmes goûts lambda que le premier crétin venu de ce lycée. Je crois qu'elle lui plaisait encore plus que tu lui plaisais, toi, et c'est peu dire. Mais ça lui donne un mobile.

Hazel leva les yeux au ciel.

– Moi ? Tu dois me confondre avec quelqu'un d'autre. Jack Gordon n'a jamais craqué pour moi.

Leonie secoua la tête.

– Si tu le dis. Le fait est qu'il n'est pas humain et que les gens le savent. Tu te souviens quand il a cassé le nez de Matt ?

– Mouais, répondit Hazel en claquant la porte de son casier.

À l'évidence, garder son calme lui était difficile.

– Si tu veux aller dans ce sens, Matt aussi est surnaturel, dans le genre pénible, ajouta-t-elle.

La sonnerie retentit et toutes deux s'engagèrent dans le couloir pour rejoindre le premier cours de la journée. Il leur restait environ cinq minutes avant la deuxième sonnerie. Hazel se demanda si Jack ou Carter étaient au courant des rumeurs. Si oui, elle espérait qu'ils resteraient chez eux jusqu'à ce que les choses se tassent. Tout le monde avait peur, voilà tout, et Jack faisait une cible facile. Personne ne croirait que Carter puisse être impliqué d'une quelconque façon dans cette affaire ou, du moins, ça ne durerait pas. Et, dès que les gens auraient pris le temps de réfléchir, ils finiraient aussi par cesser de penser que Jack était coupable de quoi que ce soit.

En tout cas, c'était ce qu'elle espérait.

– J'étais là, renchérit Leonie. Quand la dispute avec Matt est devenue étrange. Du genre étrange qu'on n'oublie pas de sitôt.

Matt Yosco avait environ trois ans de plus qu'Hazel et Leonie. Il était beau, avait des cheveux noir de jais et affichait un sourire méprisant en toutes circonstances. Matt avait été le pire vice de Leonie – pire que la cigarette ou l'herbe, pire que le pire bon à rien avec lequel les deux filles réunies soient jamais sorties. La cruauté dont il faisait preuve s'insinuait dans votre tête et vous faisait douter de vous. Hazel le détestait. Il était l'un des rares mecs mignons de la ville qu'elle n'avait jamais imaginé embrasser. Malgré sa personnalité détestable, lorsqu'il était parti à l'université, Leonie avait pleuré pendant une semaine entière.

– C'est-à-dire ? voulut savoir Hazel.

Elles se trouvaient devant la salle d'histoire américaine, mais elle n'était pas prête à y entrer. Son cœur battait trop vite. Elle avait l'impression que la libération de Severin était le premier des dominos à tomber, et elle ignorait encore le motif que sa chute allait dessiner. Et, si Severin n'était *pas* le premier domino, alors elle était encore plus dans le flou.

– Jack n'a jamais donné de coup de poing à Matt, répondit Leonie en jetant un coup d'œil sur le côté, comme si elle craignait d'être entendue. Matt était fidèle à lui-même, horrible, lorsque Jack… Eh bien, Jack a souri d'une manière extrêmement bizarre. Il s'est penché vers Matt et lui a chuchoté quelque chose à l'oreille. Juste après, Matt a commencé à se frapper lui-même. Et il n'y est pas allé de main morte. Il s'est frappé le visage du poing, jusqu'à se fendre la lèvre et se faire saigner du nez.

Hazel en fut abasourdie.

– Comment se fait-il que tu ne m'en aies…

– … jamais parlé ? Je ne sais pas. Plus tard, Matt a juste eu le souvenir de s'être battu avec Jack, et j'ai adhéré à cette version. Ça me semblait plus facile. Cela dit, il y avait d'autres témoins. Même si à l'époque ils ont préféré se taire, les langues vont se délier, maintenant. Ça ne peut pas être la seule fois où Jack a dérapé. Il y a des histoires qui circulent sur lui dont il ne parle pas. C'est tout ce que je dis. Il a des secrets. Il est capable de faire des trucs.

La sonnerie se déclencha, ce qui fit sursauter Hazel.

– J'aurais dû t'en parler plus tôt, regretta doucement Leonie.

– Miss Evans, appela Mr DeCampo, son professeur au crâne dégarni. Vous tenir devant la porte de ma salle et échanger des ragots sur votre ami n'est pas la même chose qu'assister au cours, c'est pourquoi je suggère que vous alliez immédiatement rejoindre votre place. Miss Wallace, vous êtes plus qu'en retard. Je suggère que vous vous mettiez à courir.

– Tu es une chouette amie, dit Hazel à Leonie.

– Je sais, répondit celle-ci avant de faire une grimace dans le dos de Mr DeCampo. On se retrouve ce midi.

Assise à son pupitre, Hazel ouvrit son cahier. Mais, au lieu de noter les problèmes intérieurs majeurs de l'ère des fédéralistes, elle dressa la liste des éléments dont elle disposait. Elle aimait bien les listes. Leur côté direct la rassurait, même quand il y figurait plein de trucs fous comme :

AVERTISSEMENTS :

SEPT ANNÉES POUR T'ACQUITTER DE TES DETTES. BIEN TROP TARD POUR QUE TU LE REGRETTES.

SÉMOAH => nom du / de la Fæ qui m'ensorcelle ?

Histoire chelou du fermier plus malin que le boggart

PLEINE LUNE CETTE NUIT, MIEUX VAUT ALLER AU LIT.

AUTRES INFOS :

Jack a des pouvoirs magiques qu'il cache.

Severin est lâché dans la nature et il est flippant.

C'est moi qui l'ai libéré.

Le monstre encore plus flippant le pourchasse et pourrait avoir ensorcelé Amanda en la plongeant dans le sommeil.

Severin se souvient de tout ce qu'on a dit devant lui.

Quelqu'un (le roi des Aulnes ? à cause du marché ?) me fait faire des trucs dont je n'ai aucun souvenir au réveil. (C'est arrivé au moins une fois.)

Severin a besoin d'une épée magique appelée Cœurbidule pour une raison à la fois inconnue et probablement sinistre. (Pour tuer la chose qui a endormi Amanda ? Pour se défendre contre le roi des Aulnes ? Pour nous zigouiller tous ?)

Ma vieille épée disparue => même épée ???

À ce moment-là, elle s'arrêta. L'idée que l'épée qu'elle avait trouvée il y a si longtemps soit celle que Severin cherchait lui était déjà venue à l'esprit, mais elle ne s'était pas autorisée à y réfléchir plus longuement. Si c'était bien la même, soit on la lui avait volée, soit elle l'avait donnée à quelqu'un. Peut-être à la personne qui avait laissé les messages. Le ou la mystérieuse Sémoah ?

Avait-elle passé un autre marché avec le Peuple, dont elle n'aurait gardé aucun souvenir ? L'oubli en était-il une condition ? Elle pressa son stylo si fort sur la feuille que la pointe commença à se tordre.

Il lui fallait des réponses. Pour les obtenir, elle devait trouver quelqu'un qui en sache plus qu'elle – autrement dit, quelqu'un du Peuple, hélas. Elle pensa à son rêve de la nuit précédente et à la pleine lune qui se lèverait ce soir. Il y aurait donc une fête. Peut-être que Jack, avec tous ses secrets, saurait comment s'y rendre. Il lui suffirait ensuite de survivre à cette fête, de glaner des informations, d'établir un plan et de survivre à ce plan.

Un jeu d'enfant.

Elle remua sur sa chaise en plastique dur et pensa à ce qu'elle pourrait dire à Jack pour le convaincre de lui parler de la fête. Après le cours, elle l'attendit à son casier, mais il ne se montra pas. Lorsqu'elle rejoignit la salle où il devait suivre son deuxième cours de la journée, il n'y était pas. Elle était trop déconcentrée pour noter quoi que ce soit. Quand on l'interrogea en linguistique, elle répondit à une question de trigonométrie du cours précédent, ce qui fit rire tout le monde.

Ce ne fut qu'en fin de matinée, juste avant la pause déjeuner, qu'elle tomba sur lui.

Il marchait dans le couloir avec Carter. Elle était trop éloignée pour entendre ce qu'ils disaient, mais Carter semblait contrarié. Elle saisit des bribes de leur conversation : « le dernier à l'avoir vue », « suspect ». Jack avait les épaules voûtées et l'air épuisé. Un hématome violet fleurissait sur sa pommette. Elle se demanda dans quelle mesure cette journée avait déjà été nulle pour lui, sachant qu'il n'en était qu'à la moitié.

Et elle se demanda dans quelle mesure elle s'apprêtait à la rendre pire encore.

– Jack ! l'appela-t-elle avant que son courage la déserte.

Il se retourna. À la vue de son sourire franc, elle se sentit déjà mieux – du moins jusqu'à ce qu'elle remarque ses yeux rouges, larmoyants, comme irrités par tous les charmes et les huiles que portaient les autres les élèves, et qui avaient forcément un impact sur lui. Puis elle remarqua les jointures abîmées des mains de Carter, tachées de sang séché. Il avait dû se battre.

– Je peux te parler deux secondes ? ajouta-t-elle en se frayant un chemin parmi ses camarades.

Carter, taquin, poussa légèrement Jack dans sa direction.

– Vas-y, ne fais pas attendre la demoiselle.

Hazel se demanda ce qu'elle avait bien pu faire pour que Carter ne la critique plus.

Jack parut un peu gêné.

– OK, si tu veux, lui dit-il.

Ils marchèrent au même rythme. Il portait un gilet rayé sur un tee-shirt du festival Afropunk. De lourds anneaux d'argent brillaient à ses oreilles. Il s'efforça de continuer à faire bonne figure pour elle, mais son sourire jurait avec le reste de ce qu'il exprimait.

– Ça va ? s'inquiéta-t-elle, serrant ses livres contre elle.

Il soupira.

– Je regrette juste que Carter se retrouve mêlé à ce qui se passe. Je suppose que tu le sais déjà mais, au cas où, il n'y est pour rien dans ce qui est arrivé à Amanda.

Elle répondit qu'elle le savait. Il secoua la tête.

– Moi non plus, je n'y suis pour rien. Il faut me croire, Hazel...

– Écoute-moi, l'interrompit-elle. Je suis persuadée qu'il n'a rien à se reprocher. Pareil pour toi. J'ai vu Amanda la nuit dernière, avec le garçon cornu.

– Quoi ?

Il haussa les sourcils et cessa d'avoir l'air de vouloir la convaincre de leur innocence.

– Comment ça ?

– Je l'ai signalé à la police, mais je ne sais pas si ça aura un quelconque effet. Et je suis désolée d'avoir à te demander ça en plus de tout le reste, mais il faut que je sache où le Peuple organise sa fête de la pleine lune. Tu peux m'aider ?

– C'est de ça que tu voulais me parler ? demanda-t-il, soudain distant. C'est pour ça que tu m'as arrêté dans le couloir ?

– Il faut absolument que je le sache.

– Oui, dit-il à voix basse. Je sais où ça se passe.

Elle persévéra.

– Tu y es déjà allé ?

– Hazel… dit-il sur un ton d'avertissement.

– S'il te plaît, insista-t-elle. D'une manière ou d'une autre, de toute façon, j'irai.

Il inclina la tête de sorte qu'elle vit, comme jamais auparavant, que les méplats de son visage n'étaient pas exactement comme ceux de Carter. Ses pommettes étaient plus hautes, la forme de son visage était plus allongée. Elle avait aussi conscience de ses oreilles délicatement pointues. Un instant, comme lorsqu'il les avait avertis, Ben et elle, les traits familiers de Jack devinrent ceux d'un inconnu.

Elle songea à ce que Leonie lui avait raconté : que Jack aurait chuchoté à l'oreille de Matt, et que celui-ci se serait lui-même donné des coups de poing dans la figure, de manière répétée.

– Je dois aller en cours, dit Jack en s'éloignant d'un pas.

Puis, se sentant peut-être coupable, il se retourna vers elle.

– Je suis désolé.

Elle l'attrapa par le bras.

– Jack. S'il te plaît…

Il refusa de la tête sans la regarder.

– Tu sais que nous donnons des noms à chaque lune ? Ce mois-ci, ce sera la Lune du Chasseur, mais en mars il y a la Lune du Ver et la Lune du Corbeau. En mai, il y a la Lune lactée, en juillet, la Lune de l'Hydromel. En février, il y a la Lune de la Faim, et fin octobre la Lune de Sang. Charmant, tu ne trouves pas ? Ça ne te suffit pas, comme avertissement ?

– Combien de fois y es-tu allé ? chuchota-t-elle.

Si sa mère le soupçonnait de s'y rendre, elle en aurait le cœur brisé.

– Très souvent, répondit-il enfin d'une voix étranglée.

– Ce soir, j'irai avec toi, trancha-t-elle, que ce soit la Lune de Sang ou la Lune du Chasseur, peu importe le nom que tu lui donnes. La Lune de la Tête coupée, tant qu'on y est. Je m'en fiche.

Il secoua la tête.

– C'est dangereux pour toi.

– Tu ne m'as pas entendue ? J'ai dit que je m'en fichais ! Quelqu'un se sert de moi. Je dois savoir qui et pourquoi. Toi, tu dois prouver l'innocence de Carter – et la tienne. Il faut qu'on sache ce qui se passe vraiment.

– N'exige pas cela de moi, répliqua-t-il avec une étrange solennité.

Elle se demanda s'il craignait de trahir son autre famille. Tous deux vivaient dans la même petite ville, mais pouvait-elle imaginer sa Solclair à lui, si différente de la sienne ?

– Je ne l'exige pas de toi, rectifia-t-elle d'une voix aussi ferme que possible. J'y vais, même si je dois y aller seule.

Il acquiesça une fois avant de prendre une inspiration tremblante.

– Après les cours, dit-il. Je te retrouve au square.

Là-dessus, il se retourna et s'éloigna d'un pas pressé. En le croisant dans le couloir, quelques élèves en retard ou autorisés à sortir s'écartèrent de lui comme d'un pestiféré.

Chapitre 11

Les changelins sont comme des poissons qu'on est censé remettre à l'eau. Des coucous élevés par des moineaux. Où qu'ils soient, ils ne sont jamais tout à fait leur place.

Jack avait grandi en étant conscient de son étrangeté, sans toutefois en comprendre l'origine – du moins au début. De toute évidence, il n'avait pas été adopté. Son frère Carter et lui se ressemblaient comme deux gouttes d'eau. Il avait la même peau foncée que sa mère, les mêmes cheveux noirs aux boucles serrées et le même gros orteil un peu trop long. Pourtant, quelque chose clochait. Il avait peut-être les yeux couleur d'ambre et le menton de son père, ça n'empêchait pas ce dernier de lui jeter des coups d'œil inquiets, nerveux, avec une expression qui voulait dire : *Tu n'es pas ce que tu parais.*

Après son bain, sa mère le massait avec de l'huile de coco et lui chantait des chansons. Sa grand-mère le prenait sur ses genoux et lui racontait des histoires.

Parmi celles qui avaient été transmises à sa grand-mère par ses ancêtres yorubas, il y en avait une qui parlait d'un village près de la rivière Ibo. Là, une femme appelée Bola avait un fils devenu trop lourd pour qu'elle le porte sur son dos, lorsqu'elle allait au marché. Bola attendit donc qu'il dorme et, après avoir fermé la porte derrière elle, s'y rendit sans lui. À son retour, le bébé dormait toujours, mais il n'y avait plus rien à manger dans la maison.

Elle se demanda si quelqu'un s'était introduit chez elle. Mais la porte n'avait pas été forcée, et seule la nourriture avait disparu.

Peu de temps après, une voisine vint voir Bola et lui demanda de lui rendre un collier de cauris. Bola affirma qu'elle ne lui avait rien emprunté, mais la femme insista. Elle expliqua que son fils était venu chez elle, disant qu'il devait faire une course pour sa mère et qu'elle avait besoin de cauris pour acheter plus de nourriture.

Bola nia de la tête et fit entrer la voisine. L'enfant faisait la sieste sur un tapis tissé.

« Tu vois, dit-elle. Mon bébé est tout petit, bien trop petit pour marcher et parler. Comment aurait-il pu venir frapper à ta porte ? Comment aurait-il pu demander s'il pouvait t'emprunter des cauris ? »

La voisine regarda le bébé, perplexe. Elle dit que le garçon qui était venu chez elle ressemblait beaucoup à l'enfant endormi, mais qu'il était bien plus âgé. À ces mots, Bola fut troublée. Elle ne remit pas en doute les propos de sa voisine. Son enfant devait être possédé par un mauvais esprit. Quand son époux revint, ce soir-là, elle lui raconta tout. Lui aussi fut perturbé.

Ensemble, ils établirent un plan. Son mari se cacha dans la maison pendant que Bola allait au marché après avoir refermé la porte sur le bébé endormi, comme la fois précédente. Son mari vit alors le petit se lever et grandir jusqu'à atteindre la taille d'un enfant de dix ans. Puis il se mit à manger. Il ingurgita des ignames, des graines de caroube, des mangues bien mûres, de l'asimine et de savoureuses bananes plantain. Il avala des quantités astronomiques et fit descendre le tout avec de l'eau qu'il but dans la calebasse.

Après s'être remis du choc de la scène dont il venait d'être témoin, le père sortit enfin de sa cachette et appela l'enfant. Dès qu'il entendit la voix de son père, le garçon rapetissa et redevint bébé. Ainsi, Bola et son mari furent confortés dans l'idée que leur enfant était bel et bien possédé. Ils le battirent avec des joncs pour chasser l'esprit. Celui-ci finit par s'enfuir, et les parents retrouvèrent leur gentil petit bébé.

Jack détestait cette histoire, mais cela n'empêchait pas sa grand-mère de la lui raconter.

Des années plus tard, quand il sut comment il était arrivé dans la famille, il se rappela ce conte traditionnel et comprit pourquoi son père l'observait de cette manière. Il n'était pas son fils, ni le fils de sa mère, et n'avait pas non plus été choisi par la famille. Il leur avait été imposé. Il habitait une enveloppe corporelle qu'il avait empruntée, regardait les siens avec des yeux qui ne lui appartenaient pas et vivait avec eux une vie qu'il avait failli voler à Carter.

Et, comme l'enfant de Bola, il avait constamment faim. Il engloutissait des quantités phénoménales de nourriture : du fromage frais, des miches de pain, des pots entiers de beurre de cacahuètes, des litres de lait. Parfois, lorsqu'il allait faire les courses avec l'un de ses parents, il se retournait pour gober une douzaine d'œufs d'affilée. Il les faisait glisser dans sa gorge, avec la coquille, pour combler le vide douloureux qu'il ressentait à l'intérieur. L'été, il cueillait des pommes qui n'étaient pas encore mûres. Il avalait du coton imbibé d'eau quand, gêné, il n'osait pas demander s'il pouvait se resservir une cinquième fois au dîner.

Lorsqu'il rencontra Hazel Evans pour la première fois, il la prit pour une créature du Peuple, comme lui. Elle en avait le côté sauvage avec ses cheveux maculés de boue, sa figure tachée de jus de baies et sa manie de courir pieds nus dans les bois, son épée fixée dans le dos. Ben Evans était apparu, courant derrière elle, l'air presque aussi sauvage.

En le voyant, ils s'étaient arrêtés net.

– Qu'est-ce que vous faites ? leur avait demandé Jack.

– On chasse les monstres, avait répondu Ben. Tu en as vu ?

– Comment vous savez que je n'en suis pas un ?

– Ne dis pas de bêtises, avait rétorqué Hazel. Si tu étais un monstre, tu le saurais.

Jack n'en était pas si sûr. Mais ils lui avaient montré où trouver des mûres et comment se préparer un sandwich aux feuilles de pissenlits, oignon sauvage et crosses de fougère. Jamais il n'avait vu quelqu'un d'aussi authentique qu'Hazel. Elle n'avait peur de rien. Elle n'avait pas peur de lui.

Quant à Ben, il comprenait ce que c'était que d'avoir de la magie en soi. Il comprenait en quoi la magie, ça *craint*.

C'était l'une des raisons pour lesquelles Ben faisait un si bon ami. Jack et lui étaient devenus très proches après que Ben était revenu de Philadelphie, entre autres parce qu'ils s'étaient juré de se dire tout ce qu'ils ne pouvaient pas confier aux autres. Ben lui avoua que son don pour la musique le réjouissait, mais le terrifiait aussi. Il raconta à Jack des anecdotes pour qu'il comprenne dans quelle mesure ses parents étaient des incapables. En retour, Jack lui parla de la magie qui se manifestait chez lui, évoquant ses difficultés à la cacher, parfois. Il lui parla de sa faim insatiable et de sa solitude.

– Alors comme ça, les cavaliers sont revenus ? lui avait demandé Ben un après-midi, après une nuit de pleine lune.

Ils rentraient chez eux à pied après les cours et étaient passés à côté du cercueil de verre, où Ben se rendait à la pause déjeuner pour parler au prince endormi. Jack avait songé à le taquiner à ce sujet, mais les sentiments que Ben avait pour le garçon cornu étaient à peine plus ridicules que le crush de Jack.

Indécis, il avait acquiescé.

– Ta mère a des doutes ?

Jack avait haussé les épaules.

– Elle ne dit rien, mais elle frotte toujours du millepertuis sur le linteau pour empêcher le Peuple d'entrer – ou m'empêcher de sortir. La veille du premier mai, le soir, elle accroche une guirlande de soucis au-dessus des portes.

– Les boules, avait commenté Ben en regardant le ciel. Mais ça ressemble à ce que tout le monde fait ce soir-là. Si elle savait, elle te dirait quelque chose, non ?

– Peut-être. Récemment, elle a obligé Carter à mettre des baies de houx séchées dans la poche de son blouson. Ça l'a énervé et il en a jeté une sur moi. Ça pique, cette saloperie !

Ben avait grimacé.

– Tu m'étonnes…

Jack s'était souvenu que la douleur avait mis une heure à s'estomper, comme s'il avait été mordu par une araignée. Solclair était bardée de protections. Les gens les portaient en colliers, les étalaient sur leurs portes d'entrée, les accrochaient au rétroviseur intérieur de leurs voitures. Le millepertuis, cette horreur, lui donnait des démangeaisons. Même chose pour le fer froid quand il y en avait près de lui, et ça le brûlait s'il le touchait. Les poches pleines de flocons d'avoine ou de terre d'une tombe le faisaient éternuer. Certaines amulettes lui donnaient mal à la tête. Rien de mortel, mais tout cela générait chez lui un inconfort permanent qui lui rappelait qu'il n'appartenait pas vraiment à cette communauté.

Il avait ramassé un bout de bois sec qu'il avait retourné dans sa main.

– Je préférerais presque qu'elle soit au courant.

Les cavaliers étaient venus pour la première fois deux mois auparavant, à la pleine lune. Ils étaient trois, vêtus de gris argenté, perchés sur trois chevaux : un noir, un blanc et un alezan. Jack, qui dormait profondément, avait été réveillé par une musique. Une musique qui avait suscité chez lui le désir intense d'aller dans la forêt, de sentir le vent sur son visage, de se détacher de tout ce qui le liait aux mortels. Lorsqu'il s'était approché de la fenêtre, il les avait vus sur la pelouse, les yeux étincelants, leurs longs cheveux volant comme des fanions. Ils avaient fait sept fois le tour de la maison puis s'étaient arrêtés, regardant vers la fenêtre comme s'ils l'avaient repéré. Ils étaient d'une beauté à pleurer mais aussi absolument terrifiants, avec leurs yeux noirs et leur bouche rouge. L'un d'eux avait un visage si familier que Jack avait cru rêver. Il avait su, sans même qu'ils aient besoin de le dire, qu'ils l'invitaient à le suivre. Il avait refusé de la tête, restant là où il était, dans l'encadrement de la fenêtre, ses ongles plantés dans le bois. Au bout d'un moment, ils avaient fait tourner bride à leurs montures, les uns après les autres, et étaient repartis.

Le lendemain matin, à son réveil, Jack avait retrouvé la fenêtre grande ouverte, malgré le linteau enduit de millepertuis par sa mère. Le sol de sa chambre était jonché de feuilles d'arbres.

– Les cavaliers louches, c'est louche, avait dit Ben.

– Carrément, avait confirmé Jack.

Pourtant, même à ses oreilles, sa réaction n'avait pas semblé sincère.

– Tu n'iras pas avec eux la prochaine fois, hein ? avait demandé Ben d'un ton taquin.

– La ferme.

Jack avait jeté son bâton sur Ben, qui l'avait esquivé.

Ben s'était arrêté de marcher et ne souriait plus.

– Quoi, tu vas y aller ?

– Tu ne sais pas de quoi ils ont l'air. Ce que j'ai ressenti. Tu ne peux pas comprendre.

Ces mots étaient sortis de sa bouche sans même qu'il y ait réfléchi. Il ne tenait pas à avouer à Ben qu'il les avait déjà accompagnés la dernière fois. Il avait regretté de ne pas l'avoir fait la première fois qu'ils étaient venus. Lorsqu'il avait de nouveau refusé la fois suivante, il avait failli en avoir le cœur brisé. La troisième fois, il avait été incapable de résister à l'appel. Il y était allé. Désormais, il craignait de ne pas être assez fort pour rester chez lui.

Peut-être Ben avait-il décelé son inquiétude sur son visage, car il avait affiché un air grave.

– Parfois, je me pose des questions sur Kerem, avait-il dit. J'ai peur de lui avoir plu à cause de la musique. Le pire, c'est qu'en avoir conscience ne m'empêche pas de continuer à avoir envie d'en jouer. C'est pour ça que je me suis cassé les doigts. Sinon, je jouerais. Chaque fois que j'aurais eu envie de quelque chose, j'aurais joué.

Stupéfait, Jack avait cligné des yeux.

– Comment se fait-il que tu ne me l'aies jamais dit avant ?

Ben avait ricané.

– Je gardais ce scoop pour une occasion spéciale, je suppose. Un moment où je pourrais t'aider à te sentir moins nul en t'avouant un truc affreux sur moi. Mais, si tu ne veux pas aller avec les cavaliers, tu vas devoir t'attacher à ton lit comme les marins s'attachaient aux mâts pour ne pas sauter à l'eau et rejoindre les sirènes.

Ben avait peut-être compris plus de choses que ce que pensait Jack. Malgré tout, il ne pouvait pas imaginer ce que c'était que de chevaucher avec les cavaliers dans la nuit ou plonger dans un étang baigné par le clair de lune. Il n'aurait pas pu comprendre ce que c'était que de danser jusqu'à ce que la force de vos pas semble fendre la terre elle-même ; de se retrouver parmi des créatures qui n'avaient jamais été humaines et qui ne le seraient jamais ; d'être l'une d'elles. Et il ne pouvait pas savoir la honte que Jack éprouvait après coup – lorsque, la sueur rafraîchissant sa peau, il se promettait que, la prochaine fois qu'on viendrait le chercher, il n'irait pas.

Une promesse qu'il n'avait jamais réussi à tenir.

Chapitre 12

Au lieu de rejoindre le réfectoire, Hazel se rendit aux toilettes pour se passer un peu d'eau sur le visage. Dans le miroir, elle observa ses taches de rousseur puis regarda au-delà de son eye-liner et de son fard à paupières, se concentrant sur le bleu de ses iris. Elle avait espéré que son reflet lui renverrait l'image de quelqu'un qui savait ce qu'il faisait. Quelqu'un qui soit capable de se tirer de ce mauvais pas. Ce ne fut pas le cas.

Jack l'emmènerait peut-être à la fête mais, une fois là-bas, elle allait devoir poser les bonnes questions – celles qui leur donneraient l'impression qu'elle en savait plus qu'en réalité ; celles auxquelles ils répondraient sans se rendre compte qu'ils en disaient trop.

S'ils étaient plus rusés qu'elle, alors mieux valait qu'elle dispose d'une monnaie d'échange, car rien n'était jamais gratuit avec le Peuple. Si elle avait été Ben, elle aurait pu leur jouer de la musique. Cela leur aurait tellement plu, même avec des doigts cassés, qu'ils lui auraient accordé n'importe quelle faveur. Si elle avait été comme Jack, ils lui auraient confié des choses parce qu'elle aurait été l'un d'eux.

Mais elle était Hazel. Dénuée de pouvoirs magiques. Autrement dit, elle allait devoir réfléchir vite et être hyper vigilante. Avec un soupir, elle prit des serviettes en papier au distributeur, s'essuya la figure et sortit dans le couloir.

Un élève de première année contourna l'angle du mur à une telle vitesse qu'il manqua de la percuter. Son visage était mouillé. Elle crut se rappeler son nom : Michael ; c'était le petit frère de Lourdes. Des larmes coulaient sur ses joues marbrées. Un sanglot étouffé sortit de sa gorge.

– Qu'est-ce qui se passe ? s'étonna-t-elle. Il y a un problème ?

– Je ne peux pas... parvint-il à balbutier à travers ses larmes, la respiration saccadée, essuyant son visage vigoureusement. Je ne peux pas m'arrêter. Elle arrive ! Elle est presque là !

Hazel entendit alors des pleurs venant des salles de classe à proximité. Des gémissements qui se transformaient en cris stridents.

La porte de la salle à sa droite s'ouvrit à la volée et un flot d'élèves de dernière année s'engouffra dans le couloir, les yeux brillants de larmes et écarquillés de terreur. Megan Rojas se laissa tomber à genoux. Complètement dévastée par le chagrin, elle commença à arracher ses vêtements.

– Je t'en supplie, sanglota Franklin en tournant vers Hazel un visage si angoissé qu'elle le reconnut à peine. Je t'en supplie, fais que ça s'arrête. Embrasse-moi. Fais que ça s'arrête…

Tout à coup, elle se souvint de la mise en garde de Jack : *Quelque chose d'encore plus dangereux que votre prince marche dans son ombre.*

Elle s'écarta de Franklin, de son visage terrifié. Une odeur d'humus et de pourriture végétale flottait dans l'air.

– C'est tellement triste, répétait Megan en boucle, d'une voix étouffée par les larmes. Tellement triste. Si affreusement triste…

Hazel devait agir. Trouver Ben avant qu'il soit atteint du même mal que les autres. Elle se mit à courir, passa devant des casiers et des portes fermées, contourna l'angle d'un mur et s'engagea dans le couloir des salles d'arts plastiques. La lumière entrait à flots par une rangée de fenêtres donnant sur une cour plantée d'herbe. Une enseignante de première année était un train de fermer une porte à clé. Un éclat de rire résonna dans une salle voisine – comme si Hazel ne venait pas d'un couloir rempli d'élèves en pleurs.

– Il y a une assemblée ? s'enquit Miss Nelson. J'ai entendu pas mal de bruit…

Hazel commençait à répondre en bredouillant lorsque, au-dessus de leurs têtes, un haut-parleur grésilla. La personne qui s'exprimait pleurait. Ses sanglots restèrent collés dans l'esprit d'Hazel comme un bonbon au caramel.

Miss Nelson afficha un air perplexe.

– Quelqu'un a dû appuyer sur le bouton du bureau sans le faire exprès...

Hazel entendait les pleurs dans les pulsations de son cœur, dans chacune de ses respirations. Ses yeux la picotèrent. C'était trop triste, comme si tous les chagrins qu'elle avait éprouvés par le passé se réveillaient en elle en même temps.

Miss Nelson vacilla et posa la main sur une vitre. Son souffle l'embua. Ses yeux s'emplirent de larmes. Soudain, Hazel remarqua que des taches verdâtres, comme de la mousse ou de la moisissure, se propageaient sur le verre. Dehors, des corbeaux se posèrent dans les branches d'un arbre, croassant entre eux.

– Il faut qu'on sorte d'ici, chuchota Hazel d'une voix pleine de larmes.

Elle s'éloigna en chancelant et entendit un corps tomber au sol, puis des sanglots discrets, étouffés.

Il fallait qu'elle réfléchisse. Ses yeux se remplissaient déjà de larmes brûlantes qui formaient aussi une grosse boule dans sa gorge. Son esprit fut envahi par le souvenir de tout ce qu'elle avait perdu. Elle se rappela le corps à moitié décomposé d'Adam Hick et son profond sentiment d'impuissance devant lui. Elle pensa à la fois où elle avait été malade lors d'une fête organisée par ses parents, après avoir mangé une grosse part de gâteau. Elle s'était rendu compte trop tard qu'il était imbibé de rhum. Prise de vertige, elle était allée chercher sa mère et n'avait reconnu personne parmi les invités. Elle avait vomi dans les toilettes pendant ce qui lui avait paru des heures, jusqu'à ce que du sang apparaisse dans ce qu'elle expulsait et qu'un inconnu lui apporte un verre d'eau. Elle songea à cette nuit-là et à d'autres nuits ; pensa aux doigts cassés de son frère, à ses ongles noircis qui avaient fini par tomber un à un. À tous les garçons qu'elle avait embrassés. Au fait que les premiers noms qui lui venaient à l'esprit étaient ceux des garçons qui l'avaient détestée après coup, parce qu'elle se souvenait mieux des choses blessantes que des choses positives. Elle aurait voulu s'allonger par terre, sur le lino poisseux, et pleurer pour l'éternité, sans jamais se relever.

Il lui semblait vain de ne pas céder à cette pulsion, de rester debout, mais elle le fit quand même. Il lui semblait vain de traverser le couloir, mais elle le fit quand même.

Va déclencher l'alarme incendie, s'ordonna-t-elle.

Elle ne pensait pas en être capable.

Tu n'es pas obligée de croire que tu en es capable, se dit-elle. *Fais-le, c'est tout.*

Le bruit des sanglots s'intensifia, envahissant presque toutes ses pensées.

Elle referma les doigts sur le levier métallique rouge. Appuyée dessus de tout son poids, elle l'abaissa.

Immédiatement, l'alarme retentit, plus forte que les pleurs ; plus forte que les lamentations, les cris et le croassement des corbeaux. Le sang dans la tête d'Hazel pulsa, mais ses pensées s'éclaircirent. Peu après, des élèves émergèrent des salles en traînant les pieds. Ils avaient les joues mouillées, les yeux rougis et le teint gris. En temps normal, des éclats de voix et des potins résonnaient dans le couloir, où des élèves s'interpellaient. À cet instant, il y régnait un silence aussi profond que dans un cortège funèbre.

– Liz ?

Le professeur de technologie s'approcha et alla s'accroupir auprès de Miss Nelson.

– Evans, qu'est-ce qui s'est passé ? Qu'est-ce qui se passe ? demanda-t-il.

– Je ne sais pas, répondit Hazel en levant les yeux vers le haut-parleur.

De la mousse s'étalait par paquets sur le mur et s'épaississait, comme de la fourrure. Si elle continuait à se développer ainsi, elle finirait par étouffer l'alarme.

Le professeur regarda la matière en clignant des yeux, comme s'il avait du mal à comprendre ce qu'il voyait ; comme s'il cherchait encore une explication rationnelle.

Miss Nelson battit des paupières et se releva doucement.

– Qu'est-ce qui nous arrive ? s'enquit-elle d'une voix rauque. C'est l'alarme incendie, qu'on entend ?

Son collègue acquiesça.

– Oui, il y a une urgence, mais j'ignore laquelle. Allez, sortons d'ici.

Une minuscule fissure apparut dans un coin du mur. Hazel la regarda s'étendre et bifurquer. Des plantes en sortirent.

– Il y a le feu ou quoi ? voulut savoir un élève de deuxième année qui arrivait d'un autre couloir.

Il avait le crâne rasé et portait une tenue de sport.

– Sortez ! ordonna le professeur de technologie. Vous aussi, Evans.

Elle hocha la tête, mais elle n'était pas prête à bouger. Elle continuait à regarder fixement la mousse et les plantes pâles dont les vrilles s'insinuaient dans les fissures de plus en plus larges, comme des doigts qui cherchent à se libérer d'une tombe.

Elle fut bientôt entourée d'un flot d'élèves qui évacuaient le bâtiment pour aller se ranger à l'extérieur et attendre les pompiers, à qui l'on dirait que c'était une fausse alerte – une farce, peut-être. Tremblante, Hazel s'appuya contre l'une des fenêtres pour respirer un bon coup.

Elle vit alors Molly arriver dans le couloir à contre-courant de tous les élèves. Elle avait une drôle de démarche, comme si elle se traînait à moitié ; comme si ses membres n'étaient pas vraiment les siens. Son visage n'exprimait rien et son regard semblait glisser sur tout, jusqu'à ce qu'il s'arrête sur Hazel.

À première vue, les lèvres de Molly avaient l'air bleues mais, à force de les observer, Hazel réalisa qu'elles étaient tachées de vert. Tachées de l'intérieur, comme si elle avait léché une sucette acidulée à la pomme, pleine de colorant.

Hazel s'immobilisa. Un frisson de dégoût lui remonta le long du dos. Le spectacle de ses camarades sanglotant l'avait effrayée, mais la répulsion que lui inspiraient les mouvements de Molly était une expérience complètement inédite. Hazel savait qu'elle avait devant elle l'enveloppe corporelle de Molly, mais que ce n'était plus Molly qui la regardait à travers ses yeux.

– Reste où tu es ! ordonna-t-elle à la créature, désormais trop proche d'elle.

Par réflexe, elle leva une main et faillit envoyer sa camarade au tapis.

Une voix sirupeuse, chantante, sortit de la bouche de Molly, qui pencha la tête sur le côté.

– Je l'aimais et il est mort, fini et d'os. Je l'aimais et ils me l'ont pris. Où est-il ? Où est-il ? Mort, fini et d'os. Mort, fini et d'os. Où est-il ?

À chaque mot qu'elle prononçait, des mottes de terre tombaient de sa bouche.

– Qu'est-ce que tu racontes, Molly ? demanda Hazel, tremblante.

Le couloir était presque désert. L'alarme sonnait toujours mais, curieusement, la voix qui sortait de la bouche de Molly la couvrait facilement.

– Je l'aimais et je l'aimais et il est mort, fini et d'os. Je l'aimais et ils me l'ont pris. Où est-il ? Où est-il ? Mort, fini et d'os. Mort, fini et d'os. Mon père me l'a pris. Mon frère l'a tué. Mort, fini et d'os. Mort, fini et d'os. Où est-il ?

Pendant deux ans, Molly avait été la meilleure amie d'Hazel, celle avec qui elle avait échangé des textos sur les garçons jusque tard le soir ; celle à qui elle avait confié sa frange quand elle voulait la rafraîchir. À l'époque où elles arpentaient ensemble les couloirs du lycée, Hazel trouvait qu'il n'y avait pas de mal à être normale ; comme si, peut-être, il était possible de s'amuser, tout simplement, sans trop s'inquiéter de l'avenir. Les Fæs dans les bois n'intéressaient pas du tout Molly, d'ailleurs elle n'y croyait pas. Pour elle, tout ce qui se passait avec les touristes était mis en scène, et les touristes eux-mêmes, qu'elle jugeait ennuyeux, ne cherchaient qu'à attirer l'attention. Voir Solclair avec le regard de Molly avait été comme découvrir un endroit complètement nouveau. Depuis que Molly l'avait laissée tomber, Hazel se disait parfois que cette vision du monde lui manquait, plus encore que son ancienne amie.

Désormais, celle-ci n'aurait pas le choix : elle serait bien obligée de croire au Peuple. Cette pensée rendit Hazel furieuse.

– Tu ne peux pas la prendre, déclara-t-elle en cherchant à tâtons le collier que Ben lui avait demandé de porter.

Elle ôta de son cou la chaîne avec le pendentif en bois de sorbier. Devant l'absence de réaction de la créature, elle la passa d'un geste rapide au-dessus de la tête de Molly, laissant l'amulette se poser sur sa gorge.

– Tu vois ? Alors va-t'en ! Pars ! Tu n'es pas la bienvenue ici !

Tout à coup, les yeux de Molly se révulsèrent jusqu'à ce qu'Hazel n'en voie plus que le blanc.

Son cœur s'affola. Molly s'effondra, tout son corps soudain inerte. Sa tête heurta le lino avec un affreux bruit creux.

– À l'aide ! appela Hazel.

Elle s'agenouilla et chercha le poignet de Molly pour lui prendre le pouls avant de se rendre compte qu'elle ne savait pas comment faire. Elle répéta plusieurs fois son appel au secours. Personne ne vint.

Puis Molly ouvrit les yeux, battit furieusement des paupières et fut prise d'une quinte de toux si violente qu'elle s'étouffa à moitié. Lorsqu'elle regarda Hazel, son visage afficha un mélange de gêne et de terreur. Une expression totalement humaine.

– Hazel... dit-elle d'une voix éraillée, crachant de la terre et des feuilles.

À la fois soulagée et incrédule, Hazel s'appuya contre le mur.

– Tu vas bien ?

Molly acquiesça lentement. Elle se redressa en position semi-assise et s'essuya le menton. Ses cheveux noirs, normalement hérissés de pointes grâce à un gel appliqué avec précision, étaient tout décoiffés. Un peu de sang coulait d'une plaie superficielle à sa tête à la suite de sa chute, teintant de rouge le col de son tee-shirt blanc.

– Je l'ai vu ! Le monstre... Il est fait de vieilles branches noueuses recouvertes de mousse, et il a des yeux noirs horribles...

Hazel se rapprocha et lui prit la main. Molly serra la sienne avec force.

L'alarme résonnait encore dans les couloirs déserts.

– Tu as toujours su que c'était bien réel, pas vrai ? demanda-t-elle avec angoisse. Comment tu fais pour le supporter ?

Hazel essayait de trouver quoi répondre quand Molly ferma les yeux. Celle-ci frissonna et s'effondra comme une marionnette dont on aurait coupé les fils. Hazel poussa un cri et secoua la jeune fille par les épaules, mais son corps était aussi inerte que celui d'Amanda dans le fossé.

Le monstre ne se contentait plus d'attendre au cœur de la forêt. Il était venu dans le centre de Solclair en pleine journée, et Hazel n'était même pas certaine qu'on puisse le tuer.

Qu'il soit venu pour Severin, parce que quelqu'un l'avait appelé, ou pour une raison qui lui échappait, Hazel devait réfléchir.

Il fallait qu'elle sorte de ce couloir, et Molly aussi. La porter sur ses épaules serait possible mais pas idéal : Hazel ne pourrait ni se battre ni se déplacer rapidement.

– Ne bouge pas, chuchota-t-elle à Molly en se levant.

Elle passa devant les fissures de plus en plus larges dans lesquelles apparaissaient des vrilles de plantes qui se dirigeaient comme des serpents vers une des salles d'arts, lorsque deux personnes déboulèrent à l'angle du mur. C'était Carter, un téléphone dans une main et une crosse de hockey dans l'autre, accompagné de Robbie Delmonico qui, lui, brandissait une batte de baseball. Ce dernier glapit en voyant Hazel et recula contre une rangée de casiers, qui produisirent un bruit métallique comme des chaînes qu'on agite.

Hazel se surprit à serrer les poings.

– Vous m'avez fichu une de ces frousses !

– Du calme. On te cherchait, dit Carter.

Il portait son épaulière ainsi que ses protège-genoux. Hazel n'avait jamais réalisé combien la tenue des joueurs de football américain était proche de l'armure. Avec sa carrure large et sa mâchoire carrée, Carter ressemblait à Sire Morien de la Table ronde.

– Les secours ne laissent entrer personne dans le lycée. Ben et Jack sont coincés sur le parking, du coup, ils m'ont envoyé un texto pour me dire où je pouvais te trouver.

Il fit un geste vague en direction de l'entrée.

– Il y a une espèce de créature, intervint Robbie. On a découvert trois élèves de première année allongées sous les tables du réfectoire. Elles étaient inconscientes – c'est du moins ce que je croyais, jusqu'à ce qu'il y en ait une qui ouvre les yeux et me dise un truc flippant. Un truc sur des os. Après ça, elle est retombée dans les pommes. On les a évacuées par une fenêtre pour que les secours les prennent en charge, mais on s'est dit qu'on allait rester pour vérifier qu'il ne reste plus personne.

Hazel hocha la tête. Robbie était vraiment un chouette garçon, ce qui expliquait pourquoi elle l'avait embrassé, avant que la gêne s'installe entre eux. Le plus dur à vivre, quand on était désiré, était aussi le plus dur à vivre lorsqu'on désirait quelque chose ; lorsqu'on le désirait à en avoir mal au ventre ; lorsque le désir se trouvait à mi-chemin entre vouloir embrasser et gober tout entier, à la manière des serpents qui avalent un rongeur ou du Grand Méchant Loup qui engloutit le Petit Chaperon rouge. Le désir transformait la personne que vous pensiez connaître en un ou une inconnue. Qu'il s'agisse du meilleur ami de votre frère, d'un prince endormi dans une prison de verre ou d'une jeune fille qui vous avait embrassé à une fête, dès l'instant où votre désir vous poussait à en vouloir davantage que d'unir vos deux bouches, ces personnes devenaient terrifiantes, et vous, vous étiez terrifié.

– Mort, fini et d'os, récita Hazel.

Les yeux écarquillés, Robbie leva sa batte encore plus haut.

– Ah non, pas toi ! s'affola-t-il.

Elle secoua la tête et soupira.

– C'est ce que Molly a dit avant de s'évanouir. Elle était… Je ne sais pas… comme possédée.

– Molly Lipscomb ? demanda Carter en regardant le couloir, derrière elle.

Il se crispa en voyant le corps de Molly.

– Et toi, tu as vu le monstre ? s'enquit-il. Il est venu ici ?

Hazel nia de la tête.

– Il faut qu'on bouge Molly. Je vais chercher un fauteuil.

Elle se tourna vers Robbie et ajouta :

– Essaie de trouver une corde, des sangles ou un truc pour l'attacher.

– OK, approuva Robbie avant de s'élancer vers une salle de classe.

– Jack dit que… commença Carter.

Il parut se rendre compte qu'il se parlait à lui-même plutôt qu'aux autres et se ravisa.

– Je vais rester avec Molly, poursuivit-il. Allez chercher ce qu'il faut.

Hazel trouva un fauteuil à roulettes pivotant derrière le bureau du professeur dans la deuxième salle où elle se rendit et le poussa dans le couloir pendant que, de son côté, Robbie dégottait dans un placard une bobine de grosse ficelle bleu vif. Hazel souleva Molly tandis que Robbie tenait le fauteuil pour l'empêcher de basculer en arrière. Puis Carter les aida à attacher Molly au siège, comme une prisonnière prête à être interrogée ou une mouche prise dans une toile d'araignée. La tête tombant sur le côté, les yeux fermés, Molly se retrouva solidement ligotée au dossier par de nombreux tours de ficelle entrecroisée.

Hazel partit ensuite chercher une arme. Elle trouva une paire de lourds ciseaux dans un tiroir du bureau et la frappa contre un mur jusqu'à ce que les deux lames se détachent, formant des poignards jumeaux.

– Bonjour la discrétion ! commenta Carter, les mains sur le dossier du fauteuil de Molly. Allez, on se tire.

Ils avancèrent ensemble dans le couloir vide, jetant au passage un coup d'œil dans les salles abandonnées, où l'on avait laissé les blousons sur les dossiers des chaises, les stylos et les livres sur les bureaux. Sur les tableaux blancs figuraient des problèmes de maths en cours de résolution. La projection d'un film documentaire sur la génétique continuait sur un écran. Au fond d'une salle, quelques pupitres étaient entièrement recouverts par la marée de mousse.

Les ombres s'allongeaient lorsqu'ils arrivèrent devant le gymnase. Hazel y entra, ses ciseaux luisant dans la lumière tremblotante des néons. Du lierre descendait du plafond et s'enroulait autour des câbles électriques. Son cœur battait si fort dans sa poitrine qu'elle eut l'impression qu'un poing la martelait, si violemment que ses côtes en devenaient douloureuses. Avec son sol lisse et brillant et ses gradins semblables à un squelette métallique, le gymnase ne lui avait jamais paru menaçant auparavant. Mais, à présent, elle avait une conscience aiguë de tous les endroits où le monstre aurait pu se terrer, prenant la forme d'une pile de tapis, sortant lentement ses longs doigts pour lui attraper la cheville…

– Vous voyez quelque chose ? demanda Robbie derrière elle.

Hazel se crispa. Elle nia de la tête, contente qu'il ne l'ait pas vue sursauter.

– Tu n'es pas obligée de nous aider à chercher d'éventuels retardataires, lui dit Carter. Emmène Molly et rejoignez la sortie. Ton frère se fait du souci pour toi.

Dans la lumière clignotante, les garçons lui parurent différents. Robbie, l'air stressé, avait le teint cireux et des cernes creusés. Carter, avec ses traits aiguisés par les ombres, ressemblait plus que jamais à Jack. Si elle avait voulu, elle aurait pu se convaincre qu'il était Jack. Pendant un instant affreux, elle comprit la logique d'Amanda. Ce serait comme embrasser le cercueil de Severin. Ça ne serait pas réel. Ça ne ferait de mal à personne.

– Pourquoi ça ne serait pas *toi* qui sortirais, plutôt ? rétorqua-t-elle un peu sèchement.

Elle n'aimait pas la condescendance – ni la tournure que prenaient ses réflexions.

– Parce que je me sens fautif, répondit Carter. Je suis le dernier à voir vu Amanda. C'est ce que tout le monde dit, et c'est vrai.

– Qu'est-ce qui s'est passé ? demanda-t-elle.

Ils longeaient désormais le couloir des salles de littérature et d'histoire, en direction du bureau du proviseur et de l'entrée principale. Ils passèrent devant l'auditorium, où les rideaux de scène leur parurent soudain menaçants. Robby, qui poussait le fauteuil de Molly, sursautait chaque fois qu'une des roulettes couinait.

Dans certaines salles résonnaient des bruits qu'Hazel ne parvenait pas à identifier. Dans son esprit, ils devinrent le chuintement du lierre qui rampe, le pas glissant d'un monstre, ses griffes traînant le long d'un mur. Ayant chassé dans les bois, elle savait que l'état d'alerte et l'adrénaline pouvaient amplifier les sons. Elle savait qu'on pouvait être sûr d'avoir entendu quelque chose alors que ce n'était que son propre souffle qu'on percevait. Pourtant, elle savait également combien il était dangereux de ne pas tenir compte de ses intuitions. Au moins, dans les bois, elle avait assez d'expérience pour identifier les bruissements, les déplacements furtifs et les craquements de pas. Au lycée, elle était perdue. Le moindre mouvement lui faisait serrer les dents et lui donnait la chair de poule.

Carter reprit la parole, d'une voix plus basse, pour que Robbie ne l'entende pas.

– On s'est disputés, Amanda et moi. Elle a dit des trucs sur Jack... C'était ridicule. Comme s'il n'était même pas une personne. Peut-être qu'elle cherchait juste à m'énerver. Dans ce cas, c'était réussi. Elle avait beau être perchée sur ces talons immenses et débiles, je l'ai dégagée de la voiture. Je me suis dit qu'elle n'avait qu'à marcher... J'avais fait environ trois cents mètres quand je me suis rendu compte que j'avais agi comme un con. Ma mère m'aurait tué si elle avait su que j'avais emmené une fille en rencart et que je l'avais lâchée dans la nature, toute seule, sans aucun moyen de rentrer chez elle.

– Et ensuite ? demanda Hazel.

– Quand je suis revenu, Amanda n'était plus là. Je ne l'ai pas revue, et ses parents ne m'autorisent pas à aller lui rendre visite à l'hôpital.

Il se remit à parler normalement.

– Et toi, Robbie ? Comment ça se fait que tu restes avec nous ici ? Tu joues les héros ? Pourquoi tu ne rejoins pas les autres ?

Robbie lui adressa un sourire en coin.

– S'il y a une chose que j'ai retenue dans les films, c'est qu'il ne faut jamais se séparer. En plus, sans moi, vous seriez perdus, tous les deux.

– C'est pas faux, répliqua gentiment Carter, même s'il n'y avait absolument rien de vrai là-dedans.

– Hé, Hazel, comment ça se fait que… ? commença Robbie, mais il ne put jamais terminer sa phrase.

Un hurlement déchira l'air.

Ils s'élancèrent en direction du cri, leurs pieds martelant le sol, le couinement sonore du fauteuil de Molly résonnant à leurs oreilles. Ça venait des toilettes des filles.

Hazel fonça la première, cognant la porte de l'épaule, prête à se servir de ses ciseaux.

Leonie se tenait près des lavabos. De l'eau coulait de l'un des robinets et formait une flaque au sol. Lorsqu'elle vit Hazel, elle hurla plus fort encore. Les toilettes avaient l'air désertes, mais le cœur d'Hazel battait si vite et Leonie paraissait si terrifiée qu'elle n'aurait pu le jurer. D'un coup de pied, elle ouvrit la porte de la première cabine. Il n'y avait que la cuvette des W.-C., au fond de laquelle flottaient trois mégots. Elle fit de même avec la deuxième porte : rien. Elle s'apprêtait à ouvrir la troisième quand Leonie lui attrapa le bras.

– Qu'est-ce que tu fais ? Arrête ! Tu me fous les jetons !

– C'est *moi* qui te fous les jetons ? explosa Hazel. C'est *toi* qui hurlais !

– La chose… Je l'ai vue ! s'exclama Leonie. Je pensais que je pouvais sortir des toilettes, mais tout à coup elle était là ! Mince, qu'est-ce qu'elle a, Molly ?

– Tu as pu la voir précisément ? demanda Carter dans l'encadrement de la porte.

Robbie et lui se tenaient devant l'entrée, comme si l'idée de poser un orteil dans les toilettes des filles, avec leur carrelage mural rose et leur distributeur à tampons d'un autre âge, restait un interdit absolu, même dans une situation critique.

Leonie nia de la tête.

– Je l'ai aperçue. Elle était horrible…

– On n'est pas loin de la sortie, leur rappela Robbie en frissonnant. Barrons-nous d'ici.

– Et si la chose nous guettait ? s'inquiéta Leonie. Elle doit sûrement encore rôder dans les parages !

– C'est pour ça qu'il ne faut pas rester là, insista Robbie d'une voix plus forte, comme s'il avait oublié pourquoi ils chuchotaient un instant auparavant : comme s'il avait oublié qu'ils étaient restés à l'intérieur pour aider des gens à sortir en toute discrétion.

Juste un moment, Hazel caressa l'idée de les planter là, de s'enfoncer à l'intérieur du bâtiment et d'attendre le monstre, ses lames à la main. Petite, elle s'était très souvent imaginée le combattre. C'était l'incarnation de la forêt, l'incarnation de la terreur. Dans sa tête, affronter le monstre, c'était affronter le méchant dans le final d'un jeu vidéo. Gagner, ce serait mettre fin à toutes les terreurs.

Son instinct la poussait à aller au combat. Ses doigts serrèrent plus fermement les ciseaux. Son sang palpitait. Elle voulait trouver le monstre et le tuer.

– OK, tout le monde, fermez-la ! brailla Carter. Hazel, qu'est-ce que tu en penses ? Est-ce qu'on doit sortir d'ici ou continuer à chercher des blessés ?

– Pourquoi c'est à elle que tu demandes ce qu'elle en pense ? s'offusqua Robbie.

– Parce que je sais déjà ce que j'en pense, je sais ce que *toi*, tu en penses, et qu'on se fiche de ce que Molly en pense. Et parce que...

Carter n'acheva pas sa phrase et se retourna. Il y avait un bruit étrange, comme si on traînait un corps dans les couloirs. Tout à coup, un des néons allumés au-dessus d'eux éclata en une pluie d'étincelles, et les lavabos se remplirent de mousse bouillonnante. Le miroir se couvrit de taches de moisissure. Carter poussa le fauteuil de Molly dans les toilettes. La tête de la jeune fille roula sur le côté et ses cheveux tombèrent devant son visage. Robbie claqua la porte semi-vitrée derrière eux. Carter en bloqua la poignée avec sa crosse de hockey, prêt à retenir le battant puisqu'il n'y avait ni clé ni verrou.

Tout le monde se tut. Après avoir inspiré, Hazel retint son souffle.

Une ombre bougeait à travers le vitrage texturé de la porte. Elle devait facilement mesurer plus de deux mètres et avait une forme vaguement humaine – si les humains pouvaient être faits de branches, de plantes et de terre. Son dos était voûté et le sommet de son crâne paraissait se tordre pour former une souche noueuse. Ses doigts en brindilles, planant dans l'air, étaient d'une longueur impossible.

La créature s'arrêta un instant, comme si elle entendait les battements terrifiés de leurs cœurs, comme si elle les écoutait retenir leur souffle. Puis elle poursuivit son chemin, son pas produisant un bruit sourd dans le couloir.

Hazel compta dans sa tête. *Un, trente-trois. Deux, trente-trois. Trois, trente-trois. Quatre, trente-trois. Cinq, trente-trois.*

– Je vote pour qu'on se tire d'ici, chuchota-t-elle. Tout de suite !

Carter ouvrit la porte des toilettes. Ils coururent en direction de l'entrée du lycée, Robbie poussant le fauteuil de Molly à toute vitesse, les baskets de Leonie couinant sur le lino. Hazel, qui fermait la marche, ne cessait de jeter des coups d'œil derrière elle. Submergée par la panique et réprimant son besoin de se battre, elle s'attendait à voir le monstre surgir de l'ombre, les attraper et les soulever avec ses mains affreuses tandis qu'ils suffoqueraient, la bouche pleine de terre. Une fois les portes principales franchies, et après qu'elle eut avalé une bouffée de l'air frais automnal, alors seulement elle réalisa qu'ils avaient réussi à sortir.

Dans les arbres alentour, les corbeaux s'envolèrent en croassant dans un froufrou de plumes noires, telles des mouches s'élevant d'un cadavre.

Le parking était éclairé par les lumières clignotantes de plusieurs véhicules de police et d'une ambulance. La plupart des élèves étaient rentrés chez eux, mais il en restait quelques-uns regroupés à côté de leurs voitures. Leurs visages se teintaient alternativement de bleu et de rouge, ce qui leur donnait un air spectral.

– Est-ce qu'il y a encore du monde à l'intérieur ? voulut savoir un des membres des secours lorsque Hazel et les autres descendirent les marches du perron.

– Oui, il reste le monstre ! répondit Leonie.

Dans la lumière claire de l'après-midi, Hazel remarqua que le maquillage de son amie avait coulé, comme si elle avait pleuré.

– Il y a eu une fuite de gaz, répliqua l'homme, un peu perplexe. Vous en avez peut-être inhalé…

Ne se donnant pas la peine de répondre, Leonie leva les yeux au ciel et passa à côté de lui sans s'arrêter. Carter porta le fauteuil de Molly le long des marches au moment où Ben les grimpait quatre à quatre pour étreindre Hazel. Elle l'entoura de ses bras et pressa ses mains dans son dos alors qu'elle tenait toujours les lames de ciseaux.

– Tu es folle ou quoi ? chuchota-t-il dans ses cheveux.

Elle regarda Jack, assis sur le capot de la Coccinelle. Il les observait de ses yeux argentés. *Je peux vous avertir trois fois, pas davantage – je n'y suis pas autorisé.* Savait-il ce qui allait se passer, sans avoir le droit de les prévenir ?

– Je pensais que tu le savais déjà, dit-elle dans un souffle.

Après qu'elle eut été examinée sous toutes les coutures par un des secouristes, elle fut autorisée à rentrer chez elle. Toutefois, en cas de vertige, elle devait se rendre à l'hôpital sans délai.

Ben l'attendait près de sa voiture en discutant à voix basse avec Leonie. Alors qu'Hazel s'apprêtait à le rejoindre, Jack la retint par le bras. Elle se retourna, décontenancée. Le regard qu'il posait sur elle la mit soudain mal à l'aise.

– Je pense que notre rendez-vous au square est annulé, déclara-t-il.

– Tu n'as pas intérêt à me dire que je dois rester ici ce soir. Surtout après ce qui vient de se passer.

Elle s'était efforcée de conserver un ton ferme, sans que ce soit tout à fait réussi.

Jack secoua la tête. L'hématome sur sa joue avait enflé et donnait à la peau autour de son œil la couleur du raisin noir.

– Viens chez moi au coucher du soleil, dit-il, mais n'entre pas, OK ? Je sortirai en douce et te retrouverai dans le jardin de derrière. On pourra y aller à pied.

– D'accord.

Elle fut surprise de ne pas avoir à négocier davantage. Surprise, soulagée, et malgré elle un peu effrayée.

– Du coup, comment je dois m'habiller ? s'enquit-elle.

Pour la première fois de la journée, les yeux de Jack brillèrent d'une lueur espiègle.

– Comme tu veux. Tu peux aussi ne rien mettre.

Sur le chemin du retour, Hazel décrivit à Ben le monstre qu'elle avait vu à travers le vitrage dépoli, et la manière dont les plantes et la mousse avaient peu à peu recouvert le lycée. De son côté, il lui raconta comment Jack l'avait obligé à sortir au moment où les premiers élèves s'étaient effondrés. Jack s'apprêtait à retourner à l'intérieur pour aller chercher Hazel et Carter quand plusieurs enseignants l'en avaient empêché, lui interdisant l'accès au bâtiment. Il ne faisait aucun doute qu'ils le tenaient pour responsable des événements en cours.

– Il faut que ça cesse, soupira Ben. Que les gens voient qu'il n'a rien à voir là-dedans. On le connaît tous.

Hazel acquiesça, mais elle se rappela aussi comment les élèves s'étaient écartés de Jack un peu plus tôt dans la journée. Elle se souvint de l'hématome sur son visage, de l'histoire que Leonie lui avait racontée et qu'elle avait gardée pour elle pendant toutes ces années. Combien de personnes avaient ce genre de dossier sur lui ? Combien étaient-elles à l'avoir vu tomber le masque sans jamais vraiment l'oublier ?

– Et il faut encore qu'on parle, toi et moi, lui rappela Ben en garant la voiture devant leur maison. À propos de Severin et de ce qui s'est passé la nuit où il a été libéré.

Elle hocha la tête, même si elle avait espéré éviter cette conversation jusqu'à ce que la fête soit passée.

À l'intérieur, ils trouvèrent leur mère assise à la table de la cuisine, une cigarette à la main. Hazel ne l'avait pas vue fumer depuis des années. Lorsqu'ils passèrent la porte, maman écrasa son mégot sur son assiette et se leva.

– Qu'est-ce que vous avez fichu ? Jamais vous ne répondez au téléphone ? J'étais morte d'inquiétude ! Je n'ai pas arrêté de passer des coups de fil pour savoir ce qui se passait. Le lycée a appelé, mais leurs explications ne tenaient pas debout. Et maintenant, il y a un couvre-feu ! Je crois qu'on ferait mieux de rejoindre votre père en ville.

– Un couvre-feu ? répéta Ben.

– Ça a été annoncé par le truc des retransmissions d'urgence à la télé, précisa-t-elle en désignant l'écran. Personne n'est censé sortir sauf en cas de nécessité absolue, et personne n'est censé être dehors après dix-huit heures ce soir, sous aucun prétexte.

– Ils ont dit pourquoi ? s'enquit Hazel.

– Alerte météo vigilance rouge, répondit leur mère en haussant les sourcils. Bon, qu'est-ce qui s'est réellement passé, aujourd'hui ?

– Alerte météo vigilance rouge, rétorqua Hazel avant de grimper l'escalier quatre à quatre.

Une fois dans sa chambre, elle se dirigea droit sur le placard du fond dont elle ouvrit la porte. Il contenait de nombreuses robes vintage, des jeans usés et des pulls troués. Certains vêtements étaient suspendus, d'autres traînaient par terre, sur un tas de chaussures. Rien ne lui paraissait convenir tout à fait pour une fête chez les Fæs. Rien qui puisse leur faire penser qu'elle était quelqu'un avec qui il fallait compter.

Après tout, la météo prévoyait une tempête.

Chapitre 13

Jack lui avait dit de venir au coucher du soleil, mais la nuit était presque tombée lorsque Hazel s'engagea dans l'allée des Gordon. Sitôt habillée, elle s'était éclipsée de chez elle en passant simplement par la porte d'entrée pendant que son frère et sa mère se trouvaient dans le salon. Elle avait laissé son téléphone sur son lit avec un mot pour Ben. Ainsi, même s'il ne pouvait pas la joindre, il ne s'inquiéterait pas trop. Elle serait de retour à l'aube et, à ce moment-là – à ce moment-là seulement –, elle lui dirait tout.

Dans le jardin de derrière, Jack lançait une balle au chien de la famille, un golden retriever baptisé Cookie. La lumière du porche éclairait l'étroit carré d'herbe sur lequel ils s'ébattaient. À cet instant, Jack ressemblait à un garçon humain tout à fait ordinaire, sauf si on s'attardait sur ses oreilles pointues. Sauf si on croyait aux histoires. Alors, il ressemblait étrangement à quelque chose qui faisait semblant d'être humain. Quand Hazel s'approcha, Cookie se mit à aboyer.

– Il est temps de rentrer, dit Jack au chien avant de jeter un coup d'œil vers les bois.

Hazel se demanda ce qu'il voyait dans l'obscurité.

Pendant qu'elle patientait, elle regretta de ne pas avoir pris de veste. Le froid tombait alors que la lueur orange encore visible à l'horizon laissait place à la nuit. Elle tua le temps en ramassant des marrons d'Inde encore dans leur enveloppe hérissée de pointes. C'était un peu douloureux lorsque l'une d'elles se logeait sous un ongle, mais la sensation de quelque chose qui s'ouvrait dans ses mains lui apporta une immense satisfaction.

Il lui semblait qu'elle était là, à l'orée des bois, depuis une éternité, alors qu'il avait dû s'écouler à peine un quart d'heure quand une fenêtre du premier étage se souleva pour laisser Jack grimper sur le toit.

Elle aperçut dans le salon les reflets mouvants de l'écran de télévision, ainsi que Mr et Mrs Gordon assis sur des canapés qui se faisaient face. Lui avait sur les genoux un ordinateur portable, dont la lueur pâle accentuait l'obscurité.

Jack descendit du toit et se retint à une branche d'arbre avant de sauter au sol. Hazel s'attendait à ce qu'il fasse du bruit, à voir ses parents tourner la tête et à entendre Cookie recommencer à aboyer, mais Jack se réceptionna avec agilité et en toute discrétion. Seules les feuilles avaient bruissé lorsqu'il avait sauté de la branche, et on aurait dit que c'était à cause du vent.

Elle le rejoignit en limite des arbres, essayant de se donner l'air brave malgré ses légers frissons.

– Salut, dit-elle en lâchant ses marrons d'Inde. Bon et maintenant, on fait quoi ?

– Tu es jolie, la complimenta-t-il, ses yeux brillants d'un éclat argenté dans le noir.

Elle sourit, un peu gênée. Dans l'espoir d'être assez chic pour Terrafæ, elle avait mis la seule tenue qui lui avait semblé correcte : un jean et un haut en velours vert qu'elle avait déniché au fond de son placard. Elle avait accroché à ses oreilles de grands anneaux d'argent et chaussé ses bottes préférées.

– Par ici, chuchota-t-il.

Il se mit en route. Elle le suivit dans le clair de lune. Dans les bois peuplés d'ombres, des sentiers secrets parurent s'ouvrir devant eux. Il devint rapidement évident que Jack y voyait bien mieux qu'elle dans le noir. Elle essaya de ne pas se laisser distancer, de ne pas trébucher. Elle ne voulait pas lui donner de raisons de se raviser.

Après qu'ils se furent éloignés de la maison, Jack se retourna.

– Par sécurité, il vaut mieux que je t'explique quelques trucs.

– Toujours être polie, récita-t-elle.

C'était ce que lui avaient répété maintes fois les adultes inquiets qui ne voulaient pas que les enfants du coin se comportent comme des touristes.

– Toujours faire ce qu'ils demandent, à moins que ça contredise une autre règle, poursuivit-elle. Ne jamais les remercier. Ne jamais manger leur nourriture. Ne jamais chanter si on chante comme une casserole. Ne jamais danser. Et surtout, ne jamais, jamais se vanter, en aucun cas. Ce genre de trucs ?

– Ce n'est pas ce que j'allais dire.

Soudain, il lui prit la main. Sa peau était chaude. Il y avait dans sa voix une intensité brutale qui la fit frissonner.

– J'ai honte de me rendre à ces fêtes. C'est pour ça que je n'en parle pas. Je sais que c'est très imprudent, que c'est idiot. Je n'ai pas l'intention d'y aller, puis je l'entends... Quand il va y avoir une fête, c'est comme un bourdonnement au fond de mon crâne. Comme si quelqu'un sifflait une mélodie lointaine. J'entends à peine la musique, mais je tends l'oreille pour mieux la percevoir. Et je finis par craquer, tout en me disant que, la prochaine fois, je ne céderai pas. Mais, quand arrive la prochaine fois, je me comporte exactement de la même façon, encore et encore.

Il relâcha sa main. Ces confidences lui avaient coûté.

Hazel se sentit terriblement mal. Elle avait été si obnubilée par les mystères à résoudre qu'elle n'avait pas réfléchi plus que ça à ce qu'elle exigeait de lui. La dernière chose qu'elle voulait, c'était lui faire du mal.

– Tu n'es pas obligé de m'accompagner, dit-elle. Je ne savais pas. Indique-moi le chemin, et j'irai seule.

– Tu ne pourrais pas m'empêcher d'aller à la fête. Personne ne le pourrait. C'est bien le problème. Quoi qu'il en soit, je préférerais que tu rentres chez toi, Hazel.

– Et tu sais que je vais dire « non ».

Il acquiesça.

– Alors voilà ce que je voulais aussi te dire. Je ne sais pas comment te protéger d'eux, ni ce qu'ils pourraient essayer de te faire. Ce que je sais, en revanche, c'est qu'ils détestent qu'on leur rappelle la vie d'humain que je mène.

– Et tu crois que ma présence va la leur rappeler ?

– Oui. Et à moi aussi.

Il se remit à marcher puis ajouta :

– Sois prudente. Ben ne me le pardonnerait jamais, s'il t'arrivait quelque chose.

Ces propos la vexèrent.

– Oui, eh bien, Ben n'est pas mon garde du corps.

– Dans ce cas, je ne *me* le pardonnerais jamais.

– Est-ce que tu…

Elle hésita, puis se força à poser sa question.

– … tu auras une autre apparence, là-bas ?

Il éclata d'un rire surpris.

– Non. Mais peut-être que tout le reste sera différent, oui.

Elle se demanda ce qu'il avait voulu dire pendant qu'ils cheminaient à travers bois. Elle savait qu'il s'efforçait de ralentir le pas pour qu'elle puisse le suivre, mais elle percevait aussi son impatience, son envie d'être à la fête.

– Raconte-moi une histoire, dit-il en s'arrêtant un instant, les yeux levés vers la grosse lune ronde tandis qu'Hazel râlait en enjambant des pierres.

Puis il la regarda.

– Dis-moi ce que tu sais sur le garçon cornu et Amanda.

– Après ce qui s'est passé au lycée, je ne suis pas sûre de savoir grand-chose, avoua-t-elle. Le prince a dit que le monstre le traquait et, toi, tu as dit que c'était le roi des Aulnes qui le pourchassait. Tu crois que le monstre obéit au roi ?

– C'est possible, répondit-il avec un sourire. Mais tu le sais mieux que moi. C'est avec toi que le garçon a parlé.

– Il cherchait une épée. Selon lui, c'est le seul moyen de vaincre le monstre.

Ils étaient à présent profondément enfoncés dans les bois, plus loin qu'elle ne s'y était jamais aventurée enfant et, à l'époque, elle avait déjà conscience de pénétrer dans une zone dangereuse. Ici, les arbres étaient très anciens, leurs troncs énormes, leurs branches, entremêlées au-dessus de leurs têtes, suffisamment épaisses pour obstruer les étoiles. Les premiers paquets de feuilles mortes craquaient sous les pas d'Hazel comme un tapis de papier froissé.

Jack l'observa et ajouta :

– Tu as dit autre chose... Qu'ils se serviraient de toi...

– Ah, tu t'en souviens ?

– Difficile de l'oublier.

– Je... Je perds la notion du temps. Je ne sais pas trop dans quelle mesure.

C'était la première fois qu'elle le disait tout haut.

Il la regarda fixement avant de répliquer :

– C'est mauvais signe.

Elle ricana et se remit à marcher. Il ne dit rien de plus. Elle appréciait qu'il se taise. Elle avait craint qu'il la presse de questions – à sa place, c'était ce qu'elle aurait sans doute fait. Mais, apparemment, il la laissait décider si elle voulait lui en dire plus, et à quel moment.

Ils arrivèrent au pied d'une butte entourée de buissons épineux qui poussaient en un cercle dense, infranchissable. L'épais enchevêtrement remontait aussi le long des marches qui s'élevaient sur le flanc du monticule jusqu'au sommet, où les fondations d'un vieux bâtiment reposaient dans les herbes hautes. Les marches étaient fendues et érodées ; de la mousse poussait dans les interstices et remontait jusqu'à l'encadrement d'une porte cintrée. Des notes de musique ténues et des rires en sortaient, comme portés par le vent.

Soudain, Hazel sut où ils étaient, même si elle ne connaissait cet endroit que par ouï-dire.

Elle avait devant elle les vestiges du temple que l'un des fondateurs de Solclair avait tenté d'ériger sur cette butte, avant de découvrir qu'elle était sacrée pour le Peuple. On racontait que ce qui était bâti dans la journée était aussitôt démonté la nuit. Quand on défrichait une parcelle, on la découvrait de nouveau envahie par la végétation le lendemain, à l'aube. Les manches des pelles se cassaient et les hommes étaient victimes d'accidents leur causant des fractures et des hématomes, jusqu'à ce qu'enfin le centre de la ville de Solclair soit déplacé à plusieurs kilomètres au sud, où le temple fut construit, cette fois, sans incident.

Les tertres des Fæs sont creux à l'intérieur, avait-elle entendu dire Mrs Schröder, un jour. *Creux comme leurs promesses. Vides et faits pour détourner l'attention.*

Un frisson parcourut Hazel à ce souvenir.

Jack s'avança vers les arabesques que formaient les plantes épineuses. Sur celles-ci s'épanouissaient des roses écarlates aux pétales veloutés, presque duveteux. Les tiges ondoyèrent et s'enroulèrent, lentement, pour dégager un passage, de sorte que, si par inadvertance on détournait brièvement les yeux, on pouvait croire que le chemin avait toujours été là. Jack haussa les sourcils et sourit à Hazel.

– C'est toi qui as fait ça ? souffla-t-elle sans vraiment savoir pourquoi elle chuchotait. Est-ce que le chemin restera ouvert pour moi ?

– Je ne sais pas. Reste près de moi, répondit-il tandis que les plantes s'entremêlaient à nouveau derrière lui.

Ils grimpèrent alors le flanc abrupt de la butte. Hazel garda une main sur le dos de Jack tandis qu'il gravissait les marches d'un pas leste. Une fois devant la porte voûtée, il tapa du pied à trois reprises.

– Seigneurs et dames que personne ne voit à l'œil nu, seigneurs et dames tout de vert vêtus, trois fois au sol je tape du pied, laissez-moi entrer, verte colline où je suis né.

Hazel frissonna en l'entendant prononcer ces vers. Ce petit poème aurait pu être un de ceux que Ben et elle inventaient lorsqu'ils jouaient dans les bois, enfants, mais il semblait bien plus ancien, et d'une origine inconnue.

– Quoi, c'est tout ? s'étonna-t-elle.

– C'est tout.

Jack sourit jusqu'aux oreilles, l'air un peu fou, presque comme s'il la défiait.

– À toi, poursuivit-il.

Sur ce, il passa la porte cintrée et se laissa tomber à la renverse.

Hazel n'eut même pas le temps de pousser un cri. Elle se précipita vers l'ouverture pour voir comment allait Jack, mais il s'était volatilisé. Elle regarda autour d'elle : les fondations en ruine du vieux bâtiment, le tapis argenté d'herbes hautes… N'ayant pas vraiment le choix, elle sauta à son tour au travers de l'arche, espérant être acceptée elle aussi.

Elle atterrit sur l'herbe, perdit l'équilibre et tomba à genoux. Ce fut douloureux à cause des ronces qui déchirèrent son jean et son petit haut en velours. Elle n'avait pas basculé dans un autre monde. Elle se trouvait en bas des marches, au même endroit qu'auparavant, sauf qu'elle était seule.

Une brise agita les buissons épineux, charriant un rire cristallin.

– Jack ! appela-t-elle. *Jack !*

Sa voix se perdit dans la nuit.

C'est tout, avait-il dit. Toutefois, la végétation hostile ne s'était pas écartée pour elle, et il y avait peu de chance que le poème fonctionne puisqu'il ne la concernait pas. Elle n'était pas née sur cette colline. Elle ne faisait pas partie du Peuple. Elle n'avait aucun pouvoir magique.

Était-ce une sorte de test ? Hazel se releva et reprit l'ascension des marches. Elle n'était pas très bonne en poésie, mais, peut-être qu'avec quelques changements, la butte s'ouvrirait pour elle. Cette magie la terrifiait. Après avoir tapé du pied trois fois, elle inspira profondément et déclama :

– Seigneurs et dames que personne ne voit à l'œil nu, seigneurs et dames tout de vert vêtus, trois fois au sol je tape du pied…

Elle hésita puis énonça la seule raison pour laquelle, selon elle, le Peuple accepterait de la laisser se joindre à la fête.

– … laissez-moi entrer, que je puisse aussi m'amuser.

Elle serra fort les paupières et franchit l'arche. Comme la fois précédente, elle tomba, mais cette fois elle atterrit *à l'intérieur* de l'herbe, car le sol s'ouvrit sous ses pieds. Affolée, cernée par une puissante odeur de terre et de roche, elle tenta d'amortir sa chute en agrippant les cailloux et les herbes – en vain. Elle prit une dernière inspiration, émit un dernier hoquet de surprise, puis les ténèbres se refermèrent au-dessus de sa tête.

L'estomac retourné, elle réprima le cri qui lui vint spontanément. Elle virevolta dans l'air une fois, le monde sous elle réduit à une image floue de choses folles sur un fond de bruits étranges. Soudain, elle se retrouva prise dans un enchevêtrement de longues racines pâles et poilues. La fête se déroulait en dessous, éclairée par de minuscules lumières mouvantes et des flammes jaillissantes. Il y avait des rondes et des tables de banquet ; des Fæs couverts de fourrure, d'autres en armure ou vêtus de grandes robes tourbillonnantes. Quelques-uns d'entre eux levèrent la tête et rirent en la montrant du doigt, mais la plupart ne virent même pas qu'elle pendait là, comme un lustre vivant. Hazel remarqua alors un trône recouvert de peaux et constitué d'énormes dalles de pierre grise, comme s'il avait été taillé directement dans la roche. Y siégeait un Fæ en armure, à qui un page murmurait quelque chose à l'oreille. L'elfe leva les yeux pour regarder Hazel. Il n'esquissa pas le moindre sourire.

Elle se présentait à la cour du roi des Aulnes par une nuit de pleine lune. Elle n'aurait pas pu commettre plus grande imprudence même si elle était venue de son plein gré.

Elle se releva et essaya de recouvrer l'équilibre sur les racines enchevêtrées avant de tenter d'amorcer une descente. Mais, alors qu'elle se redressait, les racines la relâchèrent. Elle chuta de nouveau et atterrit cette fois lourdement sur le sol. Après avoir passé un moment à reprendre ses esprits, clignant des yeux vers la coupole au-dessus d'elle, elle se mit à genoux. Une main sur son bras la stabilisa.

– Merci, dit Hazel par réflexe.

Elle réalisa immédiatement son erreur. *Ne jamais les remercier.*

Une créature monstrueuse se tenait devant elle. Elle écarquillait ses yeux noirs, la mine dégoûtée. Une fourrure pâle poussait à partir du haut de son nez et de ses pommettes pour s'élever en une crête au-dessus de son crâne. Quelques touffes parsemaient aussi ses épaules et son abdomen. Sa taille était ceinte d'un pagne en cuir asymétrique. La créature relâcha Hazel comme si elle avait touché quelque chose de répugnant et s'éloigna. Hazel, hébétée, battit des paupières.

– Désolée ! lança-t-elle, ne sachant pas si le fait de s'excuser rattrapait sa faute ou aggravait son cas.

La fête ne ressemblait en rien à ce qu'elle avait imaginé, pas même lorsqu'elle rêvait de l'endroit d'où venait le garçon cornu. Ce n'était pas comme ce que les histoires laissaient entendre. Une musique résonnait dans l'air, si douce que c'en était douloureux. Hazel en eut le tournis et le souffle coupé.

Des créatures tournoyaient sur le sol de terre battue, certaines pourvues de membres longs et d'une grâce fluide, d'autres gambadant, la démarche pataude. De minuscules Fæs qui voletaient en battant de leurs ailes aux bords déchiquetés observèrent Hazel et dévoilèrent leurs crocs. Des êtres de petite taille, habillés en marron, cheveux dressés sur le crâne comme des étamines, jouaient aux dés et buvaient indifféremment dans de délicates coupes faites de verre soufflé ou dans des gobelets rustiques en bois. Des êtres de grande taille dont le corps brillait, comme éclairé de l'intérieur, tourbillonnaient dans leurs robes de feuilles cousues, leurs corsets d'écorce habilement façonnés, ou dans de somptueuses cottes de mailles argentées.

D'autres créatures, qui ressemblaient beaucoup moins à des humains, déambulaient parmi les convives sur des pattes semblables à des échasses, leur visage aussi nervuré que des troncs d'arbre noueux.

Elles étaient à la fois terrifiantes, magnifiques et horribles. Toutes, sans exception.

Parmi elles, manifestement inconscients du danger, se trouvaient des gens qu'Hazel connaissait. Des habitants de Solclair. Miss Donaldson, enseignante en maternelle, dansait pieds nus avec une créature à la face de chouette. Nick Bonne-Humeur, un type aux cheveux longs, préposé aux boulots peu courants comme rémouleur ambulant, avançait d'un pas chancelant dans la foule des convives, enroulé dans de longs foulards de soie noire qui traînaient derrière lui. À côté de lui se trouvait un jeune garçon dont Hazel ignorait le nom, mais qu'elle avait déjà vu. Il travaillait à la supérette, où il mettait la marchandise en rayon. Un jour, elle l'avait vu jongler avec des pommes au rayon fruits et légumes. Malgré le petit nombre de mortels présents, elle remarqua des vêtements d'humains, même si, dans cette foule, elle ne pouvait distinguer nettement les visages de ceux qui les portaient.

Cela dit, ces gens étaient-ils vraiment humains ou bien étaient-ce des Fæs qui vivaient parmi les humains et qui en avaient pris l'apparence ? S'ils l'étaient bel et bien, avaient-ils conscience de l'endroit où ils se trouvaient, ou se réveilleraient-ils les pieds pleins de terre, comme Hazel, sans le moindre souvenir de la nuit passée ?

En plus des humains, elle reconnut un ogre assis dans un coin, recouvert de poils et mâchant bruyamment deux scarabées dorés. Il s'appelait Rawhead. Elle avait entendu parler de lui et de son goût pour la chair humaine. Elle avait peut-être même localisé son repaire, à l'époque où, plus jeune, elle arpentait la forêt avec sa grande épée affûtée. Rawhead lui adressa un sourire teinté de rouge – comme si, peut-être, il l'avait reconnue, lui aussi.

Allez, bouge-toi, s'ordonna-t-elle. *Tu ne vas pas rester plantée là, avec tes yeux de merlan frit. Bouge !*

Elle prit une direction au hasard, se contentant de mettre un pied devant l'autre. Elle n'avait pas encore repéré Jack, mais il ne devait pas être loin. Même si se retrouver à cette fête sans lui la terrifiait, et malgré les tremblements de son corps, elle devait rassembler autant d'informations que possible sur le garçon cornu, le monstre et les mystérieux messages du non moins mystérieux Sémoah. Sinon, tout ce stress et ces risques insensés ne serviraient à rien.

Tâchant de rester loin des danses, elle se fraya un chemin dans le tertre creux. Le parfum de giroflées, de roses et de sauge dont l'air était imprégné lui donnait le tournis.

– Tu bois quelque chose ? lui demanda une petite créature aux yeux aussi noirs que ceux d'un corbeau et affublée d'un long nez et d'une queue courte en bas du dos.

Elle tenait en l'air un plateau sur lequel étaient posés de minuscules gobelets en bois sculpté, contenant à peine un dé de liquide.

– Je jure sur le blé et la lune que tu n'as jamais rien goûté d'aussi délicieux, ajouta-t-elle.

– Non mer…

Hazel s'interrompit avant de remercier un Fæ pour la seconde fois et, à la place, refusa d'un geste de la tête.

– Sans façon, se corrigea-t-elle.

La créature haussa les épaules et rejoignit d'autres convives mais, à la suite de cette rencontre, Hazel réalisa qu'elle avait beau connaître les règles, les respecter n'était pas une mince affaire. Il était très facile de se tromper par réflexe – bien plus facile qu'elle ne l'aurait cru.

Une femme dont les cheveux auburn étaient coiffés en tresses épaisses, accompagnée d'un Fæ à la tête de chèvre, riait à gorge déployée. Elle marqua une pause en passant à côté d'Hazel.

– Ce ne serait pas toi qui m'as dessinée, un jour ? s'enquit-elle.

Surprise, Hazel ne comprit pas tout de suite ce qu'elle voulait dire. Soudain, l'histoire que sa mère leur avait racontée lui revint – histoire qui en réalité concernait Ben.

– Oh, vous voulez parler de ma mère…

La femme fronça les sourcils, perplexe.

– C'était il y a si longtemps que ça ? Dans ce cas, tu dois être ma petite musicienne, qui a bien grandi depuis !

Accepterais-tu de me chanter quelque chose, en échange de ma bénédiction ?

– Non, ça, c'était mon frère, répondit Hazel. À l'époque, je n'étais pas encore née, et je n'ai aucun talent pour la musique. Il ne vaut mieux pas que je vous inflige ma façon de chanter.

Elle se demanda si elle devait informer la Fæ du peu de joie que son cadeau avait procuré à Ben, mais cela reviendrait sûrement à enfreindre les règles de la politesse.

– Euh... je dirai à Ben que je vous ai vue.

– Oui, approuva la femme, et dis-lui que, s'il vient jouer pour Media, je ferai tomber des rubis de sa bouche.

Bien que cela ressemble davantage à une menace qu'à une récompense, Hazel acquiesça d'un signe de tête et, ne sachant pas trop quoi faire, exécuta une discrète révérence avant de reculer. Après quoi, elle accéléra le pas, jouant des coudes entre les joyeux convives. Elle passa à côté de flûtistes et de violonistes ; de Fæs aux membres frêles et aux ailes poudreuses ; de femmes vert saule vêtues de robes aussi fines qu'un voile de brume, dont la bouche et la langue étaient noires ; de jeunes filles aux doigts effilés, une couronne de brindilles tressées posée sur le halo de leur chevelure bouffante ; de garçons au sourire méprisant affublés de pattes de lion ; d'une nuée de filles-corbeaux riant ensemble ; de créatures imposantes et difformes, dont les membres massifs étaient couverts de mousse et dont la bouche était bordée de crocs semblant faits de roche fendue plutôt que d'ivoire.

Quelqu'un l'attrapa par le bras. Elle se retourna en glapissant et chercha à se libérer, avant de voir qui la retenait.

– Hazel !

Jack était essoufflé et avait l'air un peu paniqué.

– Je ne savais pas où tu étais, dit-il.

– Tu m'as laissée tomber, lui reprocha-t-elle d'un ton plus cassant qu'elle ne l'aurait voulu.

– Tu étais juste derrière moi, se justifia-t-il. Je croyais que tu allais me suivre, comme le long du chemin sur la butte...

– Oui, eh bien, je n'ai pas pu !

Il était accompagné d'une Fæ filiforme et de grande taille. Sa peau était du même marron argenté que l'écorce. Ses iris changeaient de couleur, passant de l'or lustré au vert.

Cela ne pouvait être que la mère elfe de Jack. Ses yeux étaient comme ceux décrits dans les histoires que l'on racontait sur elle.

– Chevelure rousse, constata la Fæ en faisant pivoter la tête d'Hazel d'un côté puis de l'autre.

Elle prit une mèche de cheveux entre ses doigts et tira dessus d'un coup sec.

– Autrefois, on disait que les rousses étaient des sorcières, poursuivit-elle. En es-tu une, mon enfant ?

– Non, madame, répondit Hazel, se rappelant au moins l'importance de la politesse.

– Et qu'est-ce qui t'amène ? Ou plutôt devrais-je dire : qui t'a amenée ?

– Sémoah, répliqua Hazel dans l'espoir qu'elle réagirait à ce nom.

– Tiens, c'est qu'on a de l'esprit, commenta l'elfe d'un air renfrogné.

– Vous savez donc qui c'est ! s'exclama Hazel, tout juste capable de contenir son enthousiasme. S'il vous plaît, dites-le-moi.

– Comment peux-tu l'avoir oublié ?

Hazel interpréta son air revêche comme le signe qu'elle devait se taire. Puis l'elfe se retourna et pointa un long index sur Jack.

– Moi, je crois que c'est ce garçon qui t'a amenée. Lui, et lui seul. Il a eu bien tort. J'ignore ce que tu cherches, jeune fille, mais ta place n'est pas ici.

Hazel ne sut guère comment répondre sans mentionner Solclair, Jack lui ayant demandé de ne pas évoquer son existence parmi les humains. Elle ne sut pas non plus comment ramener la conversation vers le sujet qui l'intéressait, à savoir Sémoah.

– Jack ? Oui, c'est bien avec lui que je suis venue, mais…

La Fæ les contourna tous les deux. Jack se rapprocha d'Hazel, comme prêt à s'interposer au cas où sa mère essaierait de nouveau de l'attraper. L'elfe haussa le ton.

– *Jack* ? Pourquoi pas Blackjack ou Jackpot ? C'est vraiment ainsi que cette fille t'appelle ? Quel nom vulgaire et commun ! Et c'est Jack comment ? Jack des Larmes ? Jack l'Infortuné ?

– Jack tout court. Les noms ordinaires ne me dérangent pas, rétorqua-t-il.

Hazel laissa échapper un rire – un rire bref et gênant qu'elle regretta immédiatement. Elle avait été très surprise d'entendre son ami réagir de manière aussi sereine devant l'accès de colère de sa mère.

– En quoi cela devrait-il m'importer qu'il perde son temps à Solclair ? demanda la Fæ. S'il veut jouer à l'enfant humain, qu'est-ce que ça peut me faire ? Il aura beau manger la nourriture des mortels, dormir dans un lit de mortel et embrasser une fille mortelle, il ne sera jamais humain. Il ne fera que jouer un rôle, toujours.

Même si c'était à Hazel qu'elle s'adressait, ses paroles étaient destinées à Jack. Hazel se demanda combien de fois sa mère et lui avaient eu cette discussion.

Il sourit.

– Il nous faut pousser là où on nous a plantés, philosopha-t-il.

Hazel avait déjà entendu cette expression mais, ici, elle résonnait bizarrement.

L'attention de l'elfe restait fixée sur elle, tout comme ses yeux étranges.

– Tu es donc venue l'arracher à son blanc destrier, comme dans une ballade ? Es-tu là pour le sauver de nos griffes ? l'interrogea-t-elle, désignant de ses longs doigts les racines entremêlées sous la coupole. Ou est-il là pour *te* sauver, *toi* ?

– Arrête, dit Jack en tendant son bras devant Hazel. Ça suffit, d'accord ? Ne lui parle plus comme ça. Tu en as assez fait.

– N'oublie pas : le sang appelle le sang, lui rappela-t-elle.

Ils furent rejoints par un chevalier de grande taille en armure d'argent étincelante, dont les protections d'épaules, en or, avaient été façonnées pour représenter des visages hurlant. Il s'inclina légèrement et déclara à propos d'Hazel :

– Le roi des Aulnes voudrait la saluer.

L'elfe acquiesça avant de jeter un regard à Jack.

– Il te fait honneur, dit-elle – mais son ton contredisait ses propos.

Bien sûr, Hazel avait entendu parler du roi des Aulnes dans les histoires qu'on racontait sur lui. À chaque solstice, les habitants de Solclair lui laissaient des offrandes. S'il faisait mauvais temps, on disait qu'il devait être fâché. Quand un changement de saison tardait à arriver, on disait qu'il devait dormir. Elle n'avait jamais vraiment imaginé qu'il puisse exister réellement. Il était censé être doté d'un grand pouvoir, et il lui semblait trop lointain pour qu'elle le voie autrement que comme un personnage légendaire.

– Allons-y, répliqua Hazel à l'intention du chevalier.

Jack s'apprêtait à lui emboîter le pas quand sa mère l'attrapa par le bras, enfonçant ses doigts fuselés dans sa chair. Elle eut beau s'efforcer de le cacher, sa voix exprimait une vraie terreur lorsqu'elle lui intima :

– Pas toi. Toi, tu restes avec moi.

Il lui fit face, la tête haute. Malgré sa tenue d'humain, il émanait de lui une fierté mêlée de dédain digne de sa lignée.

– Marcan ici présent n'est pas franchement réputé pour traiter correctement les mortels, se justifia Jack.

Son regard se posa sur le chevalier et il ajouta :

– Je me trompe ?

– Rien ne requiert ta présence auprès du roi des Aulnes, changelin, rétorqua le chevalier avec un sourire suffisant. De plus, Hazel ne voit pas d'inconvénient à ce que je l'accompagne. Nous avons déjà croisé le fer, elle et moi.

Elle ne fut pas sûre de bien comprendre. Peut-être cela avait-il un rapport avec l'une des créatures qu'elle avait combattues lorsqu'elle était plus jeune ? Quoi qu'il en soit, Jack était prêt à s'interposer. Il glissa une main dans la poche arrière de son jean comme pour y prendre une arme.

– C'est bon, Jack, le rassura Hazel. Ça va.

L'elfe pencha son long corps vers lui pour planter un baiser sur son front. Hazel ne s'était jamais dit que le fils qu'elle avait perdu pouvait lui manquer. Elle ne s'était jamais demandé s'il y avait une autre version de l'histoire de l'arrivée de Jack chez les Gordon. À présent, elle ne pouvait s'empêcher de se poser la question.

– Les mortels te décevront, dit-elle à Jack dans un souffle, presque un chuchotement contre sa peau.

Les dents serrées, l'œil furieux, Jack recula et laissa Marcan guider Hazel à travers le tertre, sur le sol de terre battue.

Le roi des Aulnes était toujours assis sur l'imposant trône de pierre qu'elle avait vu lorsqu'elle était retenue dans le treillage de racines. Des bois de cerf s'élevaient du bandeau royal qui couronnait son front. Sa cotte de mailles lustrée était constituée de petites écailles de bronze pointues qui se chevauchaient, de sorte qu'Hazel se dit qu'elles auraient pu être celles d'un dragon. Ses yeux verts étaient si clairs et si brillants qu'ils lui firent penser à une boisson empoisonnée, voire à ces bains de bouche fluorescents. Ses doigts étaient tous ornés d'une bague différente, chacune finement ouvragée.

Sur ses genoux reposait une épée d'or dont la garde était décorée. Un instant, Hazel crut que c'était la sienne, celle qui avait disparu. Elle s'avança et se rendit compte que son arme avait une poignée plus simple. Tous les chevaliers de cette cour étaient munis d'une épée similaire : forgées dans un métal brillant, luisant comme des rayons de soleil, elles étaient glissées dans des fourreaux d'obsidienne.

Aux pieds du roi, il y avait la créature avec laquelle Hazel avait passé son marché, plusieurs années auparavant. Elle ressemblait à un chat sans poil, au corps pâle et aux extrémités cramoisies. Elle posa sur Hazel un regard paresseux à travers ses paupières tombantes. Puis elle remua une main pourvue de longs doigts griffus.

Hazel oublia aussitôt les questions prudentes qu'elle voulait poser sur ses souvenirs et les monstres. Elle mit un genou à terre. Ce faisant, elle vit quelque chose chatoyer entre les dalles de pierre qui recouvraient le sol, comme une pièce de monnaie qu'on aurait fait tomber et qui aurait reflété la lumière.

– Sire Hazel, la salua le roi des Aulnes.

Il se pencha en avant et l'observa de ses yeux étonnants. Aussi magnifique que n'importe quel prince de conte, il avait un sourire cruel qui rendait sa beauté terrible.

– Je ne me souviens pas d'avoir requis ta présence, lui reprocha-t-il.

Perplexe, Hazel leva les yeux vers lui.

– Non, je...

– En fait, je t'ai expressément demandé de ne jamais venir à une de mes fêtes par une nuit de pleine lune. Et, la nuit dernière, alors que nous aurions eu grand besoin de tes services pour notre partie de chasse, tu as ignoré ma convocation. Aurais-tu déjà oublié les termes de notre marché ? Si tu me mets au défi, tu le fais à tes risques et périls, Hazel Evans. N'ai-je pas exaucé les souhaits les plus chers à ton cœur, une faveur que tu n'avais même pas sollicitée ? N'ai-je pas fait de toi un membre de ma garde ? Sache que je pourrais tout aussi facilement te retirer ce privilège. Il existe bien des manières de me servir, dont certaines sont fort désagréables.

– Je...

Hazel n'alla pas plus loin : aucun mot ne sortit de sa bouche.

Soudain, le roi des Aulnes éclata de rire.

– Ah, dit-il en la regardant d'une façon qui lui rappela la Fæ qui l'avait prise pour sa mère. Tu n'es pas mon Hazel, n'est-ce pas ? Tu n'es pas ma chevaleresse. Tu es l'Hazel Evans qui vit le jour !

Chapitre 14

Hazel se demanda si elle devait se relever, mais elle était comme ancrée au sol. La fête fut réduite à un bourdonnement dans ses oreilles.

Sire Hazel, l'avait appelée le roi des Aulnes.

La mère de Jack lui avait aussi posé des questions étranges. *Tu es donc venue l'arracher à son blanc destrier, comme dans une ballade ? Es-tu là pour le sauver de nos griffes ? Ou est-il là pour* te *sauver*, toi ?

Hazel connaissait la ballade intitulée *Tam Lin*, dans laquelle Janet, une jeune humaine courageuse, sauvait un beau chevalier humain contraint de servir une reine Fæ en le tirant à bas de son cheval blanc.

Elle pensa au message contenu dans la première noix. *Sept années pour t'acquitter de tes dettes. Bien trop tard pour que tu le regrettes.* Sans compter l'étrange commentaire du chevalier, qui avait affirmé avoir croisé le fer avec elle.

Les mots la fuyaient.

– Mais comment… ? parvint-elle à articuler.

– Tu ne te souviens pas du marché que tu as conclu ? s'enquit le roi des Aulnes avant de se pencher vers elle, inclinant les bois de son bandeau.

– J'ai promis sept années de ma vie, répondit-elle. Difficile de l'oublier.

Elle prit une profonde inspiration. Retrouvant son courage, elle se redressa, le cœur battant la chamade, et se prépara à une joute verbale. D'une certaine manière, ici se trouvaient les réponses qu'elle cherchait. Il lui suffisait de poser les bonnes questions.

– Mais... vous laissez entendre que j'ai déjà commencé à rembourser ma dette, poursuivit-elle. Et ça, en revanche, je ne m'en souviens pas.

Le roi sourit avec mansuétude.

– N'est-ce pas là une preuve de ma générosité de ne t'en laisser aucun souvenir ? Chaque nuit, dès l'instant où tu t'endors, et jusqu'à ce que ta tête se pose de nouveau sur ton oreiller, peu avant l'aube, tu es à moi. Tu es une chevaleresse à mes ordres, ce qui n'a aucune incidence sur ta vie le jour. Tu as toujours eu du potentiel – un potentiel que j'ai fait fructifier. Je te compte à présent parmi les membres de ma garde.

Hazel était à peu près sûre qu'on finissait par mourir au bout de quelques jours passés sans dormir. Alors l'idée de ne pas dormir pendant *des années* lui parut ridicule. Il était tout aussi incroyable de penser qu'elle avait été entraînée par des chevaliers ici, sous cette butte. Qu'elle avait été formée pour être comme eux. Elle jeta un coup d'œil aux trois chevaliers qui se tenaient à côté du trône. On les aurait dits sortis d'un tableau datant d'une époque imaginaire.

– Tout cela me paraît impossible, effectivement, déclara-t-elle.

– Et pourtant... répliqua le souverain en esquissant un geste dans l'air, comme si cela expliquait tout.

Comme si la magie était à la fois la question et la réponse.

– ... nous sommes venus à ta fenêtre et t'avons fait voler jusqu'à notre cour, soir après soir. Tu es la chevaleresse que tu as toujours rêvé d'être.

Respire, songea Hazel. *Respire*.

Elle se souvint de son immense fatigue quand elle vivait à Philadelphie ; une lassitude qui ne l'avait jamais totalement quittée. À présent, au moins, elle comprenait d'où cela venait – pas de la puberté, contrairement à ce que sa mère croyait.

– Je n'ai jamais rêvé d'être une chevaleresse à votre service, nuança-t-elle.

– Vraiment ? insista le roi d'une voix traînante, comme s'il connaissait mieux qu'elle ses désirs les plus profonds. J'avais interdit à ta face nocturne de parler de nos arrangements à ta face diurne, mais ta stupéfaction me réjouit.

Hazel en resta bouche bée. Elle avait l'impression de ne plus savoir qui elle était. Comme si elle avait profondément trahi ses idéaux, sans connaître encore l'étendue de cette trahison. Elle se remémora le rêve dans lequel, en compagnie d'autres chevaliers, elle avait puni des humains, le sourire aux lèvres, et elle frissonna. Qui était-elle devenue ?

Le roi des Aulnes se mit à rire.

– Eh bien, sire Hazel, si tu n'es pas là en tant que chevaleresse à mes ordres, pourquoi es-tu venue ?

Il lui fallait réfléchir, et vite. Elle devait cesser de penser à son autre face – celle en qui elle ne pouvait avoir confiance.

Le roi ne devait surtout pas savoir que c'était elle qui avait fracassé le cercueil de Severin. Puisqu'elle avait veillé toute la nuit précédente, quand elle avait suivi Ben dans les bois, il était normal que l'autre Hazel ne se soit pas montrée, qu'elle n'ait pu être interrogée ni faire de révélations. Et, puisque le roi ne lui avait pas demandé à quoi elle avait occupé sa nuit, il n'était pas le mystérieux Sémoah. Autrement dit, sa face nocturne avait peut-être un ou une alliée dans cette cour, quelqu'un avec qui elle collaborait.

Son regard se posa sur la créature allongée aux pieds du souverain. C'était à elle qu'elle avait fait sa promesse et, bien que la créature l'ait acceptée au nom du roi des Aulnes, peut-être détenait-elle encore un pouvoir sur elle.

– Je suis venue ici, car il y a un monstre à Solclair, déclara-t-elle. Je voulais savoir comment le tuer.

Avec un sourire froid, le roi porta à ses lèvres une coupe d'argent ciselé. Quelques courtisans gloussèrent.

– On la surnomme Pleurs, répliqua-t-il. C'est une créature impressionnante et redoutable. Sa peau s'est durcie jusqu'à devenir une écorce si solide que le métal fæ se plie si on la frappe avec. Il est impossible de la tuer. Avant que tu le demandes, le seul antidote à la maladie du sommeil qu'elle transmet et à la mousse qui s'introduit dans les veines à son contact, c'est son sang semblable à de la sève. Alors que dirais-tu, Hazel Evans, si je te proposais un autre marché ?

– Quel genre de marché ? s'enquit-elle.

– La créature monstrueuse cherche Severin. Après de très longues années, j'ai trouvé comment la contrôler. Désormais, elle m'obéit.

Il leva la main pour lui montrer une bague indubitablement taillée dans de l'os.

Sans remarquer la grimace d'Hazel, il poursuivit :

– Livre-moi Severin, et je n'utiliserai pas la puissance de Pleurs contre Solclair. Je contiendrai même mes sujets. Les choses reviendront à la normale, comme avant.

Hazel fut si surprise qu'elle en rit.

– Que je vous livre Severin ?

Il aurait aussi bien pu lui demander de lui rapporter la lune et les étoiles.

Au lieu de prendre un air amusé, le roi des Aulnes sembla s'impatienter.

– Oui, tel est l'ordre que j'avais l'intention de donner à mon Hazel, mais la nuit est passée sans qu'elle vienne. Tu m'as coûté deux nuits de ses services en incluant celle-ci. Elle doit traquer le garçon cornu – Severin, mon fils – qui s'est échappé du cercueil dans lequel il était confiné. Elle doit tuer quiconque est de mèche avec lui et le traîner devant moi pour qu'il subisse mon courroux.

Lui livrer Severin. Le fils du roi des Aulnes. Le prince d'Hazel. Un vrai prince, bien réel.

En suis-je vraiment capable ? se demanda-t-elle. Elle eut un peu peur qu'un rire lui échappe de nouveau. Tout cela lui paraissait tellement surréaliste.

– Pourquoi moi ? parvint-elle à demander.

– Je pense qu'il serait approprié que Severin soit vaincu par une mortelle. Ta meilleure face saurait qu'il ne faut pas plaisanter avec moi mais, au cas où, dans un élan de romantisme, tu envisagerais d'avertir mon fils, je vais t'expliquer en quoi ce serait une très mauvaise idée. Tu crois que j'ai causé un grand tort à ton peuple, mais permets-moi de te montrer de quoi je suis capable, et ce sans fournir le moindre effort.

Il se tourna vers l'un de ses chevaliers.

– Qu'on m'amène Lackthorn.

Un instant plus tard, un gobelin à l'air féroce, la peau grisâtre et les oreilles pointues, apparut devant le roi, tenant entre ses mains un chapeau sale.

– Quels sont les plaisirs que je t'autorise en ville, Lackthorn ?

Le gobelin haussa les épaules.

– Ils sont rares. Je vole de la crème et casse de la vaisselle. Quand une femme me jette de l'eau sale, je la noie. Je me limite à ce que vous m'avez autorisé à faire.

Hazel s'étonna vivement de la désinvolture avec laquelle il parlait de ses horribles méfaits. Apparemment, elle était la seule. Le roi des Aulnes le toisait, comme s'il s'agissait de banals caprices de Fæs – ce que c'était peut-être, à ses yeux.

– Mais il fut un temps où vous les bridiez davantage, n'est-ce pas ? lui demanda-t-elle.

– En effet, je leur ai accordé plus de liberté depuis que j'ai pris conscience du fléau que les mortels représentent. Mais écoute bien la suite. Lackthorn, si je t'avais donné la permission d'agir à ta guise, qu'aurais-tu fait ?

Le roi jeta un coup d'œil à Hazel.

– Ce que j'aurais fait ? répéta le petit gobelin.

Il se mit à rire d'une manière si gloutonne, si épouvantable, qu'Hazel en frissonna.

– J'aurais mis le feu à leurs maisons pendant qu'ils étaient à l'intérieur. Je les aurais pincés inlassablement jusqu'à ce qu'ils aient mal aux os. Je les aurais maudits pour qu'ils dépérissent, et j'aurais rongé ce qu'il en serait resté. Qu'aurais-je fait ? Que n'aurais-je *pas* fait, plutôt !

– Hazel, sais-tu que les noisettes, fruits dont tu tires ton nom, étaient autrefois considérées comme des réceptacles de la sagesse ? s'enquit le roi des Aulnes. Montre-toi avisée. Lackthorn est l'un des éléments les plus inoffensifs de mes sujets. Imagine la réponse que la Vierge d'Os aurait faite. Ou Rawhead. Ou encore ma splendide, monstrueuse Pleurs. Ne mets pas ma bonne volonté à l'épreuve. Livre-moi Severin, ou Solclair en pâtira. J'ai des projets en cours et je n'aimerais pas qu'ils prennent du retard. Pleurs est actuellement sur la trace de mon fils, mais j'ai besoin d'elle ailleurs.

Hazel avait du mal à respirer. La musique résonnait toujours en fond sonore ; les convives continuaient à rire, danser, tourbillonner, mais sa vision périphérique devint légèrement floue et étrange. Elle avait l'impression qu'on avait volé sa langue. Le roi avait proféré une menace si énorme et si terrible qu'elle avait forcément mal entendu.

À voir l'expression de son visage, il ne s'attendait pas davantage à ce qu'elle réponde qu'à voir une mouche se transformer en amanite tue-mouches. Pourtant, il fallait qu'elle dise quelque chose. Après s'être éclairci la voix, elle déclara :

– Je vous empêcherai de lancer Pleurs à l'assaut de Solclair.

Le roi partit d'un rire cruel.

– Toi ? Comme un petit troglodyte empêcherait une tempête ? Va donc à présent, sire Hazel, et profite de la fête. Demain viendra bien assez tôt pour commencer ta traque. Je t'accorde deux jours et deux nuits.

Le chevalier aux protections d'épaules ornées de visages hurlants se posta au côté d'Hazel. Un luthiste se mit à jouer. Lackthorn s'inclina pour saluer le roi et disparut dans la foule. Hazel sut qu'elle était congédiée.

– Oh, lança le souverain alors qu'elle lui tournait le dos. Une dernière chose. Mon fils possède une épée – une épée qu'il m'a volée. Si tu me la rapportes, j'effacerai les sept années que tu me dois. Allons, n'es-tu pas heureuse de la mission que je t'ai confiée ?

– Depuis combien de temps suis-je à votre service ? s'enquit-elle. J'ai fait cette promesse quand j'avais presque onze ans. J'en ai seize, aujourd'hui. Ça fait environ cinq ans.

– Mais tu n'es à mon service que depuis la moitié de ce temps, tempéra le roi. Tu me dois encore toutes tes heures de jour.

Sonnée, Hazel se fraya un chemin parmi les noceurs. Enfin, elle retrouva Jack qui se tenait près d'une table chargée d'assiettes en or. Des grenades y étaient empilées, si mûres qu'elles avaient éclaté. Leurs perles couleur rubis étaient accrochées à la membrane humide du fruit. Il y avait aussi des prunes violettes et du raisin d'un noir d'encre.

Jack était ici chez lui. Hazel le savait en théorie, mais ce n'était que maintenant, après l'avoir vu de ses yeux, qu'elle le croyait pour de bon. Il se trouvait en terrain connu dans cet endroit à la fois secret, magnifique et terrifiant. Ces gens étaient cruels et effrayants.

Malgré cette prise de conscience, il était le seul repère qui lui soit familier au milieu d'une mer d'étrangeté.

– Alors, qu'est-ce qu'il t'a dit ? voulut-il savoir. Tu as appris quelque chose ?

Il eut l'air perplexe lorsqu'elle lui prit la main, ce qui toutefois ne sembla pas lui déplaire.

Elle nia de la tête. Elle n'avait pas envie de lui parler ici et maintenant, alors qu'ils étaient cernés de regards intrusifs et d'oreilles indiscrètes. De toute façon, ce n'était qu'un secret de plus à ajouter à la liste des autres, une chose de plus qu'elle devait garder pour elle, à laquelle elle allait devoir remédier.

Étape une : savoir si sa face nocturne était mal intentionnée.

Étape deux : trouver qui lui laissait les messages. Mener l'enquête pour savoir si c'était cette personne qui avait délivré Severin de son cercueil – et si cette même personne avait son épée.

Étape trois : savoir si Sémoah était à classer dans le camp des alliés ou des ennemis.

Étape quatre : savoir comment elle était censée livrer Severin au roi des Aulnes.

C'était bien suffisant pour lui donner envie de s'asseoir par terre et de pleurer. C'était trop. Mais, comme elle était seule, cela ne pouvait pas être trop. Cela devait être juste assez. C'était forcément quelque chose qu'elle pouvait gérer. Et, de toute façon, elle *devait* le gérer.

– Tu veux danser avant qu'on s'en aille ? proposa Jack d'un ton espiègle, bizarrement détendu.

– C'est interdit, lui rappela-t-elle avec un sourire forcé. Ça fait partie des règles.

Il lui prit la main et l'entraîna sur la piste. Elle eut l'impression de ne plus avoir affaire au Jack qu'elle avait toujours connu, le meilleur ami de son frère, celui qui était fiable, et complètement inaccessible.

– Je ne te laisserai pas danser jusqu'à ce que tu aies usé les semelles de tes chaussures, la rassura-t-il. Je ne te laisserai même pas danser jusqu'à l'aube. Alors, n'est-ce pas une belle promesse que je te fais là ?

La fête était aussi somptueuse qu'horrible. Peut-être voulait-il lui en montrer la beauté, à elle qui venait de son autre vie. Il y avait tant de choses qui n'autorisaient pas Hazel à être honnête qu'elle comprenait que Jack soit tenté de l'être ici.

Elle leva les yeux au ciel mais, après les menaces proférées par le roi des Aulnes, elle avait bien besoin d'une distraction.

– Des promesses, toujours des promesses, dit-elle.

Une ombre passa sur le visage de Jack. Puis il sourit et l'entraîna vers la musique.

Lorsqu'ils furent l'un près de l'autre, les chansons entrèrent plus profondément dans l'esprit d'Hazel. Le désir ardent, presque douloureux, qu'elle avait éprouvé en arrivant à la fête refit surface, l'attirant, imprégnant ses os, incitant son corps à bouger tout seul.

Les mélodies étaient douces et sauvages, pleines d'histoires d'imprudence, de bravoure, d'honneur et de chance qui l'avaient nourrie toute son enfance. Une décharge de joie pure la fit frissonner, et elle rejoignit les danseurs en tournant sur elle-même. La musique la transporta, lui donnant une sensation de vertige avant de lui faire un peu peur, et ce fut de nouveau le vertige. La main de Jack fut dans la sienne, puis se retrouva sur sa taille. Soudain, il disparut. Hazel le chercha, mais trop de danseurs tourbillonnaient, formant un cercle autour du violoniste. Une fille coiffée d'une couronne de tresses, au front lourd et aux traits inversés émit un rire qui ressemblait presque à un cri strident. Un garçon laissait ses mains griffues s'attarder sur les épaules d'un autre garçon. Au-dessus d'eux, la courbe de la butte, une voûte de racines et de lumières douces qui se déplaçaient à vive allure, semblait aussi lointaine que le ciel nocturne. Jack réapparut aux côtés d'Hazel. Son corps bougeait parallèlement au sien et, de temps à autre, s'écrasait contre elle – chaud, fort, et tout à fait accessible. Elle dansa et dansa encore jusqu'à ce qu'elle ait mal aux pieds et aux muscles – et, même alors, elle continua à danser. Elle dansa jusqu'à oublier tous ses soucis. Elle dansa jusqu'à ce qu'un bras se referme autour de sa taille et l'attire hors du cercle.

Jack et elle s'effondrèrent ensemble sur le sol de terre battue. Il riait, le front couvert de sueur.

– Ça fait du bien, hein ? Il n'y a rien de tel ! s'exclama-t-il.

Elle eut soudain le tournis et l'impression d'une perte terrible. Elle se mit à avancer à quatre pattes vers le tourbillon des danseurs fæs. Il lui semblait que, si elle retournait avec eux, tout irait bien.

– Hé, oh !

Jack l'attrapa de nouveau et l'éloigna davantage de la danse, ce qui la fit chanceler.

– Hazel, non. Viens, ma chérie, il est temps de rentrer. Je suis désolé. Je ne pensais pas que ce serait si difficile pour toi.

Ma chérie. Les mots restèrent en suspens dans l'air, la ramenant un peu à elle. Non, il n'y avait mis aucune intention particulière. *Ma chérie*, c'était ainsi qu'on appelait les chattes perdues, les adorables petites filles et les dames dans les vieux films. Hazel regarda Jack en clignant des yeux. Elle commençait à retrouver ses esprits.

Il se remit à rire, cette fois avec une certaine hésitation.

– Hazel ?

Gênée, elle acquiesça.

– Ça va mieux, dit-elle.

Il passa un bras autour de ses épaules et la serra légèrement contre lui.

– Ouf, soupira-t-il.

Soudain, une jeune fille fæ s'échappa du cercle des danseurs et courut vers Jack pour le saisir par le col. Alors qu'Hazel allait protester, la fille planta un baiser sur les lèvres du garçon.

Celui-ci retira son bras des épaules d'Hazel. Ses paupières papillonnèrent avant de se fermer. La fille avait une grande bouche rouge et le teint bleuté. Des roses bleues étaient plantées dans ses cheveux châtains en bataille. Elle avait le genre de beauté surnaturelle qui incitait les marins à mettre le cap droit sur les tempêtes. Hazel ignorait comment elle et Jack s'étaient connus, ni même s'ils se connaissaient tout court. Mais, lorsqu'elle vit bouger les muscles de la gorge de Jack, lorsqu'elle vit la main de la jeune Fæ cheminer vers le bas de son tee-shirt et se glisser en dessous, elle se sentit rougir de honte. Elle ignorait ce qu'elle était censée ressentir et aurait préféré ne rien éprouver du tout. Jack mit fin à leur baiser et regarda Hazel, manifestement hébété.

Des gobelets contenant une sorte de vin ambré passèrent près d'eux, portés par une créature en armure dorée. La jeune elfe en prit un, le porta à ses lèvres et but. Puis elle se tourna vers Hazel.

Alors, elle l'embrassa – pleinement, profondément. Étonnée et émerveillée, Hazel ne se déroba pas, ne s'écarta pas. Elle sentit la douceur des lèvres de la fille, la fraîcheur de sa langue. Un instant plus tard, elle goûta le vin que la Fæ fit passer de sa bouche à la sienne.

Pas de boisson ni de nourriture. C'était l'une des règles de base. Parce que, une fois qu'on avait goûté à leur nourriture, tout le reste prenait un goût de cendre et de poussière. Ou bien on perdait la raison et on finissait par porter un champignon géant en guise de chapeau. On pouvait aussi courir dans la ville, en se croyant pourchassé par une armée de grigs – voire les deux en même temps.

Ce n'était donc pas comme si Hazel ignorait qu'elle commettait une grave erreur. Elle était fichue.

Elle eut la sensation que les étoiles glissaient dans sa gorge et sourit à Jack d'un air stupide. Puis un rugissement impressionnant résonna à ses oreilles, et ce fut tout.

Chapitre 15

Ben se tenait dans la chambre d'Hazel. Incrédule, il lut le message que sa sœur avait laissé sur son lit – une feuille arrachée à un cahier, sur laquelle elle avait griffonné au stylo bille :

N'en veux pas à Jack.
C'est moi qui l'ai obligé à m'emmener.
Je vais bien et je ne suis pas toute seule, ne t'en fais pas.

Il donna un coup de poing dans le mur avec sa main abîmée, grimaça sous l'impact et fronça les sourcils en voyant les éclats de peinture restés sur ses phalanges. Il était furieux : contre Hazel, contre lui-même, contre le monde entier.

Il ne comprenait pas pourquoi elle ne s'était pas vantée auprès de lui d'avoir libéré leur prince, pourquoi elle l'avait laissé arpenter les bois humides, comme un idiot, au lieu de lui dire ce qu'elle avait fait.

Peut-être qu'elle ne voulait pas le vexer. Ce qui faisait de lui quelqu'un de si pathétique que c'en était insupportable.

Sa sœur était exceptionnelle et l'avait toujours été. Elle avait à cœur de protéger les autres : protéger la ville, protéger leurs parents pour ne pas les confronter à leurs manquements, protéger Ben pour qu'il n'ait pas à supporter sa propre lâcheté après avoir abandonné la chasse. Pendant l'attaque au lycée, alors que tout le monde paniquait, Hazel était restée à l'intérieur et avait aidé Molly. Il la revit franchissant les portes de sa démarche assurée et familière – celle qui montrait qu'elle n'avait besoin ni de magie ni du don qu'un Fæ lui aurait offert.

Ben racontait les histoires et Hazel les incarnait.

Elle était courageuse. Et stupide, comme lui, pour être partie comme ça.

– Ben ? appela sa mère depuis le rez-de-chaussée. Tout va bien ? Tu t'es fait mal ?

– Non, ça va ! répondit-il.

– Dans ce cas, descends. Et dis à ta sœur de venir aussi.

Maman était dans la cuisine. Elle portait une des larges chemises tachées de peinture de papa et sortait de la nourriture périmée du réfrigérateur pour la jeter. Lorsqu'il entra, elle leva les yeux, un pot en plastique plein de yaourt moisi à la main.

– Ton père a appelé. Il veut qu'on le rejoigne et qu'on reste avec lui deux ou trois jours dans le Queens.

– Quoi ? Quand ça ?

Elle lâcha le yaourt dans la poubelle.

– Dès que ta sœur et toi serez prêts. Parfois, je déteste cette ville. Les trucs qui s'y passent me filent les chocottes. Où est Hazel ?

Ben soupira.

– Je vais la chercher.

– Ne prends pas trop d'affaires. C'est aussi valable pour ta sœur.

Brièvement, il aurait voulu lui demander si, chez elle, « avoir les chocottes » signifiait *flipper carrément*. Il aurait voulu savoir comment elle faisait pour agir comme si les choses terribles qui se passaient à Solclair n'étaient *pas si graves*. Elle y parvenait si bien que, parfois, Ben se croyait fou de garder tout cela à l'esprit.

Il alla dehors. Ne sachant pas vraiment quoi faire, il resta assis devant la maison pendant près d'une heure, à cueillir des sétaires et à faire des nœuds avec leurs tiges jusqu'à ce qu'elles se cassent, les yeux levés vers la lune dans le ciel encore clair. En tant que frère, il considérait que c'était son devoir de couvrir Hazel, mais leur mère finirait par remarquer son absence. Il se décida à franchir de nouveau la porte-moustiquaire.

– Hazel n'est pas là, déclara-t-il.

Maman lui fit face.

– Comment ça ?

– Quoi, comment ça ? Elle est partie. Elle n'est pas là. Ça fait des heures, déjà. Elle essaie sûrement de savoir ce qui se passe en ville.

Maman le regarda comme s'il avait perdu l'esprit.

– Mais c'est dangereux, protesta-t-elle.

Il ricana et s'engagea dans l'escalier pour remonter dans sa chambre.

– Oui, je sais.

Il appela le numéro de Jack et tomba directement sur sa messagerie. Terrassé par la fatigue après avoir veillé toute la nuit précédente, il s'affala sur son lit. Il ne savait pas du tout quoi faire. Alors qu'il était allongé là, à réfléchir, ses yeux se fermèrent tout seuls. Puis il s'endormit, sans s'être déshabillé ni glissé entre ses draps.

Il émergea à cause d'un courant d'air froid qui entrait par la fenêtre. Hébété, il battit des paupières en regardant la nuit, dehors. Il ignorait combien de temps il avait dormi, mais quelque chose au creux de son ventre le mit en alerte. Il n'était pas seul. L'adrénaline, la peur et l'excitation se déversèrent dans ses veines, lui glaçant la peau.

Lorsqu'il s'était endormi, sa fenêtre était fermée.

Il se souvint d'avoir éprouvé ces sensations à l'époque où Hazel et lui arpentaient les bois : ses cheveux qui se dressaient sur sa nuque étaient une mise en garde. Même s'il ne voyait pas de monstre, il y avait de grandes chances qu'un monstre, lui, le voie.

Puis il entendit souffler à son oreille :

– Benjamin Evans.

Après s'être assis précipitamment, il vit un garçon debout à côté de son lit, illuminé par le clair de lune. Un garçon qui portait ses vêtements. Un instant, Ben se contenta de cligner des yeux. Avec la capuche relevée, le visage de l'intrus était plongé dans l'ombre, mais il reconnaissait le sweat : c'était celui qu'il avait laissé dans la ruine, plié sur une table en bois usée, pour qu'un elfe princier le trouve.

– Salut, couina-t-il.

Il savait qu'il devait faire mieux, dire quelque chose pour montrer qu'il n'avait pas peur – même si c'était faux.

– Tu as décidé de me tuer, finalement ? ajouta-t-il.

Severin baissa sa capuche. Ses cheveux châtains bouclaient autour de ses joues. Ben aperçut la pointe de ses cornes sous ses oreilles. L'expression de son visage était indéchiffrable.

Il était d'une beauté écrasante, à faire stopper les cœurs. Et il appartenait à Hazel. Puisque c'était elle qui l'avait libéré, il était destiné à l'aimer, *elle*. Hazel, qu'il avait embrassée. Sans doute son premier baiser depuis un siècle. Sa sœur mettrait peut-être un peu de temps avant de tomber amoureuse, mais elle finirait par l'être. Ainsi allaient les contes de fées.

Ben, lui, était naïf et sentimental. Il aurait aimé le prince sur-le-champ.

– Je suis venu te raconter une histoire, annonça Severin d'une voix douce. Tu m'en as raconté si souvent. À présent, c'est mon tour.

– Pourquoi ? s'enquit Ben, qui n'en revenait toujours pas de le voir là, dans sa chambre. Qu'est-ce que tu veux ?

Même si sa lampe n'était pas allumée, il avait conscience des affiches idiotes qui décoraient ses murs, de son jean qui traînait par terre. Son panier débordait de linge sale. À côté de sa commode, fixée avec de la pâte adhésive, se trouvait une photo abîmée du garçon cornu endormi. Tout dans cette chambre était gênant.

– Ce que je veux ? Bien des choses, répondit Severin. Mais, dans un premier temps, j'aimerais seulement discuter. Je trouve ta voix... apaisante. Parlons sœurs.

– Sœurs, répéta Ben. Tu veux que je te parle d'Hazel ?

– Ne te méprends pas. Je souhaite juste que tu m'écoutes.

Ben se souvint des propos du prince avant qu'il embrasse Hazel, comme marqués au fer rouge sur sa peau. *Je connais tous tes secrets. Tous tes rêves.*

S'il connaissait les secrets d'Hazel, alors il devait encore mieux connaître les siens. C'était Ben qui s'était rendu sur son cercueil presque tous les jours. Ben, qui lui avait parlé comme il se serait parlé à lui-même. Il avait avoué au garçon endormi que, après avoir abusé d'un champagne premier prix le soir du Nouvel An, il avait vomi dans les buissons à la fête de Namiya. Il avait évoqué le plaisir dangereux qu'il avait éprouvé la première fois qu'un garçon l'avait caressé. Il lui avait expliqué qui, parmi les élèves du lycée, se détestait, et qui prétendait se détester alors qu'en fait c'était le contraire. Hazel avait peut-être eu raison de ne rien confier d'important à Ben.

Severin prit une inspiration et commença à parler.

– Ce sont surtout les Fæs solitaires qui vivent dans les forêts profondes comme celle qui entoure Solclair, et les Fæs solitaires ne sont guère appréciés par les membres de la noblesse. Ils sont trop sauvages, trop laids. Leur violence manque de raffinement.

– Les Fæs solitaires ? demanda Ben, qui essayait de suivre.

– Les pucks rusés. Les dames vertes qui pèleront la chair d'un homme jusqu'à l'os s'il a le malheur de pénétrer dans le mauvais marais. Les femmes aux reins cambrés qui inspirent les artistes pour les mener au sommet de leur créativité avant de les plonger dans le plus grand désespoir. Les trows à la longue queue poilue et à l'appétit insatiable. Les gobelins farceurs, les lutins ordinaires, les pixies aux ailes irisées, et tous les autres... Ceux d'entre nous qui s'établissent dans la nature ou chez les mortels. Ceux qui ne vivent pas au sein des cours, qui ne jouent pas aux rois, aux reines et aux pages. Ceux qui ne font pas partie de la noblesse comme mon père.

– Oh.

Le mot « mortels » avait particulièrement retenu l'attention de Ben. Dans la bouche de Severin, c'était un mot étrange, presque désuet. Les choses mortelles, c'étaient les choses qui mouraient.

Severin posa ses doigts sur la joue de Ben. Ils étaient frais sur sa peau chaude. Il perçut une faible odeur de terre et de verdure quand le garçon cornu replaça une mèche des cheveux de Ben derrière son oreille.

À ce contact, ce dernier sentit tout son corps se raidir.

Severin retira sa main, laissant Ben s'interroger sur le sens de ce geste – s'il en avait un –, et poursuivit son récit, le regard intense, plus brillant que jamais :

– Fleur, ma sœur, est née d'une dame de la cour avant l'exil de notre père. Lorsqu'il a pris la fuite, père l'a enlevée, avec sept épées magiques, dont celle que je recherche, et Grimsen, le forgeron qui les a créées. Grimsen peut tout fabriquer à partir du métal. Père est arrivé à Solclair avec sa suite et s'est autoproclamé roi des Aulnes, car l'aulne est connu pour être le roi des bois. Mais le nom « roi des Aulnes » a depuis lors pris une signification beaucoup plus sinistre. Peut-être as-tu déjà entendu ces vers : *Mein Vater, mein Vater, jetzt faßt er mich an! Erlkönig hat mir ein Leids getan!*

Ben fit non de la tête. Ça ressemblait à de l'allemand.

Severin s'éloigna du lit pour aller s'appuyer sur le rebord de la fenêtre.

Soudain, Ben eut l'impression de pouvoir à nouveau respirer. Il passa sa langue sur ses lèvres sèches.

– « Mon père, mon père ! Voilà qu'il me saisit. Le roi des Aulnes m'a fait mal ! » traduisit Severin, serrant les poings.

Les bagues qui brillaient toujours à ses doigts contrastaient avec son jean élimé et son sweat à capuche.

– C'est de l'un de vos poètes humains, poursuivit-il. L'histoire d'un homme dont l'enfant meurt dans ses bras à cause du roi des Aulnes. Un être se nourrissant de douleur, se repaissant de souffrance. Souverain des Fæs solitaires de Solclair, il a même engendré un fils avec l'une d'elles.

» Un fils qui ressemblait au peuple de son père, bien que les cornes qui sortaient de son front soient celles de sa mère. Ma mère était une de ces Fæs sauvages. C'était une puck. Autrement dit, même si le sang de mon père coule dans mes veines, selon lui, je ne suis pas digne d'être son héritier. Il y a en moi trop d'arbres, de feuilles et de grand air. Peut-être que, s'il m'avait aimé davantage, il aurait épargné ma mère.

Le garçon cornu est donc un véritable prince, songea Ben. Il se souvint de ce que Severin avait dit au sujet de sa mère : qu'elle avait été massacrée sous ses yeux. De la main de son père ?

Le prince reprit son récit. C'était un bon conteur. Le rythme de sa voix s'élevait et retombait comme celui d'une chanson.

– Même si je voulais obtenir l'affection de mon père, contrairement à Fleur qui n'en avait que faire, c'était elle qu'il favorisait. Je lui prêtais une oreille attentive lorsqu'il exposait ses plans pour vaincre Silarial, la reine qui l'avait exilé, car ni sa rage ni son ambition ne s'étaient apaisées avec le temps. Ma sœur lui répondait que c'était le destin qui l'avait conduit ici, et qu'il devrait s'en réjouir. Elle adorait les bois et cette petite ville – ce qui était toléré, jusqu'à ce qu'elle tombe amoureuse d'un garçon mortel.

À la manière dont il l'avait dit, c'était comme si sa sœur avait attrapé une sorte de maladie fatale.

– Et c'est mal ? s'enquit Ben.

Il aurait aimé que Severin se rapproche, mais celui-ci ne le fit pas. Il se sentit bête.

L'elfe haussa les sourcils.

– Pour mon père ? On aurait difficilement pu faire pire.

– Et toi, tu étais du même avis ?

Ben se demanda à quel point Severin le trouvait répugnant.

– Oh, oui ! Le garçon s'appelait Johannes Ermann. Il avait les cheveux blonds et les épaules larges. Il aimait faire de longues promenades dans les bois, où il rêvassait et composait des odes aux mares humides et aux carrés de fleurs sauvages. Il les récitait à qui voulait les entendre. Je ne l'aimais pas du tout. En fait, c'est moi qui l'ai tué.

Ben ne put s'empêcher d'éclater d'un rire sonore. Cette histoire, cruelle et terrifiante, avait tout du conte de fées.

Severin sourit comme s'il trouvait, lui aussi, que c'était assez cocasse. Peut-être était-il amusé par la réaction de Ben, ou par le simple souvenir de ce meurtre. Son sourire le rendait encore plus attirant, au point que Ben n'eut tout à coup aucun mal à se rappeler qu'il n'était pas un humain et qu'il faudrait être bien naïf pour imaginer que Severin se comporterait comme tel.

– Je ne l'ai pas tué tout de suite, précisa le prince. Peut-être que, si je l'avais fait, les choses se seraient déroulées autrement. Ma sœur a décidé de l'épouser. Pour la cérémonie du mariage, elle a renoncé à une robe tissée de rayons de lune et aux plaisirs naturels qu'offrent les bois. Elle s'est laissée vêtir d'une robe de soie lourde, difforme et démodée en provenance d'Allemagne, que la mère du marié lui avait prêtée, et s'est rendue dans l'une de leurs églises pour prononcer ses vœux.

Ben essaya d'imaginer la scène. Chuchoter à travers la paroi vitrée du cercueil avait été un peu comme crier quelque chose à un musicien sur scène ou se pâmer devant une star de cinéma. Mais que se passait-il si vous étiez choisi parmi la foule ? Si on vous invitait à l'after ? Il se demanda si c'était ce que Johannes avait ressenti en ramenant une Fæ chez lui.

– Mon père a permis à Fleur de se marier à condition que son nouvel époux soit soumis à un geis. Sais-tu ce que c'est ?

Ben l'ignorait.

– C'est comme une quête ?

– C'est une injonction ou une interdiction. Quelque chose qu'on doit faire ou ne pas faire. Mon père a dit à Johannes que, si ma sœur pleurait trois fois à cause de lui, il ne la reverrait plus jamais. Johannes, follement épris, a accepté.

» Fleur était une épouse dévouée. Elle préparait les repas et raccommodait les vêtements. Elle s'occupait du jardin et allait à la messe le dimanche. Elle a tenté de créer un foyer accueillant pour son mari. Mais elle ne pouvait pas cacher sa singularité, et ce malgré tous ses efforts pour s'intégrer. Elle avait la drôle d'idée de coudre des roses et des feuilles sur les manchettes d'un manteau sobre. Elle avait apprivoisé un geai bleu. Elle mettait des herbes dans sa confiture et ses gelées en chantant des chansons paillardes. Mais elle adorait

Solclair, et je n'ai jamais compris pourquoi. Peu importait que les habitants la regardent de travers, elle les adorait. Elle adorait jouer avec les enfants, rire des ragots. Et, tandis qu'elle adorait Johannes, moi, je le méprisais.

» Il faut que tu comprennes. Nous, les Fæs, nous n'aimons pas comme vous. Une fois acquis, notre amour peut être d'une constance terrifiante. Après leur mariage, Johannes n'était plus le même avec elle. Il a commencé à redouter son côté étrange, même si Fleur restait sa fidèle épouse.

– C'était donc un sale con ? demanda Ben en se redressant contre sa tête de lit.

Il y avait quelque chose d'intime et de troublant à être assis dans son lit et à réagir à cette histoire, même si elle se terminait de manière tragique.

– Est-ce qu'elle a regretté de l'avoir épousé ? voulut-il savoir.

– Nous aimons jusqu'à ce que nous cessions d'aimer. Pour nous, l'amour ne s'efface pas progressivement. Il se brise, comme une branche qu'on aurait pliée jusqu'à ce qu'elle se casse.

Pour Ben, l'amour représentait une flamme dans laquelle il aurait souhaité renaître. Il voulait que l'amour le crée de nouveau. Il comprenait pourquoi Fleur avait choisi de tout quitter pour prendre un nouveau départ. Et, pour la première fois, il comprenait que c'était une mauvaise idée.

– C'est ce qui s'est passé ?

– Hélas, non, répondit Severin.

Ce dernier se leva et se tourna à moitié. Il laissa ses doigts reposer sur la fenêtre, et son profil devint flou dans le clair de lune. Sans doute ne voulait-il pas que Ben voie l'expression de son visage lorsqu'il raconterait la suite.

– Peut-être que Johannes a oublié le geis ou qu'il ne pensait pas que celui-ci aurait des conséquences, en tout cas ma sœur a pleuré à cause de lui. La première fois, c'était parce qu'il l'avait réprimandée en public pour sa nature sauvage. La deuxième fois, c'était parce qu'il s'était plaint qu'elle ne respectait pas le sabbat. La troisième fois, c'était parce qu'il l'avait frappée. Il n'y a pas eu de quatrième fois.

» Des sept épées magiques que mon père avait emportées de la cour de l'Est, deux avaient un pouvoir particulier. Elles s'appelaient Crève-cœur et Cœurlié. Crève-cœur ne manquait jamais sa cible, et Cœurlié pouvait tout traverser : la roche, le métal ou l'os. Mon père m'a donné Cœurlié et m'a ordonné de tuer Johannes. J'étais très en colère, je méprisais profondément les mortels et souhaitais ardemment plaire à mon père. Alors, pendant que Fleur cueillait des herbes aromatiques, je me suis rendu chez elle et j'ai tué son mari.

– Tu l'as tué ? De sang-froid ?

C'était une histoire cauchemardesque, du genre à empêcher les enfants de dormir, à l'affût du moindre mouvement dans le noir.

– Lui avait le sang chaud, répondit Severin en regardant vers la forêt. Le mien l'était aussi. J'étais si furieux que je n'ai pas pensé à la réaction de Fleur.

– Parce qu'elle l'aimait toujours, c'est ça ? Ses sentiments ne s'étaient pas encore brisés comme une branche ou je ne sais pas quoi ?

L'elfe secoua la tête.

– Je suppose que ma comparaison était arrogante. Peut-être que nous aimons comme vous, peut-être qu'on aime tous jusqu'à ce que l'on cesse d'aimer. Ou peut-être que chacun aime différemment, que l'on soit mortel ou fæ. Pardonne-moi. J'ai grandi avec un père qui louait la supériorité de notre peuple et, même si cela fait des décennies que je vous écoute, je ne suis toujours pas débarrassé de mon pire défaut, à savoir ma prétention.

Ben, qui était tout à fait sérieux lorsqu'il l'avait interrogé sur les sentiments de Fleur, eut affreusement honte que Severin croie qu'il sous-entendait autre chose.

– Non, je...

– Je ne comprenais pas, l'interrompit le prince. Je pensais que, puisque Johannes était mortel, sa vie ne valait rien. En quoi sa mort importait-elle ? Il me paraissait ridicule que ma sœur puisse aimer une telle créature, et plus encore qu'elle puisse être blessée par elle. Si Johannes n'était pas gentil avec elle, pourquoi ne prenait-elle pas un autre époux, tout simplement ? Je ne me rendais pas compte qu'une journée peut être affreusement longue. J'ignorais encore combien la durée de vie d'un mortel finirait par me sembler interminable pendant que je serais immobile, prisonnier de ce cercueil. Je l'ignorais totalement.

Sans vraiment réfléchir, Ben se laissa glisser de son lit. Même si c'était la pire idée au monde et qu'il se croyait à deux doigts de s'évanouir – voire de mourir –, il posa une main dans le dos de Severin. Il sentit les muscles noueux sous ses doigts, la douceur des cheveux soyeux à la base de son cou.

Severin se raidit avant de laisser échapper un long soupir tremblant.

– Peut-être mon geste a-t-il été motivé par la jalousie, car, à la cour, Fleur était ma confidente. Elle prenait ma défense devant mon père. Elle inventait des chansons idiotes quand j'étais triste. Sans elle, je me sentais seul. Je voulais qu'elle revienne. Nous sommes tous capables d'un grand aveuglement quand cela nous arrange.

Ben n'avait pas retiré sa main et ne savait pas quoi en faire. C'était sûrement bizarre de la laisser dans le dos de Severin, mais la faire remonter sur son épaule puis descendre le long de son torse aurait été d'une audace folle. Il inhala le parfum d'herbe écrasée qui émanait de lui, s'imprégna de la chaleur de sa peau.

Un jour, il avait emmené un garçon sur le cercueil et ils s'étaient embrassés dessus, Ben imaginant que c'était le prince endormi.

Ça aussi, il lui en avait parlé. Et ce n'était pas sa confidence la plus humiliante. Ben laissa sa main en place.

Au bout d'un moment, Severin reprit la parole.

– Fleur a pleuré la mort de son mari pendant un temps infini. Elle a quitté sa maison pour aller s'allonger sur la mousse, dans les bois, et pleurer toutes les larmes de son corps. Son chagrin était si profond que les scarabées, les oiseaux, les souris et les cerfs se sont mis à pleurer avec elle. Leur détresse était si grande qu'ils ont pourri jusqu'à ce qu'il ne reste d'eux que des os, des plumes et des poils. Les rochers et les arbres ont pleuré avec elle, se fendant ou perdant leurs feuilles. Je suis allé la voir pour la supplier de sortir de son chagrin. Mais elle a refusé. Elle me haïssait pour ce que j'avais fait. J'ai jeté Cœurlié et imploré ma sœur de se venger sur moi. Même cela, elle n'a pas voulu l'entendre. Son chagrin l'a métamorphosée. Elle s'est transformée en monstre, une créature épouvantable faite de tristesse. Tout ça par ma faute.

– Ta sœur est… le *monstre* ? balbutia Ben.

– Oui. La créature lâchée sur ta ville était naguère ma sœur. C'est ce que je suis venu te dire. Tu dois comprendre que, si je peux la sauver, je le ferai. Mais tu dois aussi savoir que tu es en danger.

Ben comprenait la relation qui unissait un frère et une sœur. Et il comprenait les histoires. En revanche, il ne comprenait pas ce qu'il avait fait pour mériter qu'on lui raconte celle-ci.

– Tu es donc venu me mettre en garde ? s'enquit-il.

– Quand j'ai entendu ta voix, cette nuit-là, je l'ai reconnue aussitôt. Je la connais mieux que la mienne. Durant des décennies, je n'ai pas prononcé un seul mot. Désormais, je peux le faire. C'est avec toi que je souhaite parler. Je te suis profondément redevable.

– Redevable ?

Ben avait l'impression d'être un perroquet, à répéter bêtement les derniers mots de Severin.

– Tu sais, dit le prince, j'ai failli devenir fou à force d'avoir perdu la notion du temps et d'entendre autant de voix. C'était une cacophonie de bruits, de mots dont j'ignorais le sens. Toi, tu t'adressais à moi – *directement*. J'ai commencé à mesurer la durée d'une journée, qui était l'intervalle entre deux de tes visites.

Ben se sentit rougir. C'était trop. Il réalisa que Severin allait le faire souffrir comme jamais, car il avait placé lui-même la pointe de l'épée sur son cœur, et la main de cet inconnu était déjà positionnée sur la poignée.

Il aimait Severin et il le connaissait à peine.

Le prince lui raconta la suite : son père, perturbé par l'apparence monstrueuse de Fleur, avait cherché le moyen de contrôler ses pouvoirs. Il avait ordonné à Grimsen de fabriquer un cercueil qui pourrait neutraliser sa fille jusqu'à ce qu'il trouve comment la maîtriser. Severin lui parla de la conception du cercueil, dont le cadre métallique avait été forgé dans un fer trempé dans le sang, et le cristal fondu à partir de larmes. Il expliqua comment il s'était opposé à son père en refusant que celui-ci enferme Fleur. Le roi des Aulnes l'avait fustigé, disant qu'il regrettait leur naissance à tous les deux, jurant que, s'il devait engendrer un autre enfant, il lui trancherait la gorge plutôt que de le laisser grandir jusqu'à ce qu'il le trahisse, comme l'avaient fait les autres. Le roi eut beau vociférer, Severin n'avait pas cédé. Il avait refusé de le laisser mettre sa sœur dans le cercueil.

Le roi des Aulnes avait alors dégainé Crève-cœur, son épée magique, la lame qui ne manquait jamais sa cible. Comme Severin s'était débarrassé de Cœurlié, il était fichu. Il s'était retrouvé piégé dans le cercueil à la place de sa sœur, et il y était resté jusqu'à ce qu'Hazel l'en délivre.

Ben essaya de se concentrer sur l'histoire, sur les mots, s'efforçant de trouver un sens à tout cela. Mais, la seule pensée qui lui vint, c'était qu'il se sentait complètement perdu.

Chapitre 16

– *Réveille-toi*, disait Jack.

Sa voix rauque, comme s'il avait trop crié, flottait quelque part au-dessus d'Hazel. Sa main reposait sur sa joue.

– Je t'en supplie. S'il te plaît, réveille-toi.

Elle eut du mal à ouvrir les yeux. Comme s'ils étaient collés. Lorsque enfin elle réussit à battre des paupières, elle découvrit Jack dressé au-dessus d'elle, l'air furieux comme jamais. Il donna un coup de poing au sol, ferma les yeux longuement et respira un bon coup.

– Qu'est-ce que tu avais dans le crâne ? hurla-t-il, sa voix résonnant entre les arbres.

À cet instant, Hazel réalisa qu'ils étaient encore dans la forêt, qu'elle était allongée sur un lit d'herbe et de mousse, et que le ciel au-dessus d'elle se teintait du gris pâle de l'aube.

Elle tenta de s'asseoir, mais elle avait le tournis.

– Je ne sais pas, répondit-elle piteusement. J'étais… Je ne sais pas. Pardon ! Que… qu'est-ce qui s'est passé ?

– Tu veux dire avant ou après que tu as essayé de te noyer dans un lac souterrain ?

Jack se mit à faire les cent pas sur un tapis d'aiguilles de pin. Il laissa sa tête reposer contre un tronc d'arbre et leva les yeux vers les nuages, comme s'il n'arrivait pas à croire qu'il doive se trimballer un boulet pareil.

– Et c'était quoi, ça, réciter les nombres premiers au lieu de parler avec des mots ? Et menacer un grim poilu et mastoc avec l'épée d'un chevalier ? Une épée, soit dit en passant, dont j'ignore complètement comment tu as fait pour la lui voler ! Et t'évanouir sans que je parvienne à te réveiller, alors que j'étais *fou d'inquiétude*, parce qu'il y a largement de quoi être inquiet en ce moment ?

– Pardon, répéta-t-elle faiblement.

Elle ne voyait pas quoi dire d'autre. Elle ne se rappelait pas grand-chose après le baiser de la fille elfe, le goût de miel et de vin. Tout le reste n'était qu'un écran noir.

– Ne t'excuse pas, répliqua Jack en frottant son visage d'une main. Je… Je ne sais pas ce que j'ai. N'écoute pas ce que je dis.

Hazel se releva pour s'asseoir et regarda autour d'elle. Elle avait un peu moins le vertige, l'esprit un peu moins embrumé.

– Comment on est arrivés ici ? demanda-t-elle, car elle ne reconnaissait pas cette partie de la forêt. On a marché ?

– Je t'ai portée, répondit-il avec un sourire en coin.

Elle devait être affreusement lourde, un vrai sac de ciment qui avait en plus la faculté de baver. Elle n'aurait pas cru pouvoir être humiliée davantage mais, finalement, quelle que soit la hauteur de la chute, on pouvait toujours tomber plus bas.

– Merci, dit-elle en essayant de ne pas trop grimacer d'embarras.

Aussitôt, elle se souvint que les gens du Peuple n'aimaient pas qu'on les remercie. Jusqu'à présent, elle n'avait jamais considéré Jack comme quelqu'un à qui leurs règles s'appliquaient. Toutefois, après la fête, il lui fallait réviser son jugement.

– Pardon.

C'était la troisième fois qu'elle s'excusait. Elle fut tentée d'enchaîner sur une quatrième et cinquième fois. Une litanie de *pardonpardonpardon*.

– Hazel, dit Jack en soupirant longuement. Je ne suis pas fâché, d'accord ?

– D'accord.

Elle n'en croyait pas un mot, mais discuter ne servait à rien. Elle se laissa retomber en arrière.

Ses pieds étaient mouillés et ses bottes trempées. Bien qu'elle ne se rappelle pas ce qui était arrivé, elle pouvait l'imaginer. Jack avait parlé d'un lac souterrain. Elle aurait voulu se déchausser, mais, en même temps, elle avait envie de rester comme elle était, allongée sur le dos, à s'apitoyer sur son sort.

Jack s'assit sur une racine à côté d'elle. Il avait perdu son manteau, et le devant de son tee-shirt était légèrement déchiré, comme si on avait tiré dessus trop fort.

– Je ne suis pas fâché contre toi, en tout cas, précisa-t-il. C'est à moi que j'en veux.

– Pourquoi ?

Incrédule, elle ricana.

– Je connais les règles, ajouta-t-elle, et je les ai enfreintes.

– Tu t'es comportée comme tous les humains quand on leur donne à boire du vin fæ. Tous, depuis l'aube des temps. J'aurais dû t'en empêcher. J'ai vu ce que vous faisiez, l'elfe et toi. Mais j'étais pris dans l'instant et je n'ai pas levé le petit doigt. Parfois, quand je suis avec eux, j'ai l'impression de devenir quelqu'un d'autre. Une créature qui n'a plus rien à voir avec une personne. Toi, en revanche… Tu étais censée être sous ma protection. Je me suis mal comporté, et en plus je te l'ai reproché… Non, j'ai vraiment fait n'importe quoi. Mes deux mères m'obligeraient à implorer ton pardon. Excuse-moi, Hazel.

Elle décela dans sa voix une trace de la manière dont les Fæs s'exprimaient. Bizarrement, Jack lui était plus familier ainsi. Un peu comme quelqu'un qui, à moitié endormi, parlerait avec un accent qu'il perd lorsqu'il est complètement réveillé.

La lumière qui filtrait à travers les arbres réchauffait les fougères et l'herbe autour d'elle. En hauteur, des oiseaux s'interpellaient. L'air sentait les ronces écrasées.

Le soleil allait bientôt se lever.

– Ça va, le rassura-t-elle en tendant la main pour l'attirer au sol.

Il se laissa choir à côté d'elle.

– Pas grâce à moi, nuança-t-il.

– Si, largement grâce à toi et, quand bien même, *ça va*. J'ai vécu une aventure.

Elle soupira avant de poursuivre :

– Cela dit, le roi des Aulnes m'a chargée d'une mission. Il m'a ordonné de lui livrer Severin.

– Severin ? répéta Jack.

– Le prince. Il me laisse deux jours. Si j'échoue, il menace d'envoyer ses sujets assaillir la ville.

Jack haussa les sourcils.

– Tu m'as pourtant dit que, lorsque tu lui avais parlé, tu n'avais rien appris.

– J'ai menti, répliqua Hazel avec un petit sourire en coin.

Il ne sembla pas lui en tenir rigueur. Au lieu de quoi, il afficha un air intrigué.

– Pourquoi ça ?

Ne me pose pas de questions et je ne te mentirai pas. D'où sortait cette phrase ? Elle résonna dans sa tête, comme un syllogisme sorti tout droit d'une comptine. Après avoir inspiré profondément, elle essaya d'être aussi honnête que possible.

– Je préférais ne pas voir ta tête, parce que j'étais sûre que tu serais horrifié. Tu as d'ailleurs l'air horrifié en ce moment même. En plus, j'aurais été forcée d'admettre qu'on est foutus.

– Tu n'es pas obligée de gérer ça toute seule, dit Jack en se retournant complètement sur le dos, les yeux rivés sur le ciel qui s'éclaircissait au-dessus de la cime des arbres.

Hazel se rappela ce que c'était que d'avoir un partenaire, à l'époque où elle croyait que rien ne serait assez horrible pour inciter Ben à s'arrêter, quand elle pensait que son boulot consistait à être chevaleresse – au service de Ben. Elle était celle qui tenait la lame, celle qui s'interposait pour le protéger, afin qu'il puisse sauver le monde et faire le récit de leurs exploits.

– Tu n'es pas obligé de dire ça, répliqua-t-elle.

– Si j'y étais obligé, ça n'aurait aucune valeur.

Il eut un sourire fugace.

– Je réfléchis... poursuivit-il. Pourquoi le roi des Aulnes te choisirait-il, toi ? Pourquoi te croit-il capable de lui ramener Severin ? Et pourquoi ne te poses-tu pas ces questions, toi aussi ? Hazel, qu'est-ce que tu me caches ?

– De quoi tu parles ? s'enquit-elle pour gagner du temps.

Son cœur battait trois fois trop vite. Jack était malin, assez pour comprendre qu'elle ne disait pas tout, voire pour deviner ce qu'elle ne disait pas.

L'idée qu'on puisse imaginer ce qu'elle taisait, percer ses secrets, l'incita à jouer franc jeu. La solitude lui pesait trop.

– Je suis à la limite de la panique, admit-elle. Mon cœur bat à mille à l'heure. Tiens, sens. Donne-moi ta main.

Il refusa de la tête avant de céder. Il la laissa prendre ses doigts et les appuyer contre sa peau. Sa paume s'ouvrit, fraîche et prudente, sur son cœur.

– N'importe qui paniquerait à ta place, la rassura-t-il. C'est normal.

– Je n'ai jamais voulu être normale, souffla Hazel.

Cela lui fit mal de l'avouer à quelqu'un qui ne s'était sans doute jamais senti normal. Puis, d'une voix encore plus basse, elle poursuivit :

– Change-moi les idées.

– Tu veux que je te change les idées ?

Il la regarda sous ses paupières mi-closes, la main toujours sur son cœur.

– Quoi ? demanda-t-elle en souriant sans le vouloir vraiment.

Elle ne parvenait pas à déchiffrer l'expression de son visage, mais elle savait interpréter la façon dont le corps de Jack se rapprochait du sien.

– Tu veux vraiment que je… ?

– Plus que tout au monde, répondit-elle avec douceur et assurance.

Il se pencha vers elle sans rien dire et posa sa bouche sur la sienne. Pendant un instant fou, elle se demanda s'il la désirait, elle. *Elle* et pas seulement *ça*.

Au début, leur baiser lui sembla faire partie de la nuit et de la danse, comme un rêve plein de folie. Jack l'embrassa comme pour s'assurer qu'elle était réveillée et qu'elle irait bien tant que leurs corps se toucheraient.

Comme s'il craignait qu'elle parte en fumée dès l'instant où il interromprait leur baiser.

Elle se laissa rouler vers Jack, qui passa son bras autour d'elle pour l'attirer contre lui, ses doigts plaqués sur ses reins. Tout parut se liquéfier, comme au ralenti. Alors qu'elle laissait ses mains remonter maladroitement le tee-shirt de Jack pour le faire passer au-dessus de ses épaules musclées ; alors qu'elle appuyait sa joue sur sa peau marron et lisse, et qu'un soupir venu du fond de la gorge échappait à Jack, comme s'il tentait d'en retenir un autre, moins poli, qu'Hazel mourait d'envie d'entendre, elle ne put s'empêcher de se dire que c'était très étrange de faire cela avec un ami.

Elle s'écarta de lui pour le regarder. Il avait les lèvres gonflées, la respiration saccadée. Il fermait les yeux.

– Hazel, commença-t-il.

Elle se rendit compte que, quoi qu'il s'apprête à dire, elle ne voulait pas l'entendre. Elle ne voulait pas d'excuses et ne voulait pas arrêter.

Elle l'embrassa, le repoussant au sol, puis l'embrassa encore. Il glissa ses mains sous son haut, dans son dos, et laissa ses doigts agiles cheminer le long de ses côtes. Il avait l'air obscène et magnifique à la fois, avec son jean baissé sur ses hanches. Avec les mains d'Hazel étalées sur son ventre et son bassin incliné vers elle.

– Hazel, répéta-t-il.

Cette fois, il posa les mains sur ses épaules pour la tenir légèrement à distance. Au début, il parla lentement, comme s'il avait du mal à se concentrer, puis, au fur et à mesure, son débit s'accéléra.

– Hazel, je voudrais juste te dire que tu me plais. Et que… je suis peut-être fou, mais je ne sais pas si tu serais prête à aller plus loin en sachant cela. Quelque chose me dit que non, ce qui me pousse à être franc avec toi. Mais, si tu veux qu'on continue, alors je suis entièrement disposé à la fermer tout de suite.

Le visage d'Hazel resta de marbre. Elle sentait qu'elle vivait l'instant où sa panique n'allait pas tarder à se voir. Même si elle essayait de sourire pour la cacher, il était trop tard. Jack la connaissait bien mieux qu'elle le croyait. Il la connaissait si bien que cela la mettait presque mal à l'aise.

Il hocha la tête une fois, laissa ses mains glisser sur elle et tenta de remonter sa braguette.

– Je te plais ? demanda-t-elle.

Elle avait besoin de l'entendre répéter ces mots, pour s'assurer qu'elle n'avait pas mal interprété l'intention qu'il y avait mise.

Bizarrement, sa question incita Jack à se frotter les yeux et les joues.

– Oui… Ça t'étonne ? J'ai l'impression que tout le monde le sait. Pourquoi Carter n'arrête pas de te charrier, à ton avis ?

– Je n'en sais rien. Pas pour ça, en tout cas !

Il la regarda d'un air qu'elle n'était pas sûre de lui avoir déjà vu, à la fois avide et un peu désespéré.

– J'ai pensé très souvent à t'embrasser à des fêtes. Je m'imaginais te plaquer contre un arbre, bousculer tous ces garçons qui ne t'intéressaient pas. Je pensais que ça t'amuserait peut-être, vu que je suis le meilleur ami de ton frère.

– Tu crois que je veux blesser Ben ?

Il haussa les épaules.

– Je crois simplement que, lui comme toi, vous voulez toujours avoir un petit peu de ce que l'autre a.

Cette remarque la troubla, car il n'avait pas tort.

– Dans ce cas, qu'est-ce qui t'a empêché de le faire ? De m'embrasser ?

Le rire de Jack était réduit à un souffle.

– La dernière chose dont j'ai besoin, c'est de devoir encore faire semblant. Je ne voulais pas me comporter comme si tu me laissais indifférent, alors que j'ai des sentiments pour toi. Et ça ne date pas d'hier. Un jour... ma mère m'a montré une fille qui avait ton visage.

Hazel s'écarta de lui pour mieux saisir le sens de ses propos, sans que la chaleur qui émanait de son corps perturbe ses pensées.

– Elle avait mon visage ?

– Oui... Tu sais que les Fæs peuvent s'ensorceler pour prendre une autre apparence. C'était sûrement pour se moquer de moi.

Il fronça les sourcils et ajouta :

– Hazel ? Qu'est-ce qui se passe ?

Elle sentit la nausée lui vriller l'estomac.

– Hazel ! répéta Jack, plus fort cette fois.

Il agita une main devant son visage.

– Écoute, enchaîna-t-il, je ne voulais pas te faire flipper comme ça... Oublie ce que j'ai dit.

– Ce n'est pas ça, le détrompa-t-elle doucement en rassemblant ses vêtements. Il faut que je t'avoue un truc. J'aurais dû te le dire plus tôt.

Il attendit, se poussant un peu pour qu'elle puisse s'asseoir.

Il en savait assez sur elle pour comprendre pourquoi elle lui avait caché le reste – du moins l'espérait-elle. Avant de changer d'avis, elle se mit à parler.

Elle lui raconta tout, des parties de chasse avec son frère au marché qu'elle avait conclu, en passant par ses pieds boueux et les éclats de cristal fichés dans ses paumes, à son réveil. Elle évoqua les énigmes, le monstre, et tout ce que le roi des Aulnes lui avait révélé cette nuit-là.

Jack la regardait, stupéfait.

– Il t'a dit que tu étais à son service depuis tout ce temps ? En tant que chevaleresse ?

Elle soupira.

– Oui ! Dit comme ça, ça l'air ridi...

Soudain, Jack ramassa un long bâton par terre. Il poussa un cri et l'abattit sur elle.

Surprise, elle eut le réflexe de lui décocher un coup de pied dans le ventre avant de lui arracher la branche de la main, dans un enchaînement si fluide qu'on avait l'impression que tout se déroulait en même temps. Avec un grognement, Jack tomba sur le tapis de feuilles, de terre et d'aiguilles de pin. Hazel s'avança d'un pas, retourna le bâton par réflexe et stoppa son geste juste avant de le lui planter dans le corps.

Jack roula sur le dos, ébahi, et se mit à rire.

– Tu es *dingue* ? hurla Hazel. Qu'est-ce qui t'a pris ? Pourquoi tu ris ?

Il secoua la tête, une main sur le ventre, et s'appuya sur l'autre pour se redresser à moitié.

– Je ne sais pas ! Je me disais qu'il fallait faire un test, pour voir... Aïe, ça fait vachement mal ! Il me paraît évident que tu as été entraînée.

Elle tendit la main pour l'aider à se relever.

– Ça va ? s'inquiéta-t-elle.

– J'aurai un bleu, mais c'est mérité, répondit-il une fois debout, chancelant. Quelle idée brillante j'ai eue, hein ?

– Donc tu ignorais complètement que j'étais à son service ? Ça ne faisait pas partie des choses dont tu n'avais pas le droit de nous parler ?

– Si je l'avais su, je te l'aurais dit. J'aurais trouvé un moyen de te le dire. Je te le jure, Hazel.

Elle sourit malgré elle.

– C'est juste que... j'ai peur d'avoir tout gâché, confia-t-elle.

– Ce n'est pas possible, la rassura-t-il en lui serrant les doigts. Comme tout n'est pas gâché, tu ne peux pas avoir « tout gâché ».

Un instant, il sembla sur le point d'ajouter quelque chose, et elle vit le moment où il se ravisa.

– Allez, il faut qu'on aille dormir. Si on traîne trop, nos parents risquent de nous surprendre.

– Oui, tu as raison.

Hazel avait tellement de choses auxquelles réfléchir que dormir lui ferait un bien fou. Mettre son cerveau en veille quelque temps était une perspective très alléchante.

Ils marchèrent côte à côte jusqu'à la maison de Jack, à l'orée des bois, et traversèrent la pelouse des Gordon. À l'est, une lumière jaune pâle commençait tout juste à filtrer à travers les arbres.

– Ça va aller, pour rentrer chez toi ? s'enquit Jack.

Le souvenir du moment où ils s'étaient rapprochés obsédait Hazel. Elle avait son odeur dans les poumons. L'envie la démangeait d'effleurer à nouveau sa peau de ses doigts. Elle voulait être sûre qu'il continuerait à lui sourire, qu'elle lui plaisait toujours.

– Je peux te raccompagner, proposa-t-il.

Elle déclina d'un geste de la tête.

– Non, ça va aller.

Il s'éloigna, les mains dans les poches, et lui adressa un vague sourire.

– À dans deux heures, dit-il.

Puis la porte de derrière s'ouvrit et la mère de Jack apparut, pieds nus et vêtue d'une robe de chambre bleue et duveteuse. Elle avait noué un foulard en soie sur ses cheveux.

– Carter ! Rentre immédi… *Jack* ?

Jack et Hazel la regardèrent fixement, trop stupéfaits pour bouger, et plus encore pour dire quelque chose.

– Jack ! s'offusqua Mrs Gordon en les rejoignant sur la pelouse. Ça ne m'aurait pas étonnée de ton frère, mais *toi* ? Et Hazel Evans ! Que dirait ta mère si elle apprenait que tu as passé la nuit dehors avec un garçon et…

Distinguant mieux leurs visages, elle laissa sa phrase en suspens.

Hazel avait chaud aux joues.

– Où étiez-vous ? voulut savoir Mrs Gordon.

– Vous l'avez dit vous-même, s'empressa de répondre Hazel. On a passé la nuit dehors.

– Quoi, dans les bois ? Alors que c'était la pleine lune ?

Elle avait posé la question plus bas, comme si elle se parlait à elle-même. Puis elle se tourna complètement vers Jack.

– Tu l'as emmenée les voir ? Comment as-tu pu faire ça ?

Jack recula, comme si elle venait de le frapper.

– Tu sais ce qui se dit, en ville ? poursuivit-elle. Que tout ce qui se passe, c'est à cause de toi !

– Mais ça n'a pas de sens… commença Hazel.

Mrs Gordon la fit taire d'un geste de la main.

– Stop. Je ne veux plus vous entendre. Jack, va-t'en d'ici. Tu ne peux pas rentrer. Tu vas aller chez les Evans ou ailleurs, là où tu penses pouvoir loger quelque temps. Et tu ne reviendras pas avant que je te le dise. C'est compris ?

Hazel n'aurait jamais cru que Mrs Gordon puisse mettre Jack à la porte un jour, quoi qu'il ait fait. Le punir, ça oui. Lui donner des corvées supplémentaires, le priver de téléphone ou d'argent de poche. Mais pas ça. Pas le jeter dehors comme s'il n'avait jamais été son fils.

Un muscle se contracta sur la mâchoire de Jack, et ses yeux brillaient bien trop. Mais il ne protesta pas. Il ne supplia pas. Il n'essaya même pas de se justifier. Il se contenta de hocher la tête, une fois. Puis il se retourna et s'en alla, laissant Hazel lui courir après.

– On va chez moi ! proposa-t-elle.

Il acquiesça.

Ensemble, sans dire un mot, ils marchèrent sur le bord de la route. Hazel apprécia la fraîcheur de l'air matinal et, même si elle avait encore mal aux jambes d'avoir trop dansé, elle trouvait rassurant de mettre un pied devant l'autre sur l'asphalte. Le soleil se levait rapidement dans son dos. Comme il était encore très tôt, il y avait peu de voitures qui circulaient, et elle put descendre du trottoir pour marcher au milieu de la chaussée. Alors que Jack avançait au même rythme qu'elle, à grandes enjambées, ils ressemblaient à deux cowboys sur le point de débarquer dans une nouvelle ville, prêts à en découdre.

Chapitre 17

Assis sur son fauteuil de bureau, Ben regardait Severin dormir. Il n'arrivait toujours pas à se remettre du fait que le garçon à qui il avait chuchoté des secrets à travers une vitre était allongé sur *son* lit, la tête posée sur *son* oreiller, une de ses cornes s'y enfonçant profondément. Un oreiller sur lequel Ben avait bavé, pleuré et laissé quantité de peaux mortes – ce qui était assez dégoûtant, si on y réfléchissait. C'était justement ce qui rendait la présence de Severin totalement surréaliste. La chambre de Ben était un endroit tout à fait ordinaire, où s'accumulait un peu plus de dix-sept ans de bazar. Mais Severin, lui, n'avait strictement rien d'ordinaire.

Ils avaient parlé pendant des heures dans le noir. Severin avait fini par s'asseoir par terre, la tête en arrière, étirant la longue colonne que formait son cou, ses paupières se fermant à mesure que l'aube approchait.

– Tu peux prendre le lit, si tu veux, lui avait proposé Ben en se décalant au bord, froissant l'édredon. Enfin... si tu as envie de te reposer.

À ces mots, le prince avait ouvert les yeux. Il avait battu des paupières, manifestement désorienté, comme s'il avait à moitié oublié où il se trouvait.

– Non, je ne devrais pas, avait-il répliqué. J'ai peur de ne jamais me réveiller.

Ben avait réfléchi à cette éventualité.

– As-tu dormi depuis que la malédiction a été levée ? Parce que c'était il y a plus de deux jours...

Le garçon fæ avait vaguement dit non de la tête.

– Du coup, tu comptes ne plus jamais fermer l'œil ? avait demandé Ben en haussant exagérément un sourcil.

Severin avait esquissé un sourire.

– Tu crois que je suis trop fatigué pour déceler le sarcasme quand j'en entends ?

– Ce n'est pas du sarcasme, s'était défendu Ben en souriant. Du moins, pas tout à fait.

Avec un grognement, le prince s'était levé pour aller s'allonger sur le couvre-lit *Star Trek* vintage de Ben, celui dont il avait dit à Hazel que c'était un achat « ironique », mais qu'il adorait en secret.

– N'ai-je pas assez dormi comme ça ? avait marmonné Severin en s'étirant.

Son corps s'était détendu, prêt à s'ancrer dans le sommeil. Il était toujours aussi beau, avec ses boucles foncées indisciplinées qui s'enroulaient autour de ses cornes, son large front et ses lèvres entrouvertes, couleur de baie rose. À présent que l'enchantement était levé, ses yeux remuaient sous ses paupières closes et il pouvait bouger en dormant. Peut-être rêvait-il pour la première fois depuis qu'il avait été enfermé dans le cercueil.

Ben se retrouva donc à veiller comme une sentinelle solitaire jusqu'à ce que le ciel s'éclaircisse et qu'il entende l'escalier grincer. Il entrebâilla sa porte. Sa sœur était dans le couloir, suivie de Jack. On aurait dit qu'elle revenait d'une fête, avec son petit haut en velours vert qu'elle ne portait pas la veille. Il était déchiré le long d'une couture, et il y avait de la terre sur son jean. Des brindilles se mêlaient à ses cheveux ébouriffés. Ben les regarda tous les deux rejoindre la chambre d'Hazel.

– Tu es sûre que ça ne posera pas de problème que je sois là ? chuchota Jack.

Il s'assit sur le bord du lit.

– Ma mère ne dira rien. Elle t'aime bien.

Hazel referma la porte.

Où sont-ils allés ? se demanda Ben, les yeux fixés sur le battant fermé. Qu'avait-il vu, exactement ? Il se dit que l'endroit où Jack avait emmené Hazel cette nuit devait avoir un lien avec les récentes cachotteries de sa sœur et le fait qu'elle ait réussi à délivrer Severin. Toutefois, les voir ainsi ensemble, comme s'ils s'apprêtaient à dormir dans le même lit, l'inquiéta pour de tout autres raisons.

Il adorait sa sœur, mais elle avait l'habitude de briser les cœurs. Il préférait que celui de Jack soit épargné.

Le couloir se retrouva de nouveau plongé dans la pénombre. Au bout d'un moment, Hazel quitta sa chambre. Ben crut qu'elle se rendait aux toilettes et qu'il pourrait l'interpeller avant, afin qu'elle lui en dise plus sur ce qui se passait. Mais elle s'immobilisa, se laissa aller contre le mur et éclata en sanglots.

Des pleurs affreux, silencieux, l'obligèrent à se pencher en avant et à se recroqueviller sur elle-même, comme si sangloter ainsi était douloureux. Elle glissa vers le sol et s'accroupit, presque sans un bruit. Des larmes coulaient sur ses joues et gouttaient de son menton pendant qu'elle se balançait d'avant en arrière.

Hazel ne pleurait jamais. Elle était forgée dans le fer. Elle ne craquait pas. Il n'y avait pas plus dur qu'elle.

Le pire, c'était qu'elle sanglotait en silence, comme si elle avait appris à le faire seule et que, à force, c'était devenu sa manière de pleurer. Ben se rappela combien il la jalousait lorsqu'il était petit, elle qui était libre d'agir à sa guise, elle dont on n'attendait rien de particulier. Si elle avait envie d'apprendre le combat à l'épée en regardant des tutos en ligne et en empruntant des ouvrages à la bibliothèque, les parents ne lui disaient pas qu'elle ferait mieux de pratiquer ses gammes. Ce n'était pas elle que papa et maman sermonnaient, serinant qu'il ne fallait pas gâcher son talent, que les obligations allaient de pair avec le don, que l'art était important.

Ben avait conscience des précautions qu'Hazel et lui prenaient, à présent, pour éviter d'appuyer involontairement là où ça faisait mal. Mais épargner quelqu'un est une affaire délicate. On peut facilement croire qu'on y arrive alors qu'en réalité on échoue lamentablement.

Au bout d'un moment, Hazel se tamponna les yeux avec son haut en velours. Elle se redressa enfin et, dans un dernier soupir tremblant, retourna dans sa chambre.

Ben avança dans le couloir à pas feutrés et tourna la poignée de la porte. Jack délaçait ses chaussures montantes. Hazel brossait ses cheveux pour en ôter les feuilles, les yeux rougis et légèrement gonflés. Tous deux se pétrifièrent.

– Ce n'est que moi, dit Ben.

– On n'était pas en train de... Enfin, pas vraiment... bafouilla Jack en faisant des gestes en direction du lit – que Ben traduisit par : « Je n'ai pas l'intention de déshonorer ta sœur, même s'il n'est pas impossible que j'espère coucher avec elle » – en même temps qu'Hazel commençait à s'excuser d'avoir laissé tomber Ben.

Il leva une main pour les faire taire.

– J'ai besoin que l'un de vous deux – Hazel, de préférence – m'explique ce qui se passe réellement, tout de suite, en commençant par me dire où vous avez passé la nuit.

– On était à la fête des Fæs, répondit-elle en s'asseyant lourdement sur son lit.

Elle avait l'air morte de fatigue avec ses yeux cernés de noir, comme des hématomes. Ben ne s'attendait pas à ce qu'elle avoue aussi facilement, après avoir éludé si souvent ses questions.

– Ça ne s'est pas passé exactement comme je l'espérais, poursuivit-elle, mais c'était instructif. Le roi des Aulnes m'a proposé d'échanger la tranquillité de la ville contre la capture de son fils. Il y a juste un problème : il est cinglé. Bon, d'accord, il y a deux problèmes. Le second, c'est que l'idée qu'il se fait d'une ville tranquille, c'est vraiment du délire.

Ben se contenta de la regarder fixement. Il avait déjà vu des créatures du Peuple, mais seulement quelques-unes, et elles étaient effrayantes. Il ne pouvait pas imaginer qu'on puisse rejoindre un de leurs rassemblements de son plein gré. Surtout Hazel, qui avait déjà tué au moins trois Fæs. Son audace ne manquait jamais de le surprendre mais, là, il était sidéré.

– Le roi des Aulnes exige que tu lui livres Severin ?

Elle lui jeta un regard appuyé.

– Comment tu sais que Severin est son fils ? voulut-elle savoir. Il ne nous l'a pas dit, l'autre nuit.

Il haussa les épaules.

– C'est une évidence. Qui ça pourrait être d'autre ?

– Tu mens vraiment trop mal. Tu ne t'es pas changé depuis hier ! Manifestement, je ne suis pas la seule à avoir des secrets. Et toi, où as-tu passé la nuit ?

Il soupira et pénétra dans la chambre avant de refermer la porte derrière lui.

– Nulle part. Ici. Severin est venu me demander de l'aide.

Jack haussa les sourcils. Hazel se figea, comme si elle devait faire quelque chose sans savoir quoi. Ben ne put s'empêcher d'éprouver une certaine satisfaction en constatant qu'il pouvait lui aussi la laisser sans voix.

– Qu'est-ce qu'il t'a dit ? voulut-elle savoir.

Jack s'assit sur la chaise devant la coiffeuse. Il semblait profondément mal à l'aise, comme s'il craignait qu'on lui demande de choisir son camp dans une dispute qui n'avait pas encore éclaté.

– Déjà, il veut récupérer son épée magique, déclara Ben.

– J'espère que tu n'as pas promis de la lui rendre, l'avertit Hazel. Parce que je ne l'ai pas. Et, avant que tu me poses la question, je ne sais ni qui l'a ni où elle est. Je cherchais des indices à la fête.

– Alors, qu'as-tu appris d'autre ?

Elle frotta son visage d'une main et jeta un coup d'œil à Jack. Il la regarda d'un air entendu.

– Pas grand-chose, finit-elle par répondre. Tu as un moyen de contacter Severin ? D'organiser une rencontre ?

– Je ne sais pas. Tu ne penses quand même pas à le capturer pour le remettre au roi des Aulnes ? Je refuse que tu lui fasses du mal !

– Je compte faire ce qui est nécessaire, trancha Hazel en se levant.

Un muscle de sa joue se contracta, comme si elle serrait les dents.

Un instant, Ben envisagea de ne rien lui révéler et s'imagina retraverser le couloir sans dire un mot. Mais il pensa à ceux qu'on avait évacués du lycée sur des brancards et aux révélations de Severin à propos de Fleur.

– Est-ce que tu as l'intention de me dire absolument tout ?

Hazel et Jack échangèrent un coup d'œil. Elle avait dû le mettre dans la confidence, du moins en partie, pour qu'ils se concertent silencieusement de la sorte.

– Oui, promit-elle. J'aurais dû le faire plus tôt. Mais ça ne peut pas attendre un peu ? Je suis vraiment crevée, et j'en ai pour un moment à tout te raconter.

Même si cela ressemblait encore à un prétexte, cette fois, Ben la croyait. Elle avait l'air épuisée et bizarrement fragile.

– OK. Mais il est dans ma chambre, déclara-t-il tout de go.

– Quoi ? Tu te fous de moi ?

Hazel bondit de son lit et s'avança vers la porte.

– Alors là, non ! s'offusqua Ben. Non, tu n'as pas le droit de te mettre en colère, toi qui m'as menti et caché des tas de trucs, en plus d'avoir embarqué mon meilleur ami dans tes histoires et de l'avoir rendu complice de tes mensonges ! C'est moi qui dois être furieux.

Le menton d'Hazel se mit à trembler.

– J'essayais de te protéger, se justifia-t-elle.

Jack sembla vouloir dire quelque chose. Ses yeux brillants et ses traits tirés prouvaient qu'il était exténué, lui aussi.

– Il dort, poursuivit Ben. Et je ne compte pas le réveiller pour le soumettre à un interrogatoire.

Son cœur battait la chamade. Bien qu'il ait exigé qu'Hazel lui dise la vérité, au vu de sa réaction, il commençait à se demander si ce qu'elle lui cachait n'était pas encore plus énorme que ce qu'il croyait. Il appréhendait la suite.

– Tu te débrouilleras pour le retenir ? demanda Hazel.

Il ne voyait pas du tout comment il était censé y arriver.

– OK, dit-il malgré tout. Quand tu auras dormi, on mettra tout à plat.

Jack se leva : il avait l'air de se rappeler soudain que ce n'était pas très élégant de rester dans la chambre d'une jeune fille alors qu'il avait dormi dans celle de son frère environ un million de fois.

– Non, ne t'en va pas, protesta doucement Hazel en attrapant ses doigts.

Jack semblait incapable de lui résister.

Ce qui amena Ben à se demander s'il ne s'était pas trompé en pensant qu'Hazel et Severin étaient destinés à être ensemble.

– Dormez bien, dit-il en se retirant avant que Jack ait le temps de changer d'avis.

Il n'était pas encore prêt à partager Severin. Il venait à peine de faire sa connaissance, de le considérer comme une personne qu'il était possible d'approcher.

En traversant le couloir, il eut soudain peur que, lorsqu'il ouvrirait la porte, Severin ne soit plus là. Sa crainte se confirma : le garçon cornu avait bel et bien disparu. Comme si, en prononçant son nom, en ayant parlé à sa sœur de sa visite nocturne, Ben avait rompu une sorte d'enchantement. La brise s'engouffrait par la fenêtre ouverte, gonflant les rideaux, et avait déposé quelques feuilles mortes sur le sol.

Pris de panique, Ben descendit sur le toit en pente et décrocha un bardeau qui tomba en contrebas. Le ciel brillait de la lumière pâle des premières heures du matin, et tout était encore humide de rosée.

Ben aspira une bouffée d'air frais. Tout d'abord, il ne vit que les arbres et la route. Puis, peu après, il repéra Severin assis au creux d'un imposant sycomore, juste après la gouttière.

Il laissa échapper un soupir de soulagement avant d'avancer lentement sur le toit, s'efforçant de ne pas glisser.

– Hé, est-ce que ça… ?

– Je ne suis pas une chose qu'on peut se disputer, l'interrompit le prince.

Pieds nus sur l'écorce, il avait ôté le sweat à capuche de Ben et ne portait plus que le tee-shirt et le jean que celui-ci lui avait prêtés. Dans le jeu d'ombre et de lumière entre les branches, et malgré sa tenue vestimentaire, il avait l'air de venir d'un autre monde.

– Oui, bien sûr, admit Ben en se rapprochant de l'arbre. Je suis désolé. Je ne sais pas ce que tu as entendu, mais tu as dû saisir quelques bribes. Hazel ne te ferait aucun mal, même si elle le pouvait.

Severin sourit.

– Rappelle-toi que j'ai une sœur, moi aussi. Je sais ce que c'est que de ne pas voir nos frères et sœurs pour ce qu'ils sont vraiment. Tu m'as rendu un grand service que je ne suis pas près d'oublier, Benjamin Evans. Tu m'as porté secours, cette nuit – ce qui est déjà amplement suffisant.

Ben grimpa dans l'arbre sans trop savoir où poser les pieds. Il crut un instant qu'il allait glisser, mais il parvint à recouvrer l'équilibre.

– Hazel est allée à la fête. Elle a parlé à ton père. Il faut qu'on rassemble les informations dont on dispose et qu'on décide quoi faire ensuite. En plus, je sais qu'Hazel te plaît bien, même si tu fais comme si ce n'était pas le cas.

Severin prit Ben par le bras et l'attira vers l'intérieur des branches, où le risque de chute était moindre.

– Tu dis ça parce que je l'ai embrassée ? s'enquit-il.

– C'est juste qu'Hazel… C'est une fille populaire. Elle plaît aux garçons. Elle traverse le monde comme si rien ne la touchait, comme si personne ne pouvait l'atteindre. Comme si elle était concentrée sur quelque chose de plus grand, de meilleur et de plus important, dont elle ne dira rien à personne. Ça rend dingue. Et c'est ce qui fait son charme, aussi.

– Et toi, n'es-tu pas charmant ? lui demanda Severin.

Ben se demanda s'il se moquait de lui.

– Ce que je sais, répondit-il, c'est que, lorsque tu l'as embrassée, tu as remarqué qu'elle n'était pas un garçon irritable et empoté.

Sitôt ces mots prononcés, il se sentit ridicule. Manquer d'assurance était une chose, le montrer en était une autre.

Severin l'observa longuement puis se pencha en avant et appuya ses lèvres sur celles de Ben. C'était un baiser vorace, investigateur. Il prit la tête de Ben entre ses mains, s'accrochant à lui plus qu'à l'arbre. À son tour, Ben porta une main dans les cheveux de Severin et effleura une corne, irrégulière et froide comme le dos d'un coquillage. Au bout d'un moment, quand il s'écarta, il tremblait d'un mélange de désir, de colère et de peur. C'était ce qu'il voulait, mais il aurait préféré que ça se passe différemment.

– Est-ce mal que j'aime le fait que tu trembles ? Que tu tressailles ? s'enquit Severin.

Ben déglutit.

– Je pense que ce n'est pas l'idéal.

Le garçon cornu haussa les sourcils.

– Alors, que crois-tu que j'aie ressenti en t'embrassant ?

Ben soupira, les yeux baissés sur la pelouse jaunie en contrebas. Il aurait aimé que Severin réponde lui-même à cette question. Il aurait aimé savoir ce qu'il avait pensé quand ses doigts s'étaient resserrés sur sa peau, au-dessus de sa hanche ; ce qu'il avait éprouvé quand il avait inspiré dans la bouche de Ben. Mais c'était puéril.

– J'ai compris, répondit Ben. La jalousie, ça paraît ridicule quand on a de vrais problèmes comme avoir une sœur monstrueuse et un père assassin.

En remuant, Severin fit bruisser le feuillage. Ses yeux étaient aussi verts que les bosquets profonds et les vallons oubliés. Ses cheveux retombaient autour de son visage.

– Mes problèmes sont aussi les tiens, nuança-t-il. Tout Solclair a le privilège de les partager, et ça n'en rend pas les tiens moins légitimes. Ta sœur et toi comptez beaucoup l'un pour l'autre. Pour vous prouver votre considération mutuelle, vous vous offrez de charmants bouquets de mensonges.

– Ce n'est pas exactement ça.

– Je te connais, Benjamin Evans, lui rappela Severin.

Ben glissa légèrement et faillit perdre l'équilibre. Il pensait que Severin était froid, qu'il n'était qu'une histoire, un prince de conte de fées à la fois magnifique et inaccessible. Il ne cessait d'oublier que Severin le connaissait bien, qu'il en savait plus que n'importe qui sur lui.

– Tu m'as répété tant de fois que tu m'aimais… poursuivit le garçon cornu à voix basse.

À ces mots, Ben rougit violemment.

– … mais peut-être que, ce que tu préférais, c'était ton reflet dans la vitre.

Ce n'était vraiment pas équitable qu'il connaisse aussi bien Ben, qu'il puisse jouer avec son manque d'assurance, un manque d'assurance qui remontait à des années. Severin lui infligeait de petits coups de bistouri, avec un instrument si tranchant que Ben crut qu'il pourrait se vider de son sang avant de réaliser la gravité de ses blessures.

– Je ne… Non, ce n'est pas ça, se justifia Ben. En revanche, je reconnais que je voulais être amoureux comme dans les histoires, les chansons et les ballades. Je voulais éprouver un amour qui vous frappe comme la foudre. Et je suis désolé car, oui, j'ai compris que tu me trouvais ridicule. Hilarant. J'ai compris que tu te moquais de moi. J'ai compris à quel point j'étais idiot mais, au moins, je sais qui je suis.

Dans un mouvement fluide, Severin quitta l'arbre et rejoignit le toit. Il tendit la main à Ben dans un geste courtois, proposant son aide comme on l'aurait proposée à une dame en robe pour descendre de sa monture.

– Moi aussi, je sais, Benjamin Evans. Et tu n'es pas aussi idiot que tu le penses.

Ben prit la main qu'il lui offrait et accepta son aide pour grimper sur le toit. Ils regagnaient la fenêtre quand un pick-up se gara dans l'allée. Il appartenait à Suzie, une amie sculptrice de maman, tatouée de partout, qui créait des visages de petits hommes verts pour les linteaux des maisons. Elle portait une jupe, et ses cheveux étaient rassemblés en une queue-de-cheval, comme si elle allait à la messe.

– Tiens, c'est bizarre, commenta Ben.

Il attendit que Suzie soit entrée dans la maison pour bouger.

– Je vais voir ce qui se passe, ajouta-t-il.

– Et tu te demandes si je vais rester, répliqua Severin.

Ben acquiesça.

– Je ne bougerai pas de là, enchaîna le prince en s'asseyant sur le fauteuil à roulettes de Ben, devant le bureau où était posé son ordinateur.

Il le regarda avec ses yeux vert mousse insondables. Dans sa tête, Ben dressa la liste de toutes les choses embarrassantes sur lesquelles Severin pourrait tomber s'il fouillait sa chambre, puis il se rendit compte que tout ce que le prince savait déjà à son sujet était amplement plus gênant.

Severin lui sourit, comme s'il avait lu dans ses pensées.

Ben descendit au rez-de-chaussée.

– Ah, super, tu es réveillé, constata maman.

Sa tenue était plus soignée que d'habitude : son jean n'était pas taché de peinture, elle portait son haut large à motifs fleuris ainsi que ses colliers en argent et turquoise. Sans les mèches grises qui striaient ses cheveux, à cette distance, on aurait pu la confondre avec Hazel.

– J'ai entendu ta sœur rentrer, ce matin, poursuivit-elle. Dis-lui de commencer à préparer ses affaires. Dès que je serai de retour, on pourra prendre la route.

– Où est-ce que tu vas ?

– Chez les Gordon. Il y a une réunion à propos de Jack.

– De Jack ?

– Tu sais que je l'aime beaucoup. Mais certains l'accusent d'être complice du Peuple. D'autres disent que, s'il retournait simplement chez les Fæs, ça mettrait fin aux horreurs actuelles.

– Mais tu ne crois pas à tout ça, toi, n'est-ce pas ?

En songeant à Jack, blotti aux côtés d'Hazel dans sa chambre, Ben éprouva une montée de fureur à l'égard de tous les habitants de Solclair qui partageaient les idées que sa mère venait d'exposer.

Elle soupira, attrapa un gobelet de café fermé avec un couvercle et son vieux sac à main marron, celui brodé d'oiseaux bleus.

– Je n'en sais rien, avoua-t-elle. Je ne crois pas qu'il soit de mèche avec qui que ce soit, mais il a été *kidnappé*, à la base. Peut-être que les Fæs souhaitent vraiment le récupérer. Et qu'ils veulent se venger. En tout cas, moi, c'est probablement ce que j'aurais souhaité, à la place de sa mère elfe.

– Ce qui se passe en ce moment n'est pas la faute de Jack.

– Écoute, rien n'est décidé. On va juste se réunir avec les Gordon pour discuter. À mon retour, j'espère qu'on pourra tous habiter ailleurs quelque temps.

– Maman, si tu les laisses toucher à un cheveu de Jack, je ne te le pardonnerai jamais. Il est exactement comme nous. Il est aussi humain que n'importe quel humain.

– Ce qui m'importe, c'est qu'Hazel et toi soyez en sécurité. C'est ce que veulent tous les parents pour leurs enfants.

– Dans ce cas, il n'aurait peut-être pas fallu nous élever à Solclair, lui reprocha Ben.

Maman lui jeta un regard noir.

– C'est pour toi qu'on est revenus vivre ici, Benjamin. On aurait pu rester à Philadelphie, et aujourd'hui tu serais en train de faire quelque chose dont la plupart des gens ne peuvent que rêver. C'est toi qui ne supportais pas qu'on soit si loin de Solclair. C'est toi qui as renoncé à la chance de mener une autre vie, qui n'as pas pris la peine de faire ce qu'il fallait après t'être blessé.

Ben était si stupéfait qu'il ne trouva rien à répondre. Ils n'évoquaient jamais Philadelphie, du moins pas en ces termes. Pas d'une manière qui reconnaisse ouvertement que ça s'était mal passé. Ils n'évoquaient jamais les choses énormes, affreuses qui s'étaient dressées à l'horizon dans l'enfance de Ben. Ils n'évoquaient jamais le cadavre qu'Hazel avait découvert dans les bois, ni le fait qu'à l'époque maman et papa les laissaient traîner dehors sans surveillance. Il avait toujours considéré que c'était une sorte de contrat familial tacite, que chacun avait son lot de ressentiment et devait le gérer sans déranger les autres.

Apparemment, les règles avaient changé.

Maman se dirigea vers la porte puis regarda Ben, comme pour le jauger.

– Et dis à ta sœur de préparer ses affaires, d'accord ?

La porte-moustiquaire se referma. Au lieu d'emboîter le pas à maman, Suzie traversa le vestibule pour poser la main sur le bras de Ben.

– Tu dis qu'il est aussi humain que nous. Comment peux-tu en être sûr ? Qui peut vraiment savoir ce qu'il y a au fond de leur cœur ?

Avant que Ben puisse répondre, elle rejoignit maman dehors. Un instant plus tard, il entendit les roues du pick-up crisser sur le gravier.

L'esprit confus, il posa la tête sur le plan de travail. Puis, ne sachant pas quoi faire d'autre, il prit quatre mugs dans lesquels il versa du café.

Il était plus que temps que tout le monde se réveille.

Chapitre 18

Hazel n'avait jamais dormi avec un autre garçon que son frère. Elle se dit que cela soulignait ses manques en matière de relations amoureuses. Elle s'était imaginé qu'elle gigoterait, prendrait toute la couverture, donnerait des coups de pied en dormant, puis qu'elle s'en sentirait coupable. En revanche, elle ne s'attendait pas à cette sensation de bien-être lorsqu'elle avait posé la tête sur le bras de Jack. Ni à la chaleur que dégagerait sa peau, ni que cela lui donnerait l'occasion de s'enivrer de son odeur à son insu – une odeur de forêt, de vallon et d'étangs profonds. Elle ignorait qu'il lui semblerait si solide. Elle n'aurait pas pu deviner qu'il laisserait courir une main paresseuse dans son dos, comme s'il ne pouvait s'empêcher de la toucher, ni qu'elle frissonnerait ainsi à son contact.

Pour la première fois depuis qu'il lui avait fait sa déclaration, Hazel s'autorisa à y repenser avec bonheur. *Je voulais juste te dire que tu me plais. Tu me plais*, lui avait-il dit avant qu'elle lui apprenne qu'elle était au service du roi des Aulnes. Avant qu'elle admette qu'elle ne lui avait pas raconté grand-chose sur elle. Tout s'était passé si vite, tout était si difficile à croire...

... qu'elle ne lui avait même pas avoué que l'attirance était réciproque.

Elle pouvait se rattraper maintenant, le réveiller pour le lui dire. Ou peut-être qu'il était à moitié réveillé, comme elle était à moitié endormie. Elle pourrait le lui murmurer à l'oreille. Alors qu'elle réfléchissait à tout cela, elle entendit des pas dans l'escalier.

Son frère entra dans la chambre sans frapper avec trois mugs de café. Derrière lui, dans l'encadrement de la porte, se trouvait le garçon cornu, une tasse à la main. Severin, portant les habits de Ben, l'air aussi à l'aise ici que dans les bois. Severin, qu'elle était censée traquer. Severin, qu'elle avait libéré. Severin, qui lui adressait un sourire espiègle.

Elle repoussa ses couvertures en bâillant, se laissa glisser hors du lit et, sur sa coiffeuse, attrapa une baguette qu'elle pointa sur le prince comme si c'était une épée, avant de la planter dans ses cheveux.

Severin la salua avec sa tasse.

– Je vois que tu n'as toujours pas retrouvé mon épée, déplora-t-il en haussant les sourcils, un léger sourire aux lèvres.

Il but une gorgée de café. Hazel ne put s'empêcher de rougir.

Ben traversa la chambre et tendit un mug à sa sœur, comme un calumet de la paix.

Elle en but une longue gorgée, mais sa fatigue était telle que la caféine n'y changerait rien. Le liquide chaud, éclairci d'un nuage de lait de soja, lui fit quand même du bien et lui ôta le goût de larmes qu'elle avait dans la bouche. Elle se laissa tomber sur la chaise à côté du miroir.

– Qu'est-ce qui se passe ?

– Les habitants organisent une réunion chez toi, dit Ben à Jack. Sur le rapport éventuel entre Amanda, l'incident au lycée et ta présence parmi nous plutôt que chez les Fæs. Ils envisageraient de te renvoyer auprès d'eux. Il faut qu'on te fasse sortir d'ici, qu'on te mette à l'abri quelque part où ils ne te trouveront pas.

– Quoi ? s'étonna Jack en ouvrant de grands yeux.

Il passa une main sur son visage puis dans ses cheveux.

– C'est ce que ma mère pense ? ajouta-t-il.

– Jack n'est pas un chien ou un chat qu'on peut proposer à l'adoption, intervint Hazel.

– Je ne crois pas que tes parents aient quelque chose à voir là-dedans, rectifia Ben. Je pense plutôt que c'est le fait de quelques personnes que la peur rend stupides.

– C'est pour ça qu'elle m'a mis à la porte, déduisit Jack à voix basse, comme s'il voulait que cette explication soit la bonne mais qu'il craignait de se tromper. Ce n'était pas parce qu'elle ne voulait plus me voir à la maison. Elle savait que tout le monde allait venir. Mais elle… Ils vont rejeter la faute sur ma famille, si je n'y vais pas.

Il commença à enfiler ses chaussures.

– Jack, tout Solclair y sera, déclara Hazel. Tu sais que ce n'est pas ta faute. Ça n'a aucun rapport avec toi. Vraiment.

– C'est ce que je vais leur dire, répliqua Jack.

Il quitta la chambre et descendit l'escalier.

– Je t'accompagne, dit Hazel.

Elle attrapa ses bottes sans prendre le temps de les mettre puis se tourna vers Ben.

– Toi, garde-le ici, ajouta-t-elle. Ne le quitte pas d'une semelle jusqu'à ce qu'on revienne.

Elle courut dans l'escalier, Severin sur ses talons.

– Je crois que je préférerais me joindre à vous, confia ce dernier. J'en ai assez qu'on parle de moi comme si j'étais toujours en train de dormir.

Au moment où Hazel sortit sur la pelouse, Jack démarrait déjà la voiture de Ben. Il devait savoir où était rangée la deuxième clé. Elle eut à peine le temps de grimper sur le siège passager qu'il engageait la Coccinelle sur la route.

La demeure des Gordon – extérieur crème rehaussé de blanc, sans le moindre signe de peinture écaillée – était de style colonial, recouverte de bardeaux, et parfaitement entretenue. Restaurée avec amour, elle se dressait au sommet d'une butte, dominant des maisons de taille plus modeste, d'aspect plus négligé. Et elle était spacieuse : assez pour pouvoir accueillir la moitié de la ville. Ce qui était une bonne chose, étant donné qu'à première vue la moitié de la ville se trouvait à l'intérieur.

Les voitures stationnées en bordure de l'allée avaient creusé des ornières sur la pelouse de Mr Gordon. Hazel l'avait vu, le front brillant de sueur, passer son été à tondre, arroser et ensemencer. Personne ne traversait la pelouse à l'avant de la maison : ni le facteur, ni les amis de Carter et Jack, ni même le chien, qui savait que, s'il voulait se dégourdir les pattes, il devait le faire dans le jardin de derrière. Hazel fut troublée à la vue de ces sillons boueux qui réduisaient à néant le travail du père de Jack. C'était comme si, tout à coup, les règles avaient changé.

Les poings serrés, Jack accéléra l'allure en se rapprochant de la maison.

Il ouvrit brusquement la porte d'entrée et pénétra dans le vestibule. À l'intérieur, les boiseries étaient peintes d'un blanc satiné immaculé sur lequel le soleil se reflétait. La lumière entrait à flots dans les pièces où les gens s'étaient réunis, debout ou assis sur des chaises pliantes, des gobelets en polystyrène remplis de thé à la main. Des ottomanes et des fauteuils récupérés un peu partout dans la maison avaient été apportés pour accueillir tout ce monde. Personne ne semblait avoir remarqué l'arrivée de Jack et Hazel.

Mrs Pitt, qui travaillait au bureau de poste, s'adressait à la mère de Jack et secouait la tête.

– Nia, tout le monde trouve que c'est mieux ainsi… On ne peut pas s'empêcher de penser que… eh bien…

que ce que tu as fait a tendu nos relations avec le peuple de la forêt. Ce n'est pas une coïncidence si leur comportement s'est nettement dégradé à peu près à l'époque où tu leur as pris Jack.

Était-ce vrai ? Hazel n'était alors qu'un nourrisson. Quand les gens disaient que c'était mieux avant, que le Peuple était moins assoiffé de sang, elle imaginait des décennies plus tôt et non les quelques années de sa courte existence.

À quel moment exactement la situation s'était-elle sérieusement envenimée ?

– Il faut que ça cesse, intervint le shérif. Depuis un mois, quelque chose erre dans les bois. Certains d'entre vous ont peut-être eu vent d'incidents dont la presse n'a pas parlé, et tout le monde est au courant de ce qui s'est passé au lycée. Amanda Watkins n'est pas la première victime que nous ayons retrouvée dans le coma. Il y a eu aussi un jeune routard en périphérie de la ville, un mois plus tôt. La végétation avait tout envahi, au point de recouvrir presque entièrement son véhicule. Deux semaines plus tard, il y a eu Brian Kenning qui jouait dans les bois, derrière chez lui, et qu'on a retrouvé en position fœtale dans un tas de feuilles. Les Fæs cherchent à nous nuire. Si l'un d'entre vous espérait qu'à la suite de son réveil le garçon cornu nous sauverait, il ne fait maintenant aucun doute qu'on ne peut pas compter sur lui.

Hazel songea à la promesse du roi des Aulnes : si elle lui livrait Severin, *les choses reviendraient à la normale, comme avant*. Comme si c'était là une largesse. Elle avait cru sentir à quel point la situation était grave à Solclair, dont elle pensait connaître tous les secrets. En réalité, elle se trompait.

Ce que j'aurais fait ? avait répété le petit Fæ quand le roi le lui avait demandé, s'il avait eu la permission d'agir à sa guise. *Que n'aurais-je* pas *fait, plutôt !*

– Le changelin n'est pas digne de confiance, déclara Mr Schröder. Même s'ils ne veulent pas le récupérer, je ne veux pas de lui dans les parages. C'est trop dangereux.

Durant toute la période où Hazel avait travaillé au *Lucky's*, l'été précédent, elle avait beaucoup apprécié Mr Schröder. À présent, elle le détestait.

– Jack est l'ami de mes deux enfants, intervint maman. Je le connais depuis qu'il est tout petit. Dire que c'est sa faute juste parce qu'il est le seul Fæ que la plupart d'entre nous côtoient me paraît injuste. Il a grandi ici. C'est un citoyen de Solclair, comme nous.

Hazel fut profondément soulagée que sa mère ait pris la parole, mais à l'évidence les autres n'avaient pas l'air convaincus. Leur opinion était déjà faite.

– Le Peuple était bon envers nous, à Solclair, dit Mrs Kirtling.

Elle se tenait sous deux sabres datant de la guerre hispano-américaine, ce qui lui donnait l'air particulièrement invincible. Elle était maire de la ville depuis des années et, autant que chacun puisse en juger, faisait correctement son travail.

– Nous avions un accord, poursuivit-elle. Quelque chose l'a rompu.

– Le Peuple n'a pas toujours été « bon envers nous », objecta la mère de Jack d'un ton cassant. N'essayez pas de réécrire l'histoire pour mieux faire passer vos exigences. Non, ce n'est pas une coïncidence si les choses ont empiré quand Jack est arrivé parmi nous. Rappelez-vous : avant, le Peuple n'enlevait pas les enfants comme il a enlevé Carter.

– Certes, « bon » était peut-être un peu fort, reconnut Mrs Kirtling. Toutefois, vous ne pouvez pas nier que la vie à Solclair n'est pas la même qu'ailleurs, ni qu'elle vous plaît, puisque vous avez insisté pour y amener votre mari qui travaillait dans une université de l'Ivy League, au lieu de le rejoindre. Si vous vouliez de la normalité, vous seriez allés vivre à Chicago. Et il n'y aurait jamais eu de Jack.

À côté d'Hazel, Jack se raidit.

– Le Peuple vous a rendu votre fils, poursuivit la maire. En prime, vous avez pu élever le leur pendant un certain temps, alors que vous n'aviez aucun droit sur lui, si ce n'est celui que vous vous êtes octroyé à la suite d'une erreur de jugement de sa mère. Mais vous saviez bien que vous n'alliez pas pouvoir le garder éternellement auprès de vous.

Hazel avait vu les brochures des universités sur le buffet des Gordon. Sa mère comptait tout à fait le garder éternellement. En regardant autour d'elle, Hazel reconnut des professeurs du lycée, des commerçants, des parents de camarades qu'elle avait toujours connus. Il y avait même des jeunes de son âge. La plupart des personnes présentes acquiesçaient, comme si rendre Jack aux Fæs était plus qu'un simple moyen d'apaiser leurs craintes.

Après tout, à Solclair, les créatures du Peuple ne s'en prenaient qu'aux touristes, donc si elles s'en prenaient à vous, c'était que vous vous étiez comporté comme un touriste. Vous aviez dû faire quelque chose de mal. En tout cas, *quelqu'un* avait dû faire quelque chose de mal. Et, tant qu'on pouvait rejeter la faute sur un tiers, personne ne serait contraint d'admettre son impuissance.

– C'est comme lorsqu'on trouve un adorable bébé buse, dit Lexie Carver, la sœur de Franklin et l'une des plus jeunes femmes présentes.

Outre la réputation de manger les animaux écrasés sur la route, si l'on en croyait les rumeurs, et en remontant assez loin dans sa lignée, sa famille avait un peu de sang troll.

– On a envie de le ramener chez soi, de s'en occuper, de lui donner des petits bouts de viande crue, ajouta-t-elle. Mais ça revient à tuer son instinct de prédateur. Il sera incapable de survivre seul plus tard, quand il faudra le relâcher dans la nature. La place de Jack n'est pas ici, Nia. Ce n'est pas bon pour lui. Ce n'est pas dans l'ordre des choses.

– Oui, eh bien, tu ne crois pas qu'il est un peu tard pour ce genre de comparaison ? s'offusqua Carter en se levant de la marche de l'escalier où il était à moitié dissimulé. Le mal est fait ! Elle lui a déjà donné des petits bouts de viande crue, pour reprendre ton image. Ce que tu veux dire, en fait, c'est que Jack sera incapable de survivre si nous le renvoyons auprès d'eux !

– *Carter*, le réprimanda Mrs Gordon d'un ton qui signifiait qu'il n'était pas censé prendre la parole.

– Désolé, marmonna-t-il.

Il s'apprêtait à se rasseoir lorsqu'il remarqua la présence de Jack et Hazel dans le vestibule, face à lui.

– Nous allons tenir compte de tout ce qui a été dit, déclara Mrs Gordon, mais j'espère que vous comprendrez qu'il s'agit d'une décision qui concerne notre famille, et...

Elle s'interrompit pour suivre le regard de Carter et se pétrifia.

Partout dans la pièce, le murmure des conversations s'intensifia, puis tout le monde se tut quand les habitants réalisèrent les uns après les autres que l'objet de leurs discussions se trouvait juste là, et qu'il ne perdait pas une miette de leurs échanges.

– Je vais y aller, trancha celui-ci dans le silence.

On n'entendit que le couinement des doigts sur les gobelets en polystyrène et les déglutitions nerveuses de ceux qui avalaient leur thé. Apparemment, plus personne ne savait quoi dire.

– Oui, renchérit Hazel d'une voix peut-être un peu trop forte.

Elle attrapa Jack par le bras et fit comme s'il y avait un malentendu :

– Tu as raison. Allons-y. Comme dans « partons d'ici ». Tout de suite.

– Non. Ce que je veux dire, c'est que je vais y aller, je vais retourner auprès d'eux, rectifia-t-il. Si c'est ce que vous voulez, je le ferai.

Sa mère refusa de la tête.

– Tu restes.

Elle avait parlé d'une voix ferme, pleine de défi. Toutefois, Hazel vit que les gens se regardaient en acquiesçant. Ils avaient d'ores et déjà accepté la proposition de Jack. Ces quelques mots, dans une ville comme Solclair, étaient une sorte de promesse sur laquelle il était difficile de revenir.

Du moins, si Jack en restait là.

– Tu ne peux pas faire ça ! protesta Hazel. Dis-leur ! Parle-leur du roi des Aulnes et de Pleurs. Dis-leur la vérité. Je peux attester que ce que tu diras est vrai !

– Ils ne me croiront pas, objecta Jack. Et ils trouveront un prétexte pour ne pas te croire non plus.

– Nia, sois raisonnable. Peut-être que Jack n'a pas envie de rester avec nous. Nous ne sommes pas comme lui.

Celle qui avait parlé était une femme, sans qu'Hazel l'identifie précisément, car le sang qui lui montait à la tête lui donnait l'impression que les battements de son cœur effaçaient toutes ses pensées. Une sensation d'oppression lui écrasa la poitrine, et les couleurs de la pièce parurent fusionner.

– Ne t'en fais pas, maman, dit Carter à Mrs Gordon. Il n'ira nulle part.

Ulcéré, Jack se tourna vers son frère.

– Ce n'est pas à toi de décider à ma place !

– Et si, moi, j'y allais ? Peut-être qu'ils sont fâchés qu'on m'ait récupéré ! Quelqu'un parmi vous y a pensé, à ça ?

Carter jeta un regard à la ronde, comme s'il mettait quiconque au défi de faire remarquer qu'il n'avait pas une si grande valeur que ça.

– Peut-être que c'est moi qu'ils aimeraient avoir auprès d'eux, et pas lui, ajouta-t-il.

– C'est très noble de ta part, approuva Mrs Kirtling, mais je ne crois pas que...

– Jack, écoute-moi, l'interrompit Mrs Gordon.

Elle traversa la salle pour le rejoindre.

– On n'a pas envie que quelqu'un soit blessé si on peut l'éviter, même si ça implique de se mettre en danger. Tu es un brave garçon, un garçon qui veut protéger les autres. Et c'est ce que tu as fait en nous proposant de partir de ton plein gré, alors que ces lâches pensaient devoir t'y obliger par la ruse ou la force.

Elle jeta un regard circulaire aux habitants, les invitant à la contredire s'ils l'osaient.

– Ils croient que, maintenant, ton père et moi allons insister pour que tu restes, mais que nous finirons par faire passer le bien-être de la ville avant le tien. Ils croient que, lorsque leur petit coup de coude deviendra un vrai coup de poing, nous t'abandonnerons. Je parie que c'est aussi ce que pense ton autre famille.

Autour d'elle, on fit des commentaires à voix basse.

Jack semblait stupéfait. Son visage reflétait l'étonnement, mais aussi l'appréhension devant ce que sa mère s'apprêtait à dire.

Mrs Gordon regarda son mari, qui se tenait appuyé contre un mur, les bras croisés.

– Ta mère et moi en avons longuement discuté hier soir, déclara celui-ci. En ce qui nous concerne, la ville peut brûler. Tout ce qui nous importe, c'est toi.

À ces mots, Jack éclata d'un rire surpris mêlé de ravissement, voire d'un peu de gêne. C'était toutefois une étrange réaction et, à voir la tête des habitants, Hazel n'était pas la seule à le penser. Les Fæs riaient aux enterrements et pleuraient aux mariages. Les choses humaines ne leur inspiraient pas d'émotions humaines.

– C'est en train de virer au grand n'importe quoi, déplora Mrs Holt en faisant la moue avec ses lèvres corail, une main posée sur ses yeux.

Lorsqu'elle retira ses doigts, elle constata qu'ils étaient mouillés. Un sanglot discret lui échappa. Perplexe, elle regarda autour d'elle.

Soudain, le shérif fondit en larmes. Le chagrin se répandit à travers la pièce comme une traînée de poudre. Tout le monde eut les larmes aux yeux. La mère d'Hazel se mit à pleurer à chaudes larmes et à se tirer les cheveux.

Hazel regarda Jack, dont les lèvres formaient une ligne. Il secoua la tête, comme si l'on pouvait refuser ce qui était en train de se passer. Pleurs était là. Hazel l'entendait dans sa tête. C'était comme être happée par le courant d'une rivière. Comme un plongeur qui, ayant perdu le sens de l'orientation, se débattrait sans savoir de quel côté remonter vers la surface.

Elle cligna des yeux. Jack achevait de faire un nœud dans ses cheveux.

– Tu ne pleureras pas jusqu'à ce que je t'en donne la permission, chuchota-t-il dans son cou.

Il venait de la protéger contre l'ensorcellement de Pleurs. Elle se rendit compte que ses joues étaient mouillées. Elle ignorait depuis combien de temps le chagrin l'avait envahie, elle aussi. En tout cas, partout dans la pièce, les gens ne cessaient de pleurer et de sangloter.

La porte d'entrée s'ouvrit avec fracas. Ben entra dans la maison.

– Il faut qu'on se tire d'ici ! lança-t-il.

Sa voix eut l'effet d'un verre qui se fracasse au sol. Tout le monde le regarda fixement.

– Le monstre du cœur de la forêt, prévint-il. Il arrive !

Derrière lui se trouvait Severin. Un instant, Hazel le vit comme tous les autres devaient le voir : grand, d'une beauté inhumaine, ses cornes sortant de ses cheveux bruns et bouclés, ses yeux vert mousse posés sur eux. Peu importait qu'il soit vêtu d'une tenue ordinaire. Lui ne l'était pas. Il incarnait ce que devaient être les Fæs. Il était le rêve qui avait poussé ces gens à venir s'installer à Solclair, celui pour qui ils voulaient y rester, malgré les nombreux dangers que cela impliquait.

Et, à cet instant, Hazel sut ce qu'ils devaient éprouver : un mélange d'espoir et de terreur. Elle aussi le ressentait. Il était son prince. Elle était censée le sauver, et il était censé la sauver juste après.

– Mettez-vous à l'abri, ordonna-t-il en se dirigeant vers le mur où étaient exposés les deux sabres.

D'un geste fluide, il les sortit de leurs fourreaux, faisant chanter le métal. Pendant quelques secondes, il garda une lame dans chaque main et les soupesa, comme pour tester leur équilibre. Puis il observa Hazel, lui sourit et lui lança un sabre.

Elle le réceptionna avant même d'avoir conscience de la sûreté de son geste. L'arme avait sa place dans sa main, comme si c'était le simple prolongement de son bras, un membre dont elle aurait été amputée et qu'on lui aurait rendu. Le sabre pesait son poids. Il ne faisait aucun doute que c'était une arme véritable et non une reproduction. Elle se demanda s'il valait cher, car elle était quasiment sûre qu'il n'en resterait rien lorsqu'elle l'aurait abattu sur la carcasse du monstre.

Un sang bouillonnant se déversa dans ses veines.

– Les lames traditionnelles ne peuvent pas la blesser, dit-elle en rejoignant le garçon cornu.

– Il nous faut juste la repousser, répliqua celui-ci en se dirigeant vers la porte. L'épuiser. Son but n'est pas vraiment de faire du mal.

Jack ricana.

– Ouais, c'est ça.

Dehors, le vent secouait les arbres.

À l'autre bout de la pièce, Carter était en larmes face à sa mère. Jack se pencha vers son père, chuchota à son oreille et agita les doigts dans ses cheveux gris.

Hazel se tint prête. Ses doutes s'envolèrent d'un coup. Sa face nocturne avait peut-être été formée par le roi des Aulnes, sa face diurne, elle, ne savait pas mieux se battre que lorsqu'elle avait douze ans. Pour ne rien arranger, elle n'était plus en possession de son épée magique. Ce serait un test.

Elle prit une profonde inspiration et ferma les paupières.

Tu es une chevaleresse, se dit-elle. *Tu es une chevaleresse. Une vraie chevaleresse.*

Lorsqu'elle ouvrit les yeux, la créature se trouvait dans l'encadrement de la porte. Autour d'elle, ceux qui ne pleuraient pas déjà poussèrent des hurlements. Certains se réfugièrent dans une autre pièce ou montèrent l'escalier, d'autres s'abritèrent derrière des meubles. Quelques-uns restèrent plantés là, pétrifiés de terreur.

Hazel ne battit pas en retraite. Quand elle avait vu Pleurs à travers la vitre, au lycée, elle avait imaginé une créature infâme et tordue, d'une laideur repoussante. Or, Pleurs avait l'apparence d'un arbre vivant, recouvert de mousse et de plantes grimpantes desséchées, en décomposition. Des branches constituaient ses os. Des racines se ramifiaient depuis ses pieds, comme la traîne d'une robe. Sa tête était hérissée d'un côté de minuscules brindilles dans lesquelles étaient pris d'épais amas de terre et de feuilles. Des yeux noirs apparaissaient à l'emplacement de deux nœuds dans le bois, et il en coulait une sève rougeâtre et collante qui trempait sa figure comme des larmes. Elle était aussi magnifique que terrifiante.

Elle dominait les personnes présentes de toute sa hauteur, mesurant au moins trente centimètres de plus.

– Fleur, l'appela Severin.

Hésitant, il fit un pas vers sa sœur. Même lui semblait sidéré, comme si ce qu'elle était avant qu'il soit enfermé à l'écart du monde avait pris de l'ampleur pendant la durée de son sommeil.

– Ma sœur, s'il te plaît…

Apparemment, elle ne le voyait même pas. Une voix rendue épaisse par les larmes résonna dans les gorges des personnes présentes, exprimant leur chagrin en chœur.

– Je l'aimais et il est mort, fini et d'os. Je l'aimais et ils me l'ont pris. Où est-il ? Où est-il ? Mort, fini et d'os. Mort, fini et d'os. Où est-il ?

La plupart des gens cédèrent aux pleurs, leur corps secoué de sanglots.

Pleurs s'avança vers son frère et renversa une console au passage. Lorsqu'elle prit la parole, sa voix ressemblait plus au souffle du vent dans les arbres qu'à une voix humaine.

– Je l'aimais et je l'aimais et il est mort, fini et d'os. Je l'aimais et ils me l'ont pris. Où est-il ? Où est-il ? Mort, fini et d'os. Mort, fini et d'os. Mon père me l'a pris. Mon frère l'a tué. Mort, fini et d'os. Mort, fini et d'os. Où est-il ?

– Ce n'est pas ce que tu souhaites, la raisonna Severin. Tu ne ferais pas ça. Ma sœur, je t'en supplie. Ne me force pas à essayer de t'arrêter.

Pleurs s'enfonça davantage dans la pièce. Hazel et Severin avancèrent à ses côtés. Les gens hurlèrent. Mrs Kirtling, prise de panique, voulut s'enfuir et passa juste devant le monstre. Un long bras qui se terminait par des doigts en branches de saule pleureur écarta la maire de son chemin comme on aurait balayé une toile d'araignée. Mais ce geste anodin projeta Mrs Kirtling contre le mur, dont le plâtre se fissura. Elle atterrit par terre dans un gémissement.

Dans la fente qui venait d'apparaître, de la mousse et de la moisissure commencèrent à s'étendre, comme de l'eau s'infiltrant par une ouverture dans la coque d'un navire.

Un peu plus loin, une femme se mit à cracher de la terre en toussant.

Ne voyant aucune alternative, Hazel abattit son sabre sur le flanc de la créature.

Toute sa vie, elle avait entendu parler du monstre qui vivait au cœur de la forêt. Elle avait supposé qu'il suffisait de le tuer pour que les Fæs redeviennent des êtres seulement rusés et magiques. Elle l'avait imaginé tant de fois que, même si elle n'était plus aussi naïve, une part d'elle croyait qu'il suffirait d'abattre sa lame sur le flanc du monstre pour lui infliger une profonde blessure.

Hélas, le coup porté ne lui laissa pas la moindre marque, mais incita Pleurs à se tourner vers Hazel et à tendre ses longs doigts vers elle. Hazel l'esquiva, sentant les feuilles sèches l'effleurer et humant une odeur de terre fraîchement remuée. Elle ne fut pas assez rapide pour empêcher la créature de l'attraper par quelques mèches de cheveux. Elle en arracha certaines qui volèrent dans les airs. Le monstre utilisa le reste comme une corde pour jeter violemment Hazel sur un canapé. Elle lâcha son sabre qui tomba au sol avec fracas.

Contusionnée, elle se releva malgré ses douleurs à la tête. Elle avait l'impression que ses os étaient disloqués. Elle s'obligea à récupérer le sabre et à se tourner vers le monstre.

Severin avait sauté sur son dos et s'accrochait à ses branches et aux plantes, mais Pleurs se dégagea d'une secousse avant de se précipiter sur l'endroit où il avait chuté. Il se releva d'une roulade. Il se déplaçait avec une agilité et une assurance qu'Hazel n'avait jamais vues, sa lame tourbillonnant dans les airs. Il était un combattant à l'épée hors pair. Malgré tout, le sabre rebondissait sur sa sœur. Et celle-ci continuait à le repousser brutalement.

Juste à ce moment-là, le père de Jack descendit l'escalier en courant, tenant fermement un fusil. Il cala la crosse contre son épaule et abaissa la bouche du canon, mettant Pleurs en joue.

– Non, s'il vous plaît ! s'exclama Severin au sol.

Hazel ne fut pas certaine que Mr Gordon l'ait entendu. Il appuya sur la détente.

Le coup de feu claqua dans la pièce, comme un coup de tonnerre. Hazel eut un mouvement de recul. Mais les balles, après avoir frappé l'écorce du monstre, tombèrent comme si elles étaient de simples cailloux jetés par un enfant. Pleurs s'élança vers Mr Gordon.

Carter s'interposa, agitant un bougeoir devant elle, mais la créature enroula ses longs doigts autour de lui et l'attira vers elle. Hazel se précipita et abattit son sabre sur le dos de Pleurs, qui ne parut même pas le remarquer.

– Hé ! hurla Jack.

Tout à coup, quelque chose éclaboussa le monstre. L'odeur piquante de l'alcool emplit l'air. Jack l'avait aspergée de cognac, qu'il avait pris dans le meuble-bar désormais ouvert.

– Je vais te cramer ! menaça-t-il en brandissant une pochette d'allumettes d'une main tremblante. Éloigne-toi d'eux. Va-t'en d'ici !

Après avoir observé Jack un certain temps, la créature relâcha Carter, qui s'affaissa au sol, inerte. Une tache verte s'étalait sur ses lèvres.

C'était arrivé si vite.

Hazel entendit sa mère hurler à l'autre bout de la pièce. Elle jeta un coup d'œil sur le côté : Ben l'entraînait derrière un vieux piano droit.

Jack frotta une allumette.

Le monstre se rua sur lui, à une telle vitesse que la flamme s'éteignit dans sa main. Hazel se jeta entre eux et frappa la créature, visant ses yeux. Le coup égratigna la joue de Pleurs, mais la sève ne s'en écoula pas.

Jack sortit maladroitement une autre allumette. Malheureusement, au même instant, un courant d'air balaya la pièce. Quelque part au loin, les corbeaux s'interpellaient.

Avec un cri, Severin se jeta à nouveau sur le dos de sa sœur. Accroché à ses branches, il appuya son sabre contre ce qui lui servait de gorge dans l'espoir que ce geste l'immobiliserait, qu'elle aurait peur. Mais elle s'ébroua pour se débarrasser de lui. Hazel tenta de lui trancher les bras, de lui entailler les flancs, de couper ses doigts d'une longueur impossible. Aucune de ces attaques ne lui laissa la moindre marque. Hazel se retrouva acculée contre un mur, puis jetée au milieu d'un petit groupe de gens qui hurlèrent lorsqu'elle tomba sur eux.

Percluse de douleurs, elle ne se releva qu'au prix de gros efforts. Sa tête résonnait et le tournis menaçait de la submerger. Elle cligna des yeux pour les débarrasser de la sueur et du sang. Elle saignait d'une dizaine de blessures qu'elle ne se rappelait pas avoir reçue. Elle ignorait combien de fois encore elle serait capable de revenir à la charge.

Severin atterrit violemment puis fit une roulade pour se relever. Il continuait à se mouvoir, mais Hazel voyait bien qu'une part de lui n'y croyait plus.

Soudain, elle entendit le piano.

Elle se retourna. Une fois de plus, Pleurs l'envoya au tapis. Hazel tomba lourdement sur le parquet et en eut le souffle coupé. Après s'être tournée sur le côté, elle remarqua son frère assis sur le banc du piano. Il actionnait les touches de ses doigts brisés. Il jouait de la musique.

Les notes enflèrent autour d'eux, comme si la mélodie que Ben jouait était des sanglots. Pleurs hurla à la mort.

Puis Ben parut chercher les notes. Sa musique se fit hésitante. Il n'y arrivait pas. Ses doigts cassés, ceux qu'il n'avait jamais laissés se redresser, ceux qu'il n'avait jamais laissés guérir, n'étaient pas assez agiles pour cet instrument. Hazel n'aurait pas dû regarder son frère avec des yeux ébahis, elle aurait dû profiter de cet instant suspendu qu'il lui offrait. Elle se remit debout, espérant qu'il n'était pas trop tard.

Elle courut vers le monstre, mais il l'attendait. Il la souleva dans les airs avant de la jeter sur le canapé avec une telle force que les pieds du meuble cassèrent. Le canapé bascula en arrière, emportant Hazel. Sonnée, elle leva les yeux vers la créature qui se dressait au-dessus d'elle, toute en branches, mousse et yeux brillants.

– Mort, fini et d'os. Mort, fini et d'os, dit doucement Pleurs.

Brusquement, elle tendit un long bras vers Hazel.

Alors, Ben se mit à chanter. Des notes qu'il aurait jouées s'il avait pu se servir de ses doigts s'élevèrent de sa gorge. Elles ressemblaient presque à des pleurs, des gémissements. Elles exprimaient un chagrin terrible, écrasant. Malgré le nœud dans ses cheveux et l'enchantement de Jack, Hazel sentit les larmes monter au fond de sa gorge, brûler l'arrière de ses yeux.

Un son affreux, passionné, sortit de Pleurs. Elle balaya ce qui se trouvait autour d'elle, renversant des fauteuils. Hurlant de chagrin, elle lacéra le tissu du canapé avec les extrémités irrégulières de ses branches.

– Ben ! cria Hazel. Arrête, c'est encore pire !

Mais Ben continua à chanter. Les gens pleuraient de désespoir, de rage. Les larmes trempaient leurs vêtements, mouillaient leurs cheveux. Ils s'effondrèrent, recroquevillés. Ils frappèrent les murs avec leurs poings. Pleurs se rua sur le piano et l'envoya valser sur le côté. L'instrument atterrit dans un terrible fracas. Elle se couvrit la figure de ses doigts-brindilles, les épaules secouées de sanglots.

Tout à coup, Hazel comprit. Ben lui faisait vivre une véritable tempête émotionnelle. Il l'accompagnait en chantant pour lui faire traverser la rage, le désespoir et la solitude, parce qu'il n'existait aucun moyen d'étouffer le chagrin, aucun moyen de le combattre ou de le rejeter. La seule façon d'y mettre un terme était de l'embrasser pleinement.

Alors qu'elle réalisait tout cela, la chanson de Ben se modula. Elle se fit plus douce, comme le matin après une longue nuit de sanglots, lorsqu'on se réveille avec mal à la tête mais un cœur plus tout à fait aussi brisé. Comme des fleurs qui s'épanouissent sur une tombe. Progressivement, dans la pièce, les pleurs cessèrent.

Le monstre s'immobilisa.

Ben se tut. Épuisé, il s'affala sur le banc du piano. Sa mère, qui pleurait encore, entortilla ses doigts avec les siens.

Un instant, il n'y eut que le silence. Pleurs regarda autour d'elle avec ses étranges yeux noirs enfoncés dans ses nœuds de bois, comme si elle se réveillait d'un long rêve. Severin se mit debout et marcha vers elle.

Elle l'observa fixement, tendit ses doigts-brindilles démesurés. Cette fois, elle semblait consciente, présente. L'expression de son visage était insondable. Hazel ne savait pas si elle allait frapper Severin ou pas.

Il leva une main vers elle et la posa sur sa joue couverte de mousse. Un instant, le monstre s'abandonna à ce geste tendre, s'y lovant presque. Puis il s'écarta, traversa la pièce d'un pas lourd, entre les meubles renversés et les habitants médusés, franchit la porte d'entrée et disparut.

Chapitre 19

Hazel lâcha le sabre, qui heurta le sol avec un son métallique. Les articulations de ses doigts étaient pleines d'ecchymoses, à l'image du reste de son corps. Des cadres brisés jonchaient le salon des Gordon. Sous les ottomanes éventrées, le parquet rayé était couvert de feuilles et de terre.

Une femme gémissait dans un coin. Une autre sanglotait. Les pleurs qui sortaient de sa gorge ne semblaient plus forcés. C'était d'elle-même qu'elle pleurait.

– On doit récupérer le sang du monstre, dit Jack.

Assis par terre, il serrait contre lui Carter, inconscient.

Hazel se tourna vers lui, surprise. En temps normal, il n'était pas aussi féroce. Voyant l'expression qu'elle affichait, il secoua la tête.

– Tu as dit que c'était ce qui réveillerait ses victimes, lui rappela-t-il. C'est grâce à ça que Carter ira mieux. *Il nous faut son sang.*

Hazel acquiesça. Bien sûr ! Le roi des Aulnes le lui avait dit. C'était un casse-tête, le genre d'exercice logique qu'on vous donne en cours : pour obtenir le sang d'un monstre, vous avez besoin d'une épée magique. Pour obtenir l'épée magique, vous devez savoir qui est l'allié de votre face nocturne. Pour savoir qui est l'allié de votre face nocturne, vous devez savoir qui aurait un intérêt à libérer Severin. Pour savoir qui aurait un intérêt à libérer Severin, vous devez…

– Venez, dit Ben d'une voix rauque, comme s'il s'était abîmé les cordes vocales à force de chanter.

Il attrapa Jack par l'épaule.

– Allons-nous-en, poursuivit-il. On cherche tous la même chose, maintenant, et on n'a pas beaucoup de temps pour la trouver.

– Cœurlié, précisa Severin.

Il salua Hazel d'un signe de tête pour marquer sa reconnaissance et ajouta :

– Tu as combattu vaillamment.

L'instinct avait poussé Hazel à accomplir des mouvements dont elle ne se savait pas capable – tant qu'elle ne réfléchissait pas trop. Dès l'instant où elle s'était demandé pourquoi elle tenait sa lame inclinée dans un certain angle ou quel serait son prochain geste, elle avait hésité, et son allant l'avait désertée. La peur avait été un bon moteur pour rester focalisée sur le présent mais, maintenant qu'elle avait reflué, Hazel ne pouvait plus exiger quoi que ce soit de son corps en s'illusionnant.

Jack se leva à contrecœur. Autour d'eux, les gens firent de même. D'autres descendirent du premier étage, où ils s'étaient cachés, et s'enfuirent sur la pelouse pour rejoindre leurs voitures et rentrer chez eux, aussi loin que possible.

– Ben a raison, approuva Jack. On ferait mieux d'y aller.

Une fois devant la porte, Hazel regarda derrière elle. À l'autre bout de la pièce, sa mère se relevait en se tenant à une applique murale. Elle regarda fixement ses enfants comme si c'était la première fois qu'elle les voyait. Puis Hazel se tourna vers Jack, qui observait ses parents, agenouillés auprès de Carter. Sa mère essayait de soulever son corps inerte. L'angoisse sur le visage de Jack était manifeste. Son père avait dit que la ville pouvait brûler, qu'il s'en fichait, mais elle était sûre qu'il n'avait pas voulu que Carter en subisse les conséquences.

– Ce n'est pas ta faute, dit-elle à Jack.

Celui-ci acquiesça. Ils sortirent et passèrent à côté des traces boueuses que Pleurs avait laissées sur la pelouse, si différentes des empreintes de pas humains. Lorsque Hazel se tourna vers la maison et son porche en bois affaissé, partiellement démoli, elle se demanda quelle explication la ville donnerait à ça. Les habitants de Solclair devraient-ils assumer le marché qu'ils avaient passé en vivant ici ? Reconnaître que tous les Fæs ne se contentaient pas de boire du lait dans un bol ébréché, que certains d'entre eux réclamaient du sang ?

– Ça t'embête si on remonte dans une voiture ? demanda Ben au prince alors qu'ils approchaient de la Volkswagen.

– Dans *ta* voiture ? répéta celui-ci en suivant le regard de Ben.

L'accablement qu'il affichait fit presque rire Hazel malgré la situation. Il finit par incliner la tête.

– Si tel doit être mon destin, je l'accepte, soupira-t-il.

Il s'installa sur le siège passager avant, Hazel et Jack s'assirent sur la banquette arrière. Elle lui prit la main et la serra.

Jack lui rendit son geste avant de laisser les doigts d'Hazel glisser des siens.

Ils roulèrent jusqu'à la maison en silence. Plus le temps passait, plus la tête d'Hazel palpitait, plus ses bras lui faisaient mal aux endroits qu'elle avait heurtés quand elle avait été projetée sur le canapé. Une de ses chevilles, un peu instable, était enflée. Son corps la faisait souffrir et, à la nuit tombée, si elle s'endormait, elle deviendrait quelqu'un d'autre. Quelqu'un qui n'aurait pas les mêmes souvenirs et qui servirait peut-être les intérêts d'un tiers.

Elle ne put s'empêcher de penser à son cauchemar ; celui où, aussi cruelle que ses compagnons, elle faisait partie de la garde du roi des Aulnes. Elle n'était pas sûre d'apprécier la personne qu'elle devenait la nuit.

Une fois qu'ils furent entrés chez elle, elle alla à l'évier et but longuement au robinet avant de s'asseoir sur le plan de travail.

Ben posa la bouilloire sur la gazinière et prit un pot de miel dans le placard. Il se rendit ensuite dans la salle de bains où il récupéra de l'eau oxygénée et des bandages.

– Ce que tu as fait là-bas… lui dit doucement Hazel. C'était génial.

Il haussa les épaules et répliqua :

– Ça m'étonne que ça ait fonctionné.

– C'est ce qui rend le truc encore plus génial.

Elle s'essuya les mains sur son jean.

Severin se dirigea vers la table, prit une chaise et la retourna pour s'asseoir à califourchon, comme s'il chevauchait une monture fæ. Un hématome s'épanouissait sur sa mâchoire. Jack se tenait au milieu de la pièce, l'air perdu.

– Bon, Cœurlié, déclara enfin le prince. Je suis sûr que tu ne m'as pas tout raconté. N'est-ce pas, Hazel ? Je t'ai dit que tu t'étais bien battue, et c'est la vérité. Je t'ai donné le deuxième sabre parce que j'ai vu à ta posture que tu savais te battre. Mieux valait que cette lame soit entre les mains de quelqu'un qui avait un peu d'entraînement. Mais j'ai reconnu la manière dont tu as combattu. On ne la retrouve pas chez les mortels.

Hazel prit un bol dans un placard en hauteur. Elle y versa de l'eau oxygénée et y trempa un bout de torchon qu'elle passa sur ses coupures. C'était le moment qu'elle redoutait, celui où elle allait devoir tout révéler. Elle évita de regarder les garçons lorsqu'elle prit la parole.

– À la fête, j'ai appris que j'étais au service du roi des Aulnes depuis cinq ans. La nuit, quand je m'endors puis que je me réveille, je suis quelqu'un d'autre. J'ignore ce qu'a fait cette personne, mais elle a été formée pour le combat, et je suppose que mon corps s'en est souvenu, même si mon esprit l'a oublié.

Au moins, Jack était déjà au courant. Au moins, il ne l'observait pas fixement comme le faisait Ben, comme s'il était face à une inconnue.

– Il faut que tu comprennes, dit-elle à son frère, s'obligeant à poursuivre. J'ai passé un marché il y a longtemps, mais je sais que...

– Tu as passé un marché avec le roi des Aulnes ? aboya Ben, faisant tressaillir Hazel. Tu as grandi dans cette ville, tu sais pourtant que c'est hyper dangereux !

Elle regarda le torchon rosir à mesure qu'elle essuyait le sang sur son bras.

– J'étais une enfant ! J'étais idiote. Que veux-tu que je te dise ?

– Pourquoi tu as fait ça ? voulut savoir Ben. Qu'est-ce que tu as demandé ?

Sur la gazinière, la bouilloire se mit à siffler.

Au bout d'un long moment, Hazel descendit d'un bond du plan de travail et ferma le gaz.

– C'était à l'époque où on traquait les Fæs et où on vivait des aventures, répondit-elle enfin en se tournant vers Ben. Je n'avais pas envie que ça s'arrête. Tu le sais.

Elle s'attendait à ce qu'il ait l'air furieux devant tant de bêtise. Elle ne s'attendait pas à ce qu'il semble effrayé.

– *Hazel, qu'est-ce que tu as fait ?*

– J'ai passé un marché pour qu'on ne soit pas contraints d'arrêter. Tu disais que, si tu t'améliorais en musique, on pourrait continuer.

Il y avait une petite fille implorante dans sa voix, et elle détestait ça.

– C'est pour moi que tu l'as fait ? l'interrogea Ben, à l'évidence horrifié.

Hazel nia vigoureusement de la tête. Il comprenait tout de travers.

– Non, le détrompa-t-elle. Je l'ai fait pour *moi*. Je ne voulais pas arrêter. J'étais égoïste !

– C'est grâce à toi que j'ai obtenu cette bourse. C'était toi.

Il avait murmuré, presque comme s'il se parlait à lui-même.

– Ben…

– Quelle était la nature exacte de ce marché ? s'enquit Severin.

Le détachement froid dont il faisait preuve la soulagea.

– J'ai promis de donner sept années de ma vie. Je pensais que ça voulait juste dire que je mourrais plus tôt. Comme si on amputait ma vie de quelques années pour les mettre de côté, si on veut.

Severin acquiesça, l'air sombre.

À voir la tête de Ben, il ne pensait pas que mourir sept ans trop tôt aurait été plus intéressant. Il paraissait à deux doigts de secouer Hazel. Elle aurait aimé pouvoir se taire, effacer toutes ses fautes.

– C'est pour ça que tu refusais de me dire quoi que ce soit…

– C'est pour ça, oui. Peu importe pourquoi je l'ai fait. De toute façon, il est évident que j'ai gâché tout ce qui était censé se passer à Philadelphie. Peu importe mes intentions, puisque j'ai tout fichu en l'air.

– De quoi tu parles ?

Ben la regardait avec des yeux ronds, comme s'il n'en avait vraiment aucune idée.

– Tu sais bien, soupira Hazel.

La perspective de devoir s'expliquer lui répugnait. Elle n'aimait pas la mine inquiète avec laquelle Jack l'observait, ni le regard différent qu'il poserait sur elle une fois qu'il saurait ce qu'elle avait fait. Il avait dit que tous ceux qui offraient leur cœur sur un plateau d'argent méritaient ce qui leur arrivait, or il se trompait.

– Hazel, tu fais allusion au moment où Kerem t'a embrassée ? clarifia Ben.

– Oui, évidemment ! répondit-elle sèchement.

Exaspéré, son frère leva les mains au ciel.

– Ce n'est pas ce que tu as fait, *toi*, mais ce qu'il a fait, *lui*, qui compte. Parce que c'était un petit con de treize ans complètement paumé. Il a flippé ! Écoute, on a parlé sur Facebook depuis et il va bien. Il a un copain, il a fait son coming out, ses parents s'en sont remis. Mais, à l'époque où il flippait, où ses parents flippaient, il voulait se prouver que je ne lui plaisais pas. Il se trouve que tu étais là. Ça ne va pas chercher plus loin.

– Je n'ai pas oublié les conséquences de ce baiser, objecta Hazel, gardant les yeux rivés sur la bouilloire pendant qu'elle versait l'eau chaude dans des tasses.

– Ce n'était pas parce que… commença Ben d'une voix radoucie. Tu ne peux pas t'en vouloir alors que c'est moi qui ai perdu le contrôle. Ça m'arrivait souvent. Je voulais aller dans cette école de musique justement parce que perdre le contrôle m'effrayait. Quand je vous ai vus ensemble, Kerem et toi, j'ai tout de suite pensé que je l'avais peut-être ensorcelé pour qu'il m'aime. Car, en ce qui me concerne, je tenais vraiment à lui. Après ça, le malaise de ma prof… Regarde ce que j'ai fait avec ma main. C'était une bonne chose. Ce qui s'est passé à Philadelphie, c'était ma faute, et uniquement la mienne.

Hazel était sur le point de dire que non, c'était sa faute à *elle*, mais elle se rendit compte que ce serait ridicule. Ils avaient tous les deux eu des secrets l'un pour l'autre, de la rancœur, et tout ça pour rien. Ben ne lui en avait jamais voulu. Pendant tout ce temps, Hazel s'était efforcée de cacher à son frère ce qu'elle avait fait, ce qui avait guidé un grand nombre de ses choix. Sans ce poids à porter, elle se sentait incroyablement légère.

– Tu ne peux pas dire que te casser les doigts soit une bonne chose, Ben, objecta-t-elle. Ce dont tu es capable, c'est tout à fait incroyable.

– Tu as vendu sept années de ta vie, putain, pour que j'aie une bourse, et tu ne me l'as jamais dit !

Visiblement, il était toujours en colère, mais pas contre elle.

– Tu aurais dû me le dire, insista-t-il. On aurait peut-être pu trouver une solution.

– Oui, eh bien, il *faut* qu'on trouve une solution, intervint Jack. Raconte-leur la suite, Hazel.

Elle s'exécuta. Elle leur parla des messages, de son réveil avec les pieds sales, de sa peur que soit venu le temps de payer sa dette. De la fête à laquelle elle s'était rendue, des révélations du roi des Aulnes. À son tour, Severin leur raconta son histoire, ponctuée par les hochements de tête de Ben.

– Pourquoi maintenant ? demanda ce dernier. C'est la question à se poser, pas vrai ? Qu'est-ce qui a changé ? Qu'est-ce que le roi des Aulnes mijote ?

– Il a trouvé comment contrôler Pleurs, répondit Hazel. N'est-ce pas ?

– On ne devrait pas s'interroger sur ce qui a changé récemment, dit Jack. On devrait regarder plus loin en arrière. Quelque chose a déclenché sa colère, lui a fait perdre son pouvoir sur les Fæs sauvages, comme l'ont dit les habitants à la réunion. Il y a huit ans, la cour de l'Est a été renversée. Est-ce que c'est ça qui aurait pu le pousser à bout ?

– Ces événements sont trop récents, répondit Ben.

– Qui règne sur cette cour, aujourd'hui ? demanda Severin – mais Jack leva les mains en signe d'ignorance.

– Je ne fais pas attention aux noms, répondit celui-ci. Rien de tout ça ne compte, pour moi.

Le prince acquiesça, l'air songeur.

– Il me reste des contacts à la cour de mon père – personne qui ait une réelle influence, mais j'ai discuté avec des Fæs sauvages qui ont connu ma mère. Ils m'ont dit que, il y a une sesquidécennie, le roi des Aulnes a pris une Fæ sauvage pour amante. Elle vivait avec un mortel, dont elle a porté l'enfant. C'est bien à cette période qu'il y a eu davantage de décès de mortels, n'est-ce pas ? C'est aussi à ce moment-là que le roi a vraiment cherché un moyen de prendre le contrôle sur ma sœur, et qu'il a fabriqué une bague enchantée à partir des os de son défunt époux.

– Une sesqui quoi ? l'interrogea Hazel.

Avec un frisson d'horreur, elle se rappela la bague en os que le roi lui avait montrée. Toutefois, elle n'aurait jamais imaginé qu'elle avait été prélevée sur un cadavre.

– Une sesquidécennie, répéta Jack, faisant la moue comme s'il avait goûté quelque chose de mauvais. L'équivalent de quinze années. C'est un mot qui peut apporter des points aux examens de fin de lycée. Et la femme dont tu parles, Severin, c'est ma mère.

Ben haussa les sourcils. Même le prince parut surpris.

– Ta mère ? dit Hazel.

L'image de la femme elfe à la cour des Fæs, agrippée à la manche de Jack, lui revint. Son visage avait exprimé une vraie terreur.

Jack acquiesça.

– C'est pour ça qu'elle m'a caché. Elle était l'amante du roi des Aulnes mais, comme il la maltraitait, elle s'est mise avec un humain et a fini par tomber enceinte de moi. C'est pour cette raison qu'elle voulait que je vive avec des humains : pour me protéger du roi. Du moins jusqu'à ce qu'il ait oublié cet affront.

Hazel se demanda s'il lui était déjà arrivé de raconter cette histoire. Étant donné la manière dont il contemplait sa tasse, sans regarder personne, elle supposa que non.

Le visage de Severin ne refléta que du regret.

– Si ta mère a été infidèle au roi, si elle l'a éconduit pour un mortel, sa vengeance a dû être terrible. Pas seulement sur la ville, ni sur cet homme mortel, mais aussi sur ta mère. Il a dû lui faire du mal.

Jack eut l'air nauséeux.

– Non. Elle me l'aurait dit.

– Ça me paraît une bonne raison pour vouloir la mort du roi, dit Ben. Est-ce ta mère qui aurait l'épée ?

Hazel hésita avant de prendre la parole.

– Tout compte fait, elle a eu une réaction bizarre. Quand je lui ai dit que je cherchais Sémoah à la fête, on aurait dit qu'elle voyait de qui je parlais, mais elle m'a fait comprendre que je ferais mieux de me taire.

Frustré, Jack se frotta la bouche d'une main.

– Et elle a fait ce drôle de commentaire sur le fait que j'étais là pour te sauver, renchérit-il. Cela implique-t-il que les gens à la réunion avaient raison ? Que tout est ma faute ?

– Non ! trancha Hazel. Jamais. Ça n'a jamais été ta faute.

– Mais la mère de Jack… comment s'appelle-t-elle ? s'enquit Severin.

– Éolanthe, répondit Jack.

– Je l'ai connue, autrefois.

Severin jeta à Jack un regard étrange. Hazel en conclut que l'elfe n'était pas qu'une simple connaissance pour le prince.

– Elle est très belle, très intelligente, mais elle ne sait pas se battre à l'épée. Si elle avait réussi à prendre Cœurlié à Hazel, que ce soit par la ruse, la force, ou parce que l'Hazel nocturne serait généreuse, elle aurait tout de même besoin de quelqu'un pour la manipuler.

– OK, admit Ben, poussons le raisonnement jusqu'au bout. Jack raconte à sa mère elfe que cette fille qu'il connaît a trouvé une épée. Éolanthe décide de… quoi ? Convaincre Hazel de lever la malédiction de Severin ? Libérer le prince endormi, et le priver ensuite du seul objet avec lequel il pourrait affronter son père et vaincre Crève-cœur ?

Jack approuva. Il s'était mis à faire les cent pas, évitant de regarder les autres, pris dans le fil de ses pensées.

– Il n'est pas impossible que j'aie parlé d'Hazel et de son épée quand j'étais plus jeune. Et il n'a sans doute pas fallu longtemps à Hazel pour qu'elle se décide à lever la malédiction de Severin.

– Pour Ben, ça aurait pris encore moins de temps, plaisanta Hazel.

Son frère lui tira la langue.

– Ta mère n'a pas l'air d'être du genre à s'allier avec qui que ce soit, reprit Hazel. Surtout pas moi. Elle n'a pas eu l'air de m'apprécier, l'autre soir.

– Et si elle avait pris l'épée, tout simplement ? suggéra Ben. Elle l'a peut-être volée, en nous laissant ensuite de mystérieux indices à la con pour brouiller les pistes. Pour qu'on tourne en rond pendant qu'elle passait à l'action.

– Et la malédiction de Severin ? demanda Hazel. Pourquoi aurait-elle pris la peine de la briser ?

– Ça pourrait être un moyen de détourner l'attention du roi des Aulnes, déduisit Jack en regardant Ben, les sourcils froncés, comme s'ils étaient en train de mettre au point un plan particulièrement sournois alors qu'ils ne faisaient qu'émettre des suppositions à propos d'un plan perfide déjà exécuté. En plus, c'est la preuve qu'Hazel était en possession de Cœurlié, car seule cette épée pouvait fracasser le cercueil et lever la malédiction. Quel aurait été l'intérêt de voler cette arme tant que des doutes subsistaient ?

Severin haussa ses sourcils délicats.

– On en revient au fait qu'Éolanthe a besoin de quelqu'un qui sache manier l'épée, affirma-t-il.

Ben haussa les épaules.

– Tu as dit qu'elle était belle et intelligente. Elle a peut-être trouvé quelqu'un qui sait manier l'épée et qui veut empêcher le roi de nuire. Il doit bien y avoir quelques assassins à la cour, non ?

– Il y en a au moins un, rétorqua Hazel dans un ricanement qui n'avait rien à voir avec une plaisanterie. Moi, je veux l'arrêter.

– On peut envoyer un message à ma mère, déclara Jack.

Il se dirigea vers le tiroir à couverts et en sortit un fin couteau à viande.

– Le sang appelle le sang. Si c'est elle qui a l'épée, je m'engagerai à lui donner tout ce qu'elle voudra en échange. Si c'est moi qu'elle veut, je serai à elle. Quelle que soit la promesse que je lui ferai, je la tiendrai, poursuivit-il avant de se rendre dans le jardin de derrière par la porte de la cuisine.

– Jack, protesta Hazel, tu n'es pas obligé !

– Si ça se trouve, ce n'est pas elle qui a l'épée, tempéra Ben. Ça pourrait être quelqu'un qu'aucun de nous ne connaît ou qu'on ne se souvient pas d'avoir rencontré.

– Ou ça pourrait être la personne qui a caché son fils pour le protéger du roi des Aulnes et qui a de bonnes raisons de le détester, rétorqua Jack, l'air tourmenté. Qu'est-ce qui est le plus probable ? Si on ne retrouve pas cette épée, Carter est fichu.

– Jack… répéta Hazel.

Mais celui-ci ne se retourna pas et ne dit plus rien. Il enfonça la pointe du couteau dans la pulpe de son index, prit une feuille d'arbre et écrivit dessus avec son sang, comme on aurait griffonné un mot sur du papier avec un stylo. Puis il chuchota quelque chose au-dessus de la feuille et l'envoya tourbillonner dans les airs.

Hazel avait eu le temps de lire ce qu'il avait écrit : *Mère, si tu as Cœurlié, apporte-la à la dernière maison sur River Road et j'accéderai à ta demande, quelle qu'elle soit.*

Après l'envoi du message, ils attendirent.

Ben réfléchit au mot Sémoah, qui lui était vaguement familier. Il prit son mug de thé au miel et alla feuilleter quelques-uns des livres qui se trouvaient dans le salon, au cas où ce nom figurerait dans un index. Severin se rendit dans le cabanon de jardin pour chercher la hache de Ben et voir si d'autres outils, après affûtage, pouvaient se révéler des armes utiles.

Libérée du poids de ses secrets, Hazel se sentit affreusement vulnérable et angoissée, comme si des ombres guettaient, prêtes à l'assaillir. Pour s'occuper, elle entreprit de rassembler tout le fer et toutes les paires de ciseaux qu'il y avait dans la maison ; tout le sel, la terre de tombe, l'avoine, les baies et les amulettes qu'elle trouverait. Une fois Severin revenu avec les outils, Hazel protégea les linteaux et encadrements de portes.

Lorsque ce fut fait, elle s'assit sur l'un des fauteuils et somnola. La magie qui lui permettait de se mettre au service du roi des Aulnes sans qu'elle ait besoin de dormir semblait faiblir. L'épuisement la submergeait.

À son réveil, le soleil se couchait dans un embrasement d'or fondu. Elle entendit à l'étage la voix grave de Severin, réduite à un marmonnement, puis un éclat de rire de son frère.

– Salut, souffla Jack en la rejoignant.

Il portait son jean assez bas sur ses hanches. En se relevant, son tee-shirt dévoila une mince bande de sa peau chaude et marron. Elle s'imagina y poser la main avant de replier ses doigts pour s'empêcher de le toucher.

– Je suis venu te réveiller avant que tu… ne sois plus la même, ajouta-t-il.

Hazel tressaillit. Elle avait failli oublier.

– Rien de tout ça n'est ta faute, enchaîna-t-il. Je te le dis pour que ce soit clair.

– J'ai perdu l'épée. J'ai libéré Severin. J'ai passé un marché complètement idiot. C'est au moins *un peu* ma faute, quand même.

Elle se coiffa avec ses doigts et tressa ses cheveux pour dégager son visage.

– En revanche, reprit-elle, je ne laisserai pas ta mère t'emmener, si tu ne veux pas partir avec elle.

Il lui adressa un sourire qui, en réalité, n'en était pas vraiment un.

– Oh, ça ne serait pas si terrible, la rassura Jack. Ça m'éviterait d'avoir à réviser pour les examens de fin d'année, de devoir me dégoter un boulot d'été ou de choisir ma matière principale à la rentrée prochaine. Je pourrais boire du vin de sureau toute la journée, danser toute la nuit et dormir sous une tonnelle de roses…

Hazel grimaça.

– Je suis quasiment sûre qu'il y a des universités où on peut faire tout ça. Je parie qu'il y en a où ça peut même être pris en matière principale.

– Possible, répliqua Jack. Ici, à Solclair, ça a toujours été un jeu de dupes. Je dois faire comme si j'étais humain. Comme si personne ne trouvait bizarre que ma mère ait dû appeler les membres de sa famille pour leur expliquer qu'en réalité elle avait eu des jumeaux, mais que l'un des deux était très malade, et que c'est pour cette raison qu'elle n'en avait pas parlé. Faire comme si tout le monde l'avait crue. Comme si mon père ne trouvait pas bizarre que j'existe, tout simplement. Comme si personne en ville ne me dévisageait. Faire comme si, depuis toutes ces années, je ne me faufilais pas en douce dans les bois. Comme si je n'étais jamais tenté de partir. Comme si je n'avais aucun pouvoir magique. Ma vie est un baril de poudre qui n'attend que l'allumette.

– Salut, je me présente, c'est moi, l'allumette, déclara Hazel en tournant ses deux pouces vers elle.

Elle espérait que son sourire atténuerait un peu sa plaisanterie.

– Salut, allumette, dit Jack d'une voix à la fois rauque et soyeuse, qui donna à ces mots un sens totalement différent.

Elle se rappela son réveil dans la forêt, l'odeur des aiguilles de pin dans l'air, la sensation de la bouche de Jack sur la sienne, le sol bosselé dans son dos, et elle en frissonna.

Mais Jack et elle étaient loin des bois imprégnés du parfum enivrant des aiguilles de pin.

Et elle ne lui avait toujours pas dit le fameux truc.

– Toi aussi, tu me plais, lâcha-t-elle d'un coup.

Les mots avaient fusé comme une accusation.

Jack haussa les sourcils.

– Tu es sérieuse ?

– Pourquoi j'aurais dit ça, sinon ?

Maintenant qu'il savait, ils pourraient reprendre leur discussion sur l'université, la mise à mort, la stratégie ou autre chose – *n'importe quoi d'autre*. À présent, ils pourraient recommencer à s'inquiéter de la perspective que Jack retourne auprès des Fæs. Au moins, il savait. Au moins, elle l'avait dit.

– Si je te plais, pourquoi ça a l'air de t'énerver à ce point ? s'enquit-il.

– Je ne suis pas énervée.

Pourtant si, elle semblait énervée. Furieuse, même.

Il soupira.

– Tu n'es pas forcée de me dire que je te plais juste parce que je passe une journée pourrie ou que je t'ai dit que... Bref, tu n'es pas obligée.

– Oui, je sais.

C'était vrai, elle le savait. Elle aimait Jack depuis des années, elle l'aimait depuis si longtemps que son amour était une douleur constante. Jack, qui l'avait embrassée comme si rien d'autre ne comptait. Jack, qui la connaissait trop bien. Elle l'aimait, et elle n'avait jamais pensé qu'elle lui plaisait. Elle était tellement persuadée du contraire que, malgré le souvenir qu'il le lui ait dit, elle avait toujours l'impression qu'il allait changer d'avis, affirmer qu'il s'était trompé.

Il allait sûrement changer d'avis. C'était un tel bazar dans sa tête ! Elle n'était même pas fichue de dire simplement à un garçon qu'il lui plaisait.

– Ce n'est pas quelque chose que tu me dois, insista Jack. Si c'est parce que tu considères que ça n'a pas d'importance, vu que je ne serai plus là pour me rendre compte que tu as menti...

Soudain, elle réalisa qu'il ne la croyait pas. Ça se passait encore plus mal qu'elle le pensait.

– Non ! Non, je ne mens pas.

– Hazel... dit-il d'une voix atone.

– Écoute, l'interrompit-elle, espérant que, cette fois, elle arriverait à s'exprimer comme il le fallait. Après avoir conclu ce marché, je croyais que le Peuple allait m'emmener. Et ça aurait pu arriver ! Je ne voulais pas me sentir trop proche de qui que ce soit, tu comprends ? Je ne suis pas douée pour ça. Les petits amis, les rendez-vous amoureux, ce n'est pas pour moi. Je sors avec des garçons à des fêtes, et je n'ai jamais dit, à aucun d'entre eux, qu'ils me plaisaient. Je ne suis pas bonne à ce jeu-là, OK ? Ça ne veut pas dire que je te mens.

– OK, répondit Jack. Mais je te connais depuis toujours, Hazel. Je suis le meilleur ami de ton frère. J'entends ce que vous vous dites, et j'entends aussi tout ce que tu ne dis pas. Je sais que tu ne veux pas être intime avec quelqu'un, mais ce n'est pas seulement à cause des Fæs.

– C'est-à-dire ?

Il secoua la tête.

– On devrait éviter ce sujet.

– Non, insista-t-elle, même si elle eut froid tout à coup. Dis-moi le fond de ta pensée.

Il soupira.

– C'est toi qui m'as montré comment trouver de la nourriture dans les bois. On avait quoi, neuf et dix ans, à l'époque ? Tu te rappelles pourquoi tu as appris à le faire, pourquoi tu es devenue experte en la matière ? Et la fois où tu es restée manger chez moi, un soir, et que tu as caché de la nourriture dans ta serviette pour plus tard, parce que tu avais peur que tes parents oublient de te donner à manger, et qu'on faisait tous comme s'il n'y avait pas de problème ? Tes parents organisaient des fêtes mémorables, mais j'ai entendu des gens dire que ton frère et toi mangiez dans la gamelle du chien. Tu l'as raconté toi-même, comme si c'était quelque chose de drôle. Tu parles de ton enfance comme si c'était une période amusante, insouciante, mais je me souviens qu'en réalité, pour toi, ça n'avait absolument rien de drôle.

Hazel le regarda en clignant des yeux. Elle avait tout fait pour tenir à distance ses mauvais souvenirs, et elle avait réussi. Rien de ce que Jack venait de dire n'aurait dû la surprendre. Après tout, ce n'étaient que des éléments factuels concernant sa vie. Pourtant, elle était quand même déstabilisée. Tout cela s'était passé il y a si longtemps qu'elle pensait que ça ne comptait plus vraiment.

– Mes parents ne sont plus comme ça. Ils ont grandi. Ils se sont améliorés.

Jack acquiesça.

– Je sais. Je sais aussi que tu crois que c'est toujours à toi d'arranger les choses, mais pas forcément. Il y a des gens à qui tu peux faire confiance.

– J'allais sauver Solclair.

– On ne peut pas sauver un lieu. Parfois, on ne peut même pas sauver une personne.

– Est-ce qu'on peut se sauver soi-même ? demanda Hazel.

Cela lui paraissait important, comme si la réponse de Jack serait *la* réponse, comme s'il pouvait réellement le savoir.

Il haussa les épaules avant de répliquer :

– C'est ce qu'on essaie tous de faire, pas vrai ?

– Donc est-ce que tu me crois ? Quand je te dis que tu me plais ?

Mais il n'eut pas le temps de répondre : Ben entra dans la pièce, triomphant, brandissant un livre.

– J'ai trouvé ! J'ai trouvé ! Je suis un vrai génie ! Un génie de la mémoire. Je suis comme ces gens qui savent compter les cartes, à Las Vegas !

Hazel se leva.

– Sémoah ?

Il hocha la tête.

– Et au fait, Hazel, ce bouquin était dans *ta* chambre.

Alertée, elle reconnut l'ouvrage dont le dos disait : *Folklore d'Angleterre*. C'était celui qu'elle avait trouvé dans la malle, sous son lit. N'avait-elle pas réalisé sa valeur ?

Son frère ouvrit le livre.

– Il y a là-dedans un conte originaire du Northumberland, un comté du nord de l'Angleterre. C'est l'histoire d'un petit garçon qui ne veut pas aller au lit. Sa mère lui dit que, s'il n'y va pas, les Fæs viendront le chercher et l'emmèneront. Il ne la croit pas et continue à jouer pendant que, dans l'âtre, le feu s'éteint peu à peu.

Au bout d'un moment, une Fæ apparaît – une jolie petite fille fæ qui veut jouer avec lui. Le garçon lui demande comment elle s'appelle, à quoi elle répond : « Émoah ». Puis elle retourne la question au garçon, qui lui répond avec un sourire espiègle : « Sémoah ? »

» Ils jouent encore un peu, puis le garçon essaie de raviver le feu. Lorsqu'il attise les braises mourantes, l'une d'elles roule hors de l'âtre et brûle l'orteil de la petite Fæ. Elle hurle comme une folle, et sa mère, une Fæ gigantesque et effrayante, déboule par la cheminée. Le garçon rejoint son lit d'un bond, mais il entend quand même la mère fæ exiger de sa fille qu'elle lui dise le nom de celui qui l'a brûlée. « Sémoah ! Sémoah ! » crie la petite Fæ. Quand elle entend ça, la mère fæ lui fait la leçon. « Eh bien, si c'est toi, dit-elle en attrapant sa fille par l'oreille pour la faire remonter par la cheminée, tu ne peux t'en prendre qu'à toi-même. » Et voilà l'histoire. Émoah. Sémoah. C'est moi.

Ben exécuta une révérence exagérée.

– Mais… qu'est-ce que ça veut dire ? l'interrogea Jack.

C'est moi.

– Donnez-moi un stylo, ordonna Hazel d'une voix un peu tremblante.

Elle ouvrit le livre à la fin, sur une page blanche.

Ben récupéra un feutre dans le tiroir fourre-tout de la cuisine et le lui donna.

– Un problème ? s'enquit-il.

Elle prit le feutre de sa main droite et écrivit *Sept années pour t'acquitter de tes dettes*. Puis elle changea de main et réécrivit la même phrase.

C'était l'écriture des messages contenus dans les noix ; la même qui avait marqué SÉMOAH sur le mur de sa chambre. Pendant un long moment, Hazel regarda fixement la page devant elle. Le nom griffonné avec de la boue sur son mur n'était pas celui d'un conspirateur ou d'un ennemi. C'était une signature. La sienne.

Il n'y avait personne d'autre. Aucune ombre qui tirait les ficelles, semait des indices, guidait sa main. Rien qu'elle, qui avait trouvé comment ouvrir le cercueil, qui avait appris la valeur de l'épée découverte au lac. Rien qu'elle, qui avait compris ce que le roi des Aulnes voulait infliger à Solclair, et qui voulait l'en empêcher.

Sémoah. C'est moi.

Un message codé, car le roi des Aulnes lui avait formellement interdit de révéler à sa face diurne la nature de leur marché. Elle n'avait donc pu lui laisser qu'une poignée d'énigmes désespérées et quelques indices.

Elle se rappela les propos de Severin : il avait entendu sa voix mais, le temps qu'il se réveille – pour de bon –, *le jour était levé et tu avais disparu*. Évidemment qu'elle avait disparu ! Elle devait se dépêcher de retourner se coucher pour devenir l'Hazel diurne. Elle avait dû arriver juste à temps, sans avoir pu se laver les pieds. Paniquée, elle avait écrit sur le mur, fourré le livre dans la malle vide. Elle avait fracassé le cercueil avec un plan précis en tête, comme passer un marché avec Severin ou lui rendre son épée. Quelles que soient ses intentions, lorsque le prince s'était réveillé, elle avait dû réaliser qu'on allait découvrir que c'était elle qui avait Cœurlié.

Elle avait donc caché l'épée là où personne n'aurait l'idée de la chercher, là où le roi des Aulnes ne pourrait pas la trouver, même s'il trouvait Hazel.

Et ensuite… elle avait veillé toute la nuit suivante et pisté Ben dans les bois avant de se retrouver menacée par Severin. Elle avait à peine dormi alors que l'aube allait se lever. Cela avait suffi à sa face nocturne pour qu'elle écrive le message trouvé dans son sac : *Pleine lune cette nuit, mieux vaut aller au lit.*

Mais elle n'en avait pas tenu compte. Une fois de plus, elle avait veillé toute la soirée, ne laissant pas le temps à l'Hazel nocturne de récupérer l'épée ni de trouver un plan B. Ne lui laissant le temps de rien.

Le premier mot – celui dans la noix, découvert au *Lucky's* – n'était peut-être qu'un test de sa face nocturne, pour voir si elle pouvait envoyer un message à sa face diurne sans se faire prendre par le roi des Aulnes. Quant au mot suivant, elle avait dû l'écrire au plus fort de sa crise de panique, quand elle craignait d'être démasquée et qu'elle ne voulait laisser aucun élément compromettant, au cas où un être du Peuple le verrait. Elle n'avait pas voulu donner trop d'indices à sa face diurne qui risquaient de la mettre en danger, et alors qu'il lui manquait des éléments de l'histoire.

Elle avait fichu un sacré bazar.

Severin descendit l'escalier en tenant une sorte de lance qu'il avait fabriquée avec des lames de scie et le manche en bois d'un râteau.

– Il y a du monde dehors, annonça-t-il.

Hazel se dirigea vers la fenêtre et les vit encercler la maison : des chevaliers fæs montés sur des étalons. La mère de Jack se trouvait derrière l'un d'eux, vêtue d'une robe vert et or qui tourbillonnait dans l'air. Éolanthe mit pied à terre et avança à grands pas vers la maison.

– C'est ma mère, annonça Jack en allant ouvrir la porte.

– Attends ! lança Hazel. Ce n'est pas elle qui a l'épée.

Mais, du bout du pied, Ben avait déjà repoussé le sel et les baies afin que l'elfe puisse entrer. Ses yeux étaient argentés et ses cheveux du même vert que des jeunes pousses d'herbe. Lorsqu'elle regarda Severin, son sourire se glaça.

– Je pensais bien te trouver ici, déclara-t-elle.

Le prince s'inclina légèrement pour la saluer.

– Dame Éolanthe. Que nous vaut le plaisir ? Tu es accompagnée de la garde du roi, dont je n'ai pas les faveurs.

– Il faut que tu comprennes, dit-elle en se tournant vers Jack, pétrifié, la main toujours sur la poignée. Quand je lui ai dit où était son fils, il a promis d'épargner le mien. Il m'a garanti ta sécurité. Jack, tu ignores ce que cela signifie.

Hazel se doutait déjà qu'ils avaient commis une erreur – une grave erreur – en pensant qu'Éolanthe avait Cœurlié. À présent, elle se rendait compte qu'ils s'étaient aussi trompés sur celui à qui allait sa loyauté. Ils s'étaient fourvoyés sur toute la ligne.

– Comment as-tu pu faire ça ? cracha Jack.

Il tremblait de tout son corps, si bien qu'il semblait sur le point de se disloquer.

– Comment peux-tu dire que tu es ma mère et conclure un marché mettant en jeu la vie de mes amis ? s'indigna-t-il.

Éolanthe recula, troublée par la force de sa colère.

– Je l'ai fait pour ton bien ! J'ai peu de temps pour te ramener. Viens. Quelle que soit ton opinion sur moi, tu pourras toujours en faire plus pour tes amis que si tu te retrouves enchaîné avec eux.

– Non, trancha Jack. Je n'irai pas avec toi. Non.

– Écoute-la, dit Severin. Il n'y a pas de honte à sauver sa vie. Sans Cœurlié, je ne peux pas gagner.

Mais Jack se contenta de refuser de la tête.

Hazel devait agir. Il n'y avait qu'une possibilité. Elle se souvint de l'anecdote que lui avait racontée Leonie, quand Jack avait ordonné à Matt de se donner des coups de poing au visage, et que Matt avait obéi. Elle se souvint du nœud que Jack avait fait dans ses cheveux en lui ordonnant de ne pas pleurer.

– Jack ! s'exclama-t-elle en l'attrapant par le bras pour qu'il la regarde. Est-ce que tu peux m'endormir ?

Le regard du jeune homme était plein d'angoisse. Il ne semblait même pas comprendre sa demande.

Sa mère fronça les sourcils.

– Jack, tu dois venir avec moi, insista cette dernière.

– *Est-ce que tu peux m'endormir ?* répéta Hazel en criant presque. Avec tes pouvoirs… comme tu l'as fait pour que je ne pleure pas ! Le jour n'est pas encore levé, donc si je m'endors, je ne serai plus moi-même à mon réveil. Je serai elle, l'autre Hazel ! Elle vous dira tout.

Tout le monde la regarda, l'incompréhension affichée sur les visages. Mais elle ne pouvait en dire plus en présence d'Éolanthe qui se trouvait juste devant elle, prête à les livrer au roi des Aulnes.

– Qui nous dit que l'Hazel nocturne est dans notre camp ? demanda Severin en haussant un sourcil. Au moins, on sait que notre Hazel se battra pour nous.

À ces mots, elle sourit. Leur prince qui l'appelait « notre Hazel », comme dans l'une de leurs histoires…

– Hazel est toujours dans notre camp, décréta Jack.

Il lui toucha le front avec douceur. Elle s'attendait à ce qu'il lui ordonne de dormir ; au lieu de quoi, il se pencha vers elle et l'embrassa. Elle sentit la légère pression de sa bouche sur la sienne, le sourire qui étirait ses lèvres. Puis il s'écarta et déclara :

– Endors-toi.

Elle sentit la magie la submerger comme une immense vague. À la dernière seconde, même s'il l'avait ensorcelée à sa demande, elle lutta contre le sort. Essayant de garder les yeux ouverts, elle avança en chancelant et tomba. La dernière chose dont elle se souvint, ce fut le cri de Ben et la main de Jack qui la rattrapait juste avant que sa tête heurte le sol.

Chapitre 20

Entre deux battements de paupières, Hazel se réveilla.

Entourée de plusieurs chevaliers du roi des Aulnes, elle franchit un passage semblable à l'entrée d'une grotte. Au-dessus d'elle, une lumière laiteuse filtrait à travers les feuilles des arbres, dont les branches dansaient dans la brise. Le jour était levé. Ils s'enfoncèrent ensuite dans l'obscurité du tertre, dont le plafond était couvert de racines tordues qui ressemblaient à des bras blancs mouvants. Des plantes grimpantes sur lesquelles fleurissaient d'étranges fleurs blanches tapissaient les murs. Le chemin qu'ils suivaient était bordé de champignons au pied bleu.

Derrière elle, dix chevaliers étaient placés de part et d'autre d'une cage posée sur de grosses roues ouvragées qui grinçaient, et dont les barreaux de métal noir étaient comme des branches incurvées. Severin et Ben y étaient emprisonnés. Son frère, assis, avait l'air terrifié, mais paraissait indemne. Le prince s'agitait comme un lion en cage. La rage émanait de lui. Ses joues étaient tailladées, et il avait une tache sombre sur le ventre. Même à cette distance, Hazel devinait que c'était sûrement du sang.

Son pas se fit hésitant. Pourquoi circulait-elle librement alors que les garçons étaient enfermés ? Alors qu'ils avaient mené un combat ? Qu'avait-elle fait ?

Pourquoi n'avait-elle pas livré bataille à leurs côtés ? Pourquoi n'était-ce pas elle, dans la cage ?

– Sire Hazel ? l'appela une voix qu'elle ne reconnut pas.

Elle se rendit compte que, en plus d'être parmi les chevaliers du roi des Aulnes, elle portait le même uniforme qu'eux, composé entre autres du pourpoint qu'elle avait découvert dans la malle avec le livre, lorsqu'elle avait constaté que son épée n'y était plus. Levant les yeux vers le chevalier fæ qui lui avait parlé, elle réalisa qu'ils étaient habillés de manière identique, bien qu'un de ses bras à lui soit protégé par des plates d'or brillant, dont une exagérément large au niveau du coude, et qu'il en avait une autre le long de la mâchoire inférieure. C'était à la fois étrange, menaçant et magnifique.

D'après Jack, il s'appelait Marcan. Elle l'avait rencontré à la fête de la pleine lune.

Non, elle n'était pas simplement avec les chevaliers du roi des Aulnes, ni juste vêtue comme eux. Elle *était* l'un d'eux. Cela expliquait pourquoi Marcan avait prononcé son nom d'un air soucieux. Il la connaissait – l'Hazel nocturne, Hazel la chevaleresse, l'Hazel qui avait été et était toujours au service du roi des Aulnes, celle qui avait dû être à sa place à peine un instant auparavant. Elle se souvint de ce que Marcan avait dit à la fête : *Hazel ne voit pas d'inconvénient à ce que je l'accompagne. Nous avons déjà croisé le fer, elle et moi.*

– Tout va bien, le rassura-t-elle.

Par réflexe, elle toucha sa ceinture, mais aucune épée n'y pendait. Bien sûr ! Sa lame n'était plus là, puisque l'autre Hazel l'avait cachée.

– Tu vas avoir de graves ennuis, lui souffla Marcan. Fais attention.

Le cortège s'arrêta devant le trône du roi, qui attendait avec ses courtisans. Près de lui se trouvait un cercueil de cristal avec une armature métallique noire, encore plus travaillé que celui qu'il y avait dans les bois. Juste à côté, une main possessive posée sur la paroi transparente du cercueil, se tenait une petite créature flétrie vêtue d'un pourpoint écarlate, dont le crâne était auréolé d'un nuage de cheveux argentés. Aux poignets, il portait des bracelets d'archer incrustés de pierres précieuses. L'épingle qu'il avait attachée à sa tunique était pourvue d'ailes qui s'agitaient avec le vent, comme si un papillon de nuit en or et nacre, aux yeux de gemme, pouvait être vivant. *Grimsen*, se souvint Hazel. Severin l'avait mentionné. L'artisan forgeron dont les pouvoirs étaient si grands que le roi des Aulnes l'avait enlevé à son ancienne cour.

Grimsen, qui avait fabriqué Crève-cœur et Cœurlié. Celui qui pouvait tout façonner dans le métal. Elle dut le regarder avec un peu trop d'insistance, car il se tourna vers elle et lui adressa un sourire fourbe. Ses yeux noirs brillèrent.

Désespérée, elle chercha Jack du regard dans la foule des courtisans. Elle finit par le repérer sur le dos d'un étalon fæ pommelé, sa mère juste derrière lui, perchée sur la même monture. L'expression qu'il affichait n'en était pas une : c'était un vide étrange, indéchiffrable. Hazel laissa son regard posé sur lui jusqu'à ce qu'il la remarque. Alors, il écarquilla les yeux et ouvrit les paumes, faisant mine de les observer.

Perplexe, elle l'imita.

Son cœur se mit à battre plus vite. Dans sa paume droite, comme tracés au feutre noir, il y avait les mots *carottes* et *tiges de fer*, écrits de la même main que celle des messages. Dans sa paume gauche, elle lut : *N'oublie pas de poser un genou à terre.* Cette phrase était rédigée d'une écriture bien plus familière : la sienne.

Les deux premiers indices renvoyaient à l'histoire du fermier et du boggart. C'étaient les mots qui, dans le livre, avaient été entourés d'un doigt boueux et dont elle n'avait pas compris le sens quand elle les avait lus. À cet instant, ils étaient toujours aussi obscurs.

Quant au troisième indice… Était-ce un rappel du respect des convenances ?

Elle observa les Fæs rassemblés, cherchant de nouveau Jack. Ses yeux passèrent sur une femme au dos voûté munie d'une canne noueuse, un homme vert affublé d'un long nez et d'une touffe de cheveux noirs, une créature dorée dont les jambes ressemblaient à des pattes de sauterelle.

Personne ne croisa son regard. Jack avait disparu.

– Sire Hazel, déclara le roi des Aulnes. Le soleil est levé. Tu n'es donc plus ma petite marionnette.

Plusieurs courtisans – certains parés de beaux habits déchirés faits de dentelle, d'autres complètement nus – gloussèrent en se cachant derrière leur main ou leur éventail. Un puck rit si fort qu'il se mit à braire comme un âne.

Hazel serra les poings, luttant contre la panique.

– Oh là là, ta tête ! cria le puck, hilare, faisant rouler dans ses orbites ses étranges yeux caprins dorés. Si tu voyais ta tête !

Hazel jeta un coup d'œil à Ben dans la cage. Il tenait les barreaux à deux mains. Quand il la vit se tourner vers lui, il lui adressa un sourire incertain, comme s'il s'efforçait de faire bonne figure. Un sourire qu'en aucun cas elle ne méritait.

– Cependant, tu m'appartiens quand même, poursuivit le roi des Aulnes. Tâche de t'en souvenir, Hazel. Approche, et prosterne-toi devant moi.

Elle mit un genou à terre, sentant le froid de la pierre traverser le tissu étrange, presque métallique, du pantalon qu'elle portait.

N'oublie pas de poser un genou à terre.

– Regarde-moi, ordonna le roi.

Elle obéit à son injonction et vit ses yeux couleur vert poison, ainsi que la longue cape en plumes de corbeau drapée sur ses épaules. Chacune d'elles renvoyait des reflets d'un noir bleuté légèrement irisé, comme une flaque d'hydrocarbure. Le roi était d'une beauté désastreuse, celle qu'on peut attribuer à certains couteaux et scalpels. Hazel avait essayé de ne pas s'attarder sur son physique extraordinaire mais, lorsqu'on était face à lui, on ne pouvait pas l'ignorer. Il était un roi de conte de fées, resplendissant et terrible à la fois. Une part d'elle souhaitait ardemment le servir et, plus il la regardait du haut de son trône, plus ce désir s'intensifiait.

Elle s'obligea à se concentrer sur ses lèvres plutôt que sur ses yeux.

– Imagine ma surprise quand j'ai appris qu'on avait trouvé Severin chez toi... reprit-il. Non seulement tu as échoué dans ta mission, mais en plus tu as abusé de ma bonne volonté.

Elle garda le silence et se contenta d'incliner la tête.

À l'évidence, il n'en attendait pas moins d'elle.

– Vas-tu le nier, petite sournoise ? Vas-tu me raconter que c'est *lui* que tu avais l'intention de trahir ? Vas-tu affirmer que tu me sers toujours fidèlement ?

– Non, répondit-elle en s'efforçant de ne pas laisser paraître la panique qui l'envahissait. Je ne nierai rien.

Pour la première fois depuis qu'elle avait été amenée devant lui, il parut méfiant.

– Éolanthe, approche. Dis ce que tu sais à la cour.

La mère elfe de Jack s'avança, une feuille d'arbre à la main qu'Hazel reconnut aussitôt. Éolanthe lut le message rédigé avec le sang de son fils et, quand elle mentionna Cœurlié, le murmure des conversations parmi les courtisans s'éteignit, comme si le nom de la lame était un sortilège à lui tout seul.

Éolanthe tremblait légèrement. Le roi des Aulnes l'observait d'un regard possessif, incandescent, comme s'il se souvenait qu'il était en colère contre elle, comme si le souvenir de cette colère l'enflammait. Hazel comprit pourquoi la Fæ ne voulait pas que Jack attire l'attention du roi.

Un instant plus tard, son regard tout-puissant se posa de nouveau sur Hazel.

– Dis-moi, qu'est-ce qui t'a fait croire que c'était l'une de mes courtisanes qui avait Cœurlié ?

Elle déglutit.

– Quelqu'un l'a forcément. Cette épée était le seul moyen de briser le cercueil. Le seul moyen de libérer Severin.

Il se pencha en avant, impatient.

– Et qui t'en a informée ? l'interrogea-t-il.

Hazel secoua la tête. La réponse était simple.

– Severin.

Le souverain fit signe de rapprocher la cage. Il observa son fils bizarrement, comme s'il lui appartenait ; comme on aurait contemplé un tableau d'une grande valeur, mis en réserve à cause d'une éraflure. Un tableau qu'on ne voudrait plus exposer à la vue des autres, mais dont on rechignerait à se séparer.

Severin regarda aussi son père, les yeux ardents. Ben s'était retiré dans l'ombre, de sorte qu'on distinguait mal son visage. Hazel se demanda à quoi il pensait.

– Qui t'a libéré ? demanda le roi des Aulnes à son fils. Dis-moi où est l'épée, et je te pardonnerai. Tu pourras prendre place à mes côtés. Tu seras mon héritier, rétabli. Qu'en penses-tu ? J'ai les moyens de me venger de la cour de l'Est. Avec ta sœur sous contrôle et les épées jumelles de nouveau en ma possession, rien ne pourra m'arrêter.

» Détruisons Solclair, détruisons tous ceux qui sont venus te regarder bêtement durant tes longues années de sommeil. Je te montrerai la force de ta sœur lorsqu'on sait l'exploiter. Tu verras comme il sera facile pour nous de reprendre la cour de l'Est et d'arracher le trône au chevalier arriviste qui l'a accaparé.

Hazel retint son souffle. Il parlait de détruire Solclair comme si ce n'était rien, une tache qu'il suffisait de frotter pour la faire disparaître

Dans la cage, Ben chuchota quelque chose à Severin, mais celui-ci secoua la tête. Quand le garçon cornu se tourna de nouveau vers son père, son regard brillait, intense.

– Libère les mortels et je siégerai près de toi, père. Fais-moi sortir de cette cage et je prendrai ma place à tes côtés.

Un léger sourire apparut sur les lèvres du souverain.

– Où est Cœurlié ?

– À toi d'abord, rétorqua le prince. C'est moi qui suis dans la cage.

Un instant, comme si le temps s'était arrêté, Hazel se demanda si le roi allait accéder à sa demande, si Severin allait les trahir. Mais le souverain se mit à rire, puis il appela une créature en armure rouge, pourvue d'une queue qui fouettait l'air derrière elle et d'oreilles semblables à celles d'un renard.

– Fais sortir le mortel, plutôt, et qu'on m'amène la Vierge d'Os avec tous ses couteaux.

Ben cria quand une dizaine de chevaliers se rassemblèrent autour de la cage. Ils insérèrent leurs épées entre les branches métalliques pour empêcher Severin d'intervenir à l'ouverture de la porte, et firent sortir Ben de force. Severin attrapa un des chevaliers et lui tordit le bras, le plaquant contre les barreaux. Le Fæ hurla et Hazel entendit un bruit sec, comme un os qui se casse.

Elle voulut s'approcher.

– Halte, sire Hazel, ordonna le roi des Aulnes. Reste à ta place, sinon j'égorgerai le jeune Benjamin.

Elle s'immobilisa. Trois chevaliers appuyèrent le tranchant de leur lame sur la peau de Severin, qui respirait fort mais ne se débattait plus. Deux autres chevaliers saisirent Ben et le traînèrent sur le sol de pierre. Ils le jetèrent devant la sorcière apparue à la demande du roi, au visage bleu comme le pastel des teinturiers et vêtue d'une robe noire en lambeaux. Elle plaqua ses doigts fuselés, dont l'extrémité était en os blanc, sur le front de Ben afin de tâter sa tache de naissance.

– Maintenant, toi ou mon fils allez me dire où est passée Cœurlié. Sinon, le garçon souffrira, menaça le roi, affichant un sourire horrible.

– Béni et maudit, maudit et béni, caqueta la Fæ à la peau bleue.

Là-dessus, elle prit un des doigts de Ben et le tordit violemment.

Il hurla.

– Assez ! cria Hazel.

Si elle avait su où était l'épée, elle l'aurait peut-être dit, mais il lui était impossible de réfléchir avec Ben qui hurlait comme ça. Heureusement que Jack avait fait un nœud dans ses cheveux. Sans lui, elle aurait fondu en larmes.

– Arrêtez, poursuivit-elle. Sinon, c'est moi qui vous y obligerai.

À ces mots, le roi des Aulnes éclata de rire.

– Ah, oui, voilà ta vraie nature qui ressort. Tu joues les filles dociles, à condition que les ordres te plaisent... Tu es comme mon fils.

Ben hurla à nouveau. Un deuxième doigt tordu.

Le roi des Aulnes portait Crève-cœur à sa droite, glissée dans un fourreau en peau. Hazel pouvait-elle trouver une autre arme et lui trancher la gorge avant qu'il riposte ? Ses chances étaient minces. En observant les courtisans, elle repéra parmi eux une fille aux pattes de chèvre qui avait un couteau à sa ceinture. Elle s'imagina saisir la lame. Elle compta combien de pas la séparaient du trône et calcula le temps qu'il lui faudrait pour parcourir cette distance en courant. Ses doigts la démangeaient.

Elle devait agir.

– On ne peut pas soigner les doigts d'un musicien sans les casser, déclara le roi des Aulnes. Ton frère souffre, mais cela pourrait être un mal pour un bien. Si vous vous obstinez, je ferai bien pire. Il existe des tourments si affreux qu'ils changent les gens à jamais, si terribles qu'aucun esprit n'est capable d'y résister. Vous feriez mieux de me dire ce que vous savez, et de me le dire maintenant.

– Laisse Benjamin tranquille, protesta Severin. C'est moi qui t'ai causé du tort, père. Laisse-le !

Hazel devait agir. Il fallait qu'elle fasse cesser les souffrances de Ben.

– C'est moi ! s'écria-t-elle. C'est moi qui ai libéré Severin. Alors laissez Ben tranquille. C'est moi la responsable, et je l'ai fait seule.

– Toi ?

Le roi des Aulnes se leva de son trône, le regard brûlant de fureur.

– Toi, qui es venue à l'aubépine sacrée et qui as demandé notre aide ? Pourtant, n'est-ce pas toi qui as renoncé à sept années de ta vie volontairement – avec joie, même ? J'aurais pu prendre ces sept années comme je le voulais, mais j'ai été clément. Non seulement j'ai exaucé ton souhait, mais je t'ai aussi donné tout ce que tu n'avais jamais osé demander. Quand tu es venue me voir, tu étais une enfant de dix ans. Nous t'avons enlevée de ton lit pour te faire voler à travers les cieux sur un étalon-séneçon. Nous t'avons appris à te battre à l'épée, à recevoir des coups et à chevaucher nos montures rapides comme l'éclair, comme si tu étais Tam Lin en personne. Une part de toi s'en souvient, se rappelle le vent hurlant et fouettant tes cheveux dans le ciel nocturne déployé devant toi. Les leçons de courtoisie. La fois où tu as ri lorsque tu as renversé une fille de Solclair près de la grand-route, le martèlement des montures des autres chevaliers derrière toi, ton cheval dépassant les leurs...

– Non. C'est faux. Je n'ai pas fait ça ! l'interrompit Hazel, s'efforçant de parler d'un ton ferme.

Mais les Fæs ne mentaient pas. Ils en étaient incapables. Le roi disait donc la vérité. Elle pensa à son cauchemar, dans lequel elle avait tourmenté une famille et ri lorsque celle-ci avait été transformée en rochers. Dans quelle mesure changeait-elle, lorsqu'elle était au service du roi ? Dans quelle mesure pouvait-elle faire confiance à son autre face ?

– J'ai exaucé tes souhaits, répéta le souverain avec un sourire, en écartant largement les mains. Et, si nos présents ne sont pas entièrement inoffensifs, tu nous connais assez pour que cela ne te surprenne pas. Alors, dis-moi, qui t'a indiqué comment libérer mon fils ? J'exige la vérité, maintenant. Qui t'a donné Cœurlié ? Et où est mon épée ?

– Je ne sais pas, répondit Hazel, paniquée – car elle ignorait vraiment où était l'épée, mais le roi n'avait aucune raison de la croire.

Il fit signe à la Vierge d'Os, qui se rapprocha du trône et dégaina une lame mince au tranchant irrégulier. On aurait dit que le métal était taché de rouille ou de sang.

– Les mortels sont des menteurs-nés, décréta le souverain. C'est le seul domaine dans lequel ton espèce excelle.

Hazel déglutit et se tint prête. Elle s'autorisa à avoir peur, à se perdre dans cet instant, à ne pas trop réfléchir. Elle devait pouvoir compter sur son instinct. Elle espérait paraître assez stupéfaite pour que la Vierge d'Os pense qu'elle resterait passive, se laisserait torturer, hurlerait en pleurant sans jamais se défendre. Lorsque la créature fut assez proche pour qu'Hazel sente son odeur d'aiguilles de pin écrasées, pour qu'elle voie l'étrange lueur qui brillait dans ses yeux couleur rubis, elle se rua sur le couteau rouillé.

Dans ce geste, l'arme lui égratigna le bras, mais Hazel referma la main sur la lame. Malgré l'entaille dans sa paume, elle tira sur le couteau d'un coup sec, l'arrachant à la sorcière, et le lui planta avec force dans la gorge. Un sang noir en jaillit. La sorcière essaya de refermer ses longs doigts autour du cou d'Hazel, mais son regard se ternissait déjà.

Un chevalier empoigna Ben et lui ramena de force les mains dans le dos, sans ménager ses doigts cassés. Ben hurla de douleur.

Trois autres chevaliers encerclèrent Hazel, se tenant loin du fin couteau à la lame rouillée. Elle s'accroupit et les observa.

– Non, ordonna le roi des Aulnes. Laissez-lui son arme. Vois-tu, sire Hazel, tant que j'ai ton frère, c'est ma main qui tient le couteau.

– On dirait pourtant que votre main a dérapé, rétorqua-t-elle tandis que le corps de la sorcière s'agitait dans un dernier soubresaut avant de s'immobiliser.

La victoire et la violence mettaient le feu à ses joues. Elle se sentait redevenir aussi dangereuse qu'elle pouvait l'être, comme à l'époque où elle marchait dans la forêt de Solclair, se considérant comme la protectrice de la ville. Autour d'elle, les courtisans s'étaient tus. Elle avait amené la mort dans cet endroit, devant ces êtres immortels. Tous la regardaient avec des yeux perplexes.

– Écoute-moi attentivement, dit le roi, comme s'il donnait un cours à un tout petit enfant. À présent, Hazel, je veux que tu me récites la comptine pour appeler le monstre qui vit au cœur de la forêt, à savoir ma chère fille. Tu la connais, n'est-ce pas ? Récite-la ou j'éventre ton frère.

Hazel hésita un instant, consciente qu'ils étaient pris au piège.

– Très bien, concéda-t-elle avant de prendre une grande inspiration.

Le côté chantant du texte lui fit remonter des souvenirs de corde à sauter, la sensation des pieds nus sur le trottoir brûlant en été, la tentation chaque fois présente de prononcer le dernier mot.

– « Y a un monstre dans nos bois, et c'est pour toi qu'il viendra, te punir si t'es pas sage, t'attirer sous les branchages, réduit à un os rongé, à un pauvre petit tas, c'est pas la peine d'espérer retourner un jour chez toi. »

Elle sentit la magie ondoyer, la brise souffler dans le tertre, le froid qui l'accompagnait. Pleurs arrivait et, si le roi pouvait réellement la contrôler, ils étaient condamnés.

Le souverain hocha la tête.

– Très bien. À présent, voyons ce que tu sais faire d'autre. Entaille-toi le bras, sinon mon chevalier tranchera en deux le visage de ton frère. Tu vois comme tu es prompte à m'obéir ? Allons, hâte-toi.

Les doigts tremblants, Hazel retroussa la manche de sa tunique. Elle leva la petite lame tordue de la Vierge d'Os et en posa la pointe sur sa chair. Puis elle appuya dessus jusqu'à ce qu'une douleur vive, intense, s'épanouisse dans son avant-bras et qu'un filet de sang coule vers sa paume avant de goutter sur le sol de pierre.

Les lèvres du roi des Aulnes s'étirèrent en un affreux sourire.

– Hazel, arrête ! hurla Ben. Ne t'occupe pas de moi...

– Père, ça suffit ! cria Severin d'un ton autoritaire. Elle n'a pas Cœurlié.

– Elle ment, rétorqua le roi des Aulnes. Ils mentent ! Tous les mortels sont des menteurs !

– En se taisant, Hazel me protège ! cria Jack.

La tête haute, il avança entre les courtisans, les yeux brillant d'un éclat argenté. Éolanthe lui accrocha l'épaule d'une main, mais il se dégagea. Autour de lui, la foule se tut. Il se présenta devant le trône et exécuta une révérence élaborée, qu'Hazel ne l'aurait jamais soupçonné de connaître.

– Je t'ai été déloyal, affirma Jack. Laisse partir Hazel, et punis-moi à sa place.

– Non ! protesta sa mère.

Puis elle ajouta, à l'intention du roi :

– Tu as juré ! Tu as juré que tu ne lui ferais pas de mal !

– Jack ? questionna Hazel en fronçant les sourcils.

Elle avait le tournis, peut-être à cause du sang qui coulait le long de son bras. Un instant, elle se demanda si Jack avait un autre secret qu'il n'avait pas encore révélé. Puis elle vit fugacement la panique sur son visage, décela l'entourloupe dans son ton.

Il lui faisait gagner du temps. Il lui permettait de réfléchir aux indices que sa face nocturne lui avait laissés.

Carottes. Tiges de fer.

N'oublie pas de poser un genou à terre.

Qu'est-ce que cela signifiait ? Le fermier avait piégé le boggart en plantant des carottes, qui poussaient sous terre. Et les tiges de fer étaient également enterrées.

Peut-être avait-elle *enterré* l'épée ?

– Toi ? Le garçon qui joue au mortel ? C'est toi qui m'aurais trahi ? se moqua le roi des Aulnes.

Les yeux plissés, il observa Jack puis s'assit de nouveau sur son trône, rejetant sa cape en arrière.

– Pour quelle raison aurais-tu voulu te dresser contre moi ? Tu es la preuve vivante de la trahison de ta mère, et pourtant tu es là, indemne.

N'oublie pas de poser un genou à terre.

– En quoi est-ce important de savoir pourquoi ? le provoqua Jack.

À voir l'expression de son visage, on aurait dit qu'il mettait le roi au défi de poursuivre son interrogatoire.

– Tu te permets bien des choses, enfant changelin, lui reprocha le souverain en haussant les sourcils. J'ai peut-être promis à ta mère qu'aucune main ne se lèverait contre toi, mais Pleurs se réjouira de ta souffrance – et de ta mort –, car elle est experte dans ces deux domaines. Enfermez-le dans la cage avec mon fils.

Jack prit une profonde inspiration puis esquissa un sourire. Il se laissa entraîner vers la cage. Hazel sentit le désespoir l'envahir. Ils allaient tous mourir. Elle ne voulait qu'une chose : s'effondrer et implorer le roi, lui proposer tout ce qu'il voulait, n'importe quoi. Mais elle n'avait rien à lui offrir.

Carottes. Tiges de fer.

N'oublie pas de poser un genou à terre.

Soudain, elle trouva la réponse à l'énigme. Elle savait où l'épée était enterrée.

Cœurlié, l'épée capable de tout trancher, était une lame si affûtée qu'on pouvait la glisser dans la pierre, comme dans un fourreau. C'était là qu'Hazel devait l'avoir cachée, comme elle l'avait trouvée la première fois, profondément enfouie dans la terre et le sable de la rive du lac Wight. L'épée était aussi bien cachée dans le sol de la salle du trône, où le roi des Aulnes n'aurait jamais eu l'idée de la chercher, que si elle l'avait été dans les nuages

N'oublie pas de poser un genou à terre.

Elle baissa les yeux, cherchant quelque chose de brillant entre les immenses dalles de pierre. Elle remarqua un chatoiement, mais cela pouvait être un jeu de lumière. Elle n'aurait droit qu'à un essai.

Trois chevaliers parés d'or scintillant escortèrent Jack en direction de la cage et déverrouillèrent la porte avec précaution. Mais, alors que le battant s'ouvrait largement, Severin se baissa et passa en roulant sous les épées que les chevaliers avaient introduites à travers les barreaux pour le retenir. Il s'était préparé, avait anticipé leurs mouvements, et il se déplaçait vite. Assez pour que, le temps que ses adversaires retirent leurs épées pour l'affronter, il soit sorti de la cage et se soit redressé.

Blessé dans le combat qui avait eu lieu plus tôt, il portait un tee-shirt déchiré et taché de sang noué autour de la taille – celui de Jack, réalisa Hazel.

Les chevaliers qui se trouvaient à côté d'elle s'élancèrent vers le prince, épées au clair. Elle en profita pour courir vers l'endroit où elle pensait avoir repéré la poignée de l'épée.

Puis, malgré elle, elle regarda en arrière, vers la cage.

Les chevaliers avaient encerclé Severin. Pas un seul d'entre eux n'osait s'approcher de lui, même s'il ne portait pas d'arme.

– Donne-moi ton épée, dit le garçon cornu à Marcan.

Il incarnait à la perfection le prince de l'enfance d'Hazel ; celui qui allait se réveiller pour tout arranger.

– Donne-moi ton épée, que je meure avec une arme au poing, insista-t-il. Je ne veux défier aucun de vous, et c'est mon père qui a Crève-cœur. Vous n'avez rien à craindre pour lui. C'est sûr, il se battra contre moi. Mais je ne peux pas gagner.

Les courtisans regardèrent tour à tour Severin et Marcan, l'atmosphère se chargeant soudain d'électricité.

Le roi des Aulnes se leva et tira Crève-cœur de son fourreau avec un funeste sifflement métallique. Il observa les créatures rassemblées, qui assistaient à la scène avec un mélange d'impatience et... de haine, peut-être ? Armé de l'épée enchantée, le souverain ne pouvait perdre, mais personne ne se réjouirait de sa victoire.

– Prends la mienne, déclara le chevalier en plaçant son arme dans la main de Severin.

– Je ne t'ai pas autorisé à l'équiper, lui reprocha sèchement le roi.

– Aucun prince ne doit mourir sans épée, rétorqua Marcan, un muscle tressaillant sur sa joue.

Faire la morale à un roi n'était pas sans risque.

– Pourtant, cela arrive très souvent, lui rappela le souverain avec un sourire méprisant.

Toutefois, même armé d'une épée forgée par les Fæs, Severin mourrait. Même s'il était le meilleur combattant du monde, il mourrait. Aucun talent ne pouvait stopper la lame qui ne manquait jamais sa cible. Si Hazel échouait à lui remettre Cœurlié, il était condamné.

Après avoir repéré ce qui devait être l'extrémité brillante d'un pommeau, elle se laissa tomber à genoux. Elle tenta de refermer ses doigts moites sur le métal pour le tirer. Il lui échappa des mains. Personne n'avait encore remarqué son manège, mais cela ne saurait tarder. Elle devait faire vite.

Un peu plus loin dans la salle, Severin et son père se faisaient face en décrivant des cercles. Crève-cœur plongea vers l'épaule du prince. Celui-ci tenta de parer le coup, mais l'épée adverse fut trop rapide. Elle s'enfonça dans son bras, lui arrachant un cri et le forçant à relâcher sa prise sur son arme. Les deux lames s'entrechoquèrent dans une succession de coups assenés avec fureur. Severin ne parvenait pas à bloquer les attaques suffisamment vite. À plusieurs reprises, Crève-cœur entama sa chair. Alors qu'il était déjà blessé, il se retrouva bientôt couvert de balafres qui saignaient abondamment.

Pourtant, Hazel voyait bien la frustration du roi des Aulnes. À l'évidence, le fils était meilleur que le père. Ce dernier se laissait constamment déséquilibrer par son arme magique qui, par une secousse, l'obligeait à adopter la position adéquate pour pouvoir frapper. Il portait des coups imprécis, avec une amplitude trop grande, que l'épée devait ensuite rectifier. Severin, quant à lui, continuait à parer sans relâche, à frapper avec férocité, même s'il n'avait aucun espoir de l'emporter, même si sa défaite était assurée. Son père parviendrait peut-être à le tuer, mais il ne pourrait pas le briser.

– Aussi amusant ce duel soit-il, déclara le roi, hors d'haleine, il ne peut continuer. Rends-toi. Ta sœur arrive. Elle va t'arracher les membres un à un si je ne te tranche pas la gorge avant. Dans un cas comme dans l'autre, cette fois, quand tu reposeras dans le cercueil de verre, tu seras vraiment mort. Ce sera ton cadavre que toute la forêt pourra admirer à loisir.

Tout à coup, Severin lui entailla le flanc avec sa lame. Celle-ci pénétra à travers le tissu, dessinant un mince trait d'où le sang coula. Le roi des Aulnes observa son fils comme s'il le voyait pour la première fois.

– Crève-cœur te permet de ne jamais manquer ta cible, père, dit Severin en recommençant à tourner autour de lui. Ça ne veut pas dire que je ne peux jamais te toucher.

Le souverain rugit et se rua sur lui sans se soucier d'adopter la bonne posture. Brutalement, il enfonça Crève-cœur dans le ventre de son fils. Le garçon hurla et tomba à genoux, la main plaquée sur son abdomen. Son adversaire l'avait atteint à l'endroit où il était déjà blessé.

Toutefois, le roi recula en tenant son bras qui saignait beaucoup, si bien que sa main était rouge comme s'il portait un gant. Il avait frappé son fils, mais celui-ci avait eu le temps de riposter.

– Assez ! s'écria le roi, haletant.

Puis, désignant ses chevaliers, il ajouta :

– Achevez-le.

Ils restèrent immobiles, comme s'ils n'avaient pas entendu son ordre. Ils avaient beau être cruels, inconstants et indifférents au sort des mortels, ils n'en restaient pas moins des chevaliers, comme ceux des livres qu'Hazel avait lus petite. Comme dans les histoires de Ben. La demande du roi allait à l'encontre de leur code d'honneur. Ils ne se mettraient pas à plusieurs sur un blessé, encore moins si celui-ci avait été vaincu dans un combat aussi inégal.

Au bout d'un moment, Marcan s'avança. L'un des autres chevaliers lui plaça une lame dans la main. Ils semblaient avoir pris une décision. Bien qu'ils aient prêté allégeance au roi des Aulnes et doivent exécuter ses ordres, ils le feraient en se battant en duel avec Severin, comme l'exigeait le code d'honneur.

Enfin, Hazel parvint à agripper le bout du pommeau de l'épée magique. Elle enfonça un peu plus profondément ses doigts dans le sol, aussi loin que possible, agrippant l'arme avec ses ongles pour ensuite la saisir. D'un geste mesuré, elle tira l'épée de la pierre dans laquelle elle l'avait cachée, jusqu'à ce que, totalement dégagée, l'arme se retrouve dans sa main.

La lame en or brillait, car la peinture noire s'était écaillée. C'était son épée, celle qu'elle avait portée dans son dos. Celle qui avait fait d'elle une chevaleresse. Cœurlié.

Encore stupéfaite de ce qu'elle venait d'accomplir, elle se dirigea vers Severin et réalisa à cet instant qu'elle arrivait trop tard. Il perdait beaucoup de sang à cause de ses blessures, trop nombreuses. Alors que Marcan décrivait des cercles autour de lui, il chancela, tenant à peine debout. Il n'avait plus la force de manier l'épée. Il ne pourrait pas gagner contre son père, et encore moins contre sa sœur.

Elle avait échoué. Elle arrivait trop tard.

– Ben ! lança Severin en s'effondrant. Benjamin Evans. Tu t'es trompé. Tu n'es pas stupide.

– Quoi ? demanda Ben depuis la cage, glissant ses doigts cassés autour des barreaux.

Son regard passa brièvement de Severin à Hazel, comme s'il ne savait pas pour qui il devait s'inquiéter le plus.

– Je t'aime, déclara Severin en levant les yeux mais ne regardant rien, son visage exprimant une joie intense. Je t'aime comme dans les livres de contes. Je t'aime comme dans les ballades. Je t'aime comme lorsque la foudre frappe. Je t'aime depuis le troisième mois où tu es venu me parler. J'aimais que tu veuilles me faire rire. J'aimais ta gentillesse, les pauses que tu faisais, comme si tu attendais que je te réponde. Je t'aime et, lorsque je t'embrasse, je ne me moque de personne. Absolument personne.

Toujours agrippé aux barreaux, Ben eut un élan vers Severin, mais il fut empêché d'avancer davantage par un chevalier en armure étincelante.

– Tu es dingue ! hurla-t-il.

Le prince se mit à rire.

Hazel revint se poster devant le trône. Elle ne savait pas si les chevaliers reconnaîtraient l'arme qu'elle tenait ou si leur attention était ailleurs.

Le roi des Aulnes se retourna d'un coup, les yeux écarquillés par la surprise. Puis il opta pour l'amusement.

– Qu'as-tu derrière la tête, petite chevaleresse ? Tu te souviens comment on tient une épée ? Tu te crois respectable ? Il ne pourra pas te sauver.

– Non, répondit Hazel. C'est moi qui suis censée le sauver.

Il voulut la frapper, mais elle avait eu le temps d'anticiper son geste. Elle ne prit pas la peine de chercher à le bloquer. Avec Cœurlié, ce ne fut pas lui qu'elle visa, mais sa lame sur laquelle elle abattit la sienne de toutes ses forces.

Cœurlié trancha en deux Crève-cœur dans un fracas terrible, comme du verre qui explose en mille morceaux. Le roi la regarda, totalement incrédule. Puis ses yeux se posèrent sur quelque chose qu'elle ne voyait pas, et le souverain parvint à esquisser un sourire. L'expression de son visage pétrifia Hazel, à nouveau saisie par l'effroi.

Pleurs était là.

Les courtisans étouffèrent de petits cris en plaquant leur main sur leur bouche. Hazel entendit derrière elle le pas lourd du monstre, le bruissement de ses branches. Elle frissonna et prit une profonde inspiration.

Elle plaqua le tranchant de Cœurlié sur la gorge du roi des Aulnes. La lame lui érafla la peau et un sang rouge grenat perla au point de contact.

– Elle approche, jubila le roi, tenant sa lame cassée dans une main comme s'il se rendait, comme s'il avait l'intention de la lâcher.

Cependant, Hazel était à peu près sûre qu'il n'en ferait rien.

– N'oublie pas que j'ai la bague en os, ajouta-t-il. N'oublie pas que, grâce à cela, j'ai un pouvoir sur elle.

Hazel déglutit et prit une décision.

– Si tu te rends, tu auras une chance, promit-il. C'est aussi simple que ça. C'est toi qui as l'épée. Mais, si tu ne frappes pas assez vite, tu seras à elle. Elle te fera cracher de la terre et des plantes, te plongera dans le sommeil sur un lit fait de tes larmes.

Il y eut un déplacement d'air, comme si quelque chose bougeait très vite. Peut-être était-ce le monstre qui s'apprêtait à frapper. Hazel savait ce que c'était que de perdre. Elle le savait si bien que cela avait effacé le goût de la victoire dans sa bouche, qu'elle n'était même pas certaine de se rappeler.

Elle allait peut-être perdre encore une fois.

Elle songea à la créature qu'elle avait vue au lycée et chez Jack la veille. Elle songea à son étrange beauté sylvestre, à son caractère surnaturel. Elle songea au chant de Ben et au moment où le monstre avait laissé Severin toucher son visage.

Pleurs était-elle encore sous l'influence du roi des Aulnes ? Ou était-elle consciente, libérée de l'emprise qu'avait sur elle un simple morceau d'os ?

– Allez, insista le roi des Aulnes. Décide-toi. À qui fais-tu le plus confiance, à moi ou à un monstre ?

– Non ! Ne… hurla Jack, mais Hazel ne le laissa pas finir.

D'un mouvement rapide, avec la pointe de Cœurlié, elle trancha la sinistre bague en deux.

– J'ai juré de vaincre le monstre qui vit au cœur de la forêt, et je l'ai fait, dit-elle au roi des Aulnes. Ça n'a jamais été elle. Ça a toujours été vous.

À cet instant, de ses doigts brindilles, Pleurs attrapa son père. Abasourdi, celui-ci ouvrit de grands yeux et se mit à hurler. Il appela ses chevaliers à l'aide, les insulta. La créature le tint et continua à le tenir jusqu'à ce que le corps du souverain s'affaisse et que son épée cassée s'échappe de sa main.

Puis Pleurs le lâcha sur le sol de pierre.

Hazel se pencha pour écarter ce qui restait de Crèvecœur. Lorsqu'elle referma les doigts sur la poignée de l'épée, le roi des Aulnes ouvrit brusquement les yeux et tendit la main vers elle. Il effleura sa joue et, d'une voix rauque, souffla à travers sa bouche barbouillée de sang :

– Souviens-toi, sire Hazel. Souviens-toi, traîtresse. Je te maudis pour que tu te souviennes. Pour que tu te souviennes de tout.

– Non ! s'écria-t-elle en secouant la tête avant de reculer, vacillante. Je ne veux pas me souvenir ! Non !

Le roi ferma les yeux. Ses traits se détendirent, comme s'il dormait.

Mais Hazel continua à hurler.

Chapitre 21

Il était une fois une fille qui trouva une épée dans les bois.

Il était une fois une fille qui passa un marché avec les Fæs.

Il était une fois une fille qui avait été chevaleresse au service d'un monstre.

Il était une fois une fille…

Hazel retrouva la mémoire d'un coup, comme si des verrous avaient sauté. Auparavant enfouis dans un terreau boueux, les souvenirs l'assaillirent et se déversèrent dans son esprit. Pas seulement ceux que le roi des Aulnes lui avait volés – les malédictions des Fæs étaient plus puissantes que cela. Elle se souvint d'absolument tout ce qu'elle avait essayé d'enfermer à double tour.

Le soir après qu'Hazel avait tué la sorcière, ses parents avaient donné une fête qui dura jusque tard dans la nuit. Les choses s'étaient peu à peu envenimées au fil de la soirée. Une bruyante dispute sur la valeur artistique de l'illustration comparée à celle des beaux-arts avait dégénéré en pugilat sur fond d'adultère.

Assis dehors à côté de la tombe fraîchement creusée de leur chien, Ben et Hazel avaient entendu les éclats de voix et le bruit d'une bouteille qui se fracasse.

– Je suis crevé et j'ai faim, s'était plaint Ben. Et il caille.

Il s'était abstenu d'ajouter : « En plus, on ne peut même pas rentrer chez nous », car c'était inutile : Hazel l'avait compris.

– Et si on faisait un truc ? avait-elle proposé.

Ben avait levé les yeux vers les étoiles, dans la nuit claire et froide. Sa sœur et lui avaient eu une journée à la fois épuisante et terrifiante, et la perspective de vivre une nouvelle aventure ne l'emballait pas.

– Genre quoi ? avait-il demandé.

– Dans ton livre, il est question d'une cérémonie pour se préparer à devenir chevalier. Une veillée. On devrait la faire. Pour prouver notre valeur.

L'ouvrage se trouvait sur le porche, où ils l'avaient laissé. Hazel était allée le chercher avant de récupérer son épée, qu'elle avait cachée dans la cabane à outils.

– On est censés faire quoi, d'après le bouquin ? s'était enquis Ben, son souffle formant des nuages de vapeur pareils à des spectres s'élevant dans les airs.

Le livre indiquait qu'il fallait d'abord jeûner. Puisqu'ils n'avaient rien mangé ce soir-là, Hazel avait estimé que ça comptait. Ils devaient ensuite se purifier en se lavant. Puis, après avoir revêtu une tunique, ils devaient passer la nuit à prier, agenouillés dans une chapelle. Alors, ils seraient prêts à être adoubés.

– On n'a pas de chapelle, avait fait remarquer Ben. Mais on pourrait fabriquer un autel.

Ils en avaient donc matérialisé un avec un gros caillou. Ils avaient dégoté deux vieilles bougies à la citronnelle qu'ils avaient allumées et qui avaient projeté une lueur inquiétante dans le jardin. Après quoi, ils s'étaient déshabillés et lavés à l'eau glacée avec le tuyau d'arrosage. Enfin, grelottants de froid, ils s'étaient enveloppés de nappes récupérées dans la buanderie.

– OK, avait dit Ben. Et maintenant ? On prie ?

Leur famille n'était pas particulièrement pratiquante. Hazel ne se souvenait pas d'avoir un jour assisté ne fût-ce qu'à une messe, même si elle avait vu des photos de son baptême et que, par conséquent, elle avait dû y aller. Elle ne savait pas exactement ce que la prière impliquait, mais elle savait à quoi ça ressemblait. Elle avait tiré sur le bras de son frère pour qu'il s'agenouille à côté d'elle.

Bien que le sol ait été glacé, l'épée s'y était enfoncée sans difficulté. Hazel en avait tenu fermement la poignée et avait tâché de se concentrer sur les vertus des chevaliers : courage, honneur, honnêteté, droiture. Agenouillée, elle avait oscillé d'avant en arrière et s'était mise à murmurer. Ben avait fini par l'imiter. Hazel avait eu l'impression de sombrer dans un rêve. Elle avait presque réussi à ignorer le froid mordant. Elle avait presque oublié le poids de ses cheveux mouillés qui gelaient par paquets. Elle avait presque pu faire cesser ses tremblements.

Au bout d'un moment, elle avait eu conscience que Ben s'était levé. Il lui avait dit qu'il faisait trop froid et avait insisté pour qu'elle rentre. Elle s'était contentée d'un « non » de la tête.

Plus tard, les invités avaient commencé à s'en aller. Elle avait entendu les voitures démarrer, les échanges tendus, quelqu'un vomir bruyamment dans les buissons. Mais personne ne l'avait vue, agenouillée dans le jardin de derrière.

Encore plus tard, le soleil s'était levé, transformant l'herbe en or.

Les parents avaient découvert Hazel dans la matinée, toujours agenouillée sur la pelouse, lorsqu'ils avaient émergé de la maison en titubant, avec la gueule de bois et paniqués de ne pas avoir trouvé leur fille dans son lit. Maman portait encore sa robe de la veille. Son maquillage avait coulé sur sa joue. En tee-shirt et caleçon, papa avait marché pieds nus dans l'herbe couverte de givre.

– Qu'est-ce que tu fais là ? s'était-il étonné en posant une main sur l'épaule d'Hazel. Tu as passé la nuit dehors ? Bon sang, Hazel, mais qu'est-ce que tu as dans le crâne ?

Quand elle avait voulu se lever, ses jambes étaient trop raides. Elle ne sentait plus ses doigts. Son père l'avait portée dans ses bras. Elle avait tenté de s'expliquer, mais ses dents claquaient trop fort pour qu'elle parvienne à prononcer le moindre mot.

Hazel se souvint d'une autre nuit, lorsqu'elle était revenue en douce à travers bois après avoir servi le roi des Aulnes, parcourue d'un frisson qui ne la quittait jamais totalement.

Elle avait chevauché avec le Peuple et prétendu que tourmenter des mortels l'avait beaucoup amusée. Elle avait imité la cruauté des Fæs et mis en pratique tout ce qu'ils lui avaient enseigné.

Transformons-les en rochers jusqu'à ce qu'un mortel se rende compte de leur vraie nature.

Elle savait qu'elle était leur seule chance de briser la malédiction. Allongée sur son lit, quelques minutes avant l'aube, attendant que ses souvenirs refluent comme la marée, elle avait réfléchi à la situation. Il lui suffisait de rejoindre le bosquet où la famille se trouvait, et leur vraie nature serait reconnue, puisqu'elle les reconnaîtrait.

À condition qu'elle reste l'Hazel nocturne. Car l'Hazel diurne ignorait tout.

Brièvement, elle s'était imaginé laisser un mot à Ben. Peut-être que, si elle se débrouillait bien, il réussirait à lever le sortilège. Mais elle avait beau soigner la tournure de son message en pensée, Ben dirait sûrement ce qu'il ne fallait pas à l'autre Hazel, en qui elle n'était pas sûre d'avoir confiance.

L'Hazel diurne était bien elle, mais en version édulcorée. Elle ne savait pas ce que c'était que de chevaucher d'aériennes montures fæs aux côtés du Peuple, sa chevelure volant derrière elle. Elle ne se rappelait pas avoir manipulé l'épée avec une telle force que l'air lui-même semblait chanter. Elle ne savait pas ce que c'était que d'être plus maligne qu'eux, ou au contraire leur inférieure. Elle n'avait pas vu les choses folles et grotesques dont l'Hazel nocturne avait été témoin. Elle n'avait pas proféré autant de mensonges.

Il fallait préserver l'Hazel diurne. La protéger. Inutile de chercher de l'aide de ce côté-là.

Alors, elle avait mis au point une ruse. Les conditions de son service étaient simples. *Chaque nuit, dès l'instant où tu t'endors, et jusqu'à ce que ta tête se pose de nouveau sur ton oreiller, peu avant l'aube, tu es à moi*, avait dit le roi des Aulnes.

Elle avait donc trouvé un moyen simple de déjouer ses plans. Elle posait sa tête sur l'oreiller, mais elle ne s'autorisait pas à dormir. Au lieu de quoi, elle se relevait et restait l'Hazel nocturne jusqu'à ce que l'aube apparaisse à l'horizon et que ses souvenirs s'enfuient avec la nuit.

Parfois, elle arrivait à dérober presque une heure. Parfois, seulement quelques minutes. Mais cela lui avait permis de lever des sortilèges, de réparer de gros dégâts.

Et, le moment venu, d'établir un plan.

Elle savait ce que le roi des Aulnes comptait faire avec Pleurs. Il parlait en sa présence de détruire Solclair, se vantait de ses projets de conquête et de vengeance sur la cour de l'Est. De même, il laissait échapper des détails qu'il jugeait insignifiants sur l'épée qu'il avait perdue et la façon dont le garçon cornu pouvait être libéré. Peu à peu, Hazel avait pris conscience de la valeur de la lame qu'elle avait trouvée quelques années auparavant. Peu à peu, elle était parvenue à la conclusion qu'elle seule pouvait empêcher le roi d'agir.

Je suis peut-être coincée à son service, avait-elle pensé, *mais, si je libère le prince, il pourrait vaincre son père. Lui n'est lié par aucun serment. Le désir de vengeance qui l'habitera suffira pour nous deux.*

À partir de là, tout était allé de travers. Hazel se remémora la panique qui s'était emparée d'elle lorsqu'elle avait fracassé le cercueil, mais que le prince ne s'était pas réveillé. Elle se souvint de la terreur qu'elle avait éprouvée alors qu'elle cherchait une cachette pour l'épée, des messages énigmatiques qu'elle avait laissés à la hâte pour l'autre Hazel. Après quoi, elle s'était précipitée sur son lit avant que les premiers rayons de lumière l'atteignent.

Elle avait cru qu'elle disposerait de plus de temps, or elle n'avait volé au roi qu'une poignée de minutes lorsqu'elle s'était réveillée la fois suivante – jusqu'à ce que, finalement, elle reprenne conscience chez elle, avec Ben, Jack et Severin debout au-dessus d'elle, et la moitié de la cour du roi des Aulnes dehors.

– Où est l'épée ? lui avait demandé son frère.

C'était à ce moment-là que, pour la première fois, les Fæs avaient surgi par la porte d'entrée. Elle avait attrapé un feutre avant de monter l'escalier en courant pour mettre son armure.

Hazel se souvint de tout cela alors qu'elle était affalée au sol, que Ben lui disait qu'ils avaient gagné ; que Severin ordonnait que le corps de son père soit placé dans le cercueil, où il reposerait pour l'éternité ; que la cour se rassemblait autour du monstre et que Jack répétait le nom d'Hazel jusqu'à ce que les mots fusionnent.

Elle ferma les yeux et laissa le noir l'engloutir.

Chapitre 22

Hazel se réveilla dans un endroit qu'elle ne connaissait pas. L'air embaumait le chèvrefeuille. On entendait une harpe jouer au loin. Elle était allongée dans un grand lit en bois sculpté de motifs élaborés, sous une couverture argentée plus légère que la soie, mais plus chaude que le duvet d'oie. Elle aurait voulu s'y blottir et se rendormir, même si elle savait que, pour une raison quelconque, il ne le fallait pas.

Lorsqu'elle se retourna, elle vit le profil de Jack, assis à côté d'elle. Il se tenait en équilibre sur sa chaise, penché en arrière, un seul de ses pieds bottés posé contre le mur. Sur ses genoux, un livre était ouvert, mais il n'en tournait pas les pages. Il y avait quelque chose dans les méplats de son visage redessinés par la lueur des bougies, près de lui ; quelque chose dans ses cils fournis et la douceur de sa bouche, dont la beauté lui était à la fois familière et totalement étrangère.

Elle se rendit compte que, bien qu'elle ait vu Jack très souvent, elle n'avait encore jamais eu l'occasion de le regarder vraiment avec les yeux de sa face nocturne.

Qui était-elle, se demanda Hazel, sachant ce qu'elle avait fait ? Sa face nocturne serait-elle à la hauteur de l'Hazel Evans qui plaisait à Jack ? Et cette version d'elle-même plairait-elle à Hazel Evans ?

Une fois son dû payé au roi des Aulnes – si celui-ci n'avait pas rusé pour la mettre à son service durant sa vie entière ou s'il ne l'avait pas tuée, purement et simplement –, elle avait supposé qu'il effacerait tous ses souvenirs du temps qu'elle avait passé à la cour. Considérant sa face nocturne comme dispensable, elle pensait que ce qu'elle avait enduré serait comme des cicatrices qui, un jour, disparaîtraient avec le temps.

À présent, elle savait que cela ne se passerait pas ainsi. Mais le roi des Aulnes lui avait aussi laissé ses compétences. Ainsi que la connaissance.

Sa face diurne avait très souvent entendu le récit de l'arrivée de Jack dans la famille Gordon mais, tandis qu'elle le contemplait, elle se rappela qu'elle l'avait aussi entendu à la cour des Fæs. Sa mère elfe disait avoir choisi Carter car c'était un enfant magnifique, chaleureux, adorable, qui riait dans ses bras. Elle avait parlé de l'horreur qu'elle avait éprouvée lorsque Jack avait été blessé par le tisonnier chauffé à blanc, de l'odeur de la chair brûlée, du hurlement qu'il avait poussé, si atroce que même une banshee ne l'aurait pas supporté. De l'indifférence des mortels devant sa souffrance, ces mortels qui l'avaient gardé par méchanceté, comme une bête de foire qu'ils exhibaient devant leurs amis. De sa peur qu'il devienne le serviteur de leur fils. Hazel avait entendu dire que des farfadets venaient regarder par la fenêtre si le petit allait bien, qu'ils empilaient des glands et des châtaignes dehors, au cas où il aurait faim la nuit, qu'ils jouaient dans le jardin avec lui, quand sa mère humaine avait le dos tourné, et qu'ils pinçaient Carter jusqu'à ce qu'il se mette à pleurer.

Repensant à tout cela, Hazel prit une inspiration. Elle s'apprêtait à dire quelque chose quand elle entendit qu'on entrait dans la chambre.

– Je t'ai fait porter une dizaine de messages. Tu n'as répondu à aucun d'eux, déplora Éolanthe.

– Je suis ici depuis un certain temps, se justifia Jack en refermant le livre qu'il posa à côté des bougies. Tu le sais bien. Tu aurais pu venir me parler directement quand tu le voulais – comme tu le fais maintenant.

Hazel entrouvrit les paupières et vit la Fæ qui se tenait entre les murs de terre.

– Je comprends ta colère à propos du marché que j'ai passé avec le roi des Aulnes, mais ne vois-tu pas que c'était un mal nécessaire ?

– Qu'est-ce qui te fait croire ça ? demanda Jack.

Il y avait un avertissement dans son ton.

Hazel savait qu'il était malhonnête de les écouter en douce en faisant semblant de dormir. Mais il lui semblait inenvisageable de s'asseoir d'un coup pour leur signaler qu'elle était réveillée. Ce serait comme les prendre en flagrant-délit de se dire des secrets, alors qu'ils ne faisaient que converser.

Son indécision fit durer son silence trop longtemps car, sitôt qu'Hazel eut décelé la mise en garde dans la voix de Jack, elle sut que sa mère et lui allaient effectivement parler de choses secrètes.

– Je me suis posé des questions quand tu as hésité, pendant le petit discours que tu as délivré au roi – comme si tu allais dire quelque chose puis que tu avais changé d'avis, dit Éolanthe.

– Quand je me suis demandé si c'était toi qui avais Cœurlié, ça m'a incité à m'interroger sur tout ce qui ne collait pas.

– Oui, tu croyais que j'avais tout manigancé. Tu te trompais. Toutefois, tu avais raison de supposer que j'avais une idée en tête. Lorsque j'ai appris que Cœurlié avait été retrouvée, j'ai pensé que toi et moi pouvions attendre que le père et le fils s'entretuent.

Il y eut un bruissement de tissu, comme si l'elfe se déplaçait dans la pièce.

– Severin et le roi des Aulnes morts tous les deux, poursuivit-elle, il ne serait resté qu'une seule personne en position pour hériter. Si tu n'avais pas pris la parole à ce moment-là, si le roi et son fils avaient continué à se battre quelques minutes de plus, l'issue aurait pu être très différente. Ne veux-tu pas me demander à quoi j'avais pensé ?

– Non, répondit Jack.

– As-tu peur que je te dise qui est ton... ?

– Je t'ai dit non, l'interrompit Jack. Si tu parles, je ferais comme si tu t'étais tue.

– Dans ce cas, je n'ai pas besoin de dire quoi que ce soit. Tu as déjà compris.

Il resta silencieux un long moment.

– Le don que tu as, reprit Éolanthe, c'est de savoir ce qu'abrite le cœur des autres. Severin aurait besoin d'avoir à ses côtés quelqu'un qui ait ce don, qui connaisse le monde des mortels aussi bien que toi. Tu n'as plus besoin de te cacher.

– Rien n'a changé. Maintenant, je vais rentrer chez moi – chez les humains, pour rejoindre ma famille humaine. Je me moque de savoir qui était mon père.

Hazel entendit de nouveau le tissu bruisser.

– Ils ne t'aimeront jamais vraiment, l'avertit Éolanthe. Ils auront toujours peur de toi.

– Peu importe. Laisse-moi profiter de ce moment pour être humain. Tu me répètes sans cesse que je ne serai jamais mortel, que leur espérance de vie est si courte que ça n'a aucun intérêt. Très bien. Dans ce cas, laisse-moi mener ma vie d'humain. Laisse ceux qui me sont chers mourir et devenir poussière. Laisse-moi avoir Nia comme mère, Charles comme père et Carter comme frère. Laisse-moi être Jack Gordon. Et, quand ce sera fini, quand tout ne sera plus que cendre et poussière, je reviendrai vers toi et j'apprendrai à être ton fils.

Éolanthe resta silencieuse.

– Accorde-moi cela, mère, car, lorsqu'ils seront morts, je ne pourrai plus jamais profiter d'eux.

Dans sa voix, Hazel décela l'étrange intemporalité qu'elle avait jusque-là associée à Severin et au roi des Aulnes. Jack était l'un d'eux, éternel et inhumain. Mais il allait s'attarder encore un peu dans son monde.

– Pars, dit enfin l'elfe. Sois Jack Gordon. Mais sache que la mortalité est un breuvage amer.

– Et pourtant, je suis prêt à le boire jusqu'à la lie, répliqua Jack.

Les yeux fermés, Hazel s'efforça de contrôler son souffle, persuadée que Jack ou sa mère allait découvrir son manège. Mais, après plusieurs minutes d'inspirations et expirations régulières, elle se rendormit.

À son réveil suivant, c'était Ben qui la veillait, assis sur l'autre moitié du lit, calé par plus d'oreillers qu'elle n'en avait. Une de ses mains était trop lourdement bandée pour qu'il puisse s'en servir. De l'autre, il écrivait des textos.

Elle s'obligea à s'asseoir avec un petit grognement.

– On est à Terrafæ ? s'enquit-elle.

– Peut-être, répondit Ben. Si tant est que cet endroit existe. Parce que, si on occupe tous le même espace dimensionnel, alors techniquement on est *toujours* à Terrafæ. La question n'a pas encore été tranchée.

Elle ignora la deuxième partie de sa réponse et se concentra sur la première.

– Tu envoies des textos alors qu'on est à Terrafæ. À qui tu écris ? Et par quel réseau tu passes ?

Il lui fit une grimace.

– J'écris aux parents. Maman a flippé à mort, comme tous ceux qui se trouvaient chez les Gordon. On dirait que la moitié de la ville s'est réfugiée dans la grande et vieille église de la rue principale, qui a toutes les protections sculptées dans les fondations. Les gens s'y sont enfermés avec des amulettes, des conserves de bouffe et d'autres trucs de ce genre. Maman pensait nous y trouver, mais bien sûr on n'y est pas allés, parce qu'on est des durs. Papa a pris la voiture pour nous chercher. Je lui ai dit que tu serais de retour à la maison ce soir, si tu pensais être en état de rentrer. Tu crois que tu seras en état ?

– Moi ? Et Jack, où est-il ? demanda-t-elle en s'étirant.

– Il a dû retourner prélever du sang à Fleur pour l'apporter à l'hôpital. Il a eu un mal de chien à convaincre les médecins que c'était l'antidote mais, une fois qu'il a été évident que le produit fonctionnait, ils en ont voulu plus. Fleur a permis à Severin de l'inciser avec Cœurlié pour qu'il récupère de sa sève dans une fiole.

– Elle a toujours l'apparence de…

– … d'un monstre effrayant en forme d'arbre géant ?

Il fit comme s'il avait des branches à la place des doigts et les orienta vers Hazel.

– La réponse est oui, poursuivit-il. Et son sang est presque vert fluo. Mais elle nous a parlé, et elle a l'air… Je ne sais pas… *sympa*. Comme Severin l'a dit.

Hazel bâilla. Pour la première fois, elle observa attentivement la chambre. Au sol, le tapis était orné d'un motif complexe qui, si on le regardait trop longtemps, paraissait bouger : les lignes vertes qui se lovaient comme des vipères lui donnèrent le tournis. Elle cligna des yeux puis s'intéressa à un buffet sculpté de feuilles de chêne, sur lequel était posée une bassine en cuivre. À côté, il y avait trois carafes en verre contenant chacune un liquide différent, ainsi qu'une coupe.

Un grand banc recouvert d'un épais tissu en velours vert, fixé sur les côtés par des clous en or brillant, se trouvait près de l'âtre, où un feu brûlait joyeusement. Sur le manteau de la cheminée était posée une pile de vêtements.

– Du coup, si on zappe la partie sur l'espace dimensionnel, où est-ce qu'on est ? demanda-t-elle.

– Au palais du roi des Aulnes.

Ben posa son téléphone et se glissa hors du lit. Il portait des habits propres : un jean noir et un pull rouille assorti à la couleur de ses cheveux, avec, sur le devant, le dessin d'une licorne noire se cabrant. Hazel le reconnut : c'était un achat dont Ben était particulièrement fier, mais qu'elle était sûre de ne l'avoir pas vu porter la veille. Il n'y avait aucune raison qu'il ait préparé un sac pour passer la nuit ici.

Il suivit son regard, baissant les yeux sur son pull.

– Severin a ordonné à un farfadet d'aller me chercher quelques affaires. Il a pris des fringues pour toi et… un peu plus de trucs pour moi.

Il marqua une pause, comme s'il s'attendait à une réaction.

Hazel n'aimait pas la tournure que prenait cette conversation.

– Est-ce que ça a un rapport avec le fait d'avoir dit aux parents qu'il n'y aurait que moi qui rentrerais ce soir ?

Il acquiesça.

– Je vais rester vivre chez les Fæs, annonça-t-il.

Elle sortit des couvertures. Peu importait ce qu'il faudrait faire, contre qui il faudrait se battre : elle s'en chargerait. Elle n'avait peut-être plus Cœurlié, mais elle avait déjà affronté pire.

– Qu'est-ce qu'ils t'ont promis ? l'interrogea-t-elle. Quels sont les termes du marché ?

Il secoua la tête.

– Non, ce n'est pas ça…

– Alors quoi ? C'est à cause de Severin ?

Il grimaça.

– Ça ne le concerne pas. Enfin, pas seulement.

Il rougit si violemment que c'en était ridicule.

– Il t'aaaaaiiiime, roucoula Hazel, prise de vertige à l'idée d'être en vie. Il t'a dit qu'il t'aaaaaaiiiimait devant tout le monde.

– *Hazel*, gémit Ben.

Torturer son frère l'amusait. Ainsi, elle avait l'impression d'être toujours la même.

Elle l'attrapa par les épaules, le secoua, puis ils retombèrent sur le lit en riant.

– Tu l'as embrassé, j'espère ? Tu as intérêt ! Et avec une telle fougue qu'il s'est étouffé avec ta langue ! Sinon, qu'est-ce que tu attends ?

– La ferme, protesta Ben en s'efforçant de cacher son sourire. C'est dégueu !

Hazel l'enfonça un peu plus dans le matelas.

– Cela dit, enchaîna-t-elle, ce n'est pas une raison pour ne pas rentrer à la maison.

Ben soupira.

– Je ne peux pas me balader avec un don pour la musique aussi dangereux qu'une bombe prête à exploser. Je dois apprendre en quoi il consiste exactement, et comment le maîtriser. C'est ici que je dois le faire. Dans le monde des humains, ce sera impossible.

– Mais...

– Je dois arrêter de fantasmer sur une autre vie et commencer à me débrouiller avec celle que j'ai.

– Tu pourrais d'abord rentrer chez nous, suggéra-t-elle. Expliquer la situation à maman et papa. Dire au revoir à nos amis au lycée.

– Peut-être...

Il hocha la tête, comme si ce qu'elle disait paraissait logique, sans toutefois qu'il s'engage à le faire.

– Dans toutes les histoires, poursuivit-il, on a droit à une chance, une seule, et, si on la rate, c'est fichu. La porte n'est plus là quand on revient. Il n'y a pas de deuxième invitation au bal. Cette occasion est ma chance.

Hazel aurait voulu protester, mais cela ne concernait que lui. Peut-être que la musique pourrait revivre pour lui. Peut-être qu'il pourrait l'aimer comme il ne s'était jamais autorisé à le faire auparavant, car c'était trop terrifiant d'aimer quelque chose qu'on était incapable de maîtriser ; car c'était affreux de blesser les gens et d'aimer ce qui avait provoqué leurs blessures.

– Tu vas me manquer, dit-il en baissant les yeux sur elle et en repoussant ses cheveux pour lui dégager le visage. Je suis désolé qu'on n'ait pas été sincères l'un envers l'autre.

– Ne dis pas ça… On ne partagera peut-être plus les mêmes toilettes, mais on continuera à se voir, pas vrai ? N'oublie pas que j'ai passé la moitié de ces cinq dernières années à Terrafæ, alors ce n'est pas comme si j'étais en terre inconnue. Surtout que ton amoureux est plus ou moins le chef, maintenant. Ce n'est pas rien, quand même.

– Plus ou moins, répéta Ben. Oui, évidemment qu'on continuera à se voir. Je ne voulais pas dire qu'on ne se verrait plus. Mais ce sera… différent. Promets-moi juste que tu essaieras d'être heureuse.

Peut-être, se dit Hazel, peut-être qu'ils pourraient tous les deux apprendre à l'être. Pas seulement heureux-comme-dans-les-histoires, mais heureux pour de bon. Elle se pencha sur le lit et serra son frère dans ses bras, de toutes ses forces, jusqu'à en avoir mal aux os. Toutefois, quelle que soit la force qu'elle y mettait, elle savait que cela ne serait jamais assez.

– Je te promets d'essayer, souffla-t-elle.

Ben la laissa seule dans la chambre pour qu'elle s'habille. Après avoir retiré son pourpoint, elle découvrit que la moitié supérieure de son corps était constellée de bleus et d'entailles qui dessinaient presque une carte. Elle s'aspergea d'eau au-dessus de la bassine en métal et nettoya le plus gros du sang et de la crasse. Elle se fit un bain de bouche avec un élixir qui avait un goût de résine de pin. Enfin, elle se coiffa avec un peigne en or magique qui transforma ses cheveux roux emmêlés en boucles soyeuses.

Le farfadet avait choisi pour elle un legging, un tee-shirt noir orné d'un dessin de mug de thé fumant sur le devant, un gilet ample et une paire de Converse vert vif. Hazel enfila la tenue, contente qu'elle lui soit familière. Elle laissa sur le lit ce qui restait de son uniforme de chevalier. Même s'il pouvait être raccommodé, elle ne se voyait pas le porter de nouveau.

N'ayant nulle part ailleurs où aller, elle décida de rentrer chez elle.

Elle quitta la chambre et s'engagea dans un long couloir bordé de portes de tailles différentes. Certaines étaient énormes, d'autres minuscules ; certaines étroites, d'autres très larges. Les poignées et les heurtoirs prenaient la forme d'un visage de gobelin argenté au sourire sinistre et aux oreilles pointues ou de branches dorées alourdies par des baies. De temps à autre, Hazel entendait de la musique ou des rires. Parfois, il lui semblait percevoir des murmures lointains.

Bientôt, elle arriva devant un escalier en spirale qui montait dans un arbre creux gigantesque. Après l'avoir grimpé, elle franchit l'ouverture, longue et étroite, qui se trouvait au sommet, pareille à l'entrée d'une caverne. Au-dessus d'elle, le ciel était lumineux et l'air vif. Elle resserra son gilet sur ses épaules, regrettant que le farfadet ne lui ait pas apporté de manteau.

Elle marcha sur des tapis de feuilles mortes, traversa des broussailles et des fougères, et finit par arriver chez elle. La porte d'entrée en bois ne tenait plus que par un gond. Elle était fendue là où un chevalier fæ avait donné un coup de pied.

Lorsque Hazel entra dans la cuisine, son père et sa mère, assis à la table en bois vétuste, se levèrent et allèrent à sa rencontre.

– Oh, ma puce… dit son père en l'étreignant. Ma puce, on est si contents de te voir de retour à la maison !

– Ben est parti, déclara-t-elle tout de go.

Il lui paraissait cruel de ne pas couper court à leur soulagement, alors que celui-ci serait de courte durée.

– Il ne reviendra pas, précisa-t-elle. Il va rester avec eux.

– Viens t'asseoir, proposa papa. On est au courant, pour ton frère. Il nous a appelés pour nous le dire. Il nous a suggéré d'imaginer Terrafæ comme un pensionnat hyper select en Suisse. Je lui ai répondu que je voyais ça plutôt comme un pensionnat hyper select en enfer.

– Et ça ne vous embête pas ? demanda Hazel avant de s'asseoir.

Ben avait dû leur dire que c'était ce qu'il fallait pour sa musique. Ils avaient dû l'accepter, même si cela ne leur plaisait pas.

– Si, ça nous embête, répondit son père. Mais, à part lui dire que sa décision ne nous réjouit pas, il n'y a pas grand-chose à faire.

Maman fronça les sourcils et gratta du bout de l'index une marque de brûlure, sur la table.

– Par contre, on a des questions à te poser, dit-elle. Tu as combattu aux côtés du garçon qui reposait dans le cercueil, qu'apparemment ton frère et toi connaissiez... Hazel, où as-tu appris à te battre ainsi ? Comment t'es-tu retrouvée mêlée à tout ça ?

– Ça a commencé il y a longtemps, répondit Hazel.

Ses parents avaient tellement changé depuis le jour où elle était tombée sur le cadavre d'Adam et sur l'épée au bord du lac... Ils étaient devenus le genre de parents qui n'auraient jamais pu engendrer une enfant comme elle.

Peut-être était-ce pour cette raison qu'il était si difficile de leur parler précisément du genre d'enfant qu'elle avait été.

Maman secoua la tête.

– On est juste soulagés que vous alliez bien, tous les deux. On était morts d'inquiétude.

– Vous n'avez pas à vous en faire pour moi. Plus maintenant. C'est inutile. Il est trop tard pour s'inquiéter.

Ses parents avaient peut-être changé, mais ils ne la changeraient pas, elle. Elle avait été trop occupée à se transformer elle-même.

– Il n'est jamais trop tard pour s'inquiéter, tempéra maman en lui prenant la main au-dessus de la table.

Lorsqu'elle la serra, Hazel fit de même.

Le lycée rouvrit ses portes quelques jours plus tard. L'administration envoya un mot aux familles stipulant que, à la suite de l'incident majeur qui avait eu lieu récemment, les jours de fermeture pour cause de neige avaient été utilisés en totalité et que, en cas de fermeture supplémentaire, les élèves seraient contraints de retarder leur départ en congés et d'aller en cours jusqu'à la fin du mois de juin. Les murs étaient encore fissurés, et la mousse qui recouvrait toujours le toit lui donnait une teinte verdâtre. De temps à autre, un coup de vent apportait dans le couloir une plume noire ou une touffe de fougères sèches, mais la plupart des plantes et des feuilles avaient disparu.

Carter et Amanda étaient de retour en classe. Amanda se délectait de son nouveau statut de célébrité et donnait des détails croustillants sur ce qu'elle avait entendu quand elle était plongée dans son sommeil enchanté. Carter et elle ne sortaient plus ensemble.

Tout semblait avoir repris un cours normal.

Tout semblait avoir repris un cours normal, sauf que les élèves interpellaient Hazel dans les couloirs. Tout le monde, même Robbie, voulait savoir comment était le garçon cornu en vrai, ce qu'elle avait pensé de lui, si c'était elle qui l'avait libéré de son cercueil. Tom Mullins, armé d'une serpillière dénichée dans un placard de produits d'entretien, réclama une démonstration de ses talents au combat. À trois reprises, toujours pendant la pause déjeuner, Leonie obligea Hazel à raconter comment Ben et Severin s'étaient mis ensemble. Quant à Molly, elle avait constamment besoin d'être rassurée sur le fait que Pleurs ne reviendrait pas la chercher.

Tout le monde avait quelque chose à dire à Hazel, mais personne n'avait grand-chose à dire à Jack. Les élèves se détournaient de lui dans les couloirs, comme si la crainte qu'il leur inspirait combinée à leur sentiment de culpabilité le rendait invisible. Mais Carter restait à ses côtés, à lui donner des coups d'épaule, à rire et à faire rire leurs amis aussi, veillant à ce que, au contraire, son frère soit bien visible. À discuter de leurs études, du prochain match de foot et de l'endroit où ils prévoyaient d'aller ce samedi soir.

Un jour prochain viendrait, où tout le monde aurait surmonté sa peur. Les gens oublieraient qu'il avait de la magie dans le sang.

Mais pas Hazel. Quand elle capta son regard, celui-ci était si insondable, si intense, qu'elle eut la sensation de se noyer. Jack esquissa un sourire en coin qui lui fit l'effet d'un coup de poing.

Elle lui plaisait, avait-il dit. Elle lui plaisait beaucoup – du moins lui avait-elle plu durant le jour. Elle lui plaisait, et elle l'aimait. Elle l'aimait tant qu'elle en souffrait déjà. Comme s'il lui avait déjà brisé le cœur.

Tous ceux qui offrent leur cœur sur un plateau d'argent ne méritent que ce qui leur arrive.

Jack Gordon était un chouette garçon, qui allait étudier dans une bonne université, loin de Solclair. Un garçon qui allait mener sa vie d'humain ordinaire avant d'en commencer une autre, plus grandiose. Une vie d'immortel.

– Hazel ! l'appela-t-il en la rejoignant à petites foulées après son dernier cours.

Ils ne s'étaient pas parlé depuis trois jours, et elle ne voulait pas lui montrer combien entendre sa voix la réjouissait. Il n'avait pas tout à fait la même apparence qu'avant la défaite du roi des Aulnes : ses oreilles étaient légèrement plus pointues, son visage était un peu plus mince, et ses cheveux avaient plus de reflets verts. Mais son sourire restait le même. C'était celui qui lui tordait les tripes, celui que n'avait pas Carter, qui était propre à Jack.

– Hé, attends, je voudrais te parler, dit-il. Je me demandais si ça te dirait de…

Le simple fait qu'il s'adresse à elle lui donnait envie de sourire. Une vague de joie la submergea, si énorme que c'en fut presque douloureux.

– Je ne pense pas que je pourrais, l'interrompit-elle soudain.

– Que tu pourrais quoi ? s'enquit-il, perplexe.

Elle ne savait pas trop comment continuer, mais cela ne l'empêcha pas de poursuivre :

– Je ne vais pas bien. En tant que personne. Je suppose que je commence tout juste à le réaliser, tu comprends ? J'ai sans cesse des souvenirs qui me reviennent – de trucs que j'ai faits ou que j'ai subis –, et tout ça s'ajoute au fait que je ne suis pas quelqu'un avec qui une personne normale devrait entretenir une relation amoureuse.

– Une chance que je ne sois pas exactement une personne normale, alors, répliqua Jack.

– Je vais tout foutre en l'air, insista-t-elle. Je n'ai jamais eu de petit ami. Ce n'est pas dans mes habitudes de faire une sortie en amoureux, alors deux... Je suis assez lâche en ce qui concerne l'amour. J'ai dit que j'aimerais que les garçons me montrent leur part secrète d'eux, mais c'est ce que tu as fait et, maintenant, tout ce que je voudrais, c'est partir en courant.

Il tendit une main vers elle. Elle la prit et mêla ses doigts aux siens. Elle retint son souffle, les yeux baissés sur leurs doigts joints.

– Qu'est-ce qui te fait peur ? l'interrogea-t-il.

– Toi. Moi.

Il hocha la tête, comme si sa réponse était d'une logique imparable.

– Je ne veux pas de quelqu'un de normal, finit-il par dire. Je ne veux pas de quelqu'un avec qui je ne risque rien. C'est toi que je veux. Je t'ai aimée dès l'instant où je t'ai vue, quand tu courais dans les bois, sauvage, féroce et courageuse, tes lèvres tachées de jus de mûres. Même si ça fait un membre de plus au club de tes admirateurs, ça ne m'empêche pas de t'aimer quand même.

Hazel sentit ses joues chauffer.

– Et Amanda ? Tu dis que tu m'as aimée dès l'instant où tu m'as vue, mais je croyais que c'était elle, que tu aimais.

Jack sourit, puis son sourire s'effaça.

– Je suis un changelin – pas tout à fait quelqu'un et pas tout à fait un autre. Je n'ai ma place nulle part. Amanda, elle, a sa place dans ce monde. Je me disais que, si je l'amenais à m'apprécier, si elle était capable de m'aimer, j'aurais moi aussi un peu ma place ici. Mais elle avait peur de moi. Parfois, les gens ont peur.

– Pas moi, s'offusqua Hazel. Moi, *ça* ne me fait pas peur.

– Je sais. Et moi, ça ne me fait pas peur que tu essaies de savoir qui tu es dans ton entièreté, ta face diurne et ta face nocturne réunies. Je ne crains pas que les choses soient compliquées ou gâchées, parce que c'est nous. On n'est pas obligés de faire une première sortie en amoureux, puis une deuxième. Toi et moi, on n'est pas normaux. On peut faire comme tu veux. Une relation amoureuse, ça peut prendre la forme que tu souhaites. C'est à nous de l'inventer. À nous d'écrire notre histoire.

– Comment on commence ? demanda Hazel.

Il la regarda, ses longs cils effleurant ses joues lorsqu'il cligna des yeux.

– Comme tu veux. On pourrait passer du temps ensemble après les cours. Ou s'écrire de longues lettres. Tu pourrais m'envoyer accomplir une quête pour gagner tes faveurs.

– Oh, non, protesta-t-elle, souriant enfin – car c'était son ami Jack, dont les pommettes parfaites étaient aussi ridicules que ses idées. Si quelqu'un doit accomplir une quête, c'est moi !

Jack sourit.

– Très bien. Dans ce cas, je pourrais te demander de gagner mes faveurs. Ta quête pourrait consister à me rapporter un grand mug de café et un donut. Ou d'aller massacrer tous mes ennemis. Je n'ai pas encore décidé.

– Ça ne me fait pas peur. Même pas un petit peu. Et tu sais ce qui ne m'effraie pas, non plus ?

Il fit « non » de la tête.

– Approche, dit-elle.

Elle se laissa aller dos contre le mur et attira Jack vers elle avant de plaquer sa bouche sur la sienne. Il émit d'abord un petit bruit de surprise, puis un autre, qui n'exprimait plus du tout la surprise.

Lorsqu'elle ouvrit son casier pour y ranger ses manuels scolaires avant de rentrer chez elle, une noix en tomba, rebondit deux fois et roula au sol. La coquille était fermée par une ficelle d'argent. Hazel se pencha pour la ramasser. En l'ouvrant, elle trouva un petit papier ciré à l'intérieur. Lorsqu'elle le déroula, elle découvrit ces mots, écrits de la main de son frère : *La pleine lune, c'est dans trois jours. Viens à la fête. Pas obligé que ça rime toujours.*

Elle sourit en refermant le poing sur le message.

Épilogue

Le long d'un sentier souvent emprunté s'enfonçant au cœur des bois, après un ruisseau et un tronc d'arbre creux plein de cloportes et de termites, se trouvait un cercueil de verre qui reposait à même le sol. À l'intérieur dormait un elfe au front ceint d'un bandeau d'or et aux oreilles aussi effilées que la pointe d'un couteau.

Les habitants de la ville savent qu'il fut une époque où un Fæ plus jeune y reposait. Un garçon qui avait des cornes et des cheveux bruns bouclés. Un garçon qu'ils avaient vénéré et commençaient à oublier. L'essentiel, c'est qu'ils aient un nouveau Fæ. Un Fæ qui ne se réveillera pas les longs mois d'été, quand les filles et les garçons se vautreront sur le cercueil pour l'observer à travers la paroi transparente voilée par leur respiration. Un Fæ qui ne se réveillera pas quand les touristes l'admireront, bouche bée, ni quand les *fact checkers* proclameront qu'il n'est pas réel, mais voudront quand même le prendre en photo. Un Fæ qui n'ouvrira pas ses yeux vert poison les week-ends d'automne, quand les filles danseront au-dessus de lui en brandissant des bouteilles, comme pour saluer les créatures de la forêt.

Ailleurs dans les bois, une autre fête bat son plein. Celle-ci se déroule à l'intérieur d'un tertre empli de fleurs qui s'épanouissent la nuit. Là, un garçon à la peau blanche joue du violon avec ses doigts récemment guéris tandis que sa sœur danse avec son meilleur ami. Là, un monstre tourne sur lui-même, agitant ses branches en rythme avec la musique. Là, un prince fæ enfile le manteau royal et étreint un changelin comme un frère. Puis, un garçon humain à ses côtés, il fait d'une jeune fille sa vaillante guerrière.

Remerciements

J'ai commencé ce roman en pensant qu'il s'agirait pour moi de revisiter le folklore féerique que j'affectionne tant, mais il s'avère qu'il traite de nombreux autres thèmes. C'était un livre compliqué à écrire, en perpétuelle mutation, qui me filait sans cesse entre les doigts. Je crois que c'est Gene Wolfe qui a dit : « On n'apprend jamais à écrire un roman. On apprend seulement à écrire le roman que l'on est en train d'écrire. » Cette citation s'est révélée particulièrement vraie pour moi alors que je travaillais sur ce texte.

Je suis redevable aux spécialistes du folklore ayant réuni la matière qui a construit ma perception des fées et autres créatures merveilleuses. Pour ce roman en particulier, je dois beaucoup à *The Fairy-Faith in Celtic Countries*, de W.Y. Evans-Wentz ; au chapitre sur les histoires de changelins dans *Yoruba-Speaking Peoples of the Slave Coast of West Africa*, d'A.B. Ellis ; au poème « Le Roi des Aulnes » de Johann Wolfgang von Goethe ; à *Notes on the Folk-Lore of the North-East of Scotland*, de Walter Gregor ; à « Kate Crackernuts » dans *English Fairy Tales*, de Joseph Jacobs ; à « Le Fermier et le Boggart » dans *County Folk-Lore* vol. v, recueillis par Mrs Gutch et Mabel Peacock ; et à plusieurs passages de *Folklore in the English and Scottish Ballads*, de Lowry Charles Wimberly.

Je dois également remercier tous ceux, nombreux, qui m'ont tenu la main, soutenue, soufflé des idées, et qui ont souffert avec moi – surtout ceux qui ont souffert d'avoir eu à lire les multiples brouillons de ce texte.

Merci à tous ceux qui se trouvaient en Arizona pendant la retraite durant laquelle j'ai commencé à écrire ce livre ; à tous ceux qui, à San Miguel de Allende, m'ont aidée à établir l'intrigue d'une version préliminaire, très éloignée de ce qu'elle est finalement devenue. Et merci à ceux qui étaient avec moi à Cornwall de m'avoir aidée à savoir quoi faire après que j'ai fait marche arrière et modifié un max de choses.

Je remercie en particulier Delia Sherman, Gwenda Bond et Christopher Rowe pour vos conseils avisés. Merci à Steve Berman de m'avoir guidée vers une meilleure compréhension de l'histoire de Benjamin. Merci à Paolo Bacigalupi d'avoir vérifié comment j'allais et compati pour mes échéances à tenir. Merci à Cassandra Clare qui m'a rassurée en permanence en me disant qu'un jour j'arriverais au bout de ce livre et que désespérer faisait partie du processus. Merci à Sarah Rees Brennan pour tes conseils concernant la structure et d'avoir lu le texte tant de fois. Merci à Kelly Link d'avoir lu le texte tant de fois toi aussi, et de m'avoir indiqué où mettre les scènes de baisers. Merci à Libba Bray de m'avoir tirée d'affaire en rendant ton manuscrit, ce qui m'a permis de grappiller une semaine de plus pour peaufiner le mien. Merci à Robin Wasserman d'être allée au *Starbucks* avec moi et mon nouveau-né, et de m'avoir écoutée pleurer sur mon intrigue pendant que mon bébé pleurait pour avoir son biberon. Et merci pour les coupes dans le texte, brutales mais nécessaires, la veille de Noël. Merci à Joshua Lewis de m'avoir aidée à trouver le dénouement. Merci à Leigh Bardugo de s'être battue pour améliorer mon intrigue, les conflits et le rythme : ta contribution a été très appréciée, plus que je ne peux l'exprimer, et bien plus que ce que j'ai pu le laisser paraître. Merci à Cindy Pon d'avoir discuté de l'histoire avec moi au cours d'un délicieux repas russe arrosé d'une bière au gingembre épicée. Merci à Kami Garcia, qui m'a laissée me prélasser dans sa chambre d'hôtel et boulotter tous ses oursons en gelée pendant que nous étions toutes les deux en train de terminer notre manuscrit. Merci à Ally Carter de m'avoir guidée pour les révélations et tirée d'un mauvais pas.

Je dois un énorme merci, du fond du cœur, à toute l'équipe de Little, Brown Books for Young Readers, en particulier à ma fabuleuse éditrice, Alvina Ling, qui a cru en ce manuscrit même lorsque j'étais très en retard et qu'il était encore à un stade très brouillon. Merci à Bethany Strout d'être une lectrice formidable et si généreuse, et à Amber Caraveo chez Orion Books au Royaume-Uni d'avoir su ce qui ne fonctionnait pas. Merci à Lisa Moraleda, attachée de presse extraordinaire, qui sait toujours ce qu'on va manger, et à Nina Douglas, mon attachée de presse au Royaume-Uni, grâce à qui les déplacements professionnels sont une partie de plaisir. Et, bien sûr, merci à Victoria Stapleton, pour sa coolitude et aussi pour la picole.

Merci à mon agent, Barry Goldblatt, pour le soutien et les conseils. Merci d'avoir déniché cette épigraphe et cru qu'un jour j'achèverais bel et bien l'écriture de ce livre.

Un merci sincère à tous ceux qui ont cru que j'irais jusqu'au bout, car j'en doutais moi-même.

Enfin, un immense merci à Theo, mon mari, et à Sebastian, notre fils, qui tolèrent mes absences fréquentes ainsi que les longues heures que je passe devant l'ordinateur, et qui m'ont écoutée lire ce texte à voix haute du début à la fin (bon, j'avoue que Sebastian a passé le plus clair de son temps à dormir). Votre patience infinie et votre amour inconditionnel me sont extrêmement précieux.

Note de l'éditeur

Dans l'univers de Domelfe et de Terrafæ, Holly Black reprend nombre d'éléments du folklore anglo-saxon, qu'elle réinterprète en leur donnant une nouvelle réalité. Outre les gobelins et autres sirènes, voici quelques éclaircissements sur des créatures légendaires peut-être inconnues du public francophone.

Banshee : Créature féminine surnaturelle du folklore et de la mythologie celtique irlandaise qui annonce la mort par un cri ou un hurlement terrifiant, à glacer le sang.

Barghest : Dans les mythologies anglaise et germanique, monstre légendaire qui prend la forme d'un chien noir aux crocs et aux griffes impitoyables, et parfois capable de changer de forme.

Bauchan : Créature du folklore écossais proche du farfadet. Du genre espiègle, le bauchan est parfois dangereux, mais il peut aussi se montrer très utile.

Boggart : Créature des landes ressemblant à un nain très laid, poilu et souvent doté de mauvaises intentions.

Bonnet-rouge : Dans le folklore britannique, créature meurtrière. Son surnom est issu de la couleur de son bonnet qu'elle trempe dans le sang de ses victimes.

Brownie : Dans le folklore écossais, génie de la maison qui effectue des tâches ménagères à la place de la famille chez qui il loge. Synonyme de chance, il peut prendre l'apparence d'une sorte de lutin ou de singe de moins d'un mètre.

Changelin : Dans les folklores irlandais, écossais et scandinave, un changelin est un leurre que les fées, les trolls ou les elfes (ou autres créatures du Petit Peuple) laissent à la place du nouveau-né qu'ils ont enlevé.

Cirein-Cròin : Dans le folklore écossais gaélique, ce gros monstre marin devait se nourrir de sept baleines et pouvait prendre la taille d'un petit poisson d'argent lorsqu'il était en contact avec les pêcheurs. Trompés, ceux-ci finissaient par être dévorés lorsque Cirein-Cròin reprenait sa forme d'origine.

Cluricaune : Dans le folklore irlandais, esprit affilié aux riches leprechauns, souvent dépeint comme un petit être, spécialisé dans la création de fausse monnaie.

Duergar : Dans la mythologie nordique et le folklore du nord de l'Angleterre, nain trapu et costaud à la peau sombre.

Fetch : Dans le folklore irlandais, double surnaturel d'une personne vivante. Voir un fetch le soir est considéré comme un mauvais présage puisque cela annoncerait la mort prochaine de celui ou celle dont il a pris l'apparence.

Fir darrig : Lutin du folklore irlandais, il peut être soit immense soit minuscule. Il a tendance à jouer des tours aux habitants des maisons qu'il investit.

Gancanagh : Dans la mythologie d'Irlande du Nord, fée de sexe masculin connue pour séduire les femmes.

Glaistig : Dans le folklore écossais, fantôme ambivalent, bienveillant ou malfaisant, qui apparaît sous la forme d'une belle femme ou d'un être mi-femme mi-chèvre, semblable au satyre.

Grig : Petite fée joyeuse vêtue de vert, coiffée d'un chapeau et portant des bas rouges.

Grim : Créature du folklore anglais et scandinave. Le grim anglais est un esprit qui protège les églises des vandales, des sorciers, voire du diable en personne, et qui prend en général l'apparence d'un gros chien noir aux yeux rouges.

Gwyllion : Mot ayant de nombreuses acceptions en gallois (« esprit », « marcheur de la Nuit », « fantôme »). Dans la tradition la plus commune, un gwyllion est une fée de sexe féminin, d'apparence effrayante, qui s'amuse à perdre les voyageurs sur les routes peu fréquentées.

Huldre : Être surnaturel issu du folklore norvégien.

Huldufólk : Mot islandais signifiant « peuple caché », regroupant des créatures des légendes et du folklore islandais : elfes, trolls, nains, fées, êtres invisibles...

Kelpie : Créature métamorphe des folklores écossais et irlandais. Réputé dangereux, le kelpie est souvent représenté sous la forme d'un cheval. Il peut aussi se transformer en humain et a des caractéristiques aquatiques.

Merrow : Dans les traditions écossaise et irlandaise, le merrow est une sorte de sirène. C'est un cousin de la nixe.

Nisse : Dans le folklore scandinave, cette petite créature humanoïde légendaire comparable au lutin est un gardien domestique, bienveillant envers les humains.

Nixe : Dans les folklores germanique et nordique, peuple qui s'apparente aux ondines ou aux sirènes, et dont les membres sont tantôt masculins tantôt féminins, en fonction de leur origine géographique.

Pixie : Créature de la mythologie britannique, particulièrement présente en Cornouailles. C'est une sorte de petit lutin ayant élu domicile sur les sites antiques (cercles de pierres, dolmens...).

Puck : Créature féerique proche du pixie. Ce nom a été rendu célèbre par le personnage du *Songe d'une nuit d'été* de William Shakespeare.

Seelie : Peuple des « gentilles fées » dans le folklore britannique : elles appellent à l'aide les humains ou au contraire les mettent en garde ou leur portent assistance. Si ce peuple aime jouer des tours aux mortels, les créatures qui le constituent restent globalement généreuses et positives. Parmi elles, on trouve les lutins, les brownies, les selkies et les leprechauns.

Selkie : Dans la tradition des îles des Shetland (Écosse), belle jeune fille ou beau jeune homme capable de se transformer en phoque.

Shagfoal : Créature du Lincolnshire qui ressemble à un gobelin aux intentions néfastes. À la tombée de la nuit, il se cache sur le bas-côté de la route, attendant les voyageurs pour agacer les chevaux et provoquer des accidents.

Sluagh : Dans les traditions irlandaise et écossaise, esprit d'un mort sans repos rejeté à la fois de l'enfer et du paradis.

Trow : Comme les trolls, les trows sont des créatures de la nuit. Issus du folklore des îles Orcades et Shetland, ils sont souvent représentés comme de petits êtres laids et timides. Ils sont très friands de musique et aiment capturer les humains dotés de ce talent.

Unseelie : Au contraire des Seelie, le peuple unseelie regroupe des créatures qui aiment piéger les mortels pour les faire souffrir. Ils attaquent les voyageurs la nuit, forcent les soldats à entrer en guerre… Parmi eux, on compte les boggarts et les bonnets-rouges.

Dans le même univers :

Dans le même univers :

Dans le même univers :

Dans le même univers :

Dans le même univers :

Et aussi…

UN ROMAN DANS L'UNIVERS DE DOMELFE
L'HÉRITIER TRAHI
N°1 DES VENTES DU NEW YORK TIMES
HOLLY BLACK
RAGEOT

PAPIER À BASE DE FIBRES CERTIFIÉES

RAGEOT s'engage pour l'environnement en réduisant l'empreinte carbone de ses livres. Celle de cet exemplaire est de :
450 g éq. CO_2
Rendez-vous sur www.rageot-durable.fr

Cet ouvrage a été composé par IGS-CP
à L'Isle-d'Espagnac (16)

Achevé d'imprimer en République tchèque en janvier 2024
par l'imprimerie Finidr (Cesky Tesin)
Dépôt légal : janvier 2024
Numéro d'édition : 8157-01

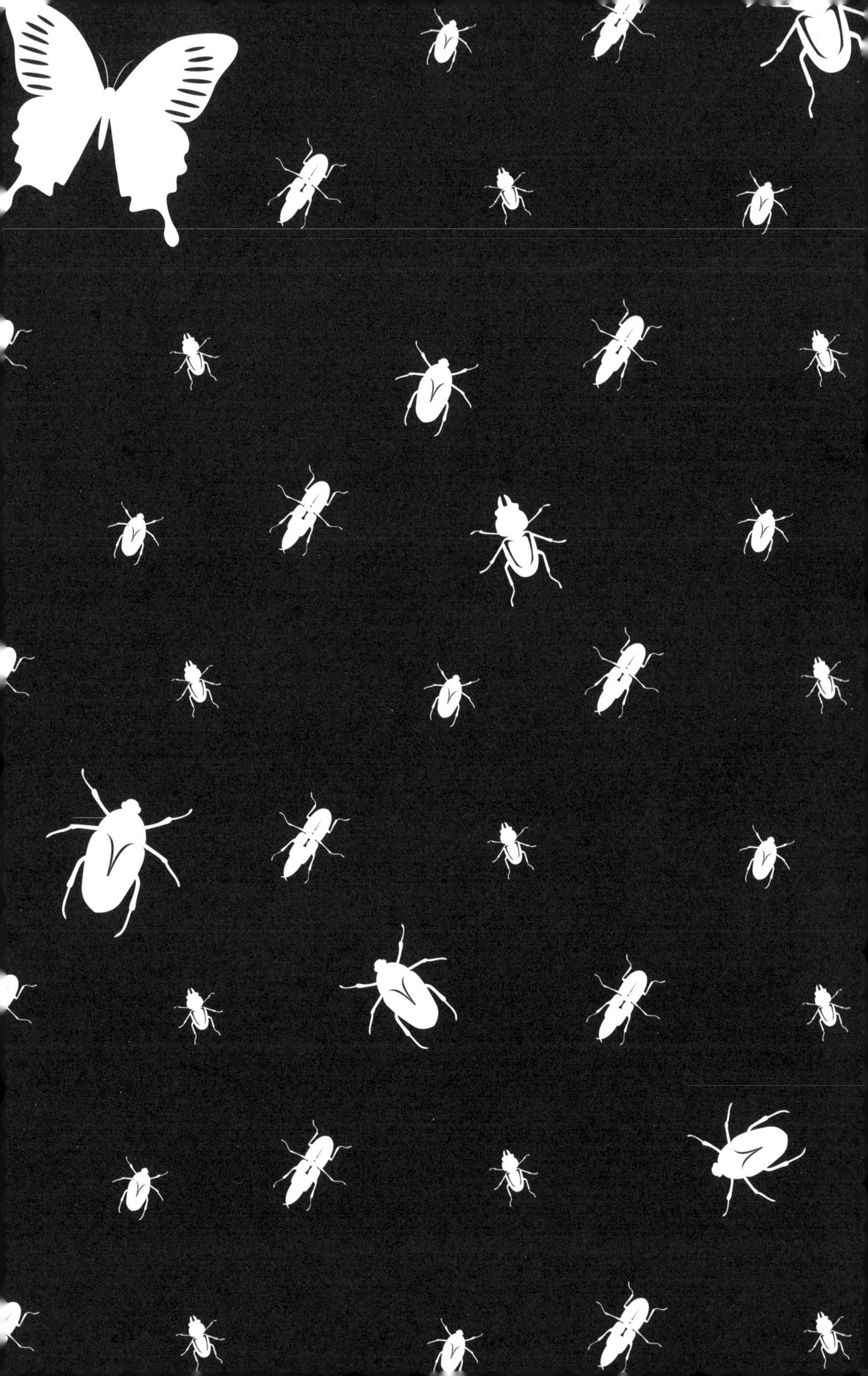